KB159253

일본 모더니즘 소설 연구

강인숙 평론 전집 **4**

일본 모더니즘 소설 연구
−요코미쓰 리이치, 류탄지 유, 이토 세이를 중심으로

초판 인쇄 2020년 7월 1일
초판 발행 2020년 7월 7일

지 은 이 강인숙
펴 낸 이 박찬익

펴 낸 곳 ㈜ **박이정**
주   소 경기도 하남시 조정대로45 미사센텀비즈 7층 F749호
전   화 02-922-1192~3 / 031-792-1193, 1195
팩   스 02-928-4683
홈페이지 www.pjbook.com
이 메 일 pijbook@naver.com

등   록 2014년 8월 22일 제2020-000029호

ISBN 979-11-5848-504-7 94810
ISBN 979-11-5848-500-9 (세트)

* 책값은 뒤표지에 있습니다.

일본
모더니즘
소설 연구

요코미쓰 리이치,

류탄지 유,

이토 세이를

중심으로

강 인 숙

(주)박이정

1992년에 나는 일본과 한국 모더니즘의 영향 관계를 연구하기 위해 1년 기한으로 동경대에 간 일이 있다. 그런데 뇌하수체에 혹이 생겨서 백 일 만에 중도하차 하는 바람에 연구에 차질이 생겼다. 수술을 해야 되어서 4개월 만에 돌아오고 만 것이다. 겨우 몸을 추스르고 밀린 연구 자료를 가다듬어서 1998년에 『문학사상』에 「일본 모더니즘 소설 연구」를 연재하게 되었다. 그런데 약속한 1년 안에 논문이 끝나지 않아서 연재를 끝내는 통에 또 한 번 연구가 중단되었다.

그 후에 인후암을 앓았고, 2001년에 '영인문학관'을 시작하느라고 논문 마무리 작업에 손댈 겨를이 없이 8년의 세월이 또 흘러갔다. 한국에서는 아직 일본 모더니즘 소설을 연구하는 사람이 많지 않고, 그나마도 가와바타 야스나리川端康成와 요코미쓰 리이치橫光利一에 치중되어 있어, 류탄지 유龍膽寺雄와 이토 세이伊藤整는 도외시되는 경향이 있었다. 그렇게 왜곡된 채로 일본 모더니즘 연구가 계속되는 것을 보다 못해 나는 금년 초에 큰 마음을 먹고 마무리 작업을 다시 시작했다. 문학관 일을 하면서 글을 써야 하니 진도가 나가지 않았고, 백내장과 척추 디스크 때문에 여러 가지로 여건이 아주 나빴지만, 무리를 해서 일본 모더니즘 소설 연구만 간신히 마무리 지었다. 신감각파와 신흥예술파 부분은 8년 전에 쓴 것을 그대로 내놓은 채 신심리주의만 새로 썼기 때문에, 균형

5

도 맞지 않고 여러 가지로 결함이 많은 논문이 되었다. 지금의 내 건강으로는 이것이 최선임을 감안해서 이해해주시기를 간청한다.

　이 논문은 내가 자연주의에서 시작하여 계속해오던, 문학사의 설거지 작업의 끝부분에 해당된다. 후학들이 이 작은 자료를 발판삼아 좋은 연구 논문을 많이 써주기를 간절히 기원한다. 그 다음에 써야 할 한일 모더니즘 소설의 비교연구는 젊은 학자들과 제휴하여 공동으로 진행하고 싶었는데 그것도 이루지 못하여서 두루 면목이 없다.

2006년 6월

小汀 강 인 숙

차 례

Ⅲ부　결론 – 감각과 도시와 심리의 시연장試演場

I부 서론

1. 한일 문학 비교연구의 필요성과 과제

외국의 문화를 연구할 때 가장 기본적으로 갖추어야 할 덕목은 객관적 시점의 확보라고 생각한다. 잘못된 정보를 가지고 과대평가하거나 과소평가하는 것은 모두 바람직한 태도가 아니다. 문제는 점수를 얼마나 주느냐에 있는 것이 아니라, 평가기준의 객관성과 타당성 여부에 있다. 우리가 일본을 평가하는 경우에도 가장 중요한 것은 객관적 자세의 확보이다. 이웃 나라를 올바로 아는 일은 우리나라를 제대로 파악하는 지름길도 되기 때문에, 그 일을 소홀히 해서는 안 된다.

그런데 한국과 일본의 관계는 단순한 이웃의 관계가 아니다. 일본은 16세기에 이미 한국을 침공한 일이 있는 적의 나라이고, 20세기에는 36년간이나 우리나라를 강점하여 그 문화를 흙 묻은 군화로 짓밟은 일이 있는 침략자의 나라이기 때문에, 자칫하면 감정적인 측면에서 일본에 접근하기가 쉽다. 하지만 그런 역사적 사실이나 민족적 감정이 그 나라의 문화를 논하는 눈의 객관성을 흔들어서는 안 된다고 생각한다. 객관성을 잃으면 모든 담론이 의미를 상실하기 때문이다.

일제시대의 한국문학을 연구하면서, 지금의 우리에게 가장 절실하게 요구되는 것은 일본문학과의 관계를 객관적으로 다시 점검하는 작업이다. 그것은 그 시기의 우리 문학의 실상을 제대로 파악하기 위해 필요불가결한 과제다. 이 작업을 위해서는 우선 일본문학에 대한 이해가 선행되어야 하며, 서구문학과 일본문학, 일본문학과 우리문학의 영향 관계에 대한 검증이 요구된다. 시기별, 사안별로 나누어 여러 학자들이 충분히 검증하는 작업이 일단 마무리된 후에 한국의 근대문학사는 다시 쓰여야 한다. 불행하게도 한국의 근대화는 일본의 한국 침략과 불가분의 관계를 가지고 맞물려 있었다. 우리가 근대를 향하여 발돋움을 하던 바로 그 시기에 나라가 국권을 상실했기 때문에, 근대화 과정 전체가 일본의 영향권 안에 갇히게 된 것이다. 그런 달갑지 않은 여건은 한국의 현대문학 연구에 장애가 되는 여러 가지 문제들을 야기하고 있다.

첫 번째 문제는 그런 여건 때문에 한국에서 근대화 자체를 화근으로 보는 시각이 생겨났다는 점이다. 그 좋은 본보기가 기차에 대한 관점의 복합성이다. 일본은 중국을 침략하기 위한 전략적 목적으로 한국에 신작로를 만들고 서둘러서 철도를 부설했다. 그렇게 만들어진 철도는 우리에게 많은 편의를 제공했지만, 긍정적으로만 다가오지는 않았다. 그것은 우리의 전통 문화를 부수는 데 결정적 역할을 했고, 이유민移流民 사태를 위시한 많은 식민지적 비극과 유착되어, 여러 가지 부작용을 낳았다. 그래서 우리나라에서는 근대화의 상징물인 기차가, 경탄의 대상이 되면서 동시에 돌팔매의 대상이 되기도 했다. 철도뿐 아니다. 근대 문명을 예찬하는 일이 일본을 예찬하는 일도 되기 쉬운 상황이어서, 한국 사람들은 근대 문명 그 자체를 갈등 없이 받아들이기가 어려웠던 것이다. 그런 여건 때문에, 자율적으로 받아들여 단점을 보완해가며 천천히 성숙시켜야 했을 근대화 과업이 졸속으로 이루어지게 되었고 왜곡되어 갔다.

두 번째 문제는 그런 정치적인 상황이 일본을 보는 객관적인 안목을 훼손시켰다는 점이다. 일본에 저항하고 일본을 비난하는 사람만이 애국자가 되고 의인이 되는 현실 속에서, 우리의 젊은이들은 일본의 실체를 알기 위해 진솔한 어프로치를 할 수가 없었다. 일본의 좋은 점이 발견되면 얼른 외면을 하거나 몰래 가슴 속에 파묻어 숨겨야 하는, 민족적 자의식에 시달려야 했기 때문이다. 그래서 일제시대의 일본 유학생들은 거의 모두 갈등에 휩싸여 있었다. 그들은 일본에서 만난 근대 문명에 정신없이 홀려 있으면서도, 그것이 일본과 유착되어 있었기 때문에 진솔하게 있는 그대로 받아들일 수가 없었던 것이다. 일본이 적이라는 사실을 잠시도 잊을 수 없었던 그들은, 원수의 딸을 사랑한 로미오처럼 항상 갈등 속에서 헤매야 했고, 그런 복합적인 심리가 한국의 근대문학 발전에 큰 장애가 되었다.

1910년대까지는 우리나라에 대학이 없었기 때문에[1] 초창기의 문인들은 대부분 일본 유학생 출신이다. 그런데 그들 중에는 일본에서 문학을 제대로 전공한 사람이 거의 없다. 이광수는 철학을, 염상섭은 역사를, 김동인은 미술을, 전영택은 신학을 선택했고, 그나마도 경제적 어려움과 3·1운동, 동경의 지진 같은 사건들에 휘말려, 학업을 중단하거나 시작 단계에서 그만두는 경우가 많았다. 그래서 그들은 서구의 근대문학에 대한 이해도가 낮을 수밖에 없었고, 일본이 잘못 받아들인 것을 식별할 안목도 갖추기 어려웠을 뿐 아니라, 일본문학 자체도 체계적으로 연구할 여력이 없었다.

---

1 연희전문, 이화여전 등은 1880년대에 개교했고 보성전문도 1900년대에 개교했지만, 경성제대는 1924년에 예과가 생기고 1927년에 의학부가 생겼다.

그런 여건은 한편에서는 일본문학을 애써 무시하려는 경향을 만들어 냈다. 일본의 대정_{大正} 문학 전체를 "답보로 상태"[2]라는 한 마디로 폄하한 김동인 같은 경우가 그 좋은 예이다. 또한 그들은 되도록 일본적인 것을 덜 배우고 싶었기 때문에, 서구문학 쪽에 탐색의 눈을 보내느라고 정작 일본에서 배워야 할 근대문학의 실상을 제대로 파악하지 못하는 경우가 많았다.

1920년대의 2기 유학생 중에서는 교토의 부립중학을 다닌 염상섭만이 일본의 근대문학을 본격적으로 공부할 수 있었고,[3] 그것이 그가 「삼대」 같은 대작을 창작하는 원동력이 되었다고 볼 수 있다. 하지만 그런 경우에는 또 자기 나라의 문학을 무조건 평가절하하는 엄청난 민족적 열등감이 나타난다.[4] 이런 유의 과대평가나 과소평가는 모두 객관적일 수 없었다는 점에서 문제를 야기한다.

세 번째 문제는 서구문학을 직접 받아들이지 못하는 데서 생겨난다. 일본이 서구의 근대문화를 받아들일 유일한 창구였기 때문이다. 국권을 상실한 우리는 근대를 받아들일 다른 통로가 없었기 때문에, 일본과 근대를 분리해서 생각하는 일이 불가능했다. 김윤식의 말대로 한국의 젊은이들에게 있어 동경은 서구 근대문학의 출장소였기 때문에,[5] 초창기

2 (1) "일본문학 따위는 미리부터 깔보고 들었으며 빅토르 위고까지도 통속작가라 경멸"
　　김동인, 「문단30년의 자취」, 『동인전집』 9, 홍자문화사, 1966, p.393.
　　(2) "일본문학은 대정 초엽까지도 '답보로' 상태", 같은 책, p.396 참조. 이처럼 김동인은
　　일본문학을 폄하하는 발언을 자주 했다.

3 김윤식의 분류법에 따름. 그는 김동인, 염상섭, 유진오, 김억 등을 2기 유학생으로
　　분류한다. 김윤식, 『한국근대작가론』, 한국방송통신대학출판부, 1990, p.317 참조.

4 염상섭은 「세 가지 자랑」이라는 산문에서 한국의 전통문학을 "조잡한 통속소설 몇
　　편과 기타 잡가속요의 구전을 문자화한 것에서 더 벗어나지 못하였다."고 폄하하고
　　있다. 『별건곤』, 1928. 8. p.213. 염상섭의 한국문학 폄하 발언은 졸저, 『자연주의문학론』
　　2, 고려원, 1991, pp.104-113에서 상론하고 있다.

5 김윤식, 『염상섭 연구』, 서울대학교출판부, 1999, p.26 참조.

의 문인들은 그 창구를 통하여 서구의 근대문학을 받아들이는 수밖에 없었다.

서구문학의 실상을 판가름할 안목을 마련하기 이전에, 일본을 통해서 그것을 수용한 관계로, 우리 문단에서는 일본에서 잘못 받아들여진 부분까지 그대로 답습하는 폐단이 생겨났다. 그런 여건은 비단 일제시대에 문학을 시작한 문인들에게만 국한되는 것이 아니라 초등학교 시절에 해방을 맞이한 50년대 우리 세대 문인들에게도 존재했다. 한국어로 된 문학서적이 없어서 일본책을 통하여 문학을 배웠기 때문이다. 세계문학전집도 일본판을 읽었으며, 일본소설들, 그리고 서구의 문학 이론서 같은 것들을 모두 일본말로 읽을 수밖에 없었던 것이 우리의 현실이었다. 그 무렵에는 아직 한글로 된 세계문학전집이 없었기 때문이다. 이런 간접 수입에서 오는 왜곡 현상은 문예사조 면에서 큰 부작용을 낳았다. 근대문학의 실질적인 모델은 서구문학인데, 현실적으로 접할 수 있었던 것은 일본에 의해 굴절된 것밖에 없었기 때문에, 일본에서 변질된 외래 사조를 그대로 받아들이는 데서 혼란이 생겨나는 것이다.(졸저, 『자연주의문학론』(고려원) 서론 참조)

네 번째 문제는 발신국이 급격하게 바뀌는 데서 오는 문화적 충격에서 생겨난다. 오랫동안 중국문학의 영향권 안에 있다가 시야가 갑자기 유럽으로 확대되자, 그 넓이와 이질성 속에서 아시아의 나라들은 갈피를 잡을 수 없는 혼란에 빠진다. 이런 혼란은 일본에도 그대로 해당된다. 하지만 우리의 경우는 일본과는 비교도 안 되게 혼란의 폭이 컸다. 그들은 직접 수입인데 우리는 간접 수입이었기 때문에 문제의 크기가 배가된 것이다. 일본은 근대문학의 발신국이 아니라 매개국에 불과했는데, 우리는 그것을 원형과 구별하지 못한 채 수용했다. 외래의 문화는 언제나 수신국의 여건에 따라 변용되기 마련이다. 강 하나를 건너면 귤

이 탱자가 되는 것 같은 변화가 나라마다 다른 양상을 만들어내는 것이다. 그중에서도 일본의 근대문학은 유럽의 그것과는 격차가 엄청났다. 문화적·사회적 여건이 너무나 달랐기 때문이다. 그런데 우리는 원형과 매개형의 차이를 구별할 안목을 마련할 겨를도 없이 그 앞에 던져졌다. 그래서 그 두 가지를 뒤섞어 받아들인 것이다. 우리의 근대문학은 말하자면 발신국이 두 개인 셈인데, 우리는 그 사실을 제대로 알지도 못한 채 해방을 맞이했다.

해방이 되어 갑자기 구미의 근대문학과 직접 대면하는 사태가 벌어지자 한국의 학생들은 당황하지 않을 수 없었다. 문학용어의 개념에 혼선이 생긴 것이다. 그 대표적인 예가 '자연주의naturalism'이다. 우리나라의 고등학교에서는 지금도, 염상섭은 자연주의 작가이며 「표본실의 청개구리」는 자연주의를 대표하는 작품이라고 가르치고 있다. 그런데 대학에 들어가서 불문과의 문예사조 강의를 들어보면, 학생들은 혼란에 빠진다. 에밀 졸라Emile Zola가 주창한 프랑스의 자연주의의 개념으로 보면, 「표본실의 청개구리」는 자연주의와 너무나 거리가 먼 것임을 알게 되기 때문이다.

졸라의 자연주의에서 '자연'은 '자연과학'을 의미한다. 그의 「실험소설론」은 클로드 베르나르Claude Bernard의 『실험의학서설』을 그대로 문학에 적용시킨 것이다. 게다가 그의 『루공 마카르 시리즈Les Rougon-Macquart』는 루카스P. Lucas의 『자연유전론』에 의거하고 있다. 졸라의 자연주의는 과학주의이다. 그래서 진실존중의 예술관에 입각하며, 현실을 '있는 그대로 재현as it is'하려 하는 거울의 미학에 의거한다. 객관주의, 가치중립성, 선택권의 배제 등이 거기에 수반된다. 결정론을 신봉한 졸라는 유전과 환경의 결정권을 절대화하면서 인간에 대한 실험에 착수한 것이다. 졸라의 자연주의는 물질주의적 인간관에 입각해 있기 때문에, 성과 돈 같은

주제에 집착하게 되며 비극적인 종결법을 채택한다.[6]

그러니까 「표본실의 청개구리」라는 제목만 보면 이 소설은 졸라이즘과 연결되는 것 같은 느낌을 준다. 그런데 청개구리는 너무 작아서 해부용으로는 쓰이지 않는다고 한다. 게다가 개구리는 냉혈동물이어서 내장에서 김이 모락모락 나는 일도 물론 없다. 염상섭의 청개구리의 해부도는 개연성을 상실하고 있다. 과학주의는 개연성이 없는 사항은 인정하지 않는다. 자연주의도 마찬가지이다.

또한 그 작품은 고백체로 되어 있다. 1인칭 시점으로 쓴 것이다. 실증주의에 바탕을 둔 졸라이즘은 객관적 시점을 채택했다. 그것은 현실의 외면을 모사하는 거울의 문학이어서, 외면화 수법을 지지하는 객관주의 문학인 것이다. 그런데 자신의 내면에만 함몰하여 외계를 몰각한 이 소설의 주인공은 주아主我주의자이다. 졸라의 '생리인간'과는 무관한 형이상학적 인간인 것이다. 또한 그는 '풀 스피드의 기차를 타고 무한을 향해 달려가고 싶은' 낭만적 열망을 가지고 있다. 그의 현실에서의 일탈 욕구는 광인숭배사상으로 결정結晶된다. 민감함을 최대의 가치로 간주하고 평범함을 죄악시하며 광기를 숭배하는 이런 증상은, 낭만주의적 경향이어서 졸라이즘에는 해당 사항이 없다. 객관주의, 가치중립성, 선택권의 배제, 결정론적 인간관 등이 거기에는 없기 때문이다.

그런데도 불구하고 염상섭은 자신의 초기문학을 자연주의라 못 박았고,[7] 백철, 조연현 같은 평론가들도 그에 동조하여 「표본실의 청개구리」를 자연주의 소설로 정착시켰다. 그것은 이해하기 어려운 현상이었다. 나의 자연주의 연구는 그 의문에서 시작되었다. 졸라이즘에 대하여 공

---

6 졸저, 『자연주의문학론』 1, 고려원, 1991, pp.58-59 참조.
7 염상섭, 「나와 『폐허』 시대」, 『염상섭전집』 12, 민음사, 1987, p.210 참조.

부하고 나서, 일본 자연주의를 한참 파고들어가 보니까, 비로소 그 의문에 대한 해답이 나왔다. 염상섭의 자연주의는 졸라적 자연주의가 아니라 일본식 자연주의였던 것이다.

졸라이즘은 일본에 들어가서 근간이 흔들릴 정도의 엄청난 변화를 일으킨다. 사회적 배경의 격차 때문이다. 프랑스의 자연주의는 합리주의와 개인주의가 자본주의와 제휴하여 만들어낸 사회 속에서 생겨났다. 그런데 명치시대의 일본에는 합리주의의 전통이 없었다. 명치 초기부터 일본에도 과학만능주의적 사고가 존재했고, 산업화 과정도 급격히 진행되어 일로전쟁 이후에는 중공업시대로 접어들지만,[8] 그것은 "비합리적인 공리의 질서로 움직이"[9]는 것이어서 합리주의와는 무관했다. "공리의 강제를 벗어나서 그 내용을 논리적, 혹은 심미적인 질서로 통일을 해야만 방법의 세계에 들어갈 수 있는데"[10] 일본에서는 그게 불가능했다는 것이 이토 세이伊藤整의 의견이다.

그뿐 아니라 일본에는 개인주의의 전통도 없었다. "일본이 가장 두려워한 것은 국가지상주의의 파괴"[11]였다. 국가지상주의는 흔들릴 수 없는 절대적 명제였기 때문에, 개별적인 인간의 가치는 여전히 고려의 대상이 아니었다. 일본의 자본주의는 국가 주도형 자본주의여서 개인주의와는 유리되어 있었던 것이다. 일본의 근대소설이 주정적인 자기폭로의 문학이 되는 이유를 이토는 개인주의적 전통의 결여에서 찾고 있다. '개인의 불확립'이 문단을 사회에서 고립시켰다. '자유로운 개인'은 일반사회에는 없는 개념이니까, 개인의 자유를 중시하는 작가들은 현실에서

---

8 吉田精一, 『自然主義の研究』上, 小峯書店, 1976, p.479 참조.

9 伊藤整, 『小説の方法』, 河出書房, 1955, p.210.

10 앞의 책, p.210.

11 吉田精一, 『自然主義の研究』上, 小峯書店, 1976, p.27.

도망쳐서 문단이라는 소그룹 속으로 숨어들게 된다. 이토 세이는 그런 작가들을 '도망 노예'라고 불렀다. 현실에서 도망친 도망 노예들은 문단 안에서 자기들끼리 돌려가며 읽는 내면폭로의 사소설을 쓰는 수밖에 없는 것이다.[12] 그래서 개인의 내면을 고백하는 사소설이 자연주의와 유착하게 된다.

그런 여건 때문에 일본에서는 졸라의 '진실truth 존중' 사상이 '사실fact 존중'으로 변질되어, 직접 체험한 '사실'을 고백하는 사소설이라는 비자연주의적인 장르가 자연주의를 대표하게 된다. '배허구排虛構, 무각색無脚色, 무해결'이라는 구호를 내세웠던 일본의 자연주의는, 작가가 직접 겪은 일을 '있는 그대로 재현'하는 리얼리스틱한 사소설을 소설의 본령으로 생각하게 만들어, 자기 폭로의 주정적 자연주의가 생겨나는 것이다.

객관주의 대신에 주객합일주의를 채택한 일본의 자연주의는 가치의 중립성, 인물의 계층, 본능 면의 노출, 비극적 종결법, 결정론에 대한 믿음 등 모든 면에서 졸라이즘과는 다른 양상을 나타낸다. 현실 재현의 리얼리스틱한 수법의 채택과 성에 대한 가벼운 관심, 시점의 객관화 등만 빼면 일본의 자연주의는 졸라이즘과는 유사성이 희박한 것이 되어버리는데, 일본 사람들은 그것을 'Japanese naturalism'이라고 부른다. 일본은 졸라이즘의 매개자로서가 아니라, 그것과는 성격이 다른 '재패니즈 내추럴리즘'으로 우리에게 영향을 미쳤기 때문에, 한국의 자연주의는 원천이 둘이나 되어 혼란이 가중됐다. 자연주의파가 가진, 낭만파인 백화白樺파와의 차이가 3인칭으로 사소설을 쓴 데 있을 뿐이라고 해도 과언이 아닐 정도로,[13] 일본의 자연주의는 친낭만적이기 때문이다.

---

12 앞의 책, pp.7-74 참조.
13 백화파는 1인칭으로, 자연주의자들은 3인칭으로 사소설을 썼다.

염상섭은 일본에서 자연주의파의 기관지인 『와세다문학無稻田文學』을 교과서처럼 정독하면서 문학수업을 한 작가다.[14] 따라서 그에게는 일본 자연주의만이 자연주의이다. 그래서 이미 1910년대부터 졸라이즘에 대한 비교적 정확한 소개가 있었는데도 불구하고[15] 그는 자신이 한국에서 자연주의를 내세운 첫 주자이며, 자신의 초기 소설이 자연주의를 구현한 것이라고 주장하고 있다.[16] 일본적 자연주의를 기준으로 하면 그 말이 옳다. 그는 초기에 '배허구, 무각색, 무해결'이라는 일본 자연주의의 구호들을 그대로 답습했으며, 심지어 '환멸의 비애를 수소愁訴'하는 것을 자연주의로 보는 견해까지 일본에서 배워왔다.[17]

그래서 「표본실의 청개구리」에는 자연주의라는 레테르가 붙게 되었다. 염상섭뿐 아니라 백철, 조연현 등에게도 자연주의는 졸라이즘이 아니어서, 이들도 「표본실의 청개구리」에 자연주의라는 레테르를 붙이는 데 기꺼이 동조한 것이다. 그들이 붙여놓은 레테르는 아직도 유효하다. 언제 시정될지 기약도 없이 학생들이 아직도 「표본실의 청개구리」를 자연주의 작품이라 배우는 것이 우리의 현실이다.

일본식으로 변질된 서구문학을 그대로 받아들이는 이런 왜곡된 영향 관계는, 일제시대의 모든 문학에 그대로 해당된다. 모더니즘도 예외가 아니다. 한 시기의 주조가 뚜렷했던 19세기까지의 문예사조와는 달리

14 염상섭, 「문학소년시대의 회상」, 앞의 책, p.215.
15 백대진, 「현대 조선에 '자연주의' 문학을 제창함」, 『신문계』, 1915. 12.
　　효종, 「소설개요」, 『개벽』, 1920. 6.
　　효종, 「문학상으로 보는 사상」, 『개벽』, 1921. 10.
　　Y. A 生, 「근대사상과 문예」, 1921. 7.
　　김억, 「근대문예」, 『개벽』, 1922 등 참조.
16 염상섭, 「나와 『폐허』 시대」, 앞의 책, pp.210-211 참조.
17 졸저, 『자연주의문학론』 2, 고려원, 1991, pp.29-35 참조.

모더니즘은 서구에서도 성격 규명이 어려울 정도로 갈래가 많고 다양하여, 나라마다 성격도 다르고 명칭도 다르다. 일본의 경우도 마찬가지이다. 자연주의의 경우처럼 일본에서는 일본만의 특이한 모더니즘이 세 가지 명칭을 들고 나타난다. 그것은 아시아의 다른 수신국들을 힘들게 하는 여건이다.

지금은 그렇지 않지만 1990년대에는 거기에 대한 연구가 너무나 미미한 상태여서,[18] 할 수 없이 나는 늦은 나이를 무릅쓰고 1992년에 일본

---

18 본인이 연구를 시작한 1991년까지는 일본 모더니즘 소설에 대한 연구가 아주 적어서 모더니즘 소설에 대한 본격적인 연구는 거의 없다고 해도 과언이 아니었다. 그동안 연구된 논문들은 다음과 같다.
- 최인욱, 「현대소설론 1: 신심리주의문학에 대하여」, 『문장』 1, 1955. 9.
- 이재철, 「모더니즘시운동 연구」, 경북대학교 박사학위논문, 1957.
- 김은전, 「30년대 모더니즘 시운동에 대한 비교문학적 연구」, 『국어교육』 31, 1977.
- 구연식, 「한국 다다이즘의 비교문학적 연구」, 『한국시의 고현학적 연구』, 문학사, 1979.
- 이복숙, 「한국과 일본의 모더니즘 시 연구」, 『건대학술지』, 1990.

1990년대 후반부터 일본 모더니즘 작가에 대한 연구는 진전을 보이는데,그 이유는 일본에서 정본定本 『요코미쓰 리이치 전집横光利一全集』(河出書房)이 완간(1988)되고 모더니즘에 대한 평가가 긍정적이 된 데 있는 것 같다. 하지만 한국에서는 가와바타 야스나리 연구가 압도적으로 많아 총 20편이 넘는데, 대부분 모더니즘과는 무관한 논문들이고, 임종석의 「가와바타 야스나리와 신감각파 및 『문예시대』」(『日本文化學報』 9, 2000. 8) 외 두세 편만 모더니즘과 관련시켜 연구한 것이다.
21세기가 되어서야 요코미쓰에 관한 무게 있는 논문들이 나오기 시작하는데, 그 연구들은 다음과 같다.

- 高惠京, 「試論新感覺派小說與人道主義主題」, 『中國硏究』 29, 2001. 12.
- 이금재, 『요코미쓰 리이치權光利一 연구: 신감각파 시기의 표현기법을 중심으로』, 동덕여대 박사학위논문, 2001.
- 김태경, 「요코미쓰 리이치의 「기계」론」, 고려대학교 석사학위논문, 2002.
- 이금재, 「權光利一의 文學: 신감각파 표현을 중심으로」, 『일본 근대문학-연구와 비평』 2, 2003. 5.
- 김정훈, 「横光到一「頭ならびに腹」のゆくえ」, 『日語日文學硏究』 48집 2권, 2004. 2.
- 김정훈, 「自然主義の"嘘", 新感覺文學の"眞實": 話すように書くことと書くように書くこと」, 『한국일본어문학회 학술발표대회 논문집』, 2004. 7.
- 김정훈, 「新感覺派小說における"書き出し"表現戰略」, 『한국일본어문학회 학술발표

모더니즘 연구를 하기 위해 동경으로 건너갔다. 다시는 자연주의의 경우와 비슷한 왜곡이 우리 문학사에 정착하지 않게 하기 위해서였다.

우리는 우선 일본 모더니즘의 특성을 밝혀내고, 그것과 구미 모더니즘과의 차이를 규명한 후에, 한국 모더니즘의 특성을 밝혀야 한다. '구인회'를 중심으로 한 1930년대의 한국의 모더니즘은, 일본 모더니즘보다는 구미의 그것과 유사한 측면을 좀 더 많이 가지고 있고, 작품의 질적 수준도 높은 편이기는 하지만, 거기에 작용한 일본문학의 영향을 배제하고 그것을 논하는 일은 있을 수 없다. 일본의 영향을 더 많이 받고있기 때문이다.

1930년대 문학에 대한 개념이 정리되지 않으면 다음 세대의 문학 연구도 부실해진다. 한국과 일본의 비교문학적 연구가 한국 현대문학 연구의 초석을 재정비하는 작업이 되는 이유가 거기에 있다. 얽힌 실타래에서 원래의 갈래를 조심스럽게 추적하여 제 올을 찾아내는 여인네처럼 우리도 그런 힘든 작업을 마무리 지어야 한다. 문학사의 자리매김을 제대로 하기 위해서다. 그래야 그 속에서 우리의 고유한 문학적 특성을 탐색해 낼 수 있다.

대회 논문집』, 2004. 7.
• 김정훈, 「自然主義の"噓", 新感覺文學の"眞實", 橫光文學の表現史的意味をめぐって」, 『日語日文學』 28, 2004. 11.

이와 같은 논문들을 통해 오코미쓰에 대한 연구에는 진전이 있었으나, 신흥예술파에 대한 연구는 없고 신심리주의에 대한 연구도 매우 부족하다. 모더니즘의 세파를 고루 다룬 논문은 아직 없는 것이다.

2. 모더니즘에 대한 고찰

1) 모더니즘의 발생 여건

유럽의 문예사조는 이성 존중의 헬레니즘과 감성 존중의 헤브라이즘의 질서 정연한 교체와 반복의 역사를 보여주고 있다. 그리스의 고전기에 형성된 헬레니즘의 미학은 헬레닉 에라hellenic era에 계승되고, 다시 로마에 이어지다가, 기독교가 지배하던 중세에 가서 그 자리를 헤브라이즘에게 양보한다. 그 후 천 년 동안 유럽을 지배하던 헤브라이즘은 르네상스기에 헬레니즘과 제휴하여 찬연한 마니에리즘manierism의 문화를 만들어낸다. 하지만 그 이원론적 문화는 다시 분화된다. 이성 편중의 고전주의가 17, 18세기에 유럽을 석권하다가, 19세기 초가 되자 낭만주의에게 왕좌를 양보하며, 19세기 후반에는 다시 모사론模寫論을 중축으로 하는 리얼리즘-자연주의 전성시대가 온다. 이성중심주의가 감성주의를 누르며 세기말을 향하여 나아가는 것이다. 그런데 세기말이 가까워 오자 그 질서정연한 교체의 역사에 혼란이 생긴다. 한꺼번에 많은 유파와 사조들이 범람하는 20세기가 열리기 때문이다.

객관적 현실의 모사를 지향하는 리얼리즘은 외면적 현실이 비교적 안정될 때에만 융성한다. 리얼리즘은 '거울'의 문학이기 때문에, 대상이 요동치는 시기에는 약화될 수밖에 없다. 그런데 19세기가 막바지에 다다르면 외면적 현실의 안정이 깨어진다. 산업혁명 이후에 급속도로 발달한 서구의 산업화 과정은 급속히 과속화되어 제품의 대량 생산을 가능하게 했고, 그것이 살상무기의 대량 생산으로까지 이어지자 엄청난 비극이 벌어진다. 세계 전체가 서로를 대량으로 학살하는 전대미문의 살상극이 눈앞에서 벌어지는 것이다. 그래서 제1차 세계대전은 이긴 나라에서까지 인간의 내면을 철저하게 황폐화시키는 결정적인 요인을 형성한다. 거기에 도시의 비대화와 개인주의의 팽배가 첨가되어, 기존의 사회의 틀을 모두 부숴버리려는 전대미문의 전통 파괴가 시작되는 것이다.

외부적 현실의 붕괴는 보편적 가치의 상실을 수반한다. 이미 신을 버린 지 오래된 현대인들은, 전통적으로 이어져 내려오던 보편적 가치까지 상실하게 되자, 거리에서 새우잠을 자는 노숙자들처럼 깊고 절망적인 고립감에 사로잡힌다. 혼자 내던져진 존재로서의 고독과 절망에 휩싸인 채 세기말의 허탈감에서 헤어나지 못하게 되는 것이다. 그런 상황에서 강화되는 것이 개인중심주의이고, 내면에 대한 관심과 모색이다. 외면적 현실이 붕괴하자 내면적 현실이 중시되는 세계가 열리면서 반리얼리즘의 풍조가 팽배해지는 것이다. 리얼리즘의 보편성 존중 경향이 무너지자, 모든 예술가들은 자기가 겪은 고립적인 현실을 자기만의 방법으로 표현하려고 노력하게 된다. 각인각색의 문학운동이 한꺼번에 쏟아져 나오는 이유가 거기 있다.

이 새 사조들은 제각기 성격이 다르지만, 전 시대를 거부하는 점에서만은 공통성을 나타낸다. 하지만 자기 앞을 가로막고 있는 전 시대의 속성이 무엇이냐에 따라서 나라마다 양상이 달라진다. 어떤 나라에서는 그것이 반리얼리즘, 반자연주의가 되고, 어떤 나라에서는 반낭만주의, 반인상주의가 되기도 하며, 때로는 반프로문학이 되기도 하는 것이다. 하지만 반리얼리즘 쪽이 주도권을 가진다. 전 시대를 주도하던 사조가 대체로 리얼리즘, 자연주의계였기 때문이다. 그래서 모더니즘의 가장 큰 흐름은 내면화와 추상화 현상으로 나타난다. 인간의 내면과 심층의식에 대한 관심이 고조되는 것이다.

문제는 그런 공통성에도 불구하고 사람의 내면은 서로 다르다는 데서 생겨난다. 이미 보편적 가치는 사라졌기 때문에 각인각색의 개별적인 가치가 탐색된다. 이런 여건이 주조 상실의 시대를 만들어내는 것이다. 그래서 베르그송과 아인슈타인, 프로이트, 마르크스 등 다양한 사상이 출현하고, 태평양 횡단 비행이 실현된 20세기 초가 되면 유럽에는 많은 문예사조가 생겨난다. 20세기 초에서 시작하여 약 20여 년 동안에 구미의 여러 나라에서는 실험적인 사조들이 제각기 다른 이름으로 출현하는 것이다. 모더니즘은 그 다양한 새 사조들을 통칭하는 용어라고 할 수 있다.

모더니즘Modernism은 나라마다 명칭이 다르다. 19세기 말에 등장한 인상주의와 상징주의를 제외하더라도, 이태리에서는 미래주의(1909~)가, 독일에서는 표현주의(1910~)가 생겨났고, 프랑스에서는 다다이즘(1916~)과 쉬르레알리즘(1917~)이, 영미에서는 주지주의와 이미지즘(1900~1920)이 나타난다. 거기에 회화 쪽에서 영향을 받은 포비슴(1905~)과 큐비즘(1908~)까지 합하면, 여남은 개나 되는 새로운 사조들이 불과 10여 년 사이에 우후죽순처럼 생겨나는데, 정작 모더니즘이라는 명칭은 나타나지 않는다. 스페인에서 1888년에 일어난 모데르니스모Modernismo 운동을 제외하면, 미국에서만 이 용어를 사용하고 있는 정도다. 그러니까 모더니즘은 앞에서도 말한 것처럼 20세기 초의 모든 실험적 사조의 통칭이라고 할 수 있다. 프랑스에서 생겨나고 있는 새로운 풍조 전체를 스페인에서 모데르니스모라고 부른 것과 같은 이치이다. 이 새 사조들은 반전통, 반리얼리즘을 지향한다는 점에서는 공통되지만 세부 조항은 서로 다르다.

2) 모더니즘의 시기

모더니즘이 언제부터 시작되었는가라는 물음에는 사람에 따라 다른 답이 나오는 경우가 많다. '모던modern'의 의미를 '새로움new' 혹은 '현재, 혹은 가까운 시기present and recent time'로 간주한다면 그것은 이미 16세기에서부터 시작된 개념이고, 지적·문명적·관용적인 것을 존중하는 성향으로 간주한다면 매슈 아널드Mathew Arnold처럼 페리클레스 시대의 그리스 문학도 그 범주에 넣어야 한다.[19]

좀더 범위를 좁혀 보들레르의 『악의 꽃』이 나온 1857년을 기점으로 보는 사람이 있는가 하면, 노스럽 프라이Northrop Frye처럼 다윈의 『종의 기원』이 나오고, 보불전쟁이 일어나며 영국의 의무교육제도가 실시되던 해인 1870년을 시발점으로 보는 사람도 있고,[20] 상징주의기(1980~1985)와 위스망스Huysmans의 『거꾸로』 등이 나와서 자연주의가 위기를 맞던 1885년 경으로 보는 사람도 있고, 에드먼드 윌슨Edmond Wilson처럼 1870년에서 1930년까지의 문학을 동질의 것으로 간주하는 사람도 있다.[21]

---

19 Monroe K. Spears, *Dyonisos and the City*, Oxford Univ. Press, 1970, pp.4-6 참조.
20 앞의 책, pp.9-10 참조.

하지만 협의의 모더니즘은 마리네티Marinetti의 '미래파 선언'이 나온 1909년에서 기산하는 것이 보편적 견해이다. 모더니즘이 구체적인 문학운동으로 전개된 효시가 '미래파 선언'이기 때문이다. 그 뒤를 표현주의(1910)가 이으며, 1917년에는 쉬르레알리슴 운동이 시작된다. 영어권에서는 1900년부터 1920년 사이에 모더니즘이 무르익어서 1919년에 『모던 아트와 문학Modern Art and Literature』이라는 잡지가 나오고, 1924년 『퓨지티브Fugitive』 3호에서 랜섬J. C. Ransom이 뉴크리티시즘을 제창하며, 시에서는 이미지스트가 모더니스트 선언을 한다. 그 뒤를 이어 1927년 그레이브스Laura Riding R. Graves가 『모더니스트 포에트리』라는 책에서 모더니즘을 정의한다. 이 시기는 모더니즘이 확정된 때라고 할 수 있으며, 이후 20년간 그 수준을 유지한다. 그러니까 모더니즘은 '미래파 선언'에서 시작해서 핵폭탄이 나오고(1945) 부조리극이 시작되며(1949) 우주시대가 열리는(1957) 시기인 1950년대 전후에 일단 끝이 나고, 이후부터는 포스트모던의 시기로 보는 것이 통설로 되어 있다.

하지만 이 논문에서는 1909년부터 제2차 대전이 일어나기 직전인 30년대 말까지를 대상으로 삼으려 한다. 일본 모더니즘의 기간이 신감각파가 시작되는 1923년에서부터 이토 세이의 「도시와 마을」이 나오는 1939년 무렵까지이기 때문이다. 30년대의 모더니즘이 끝나는 시기는 한국도 일본과 비슷하다. 이상이 사망한 것이 1937년인데, 1940년부터는 창씨개명이 강요되고, 1941년에는 『문장』 같은 문예지들이 폐간되는 경색된 시국이 와서, 한국어로 글을 쓰는 일 자체가 어려워지기 때문이다. 만주사변과 중일전쟁이 발발하면서 일본에서는 전통에의 복귀를 부르짖는 풍조가 만들어졌는데, 이러한 풍조는 자기 나라의 모더니즘과 함께 한국

---

21 앞의 책, p.13 참조.

의 모더니즘도 종식시키는 역할을 하게 된다. 히틀러의 파시즘이 표현주의를 말살하는 것과 같은 일이 일본에서도 일어난 것이다.

3) 모더니즘의 특성

다음에 살펴보아야 할 것은 구미의 여러 나라에서 일어난 모더니즘의 특성이다. 워낙 종류가 많아서 일일이 구체적으로 고찰하는 것이 불가능하기 때문에, 대표적인 운동만 개괄적으로 요약해보기로 한다.

전술한 바와 같이 1909년에 이태리에서 마리네티의 '미래파 선언'이 나온다. 미래파는 ① 전통의 부정과 허무주의적 유토피아주의, ② 힘과 역동성·동시성의 미학, ③ 기계문명과 미래 예찬 등을 그들의 특성으로 하고 있다.[22] 그런데 힘과 역동성을 예찬하는 일은 전쟁 찬미로 여겨지고, 파시즘과의 유착을 낳아 빈축을 사게 되며, 그들의 실험은 '비이성적 언어의 사용', '값싸고 지루한 현대 숭배' 등의 부정적 평가를 받아, 자기 나라에서는 좋은 대접을 받지 못했다. 하지만 프랑스나 러시아 등의 새로운 예술 활동에는 많은 영향을 주었고, 특히 러시아에서는 러시아형식주의를 태동시키는 데 기여한다.

1910년에 문학용어로 확립된 표현주의는, 나치가 퇴폐 문학으로 낙인을 찍은 30년대까지 독일에서 지속된다. 표현주의는 혼의 표출을 지향하는 감정 표출의 예술로, 환상적이고 격정적인 심리 상태를 표현하며, 정열적인 자아의 성취를 시도하여, 짜라투스트라적 인간형을 모색했으며, 어둠을 예감하면서 삶을 긍정하는, 추상성 지향의 반모사의 자세를 견지

---

22 Peter Nicholls, *Modernism*, Macmillan press, 1995, pp.84-111 참조.

한다. 개인적인 것 대신에 전형적인 것을 사용하면서 개별성 상실의 문화를 고발하고, 환희와 절망에 탐닉해 원시적·추상적·격정적·순간적인 것을 예찬하며, 날카로운 것을 지향하는 경향이 나타난다.[23]

다다이즘은 "다다는 아무것도 의미하지 않는다Dada ne signifie rien"는 '선언'에 나오는 말로 그 성격을 드러낸다. "다다는 논리를 폐기한다. 다다는 기억을 폐기한다. 다다는 고고학을 폐기한다. 다다는 예언을 폐기한다. 다다는 미래를 폐기한다."[24]는 식으로 이어지는 무조건적인 과거 유산의 폐기 운동이 다다의 특성이다. 무질서 예찬의 이 전대미문의 자유 선언이 쉬르레알리슴의 정신 해방으로 발전하여, 반예술의 자유로 나타나게 되는 것이다.

다다이즘의 뒤를 이어 1917년에 시작된 쉬르레알리슴은 ① 프로이트의 영향을 받아 무의식의 미학을 채택하며, 다다이즘과 같은 무작위적 우연 기법을 사용하고, 혁명적 방법을 선호하여 친공산주의적으로 된다. 그래서 ② 부르주아적 삶에 대해 부정적 자세를 취하며, 삶과 예술의 재통합을 시도한다. ③ 천재성을 부정하여 뒤샹의 변기처럼 기성품을 그대로 작품에 투입하며, 사물들이 일상적 문맥을 벗어났을 경우에 특수한 심미적 효과를 획득함으로써 낯설게 하기의 새로운 방법을 제시하려 하는 것이다.[25]

영어권에서는 전술한 바와 같이 1900년부터 1920년 사이에 모더니즘이 무르익어가면서, 주지주의적 색채가 짙다. 영국에서는 자연주의 문학이 발달하지 않았기 때문에 주지주의가 가능했던 것이다. 형식주의적

---

23 앞의 책, pp.139-164 참조.

24 정귀영, 『초현실주의』, 나래원, 1983, pp.239-249 참조.

25 앞의 책, pp.250-265 참조.

이며 분석적인 비평문학이 성행했던 것도 그런 문학적 풍토와 관련이 있다고 할 수 있다.

1927년에는 그레이브스가 『모더니스트 포에트리』라는 책에서 모더니즘을 정의한다. 그녀는 ① 전통에서부터의 적극적 일탈, ② 평균독자를 넘어서는 난해성, ③ 실험성 때문에 아방가르드와 동일시되는 점 등을 모더니즘의 특징으로 보고 있으며, 참된 모더니즘과 속된 모더니즘으로 구분하고 있다. 이런 분류법은 칼리니스쿠Matei Calinescu가 『모더니티의 다섯 얼굴』에서 부르주아 모더니즘과 심미적 모더니즘으로 분류한 것을 상기시킨다.[26]

이상의 여러 모더니즘의 공통분모를 추출해보면 모더니즘의 가장 두드러진 특징은 반전통주의임을 알 수 있다. 그레이브스의 말대로 '전통에서의 극적 일탈'이야말로 모더니즘의 가장 뚜렷한 특성이 되고 있다. 반전통주의는 마리네티에서 시작되어, 이미 이루어져 있는 것은 조건도 없이 모조리 때려 부수려 한 다다이즘에서 그 극에 다다른다. 하지만 모더니즘의 반전통주의는 마리네티 이전에 시작된 것이다. 그것은 보들레르에서 이미 시작되어, 랭보의 반규칙·의식 존중·직관 존중의 자세에서 자리 잡혀 모더니스트들에게 계승된 것이기 때문이다.

모더니즘의 반전통주의를 살펴보기 위해서는 전 시대의 자연주의와 비교해보는 것이 필요하다. 자연주의적 예술관은 우선 모사론에 입각해 있다. 그들은 과학주의자이기 때문에 미보다는 진을 존중한다. 그래서 현실을 되도록 '있는 그대로' 정확하게 재현하려 하는 모사론을 채택하는 것이다. 리얼리스트들에게 있어 현실은 시계시간clock time이 지배하

---

26 Matei Calinescu, *The Two Modernity*, Five Faces of Modernity Univ. of Duke Press, 1987.

는 외면적 현실이다. 그래서 묘사의 기법으로도 외면화 수법이 채택된다. 또한 그들은 과학자처럼 자료에 의존하며 개연성을 존중한다. 개연성 존중은 자연주의 소설의 모든 측면에 편재한다. 배경 묘사나 인물 묘사, 플롯의 전개 등에서 모두 개연성의 원리를 불문율로 삼는 것이다.

모더니즘은 그 모든 것을 거부한다. 그들은 우선 모사론에 반기를 든다. 경험한 것이 아니면 자료에 의존하는 리얼리스트들과는 달리 모더니스트들은 반경험·반사실·반인간적인 것을 지향한다. 그들은 현실을 의도적으로 파편화하는 데서 활동을 시작했고, 그 조각들을 재구성하는 작업을 통하여 예술을 완성한다. 상대성 원리가 나온 후에 출현한 새로운 작가들은 미의 절대성을 부정한다. 그들이 추구하는 미는 이미 균형과 조화의 미가 아니다. 푸줏간에 걸린 고기 덩어리들을 그린 그림을 강의실에 걸어놓고, 추도 미일 수 있음을 역설하는 영화 〈모나리자의 미소〉 속의 여교수처럼, 그들은 보편적·절대적 미 대신에 개별적·상대적·가변적인 미를 탐색한다. 가치중립성 같은 것은 발 디딜 틈도 없는 주아주의적 예술관에 입각해 있기 때문에, 변기에 '샘'이라는 이름을 붙여 전시장에 내놓는 뒤샹처럼 보편성을 몰각한 작품들을 제작하는 것이다.

그래서 생겨나는 특징이 불연속성discontinuity의 원리다. 리얼리즘의 금과옥조인 연속성continuity과 유기적 연결성을 무시하는 모더니스트들은, 자연주의자들이 애호한 비극적 종결법 역시 폐기하고 열린 플롯을 선호하며, 사건이 서로 연결이 되지 않는 플롯을 창안한다. 그들은 언어 그 자체에 관심을 가지며, 언어 행위를 놀이의 차원으로 몰고 가기도 한다. 형식을 분해하고 논리적 언어 대신에 자기 가치적 언어를 사용하는 이 일군의 예술가들은 자연주의의 '외부의 실제 생활exterior real life'의 크로노토포스를 완전히 무시한다.

모더니스트들이 가장 폭넓게 공감대를 가지는 점이 바로 외부적 현실을 재현하는 일의 거부다. 그들은 주관주의와 내면성에 집중하고 있기 때문에 외부의 생활에는 관심이 별로 없다. 프로이트의 영향을 받은 그들은 무의식의 심층까지 탐색하느라고 바빠서, 외부적 현실에 관심을 가질 겨를이 없다. 그래서 모더니즘기에 출현한 새로운 용어 중에는 무의식과 관계되는 것이 많다. 자동기술법automatism, 의식의 흐름 수법 stream of consciousness, 내적 독백interior monologue 등은 모두 무의식과 관계되는 것들이다.

20세기를 대표하는 프루스트, 조이스 같은 소설가들은 모두 심층심리의 탐색가다. 그들의 영감의 원천은 무의식의 세계이기 때문에, 현실에서 통용되는 시간은 그들과는 무관하다. 베르그송의 영향권 안에서 발생한 모더니즘에서는 시간의 주관화, 내면화 경향이 두드러진다. 회화가 원근법에서 이탈하듯이 역사적, 연대기적 시간과의 절연이 이루어지는 것이다. 그것이 초현실의 세계다. 프루스트의 자장에 들어가면, 시계는 달리의 그것처럼 데포르메 된다. 자연주의자들은 물질주의와 결정론의 신봉자여서 인간의 심리 대신에 생리를 그렸다. 그런데 이제 그들의 '생리인간'이 차지했던 자리에 프루스트와 조이스가 들어선 '심층심리'의 문학이 개화되는 것이다. 무의식의 세계는 꿈의 세계처럼 논리가 없다. 모더니즘이 개연성을 의도적으로 무시하는 이유가 거기에 있다.

그런 반역은 형식의 경우에도 해당한다. 아폴리네르와 장 콕토 등은 모든 것을 파편으로 만들어 재배열하는 것으로 전통과의 싸움을 시작했고, 상형시를 쓴다고 시행을 회화적으로 배치하는 예술가들도 나타났다. 인간의 감각, 판단, 추억 등을 원근법적 질서 없이 뒤섞은 그들은 그림으로 그린 시, 상충되는 영상, 구두점의 생략, 줄거리가 없는 플롯, 말장난 같은 것으로 자연주의의 명석하고 논리적인 문학에 반항한 것이다.

반모사의 기치를 내세우고 등장한 모더니즘은 미의 절대성 부정, 반모사의 자세, 불연속성 부각, 언어의 유희화, 무의식의 탐색, 동시성의 원리 등을 통하여 전통과는 단절된 20세기적인 독특한 미의 세계를 창출해 냈고 그 모든 것의 통칭이 모더니즘이 되는 것이다.

3. 연구의 범위와 방법

　한일 모더니즘 소설을 비교연구하려면 모더니즘과 관계되는 모든 작가를 대상으로 함이 원칙이지만, 양국의 많은 작가를 다루는 데는 엄청난 시간이 요구되기 때문에 이번에는 대표적인 작가들만 고찰하는 케이스 스터디적인 방법으로 범위를 축소했다. 그래서 일본에서는 신감각파의 요코미쓰 리이치橫光利一(1897~1947), 신흥예술파의 류탄지 유龍膽寺雄(1901~1992), 신심리주의파의 이토세이伊藤整(1905~1969) 등 3인으로 한정하여 우선 일본 모더니즘의 성격을 규명한 후에 앞으로 이상李箱(1910~1937)과 박태원朴泰遠(1910~1987), 이효석李孝石(1907~1942) 등 구인회 계열의 모더니즘 작가들을 대상으로 연구하기로 방향을 정했다.

　이상과 박태원의 소설 연구가 일본과의 관련 하에서 연구되어야 하는 첫 번째 이유는, 그들이 한일합방의 해인 1910년 전후에 태어났다는 사실과 밀접한 관계가 있다. 그들은 식민지 시대에 태어난 세대여서, 교육의 전 과정을 일본의 통치 하에서 이수하게 된다. 따라서 그들의 문학 수업은 대체로 일본어를 통한 독서 체험을 기반으로 하여 이룩된다고 볼 수 있다. 전 세대보다 일본의 영향을 더 많이 받았을 가능성이 짙은 것이다.

두 번째 요인은 한국 안에서의 전문교육기관의 설립과 관련된다. 중고등학교는 이미 1910년에 고등보통학교제가 도입되었고, 본격적인 전문교육 기관도 국내에서 자리잡게 된다. 1888년 이전에 연희전문, 숭실전문 등의 전문교육기관이 생겨났고, 1924년에 경성에 제국대학 예과가 생겼고, 1927년에는 의학부까지 생겼다. 그래서 구인회 멤버들은 일본 유학을 하지 않았는데도 불구하고 1920년대의 작가들보다는 교육 수준이 훨씬 높다. 이광수, 김동인, 염상섭 등은 거의가 다 일본 유학생이지만, 대학 과정을 제대로 이수하지 못했으며, 대학을 제대로 나온 전영택 같은 경우도 전공이 신학이어서 1920년대에는 대학에서 문학을 제대로 공부한 작가가 거의 없다.

구인회는 그렇지 않다. 구인회에는 경성제대 영문과 출신인 이효석과 조용만이 있고, 경성공고를 졸업한 이상이 있다. 서울공대의 전신인 경성공고를 나온 이상은 한국에서는 처음으로 전문적인 호모 파베르homo faber가 문인이 된 케이스에 해당한다. 이 사실은 그가 모더니즘의 근간을 이루는 과학주의의 실상을 제대로 터득할 여건을 형성한다. 그 밖에 일본에서 수학한 정지용, 김기림, 이태준이 있다. 정지용은 동지사 대학 영문과를 나왔고, 김기림은 동북제대 법문학부 출신이며, 이태준은 동경의 상지대 문과를 다니다 중퇴했고, 박태원은 제일고보를 다녔다. 게다가 그들을 이론적으로 지원한 최재서, 이양하 등은 모두 경성제대 출신들이다. 전 시대의 문인들과 비교할 때 학력이 월등하게 높다.

구인회 작가들의 학력의 높이는 우선 원서 해독 능력과 관련된다. 그래서 한국의 모더니스트들은 서구의 모더니즘에 대한 이해도가 일본보다 오히려 높은 경우가 많다. 일본문학에 대한 것도 마찬가지다. 초등학교에서부터 일어로 공부한 이 세대의 문인들은 일본 모더니즘에 대한 이해도 정확하여, 염상섭이나 김동인처럼 예술지상주의, 개인주의 등을 자연주의와 유착시키는 오류 같은 것은 범하지 않게 된다. 또한 시기적으로도 한국의 모더니즘은 일본뿐 아니라 구미의 문학과의 거리가 그다지 멀지 않다. 일본의 신흥예술파나 신심리주의와는 거의 시기가 오버랩되는 것이다.[27] 사상 초유의 일이라고 할 수 있다.

세 번째 요인은 영향 관계의 노출이다. 일본의 모더니즘은 한국보다 10년쯤 선행되어 있다. 일본의 모더니즘은 1923년의 지진과 더불어 시작된 신감각파에서 시작하여 1930년대 말에 끝나 신심리주의까지 약 15년간 지속된다. 끝나는 시기는 우리와 비슷하다. 1933년에 아직 신인이었던 이상과 박태원은 신감각파, 신흥예술파, 신심리주의파 등 일본 모더니즘의 세 파의 실상을 파악한 상태에서 문학을 시작할 수 있었고, 영향도 고루 받았다고 할 수 있다. 비단 이 두 작가뿐 아니라 1930년대의 많은 문인들이 일본 모더니즘의 영향 하에 놓여 있었다.

일본 모더니즘의 세 파 중에서 제일 먼저 나타나는 것이 신감각파의 영향이다. 1933년 정초에 『동아일보』가 주최한 좌담회에서, 정인섭은 1932년의 한국문학계의 특징을 신감각파로 간주하는 발언을 하고 있다. 그는 새로운 유파를 만들 것을 주장하면서 신감각파라는 호칭을 쓰는 게 어떻겠는가라는 의견을 내놓았다.[28] 그는 신감각파적 특성을 나타내는 대표적 문인으로 김기림, 장서언 같은 시인을 들면서, 그 이유로

---

27 이상은 1931년에 「이상한 가역반응」, 일어로 쓴 「조감도」 등을 발표하면서 1937년까지 작품 활동을 하는데, 이 기간은 이토 세이가 「생물제」 계열의 소설을 쓰던 시기와 오버랩된다. 구인회도 마찬가지다.

28 새 유파의 명칭을 정인섭은 신감각파로 하자고 한다.
「동아일보 좌담회」, 『동아일보』, 1933. 1. 1.

감각의 새로움과 제목에 메탈적인 소재를 부각시킨 점을 들고 있다.[29] 하지만 정지용이 반대한다. "글 짓는데 신감각, 구감각이 어디 있습니까? 감각은 사람이면 다 있는 것이지요."라는 것이 정지용의 반대 이유지만, 신감각파에 대한 인식이 1930년대의 한국 문단에 팽배해 있었던 것만은 부인하기 어렵다. 이런 현상은 중국에서도 나타난다. 중국에서는 이 무렵에 '신감각파'라는 유파까지 등장하고 있어[30] 일본의 모더니즘이 피지배국의 문학에 미친 영향의 크기를 가늠할 수 있게 한다.

그 다음에 나타난 '신흥예술파'의 경우에는 구인회와의 관계가 더 구체적으로 나타난다. 조용만에 의하면 구인회가 결성될 무렵에 회원들이 원한 것은 구락부 형식의 모임이었다 한다. 1929년에 일본 모더니스트들이 만든 '13인 구락부'에 자극을 받아 순수 문인들이 모이는 모임을 가지려 한 것이 구인회의 결성 동기가 된 것이다. 심지어 박태원의 친구인 윤군은 우리도 '13인 구락부'를 만들자는 제안까지 하고 있어, 신흥예술파의 모태인 '13인 구락부'가 구인회 결성에 미친 직접적 영향을 확인할 수 있다. 이런 사실은 모임의 명칭을 정하는 단계에서도 표출된다. 이태준이 최종적으로 '9인회'라는 명칭을 제시하자 회원들은 '13인 구락부' 냄새가 나지 않나 신경을 쓰고 있기 때문이다.[31] 명칭뿐 아니라 작풍에서도 이 무렵의 한국문학에서는 신흥예술파의 영향이 노출된다. '9인회'가 결성된 다음 해인 1934년의 10월 창작 평에서 유진오는 신흥예술파의 영향이 지나치게 나타남을 한탄하는 다음과 같은 말을 하고

---

29 앞의 글 참조.

30 1929년 상해에서 유눌구劉吶鷗, 목시영穆時英, 시칩존施蟄存 등이 신감각파를 만들었고, 같은 해에 유눌구가 일본 신감각파 문인들의 소설집을 번역, 출판하면서 운동이 시작되었으나 오래가지는 못한다.

31 조용만, 『구인회 만들 무렵』, 정음사, 1984, pp.78-84 참조.

있다.

> 조선의 신진작가들은 엇지 그리도 일본의 신흥예술파의 오 쁘띠 피에
> au petit pied인고! 생각하면 이것은 당연한 일이다. 그러나 괴맥힌 일이
> 다![32]

그의 한탄의 초점은 신흥예술파의 경박한 난센스문학이 한국의 작가들을 망치고 있다는 데 모아져 있다. 신흥예술파의 작품이 그대로 검출되는 작품으로 유진오는 박태원의 「5월의 훈풍」, 이종명의 「아마와 양말」, 이태준의 「코가 복숭아처럼 붉은 여자」, 한인택의 「문인과 거지」 등을 들고 있다. '구인회'의 대표적인 작가들이 거기 포함되어 있는 것이다. 이들뿐 아니라 다른 작가들도 모두 안이한 '갈겨쓰기'식 창작 태도로 일관되어 신흥예술파적 경박성이 사방에서 검출된다는 것이 유진오의 견해이다. 10월 한 달만 언급한 글이어서 빠져 있지만 이상도 예외가 아니어서, 그의 「단발」, 「소녀」, 「단지」 등에도 류탄지의 영향이 나타나며, 이효석의 「화분」 같은 데서도 신흥예술파적인 도시풍속의 묘사가 검출된다.

그뿐 아니라 이상에게서는 요코미쓰에 대한 언급이 여러 번 나타난다. 그는 「소설로 쓴 김유정」에서 구인회 작가들이 술 마시고 주정하는 장면을 그리면서 "요코미쓰 리이치의 「기계」 같다."는 말을 하고 있다. 「기계機械」는 요코미쓰의 신심리주의계의 소설이다. 이상도 신심리주의계에 속하는 「실화」 같은 소설을 쓰고 있어, 일본의 신심리주의의 영향을 받았을 가능성을 상정할 수 있다. 신심리주의뿐 아니다. 「동해童骸」

---

32 유진오, 「10월 창작평」, 『조선일보』, 1934. 10. 14.

에서는 요코미쓰의 「머리 그리고 배」의 서두가 인용되고 있다. 구보의 '고현학考現學'이라는 용어가 일본의 이마와 지로今和次郎의 조어라는 사실도 감안하면[33] 이 두 작가가 다각적인 면에서 일본 모더니즘과 관련되고 있을 가능성은 부정하기 어렵다. 한국 모더니즘 소설을 대표하는 두 작가가 그들의 영향권 안에 들어 있는 것이다.

모더니즘이 일본에서 생겨난 사조가 아닌 만큼 그 원천이 구미임은 더 말할 필요가 없지만, 번역 작품까지 일본에 의존할 수밖에 없던 1930년대의 상황에서, 우리는 일본 문단의 영향 하에서 모더니즘을 시작할 수밖에 없었고, 그 과정에서 일본식으로 변질된 모더니즘을 수용했을 가능성이 많다. 문제는 영향의 실체를 밝히는 작업에 있다. 우리는 한국의 모더니스트들이 얼마나, 어떻게 그들의 영향을 받았는가를 우선 검증해야 하며, 그 영향이 당대의 우리나라의 여건 속에서 어떤 변화를 일으켜서 한국적 모더니즘을 형성하게 되었는가를 추적해야 한다.

그래서 필자는 일본 모더니즘의 성격을 먼저 규명한 후 한국 모더니즘 소설을 연구하는 방법을 택했다. 일본 모더니즘에 대한 연구를 계속한 후 한국 모더니즘과의 관계 규명 작업을 전개하고, 서구의 모더니즘과 일본 모더니즘과의 관계, 한국 모더니즘과 서구 모더니즘, 그리고 일본 모더니즘과 한국 모더니즘의 관계를 두루 고찰하여 모더니즘의 한국적 특징을 밝히는 것이 내 연구의 목적이다.

---

[33] 이마와今和는 modernology를 '고현학考現學'이라 번역하여 같은 이름의 책을 쓰기도 했다.

Ⅱ부 본론

일본

모더니즘

소설의

전개양상

1. 신감각파와 요코미쓰 리이치橫光利一

1) 신감각파의 형성 과정과 요코미쓰 리이치

명치시대부터 일본의 모든 근대 문예사조가 그래왔던 것처럼 모더니
즘도 구미의 모더니즘의 영향 하에서 이루어졌다. 마리네티의 '미래파
선언'이 발표된 것이 1909년 2월인데, 같은 해 5월에 모리 오가이森鷗外
가 「무쿠도리통신」(『스바루スバル』)에서 그것을 소개했고, 그 후 10여 년이
지난 1921년 12월에 히라토 렌키치平戶廉吉에 의해 '일본 미래파 선언 운
동'이라는 전단이 뿌려지게 되며, 표현주의, 쉬르레알리슴 등이 잇달아
소개되어 "전통적 규범을 제거한 불가해한 시가 쉬르레알리슴이라거나
다다이즘이라고 칭하며 많이 발표"[1]되었고, 표현주의계의 영화〈카리가
리박사의 캐비닛カリガリ博士のカゥビネット〉(1919) 등도 상영되면서 일본에서
모더니즘의 풍토가 조성되었다.

---

1 Donald Keene, 德岡孝夫 譯, 『일본문학사: 근대 · 현대편』 3, 중앙공론사, 1985, pp.25-26.

소설에서는 이런 아방가르드적인 새 풍조가 신감각파에 와서 개화된다. 신감각파 이전에도 모더니즘적 기법을 실험한 작가들이 더러 있었지만, 기법상의 개혁이 본격적으로 시도된 것은 신감각파 때부터다. 그래서 "소설에서의 모더니즘의 적자嫡子는 신감각파"가[2] 되는데, 신감각파를 대표하는 작가가 요코미쓰 리이치이다. 일본의 모더니즘은 소설이 주도하는 만큼 요코미쓰 리이치는 신감각파뿐 아니라 일본 모더니즘문학 전체의 '적자'라고 할 수 있다. 그는 신감각파에 영향을 준 외국 사조에 대하여 "미래파, 입체파, 표현파, 다다이즘, 상징파, 구성파構成派, 여실파如實派의 일부"[3] 등을 들고 있다. 서구 모더니즘의 다양한 유파의 대부분이 거기에 포함되고 있음을 알 수 있다. 요코미쓰의 경우에는 이밖에도 폴 모랑Paul Morand의 「밤 열리다」, 플로베르의 「살람보」 등의 영향도 자주 논의의 대상이 된다.[4] 일본의 모더니즘 소설이 서구의 모더니즘의 영향 하에서 전개된 것임을 확인할 수 있는 자료들이다.

문제는 일본의 모더니즘이 소설 주도 하에서 이루어진 사실에 있는 것이 아니라 그 명칭에 있다. 일본의 모더니즘은 '신감각파'라는 이름으로 시작되는 것이다. 그것은 신감각파 자체에서 선택한 호칭이 아니다. 신감각파의 기관지인 『문예시대』(1924. 10-1927. 5)의 창간호에 실린 요코미쓰 리이치의 「머리 그리고 배頭ならびに腹」가 일본 모더니즘 소설의 선두 주자로 간주되는데, 그것을 읽은 치바 카메오千葉龜雄가 「신감각파의 탄생新感覺派の誕生」(『세기世紀』, 1924. 11)이라는 글을 쓰면서 『문예시대』의 특

---

2 長谷川泉, 「モダニズムの小說觀」, 『國文學-解釋と鑑賞』, 至文堂, 1975. 8, p.219.
3 橫光利一, 「新感覺論」, 『橫光利一全集』11(이하 『全集』으로 약칭), 河出書房, 1961, p.219.
4 폴 모랑의 「밤 열리다」(1922)는 호리구치 다이가쿠堀口大學의 번역으로 1924년 7월에 발표되어 신감각파의 언어의식에 막대한 영향을 주었으며, 요코미쓰의 「해무리日輪」가 「살람보」에서 인물, 배경 등을 차용해 왔다는 것은 이미 공인된 사실이다.

징을 '신감각파'로 규정한 데서 그런 명칭이 생겨났고, 아직 방향이 확정되지 않았던 『문예시대』 사람들이 그것을 받아들임으로써 그 용어가 정착되어 신감각파가 탄생하는 것이다.

외부인에 의해 명명된 '신감각파'라는 용어는 잘못된 방향 설정이라고 할 수 있다. '신감각파'라고 불리면서 일본의 모더니즘의 최초의 유형은 감각의 새로움의 측면으로만 집중되어버리고 말았기 때문이다. 그래서 요코미쓰 자신도 "'신감각파'라는 명칭은 현재의 문화 기층과 일치하고 있기 때문에 좋다. 하지만 '신감각파'라는 명칭은, 주로 감각에 중점을 두어야 하는 것으로 추단될 염려가 있다. 그래서 나쁘다."는 말을 한 일이 있다.[5] 당사자들의 호불호의 감정과는 상관이 없이 일본의 모더니즘은 지금도 신감각파에서 시작되는 것으로 공인되어 있다.

일본의 모더니즘은, 다른 사조와는 달리 문학사에서 차지하는 비중이 아주 가볍다. '모더니즘モダニズム'이라는 용어에 대한 기피현상이 있다고 해도 과언이 아닐 정도로 일본의 근대문학사에는 '모더니즘'이라는 용어가 잘 나오지 않는다. 그 대신 신감각파, 신흥예술파, 신심리주의파, 주지주의파 등으로 분리되어 나타난다. 일본의 모더니즘은 신감각파에서 시작되어 신흥예술파를 거쳐 신심리주의, 주지주의 등으로 이어지는데, 이 일련의 문학 활동을 총괄하는 용어를 일본에서는 '근대파문학(片岡良一)', '예술적 근대파(成瀬正勝)' 등으로 부르고, 이토 세이만이 'モダニズム'라는 용어를 사용하고 있다.[6] 'モダニズム'보다는 '근대예술파' 쪽이 보편적으로 사용되고 있는 것이다.

---

5 橫光利一, 「ただ名稱だけに對して」, 앞의 책, p.225.

6 谷田昌平, 「近代藝術派(モダニズム文學)の系譜」, 『國文學 解釋と鑑賞』, 至文堂, 1975, p.32.

일본에서 모더니즘이라는 용어를 달갑지 않게 여기는 첫 번째 이유는 일본에서의 협의의 모더니즘이 신흥예술파를 가리키고 있는 데 기인한다.[7] 프로문학에 적대하는 것 외에는 공통성이 거의 없는 32인의 문인들이 모여서 만든 신흥예술파는 퇴폐한 도시주의와 외면적 풍속소설로 타락함으로써 생활의 희화화 이상의 가치는 찾을 수 없는 것으로 평가되고 있다.[8]

이 파의 대표적 작가는 류탄지 유인데, 그는 자유분방한 모던 걸의 생태를 주로 그려서 경박한 아메리카니즘과 어버니즘urbanism이 합성된 난센스문학을 만들어낸 작가로 폄하되고 있다. 에로티시즘과 난센스 이외에 그로테스크까지 합세하여 만들어진 '에로 · 그로 · 난센스ェ ㅁ · グ ㅁ · ナンセンス'[9]라는 용어가 신흥예술파문학과 유착되어 있는 만큼 그들의 모더니즘의 가치는 '신감각파'의 십 분의 일도 못 된다는 것이 정설이다.[10]

신흥예술파의 이런 안이한 창작 태도가 일본에서의 모더니즘의 위상을 하락시켰다. 이 파의 동인 중에서 중량 있는 문인들이 나와 나중에 신심리주의와 주지주의를 발전시키는 점에 이 유파의 유일한 공적이 있다고 말해질 정도로 일본에서의 신흥예술파의 평가는 부정적이어서, 그들이 대표하는 모더니즘이라는 용어도 평가 절하되고 마는 것이다.

협의의 모더니즘의 부진함 때문에 일본에서는 광의의 모더니즘을 선

---

7 瀨沼茂樹, 『完本, 昭和の文學』, 冬樹社, 1976, p.59.

8 長谷川泉, 「モダニズム文學の展開」, 『現代文藝思潮』, p.28.

9 에로틱 · 그로테스크 · 난센스erotic · grotesque · nonsense의 약어. 카페, 레뷰, 호색, 엽기독물獵奇讀物의 성행, 근대만화, 난센스문학의 흥융 등 첨단적 풍속을 배경으로 하는 1930년 전후 2, 3년의 시대풍조를 표징하는 말이다.
     三好行雄, 淺井淸等 編, 『近代日本文學小辭典』, 有斐閣, 1981, p.35.

10 谷田昌平, 「近代藝術派(モダニズム文學)の系譜」, 『國文學 解釋と鑑賞』, 至文堂, 1975. 8, p.40.

호하는 경향이 생겨난다. 그런데 그 경우에는 전술한 바와 같이 모더니즘이라는 용어를 가능한 한 피하고, 신감각파, 신심리주의, 주지주의 등으로 분류하여 논하거나, 총괄적으로 불러야 할 때는 근대예술파 또는 예술적 근대파라는 용어를 사용하고 있다. 근대예술파라는 용어로 총괄되는 모더니즘이 광의의 'モダニズム'인데, "오늘날에는 오히려 광의의 용법이 많은 것 같다."[11]는 하세카와 이즈미長谷川泉의 의견에 따라 필자는 광의의 모더니즘을 일본의 모더니즘으로 보는 시각을 취하려 한다. 일본 모더니즘의 대부분의 작가들이 모더니즘의 세 유파에 고루 발을 걸치고 있기 때문이다. 초기의 『감정장식感情裝飾』에 나오는 장편소설掌篇小說들에서 지적인 조작의 자취가 노출되는 신감각파적인 인공적 문체를 시도한 가와바타 야스나리川端康成는, 신흥예술파적인 도시풍속소설 「아사쿠사 구레나이단浅草紅團」을 쓴 후 신심리주의 계의 「수정환상水晶幻想」을 쓰고 있고, 신심리주의의 대표주자인 이토 세이도 처녀작인 「비약의 형飛躍の型」(1929)에서 문체는 신감각파적이면서 내용은 신흥예술파적인 작풍을 선보이고 있다. 그 중에서도 세 유파를 두루 걸친 대표적인 작가는 요코미쓰 리이치이다. 그는 광의의 모더니즘의 세 유파의 특성을 거의 모두 가지고 있다. 요코미쓰는 신감각파의 대표 주자였을 뿐 아니라, 소화昭和 초기의 난센스문학과도 관련이 있고,[12] 도시풍속소설도 썼으며, 마지막에는 신심리주의를 대표하는 「기계」 같은 소설도 썼다. 전 생애를 통하여 기법의 실험을 계속한 그는 항상 신사조를 대표하는 아방가르드였던 것이다.

따라서 그에 관한 연구를 하려면 모더니즘의 세 유파를 모두 언급해

---

11 長谷川泉, 「藝術的近代派の胎動」, 『國語と國文學』, 1971, p.38.
12 鈴木貞美, 『昭和文學のために』, 思潮社, 1989, p.16 참조.

야 하므로 광의의 모더니즘 쪽이 타당성이 있다. 그는 신감각파의 선두 주자였을 뿐 아니라 일본 모더니즘의 대표주자이기도 하기 때문이다. 또한 일본에서는 신흥예술파를 협의의 모더니즘으로 보는 견해가 우세 하긴 하지만, 사실상 모더니즘의 기법적 특성은 신감각파와 신심리주의 쪽에서 더 깊게 나타나고 있기 때문에, 세 유파를 모두 모더니즘으로 총괄시키는 견해가 보편성을 지닌다고 할 수 있다.

하지만 일본문학에서는 광의의 경우에도 'モダニズム'이라는 용어를 기피한다. 그래서 필자는 일본에서 모더니즘이 푸대접을 받는 두 번째 요인을 비논리적인 국민적 취향에서 찾고 있다. 자연주의의 경우에도 같은 현상이 일어나고 있기 때문이다. 이토 세이도 같은 말을 하고 있 다. 그는 일본의 미적 전통은 논리적인 것이 아니라 감각적인 것에 치 중되어 있다고 보는 것이다. 시가뿐 아니라 인형극, 가부키 등까지 모 두 감각적인 미에 치중되어 있는 것은 "인간성 전체의 억압, 절도화節度 化에 의해서 논리를 왜곡하고 감각적인 것만 호흡을 허용하는 봉건사회 의 존재양식에서 생겨난 필연적인 왜곡"[13]이라는 것이 이토의 의견이 다. 현대문학에서도 그 전통은 그대로 이어져서 "감각에의 집중이라고 하는 것은 교카鏡花 이후의 일본의 방법적인 문장 가들의 공통되는 특 기"[14]였다고 그는 말한다. 모더니스트인 이토나 요코미쓰는 모두 방법 론에 관심을 가진 그룹에 속한다. 모더니스트들이 감각파라 불리는 이 유가 거기에 있다.

일본인은 미의 추구자가 된 이상은 현실의 논리를 체념해야 한다.[15] 사

---

13 伊藤整, 『小說の方法』, 河出書房, 1955, p.198.
14 앞의 책, p.198.

스케佐助가 스스로 눈을 멀게 하고 감각의 세계에만 사는 것은 일본예술의 전통의 파악이다. 명백한 논리에 눈을 감고 감각으로만 사는 일이 일본의 예술가의 '예藝'를 보지保持하는 방법이었다. 에고는 절단된 '감각'에 있어서만 살려졌다.[16]

이토 세이의 『소설의 방법』은 이런 한탄으로 점철되어 있다. 일본의 문화적 풍토의 비논리적 특성이 근대소설의 정상적인 성장을 방해하고 있다는 생각 때문이다.

주정적, 감각적이면서 보수적인 경향이 짙은 일본인의 이런 미적 기호가 모더니즘이 지니고 있는 주지주의적 경향, 실험정신, 반서정주의 등과 근본적으로 맞지 않았기 때문에, 일본에서는 모더니즘이 융성하지 못했고 푸대접을 받은 것이다. 졸라이즘의 과학주의, 로고스 존중 경향 등에 대한 기피 현상과 동질의 것이 모더니즘에도 작용했으며, 졸라이즘을 주객합일주의의 고백적 사소설로 변질시킨 것과 같은 요인이 모더니즘을 감각주의로 변질시켰다고 할 수 있다. 신감각파의 감각주의에 대하여 이토는 다음과 같은 논평을 내린다.

일본문日本文에서의 감각적인 미를 추구하면 논리적 인간상을 놓친다는 모순은, 그 후 논리를 감각의 질서에 치환하고 본다는 파멸적인 방법으로 요코미쓰 리이치의 창작에 나타난 것이다.[17]

---

15 앞의 책, p.214.
16 앞의 책, p.335.
17 앞의 책, p.213.

이런 경향은 예술에 있어서의 로고스 존중주의에 대한 근본적인 기피
현상으로 귀착된다. 이 점은 모더니즘의 3기에 가서 주지주의보다 신심
리주의가 우위에 서는 데서도 입증된다. 사소설이 서사문학의 주류를
이루고 있는 일본에서, 주지적인 사조는 언제나 야당적인 세력밖에 지
니지 못한다. 모더니즘 중에서도 감각을 앞세우는 신감각파가 적자가
되는 이유도 같은 곳에 있다고 할 수 있다.

하지만 감각의 기발함보다는 사소설의 고백성이 더 인기가 있는 것이
일본의 문학풍토이다. 그래서 신감각파의 주장인 요코미쓰의 경우에도
장수한 작품들은 역시 사소설인 「그대御身」(1921), 「봄은 마차를 타고春は
馬車に乗って」(1926), 「화원의 사상花園の思想」(1927) 등이라는 사실을 나까무
라 미쓰오中村光夫와 도널드 킨Donald Keene 등이 지적하고 있다.[18] 이토
세이의 경우도 마찬가지다. 갖은 비난을 다 받으면서도 신심리주의적
세계에 집착하던 이토 세이는 1940년대부터 「도쿠노 고로得能五郎의 생
애와 의견」(1940), 「나루미 센키치鳴海仙吉의 아침」(1946) 등을 발표하면서
사소설로 귀환한다. 그의 신심리주의적 소설들도 사실은 '고백적' 특성
을 지닌 것이었음을 감안하면, 사소설이 일본인의 체질에 얼마나 적합
한 것인지를 미루어 알 수 있다.

일본의 모더니즘은 신감각주의에서 시작하여 '모던한 세태를 리얼리
스틱하게 재현하는' 신흥예술파의 도시풍속소설로 발전하며, 마지막에
가서 신심리주의가 되는데, 그 경우에도 심층심리를 자동기술법으로 그
리려 한 가와바타 야스나리의 「수정환상」이나 이토 세이의 「유귀幽鬼의
도시」 등은 장수하지 못한다. 오히려 내면 묘사의 심도가 사소설에서
그리 멀지 않은 호리 다쓰오堀辰雄의 작품들이 인기를 끌고 있는 것은

---

18 Donalde Keene, 앞의 책, p.285.

모더니즘의 아방가르드적 측면에 대하여 일본의 독자들은 별로 흥미를 느끼지 않았다는 사실을 입증한다. 일본에서의 모더니즘의 비중은 이렇게 가볍기 때문에 모더니즘에 관한 비중 있는 전문 연구서가 거의 없다고 해도 과언이 아니다. 반면에 낭만주의의 위세는 다른 나라보다 오히려 강하다. 국민성과의 부적합성이 일본에서 모더니즘문학이 부진한 요인도 된다고 주장하게 되는 이유가 거기에 있다.

세 번째 요인은 모더니즘파의 이론의 미비성과 작품의 빈약함에서 연유한다. 유파는 많은데 이론도 부실하고 작품도 엉성하다. 그것은 모더니즘이 자생적으로 생겨날 만큼 일본의 근대화가 진척되지 못한 데서 오는, 여건의 미숙성과도 함수관계가 있다. 일본의 모더니즘에 나타나는 낙관주의적 경향이 그것을 입증한다. 1923년의 대지진은 낡은 시가지와 더불어 낡은 공동체의식의 질곡도 함께 소멸시켰기 때문에, 새로운 세대의 문인들은 새 시대에 살게 된 기쁨을 어떤 경우에도 억제할수 없었다. 그래서 일본의 모더니즘은 니힐리즘과 종말 의식을 이야기할 때에도 톤은 아주 밝다.[19] 탈봉건주의에서 오는 해방감이 그것을 뒷받침하고 있기 때문이다.

봉건주의와의 거리가 근접해 있는 이런 입지 조건은 모더니즘의 성숙을 저해한다. 일본에 근대적 도시가 제대로 정착되는 것은 신흥예술파의 시기인데, 이 시기에 모더니즘은 새로운 근대 도시 자체에 대한 작가들의 찬양과 몰입으로 인해 외면적인 도시풍속소설로 변질되고 만다. 산업혁명 후의 사람들처럼 새것 콤플렉스에서 헤어나지 못하는 이런 현상은 일본 근대사회의 미숙성을 입증한다.

---

19 유럽의 모더니즘은 자아의 해체, 인간 소외 등과 연결되어 있어 어두운 그늘이 지는 것이 상례인데, 일본에서는 반대로 낙관주의적 경향이 나타나고 있다.

일본의 모더니즘은 신흥예술파기까지는 지속적으로 낙관주의적 자세를 나타낸다. '에로·그로·난센스' 속에서 작가들은 도시적 감각주의와 더불어 행복했던 것이다. 새로운 도시와 산업 문명에 대한 이런 현혹은 모더니즘이 자생적으로 생겨날 여건의 미숙성과 관련되어 있다. 나카무라 미쓰오의 말을 빌자면 명치시대부터 일본의 근대화는 '촉성재배促成栽培' 같은 표면적인 것에 불과해서 그 여파가 모더니즘기에까지 영향을 미치는 것이다.[20]

2) 일본 모더니즘의 시기

상술한 바와 같이 일본의 모더니즘 소설은 '신감각파'에서 시작된다. '신감각파'는 기관지인 『문예시대』가 출간된 1924년 10월부터 그것이 폐간된 1927년 5월까지 존속한다. 『문예시대』의 동인은 창간 당시에 14인이었다.[21] 20대의 신인들이 주축이 된 이 잡지는 『문예춘추』의 동인들이 다른 동인지의 신진작가와 신인들을 모아 만든 것이어서, 반전통주의 이외에는 공통성이 없었다. 동인들의 작품도 서로 다르고 주장도 서로 달라 오래 가지 못한다.

신감각파가 와해된 이유는 첫째로 동인들의 이탈에서 찾을 수 있다. 곤토 고今東光, 가타오카 텟페이片岡鐵兵 등 핵심 멤버들이 초장에 적진인 프롤레타리아 진영으로 자리를 옮기면서 와해가 시작된다. 두 번째 요

---

20 中村光夫, 『小說入門』, 新潮文庫, 1979, p.98 참조.
21 창간 동인은 요코미쓰 리이치, 가와바타 야스나리, 가타오카 텟페이, 곤토 고, 사사키 모사쿠佐佐木茂索 등을 포함하여 14인이었다.

인은 동인들이 오합지졸이었던 데 있다. 태반의 동인이 문학적 업적을 남기지 못한 문인들이어서, 사실상 중심인물은 요코미쓰 리이치, 가와바타 야스나리, 가타오카 텟페이 세 사람이다. 이들은 신감각파의 대표적인 이론가이기도 했다. 하지만 가타오카는 프로진영에 가버렸고, 가와바타는 이론적인 면에서는 신감각파를 대표하지만 신감각파적인 작품을 거의 쓰지 않았기 때문에, 신감각파를 대표하는 작가는 요코미쓰 하나라 해도 과언이 아니다. 세 번째는 이 파에 몰려 있던 신인들이 등단하여 지명도가 생기자, 신인의 발표 기관으로서의 동인지의 존재 이유가 없어진 데 있고, 네 번째는 프로문학의 융성에 있다고 할 수 있다. 『문예시대』와 『문예전선』은 똑같이 1924년에 창간되었지만, 후자는 5년간 더 지속된다. 프로문학 쪽이 이와 같이 우세한 위치에 있었기 때문에 동인들이 그 쪽으로 이동하게 되는 것이다. 동인들의 이질성으로 인한 유파로서의 결속력의 미흡함, 동인들의 미숙성, 이론의 빈약함 등이 신감각파가 단명한 이유이다.

신감각파는 생기자마자 와해한 유파지만 전 세대와의 차이화 작업을 이룩한 점에서 문학사적 의의는 인정받고 있다. 신감각파의 '탈대정문학'의 기치는 다음 세대 문학의 지반 형성에 기여한다. 신감각파의 감각 묘사가 내면성을 상실하고 단순한 감각주의에 치닫게 되자, 그것을 계승하여 도시풍속소설이 주축이 되는 신흥예술파가 생겨난다.

신흥예술파 총회가 열리는 것이 1930년 4월이다. 동인은 32명. 중심 멤버는 1929년 말에 '장밋빛 서광을 띠고 성두에 선 13인의 기사'라고 매스컴에 의해 선전되던 '13인 구락부'의 문인들이며, 중심작가는 류탄지 유, 아사하라 로쿠로淺原六郎, 요시유키 에이스케吉行エイスケ 등이다. 신감각파보다도 결속 요인이 더 약했던 신흥예술파는 총회가 열린 다음 해부터 와해되기 시작하고, 그 속에서 신감각파의 오성悟性 존중의 경향

을 계승 강화한 주지주의파와, 심리 묘사를 심화시킨 신심리주의파가 파생한다. 주지주의와 신심리주의는 『시와 시론時と時論』, 『문학』 등을 통하여 1929년경부터 본격적으로 소개되기 시작한 구미의 모더니스트들의 영향 하에서 생긴 '정통예술파'다. 하지만 주지주의 쪽보다는 신심리주의가 결실이 풍부하여 우위에 서게 된다. 주지주의는 이론과 창작 양면에서 아베 도모지阿部知二의 원맨쇼에 그쳤고, 그나마도 이론 주도형이어서 작품이 빈약한 데 비하면, 신심리주의는 작품이 많고 여러 작가에 의해 시도되었다. 「기계」(요코미쓰 리이치, 1930), 「성가족聖家族」(호리 다쓰오, 1930), 「수정환상」(가와바타 야스나리, 1931), 「유귀의 도시」(이토 세이, 1937), 「유귀의 마을」(이토 세이, 1938) 등이 프루스트, 조이스, 라디게 등의 영향을 소화하여 쓰였기 때문이다. 신심리주의는 이론 면에서나 작품의 성숙도 면에서 모더니즘 3파 중에서 가장 성과를 나타낸 편에 속한다. 하지만 근대의 상승기에 있던 당시의 일본에서는 아직 자아의 해체나 내적 분열의 심도가 심각한 수준이 아니었기 때문에 신심리주의마저도 오래 지속되지 못한다. 전쟁으로 인한 경직된 분위기 속에서 조성된 전통 회귀의 풍조가 역풍으로 작용한 것이다. 그것은 명치유신 이래로 팽배했던 서구 숭배의 물결을 가라앉히는 역할을 해서, 가뜩이나 부실하던 모더니즘의 뿌리를 흔들어버린다.

그러니까 신감각파에서 신심리주의까지를 통산해보아도 일본의 모더니즘의 시기는 15년 정도밖에 되지 않는다. 그 동안에 세 개의 유파가 부침하면서 줄곧 프로문학과 대치해 있었던 것이다. 프로문학의 편偏내용주의에 대한 반대 입장을 견지한 점과 반전통주의만이 이 세파를 관통하는 공통 특징이라 할 수 있다.

이 세 부류의 모더니즘의 유파들은 주장의 다채로움에 비하면 작품은 빈약한 편이다. 요코미쓰가 빛을 발하는 이유가 거기에 있다. 그는 『문예시대』가 끝난 후에도 실험정신을 잃지 않고, 신심리주의적 기법으로 「기계」를 써서 일본 모더니즘 전반의 대표적 작가가 된다. 일본 모더니즘 연구의 첫머리에서 그를 세우는 이유가 거기에 있다.

연구의 대상은 1923년부터 1927년 사이에 쓰인 요코미쓰의 초기 단편들이다. 「해무리日輪」(1923), 「파리」(1923) 등 신감각파 이전의 단편들과, 『문예시대』 창간호에 실린 「머리 그리고 배」(1924)와 「조용한 나열靜かなる羅列」(1925), 「나폴레온과 쇠버짐ナポレオンと田蟲」(1926), 「봄은 마차를 타고」(1926), 「화원의 사상」(1927) 등 신감각파기에 쓰인 작품들로 한정지었고, 실험적 기법과 무관한 나머지 작품들은 제외했다. 신감각파 이전에 쓰인 두 소설을 포함시킨 것은 그 작품들이 신감각파적 특징을 지닌 것으로 공인되어, 유파 형성에 기여하고 있기 때문이다. 「봄은 마차를 타고」와 「화원의 사상」은 사적인 체험을 담은 소설이라 제재 면에서는 신감각파와 어긋나지만, 일상사의 디테일을 재현하지 않고 남편의 감각 묘사에 치중한 작품이어서 기법적 특징은 신감각파적이기 때문에 포함시키기로 했고, 신심리주의로 각광을 받는 「기계」는 신심리주의 항에서 다루기로 하여 제외시켰다.

신감각파가 형식적인 면에서 기법의 개혁에 역점을 둔 유파인 만큼 이 논문에서는 신감각파적 기법의 실상을 주로 분석하기로 했다. 장르 면에서 나타나는 반소설적 기법과, 구조와 문체 면에서 나타나는 반리얼리즘적 특성에 역점을 두고 신감각파의 새로움의 실체와 그 모순을 천착해 감으로써 신감각파의 기법적 특성을 규명하려 한 것이다.

3) 요코미쓰 리이치의 소설에 나타난 '신감각파'적 특징

요코미쓰 리이치의 소설에는 자신의 체험을 바탕으로 하여 쓰인 「그대」 계열과 그 자신의 말을 빌자면 '괴뢰를 만들려는' 의도에서 만들어낸 「해무리」 계의 두 흐름이 있다. 후자가 신감각파의 정통적 소설들이다. 이 소설들에서는 표현 양식에 대한 아방가르드적 실험이 두드러지게 나타난다. 요코미쓰와 신감각파의 특징이 전통에 대한 반역에 있기 때문이다. "신감각파의 운동은 대정문학을 전면적으로 부정하고, 그 흐름을 단절시키는 방향으로 이루어"[22]졌다. 과거 어느 때보다도 격렬하게 그들은 전통을 거부하는 자세를 취한 것이다.

전 시대의 문학에 대한 반역의 열망이 이렇게 강렬하게 표출된 원인은 국제적인 상황의 변화에 있다. 제1차 세계대전, 러시아 혁명, 경제 공황 등이 기존의 체제와 가치관의 붕괴를 재촉했고, 이로 인해 서구의 모더니즘문학에 대한 관심이 생겨났으며, 그것이 새로운 표현 양식에 대한 갈망을 태동시켰고, 그 결과로 생겨난 것이 신감각파이기 때문이다.

하지만 모더니즘 발생의 보다 직접적인 동인은 1923년 9월의 관동대진재關東大震災라고 할 수 있다. 요코미쓰는 그 지진을 제1차 대전과 비교한 일이 있다. 그것은 낡은 건물들과 더불어 낡은 가치관을 삽시간에 무너뜨렸다는 점에서 전쟁과 유사성을 지니고 있었다. 현실의 외양과 내용이 순식간에 파괴되어버린 이 엄청난 재난은, 지나치게 급격한 변화를 몰고 왔다. 파괴는 삽시간에 이루어졌고, 그 폐허에 아메리카니즘과 어버니즘이 쏟아져 들어온 것이다.

폐허화된 도시의 급속한 재건 속에서 종래의 것과는 현격하게 다른

---

22 谷田昌平, 앞의 책, p.34.

서구적 새 도시가 탄생했다. 포장된 길 위에 세워진 고층 건물에는 영화관, 카페 등이 들어서고, 모던 걸과 모던 보이들이 거리를 활보하자, 도덕적 규범과 삶에 대한 인식에도 변화가 생겼다. 그것은 너무나 급격한 변화였다. 물심양면에서 맹목에 가까운 새것 콤플렉스가 확산되던 그 엄청난 소용돌이 속에서, 일본의 모더니즘은 생겨났다. 그 지나친 속도가 모더니즘을 피상적인 것으로 만드는 요인이 되었다. 성숙할 시간이 주어지지 않았기 때문이다.

이런 엄청난 변화 속에서 나타난 모더니즘의 특징 중의 하나가 옵티미즘이다. 신감각파는 폐허에서 시작된 문학이기 때문에 표면적으로는 페시미스틱한 경향을 나타낸다. 다음 인용문에서 상실의 시대를 사는 그들의 페시미즘을 읽을 수 있다.

> 가타오카는 인류의 멸망을 반복하여 역설하고, 나카가와中河는 인생의 질병을 강조한다. 요코미쓰가 되풀이하며 그린 세계는, 인간이, 인간 이외의, 혹은 인간을 초월한 어떤 물리적 힘에 지배되어 휘둘리고 있는 모습이다. 가와바타가 그리는 주된 대상은 실질이 결여된 심리의 문양이다.[23]

하지만 그렇게 암담한 세계를 표현하는 그들의 언어는 뜻밖에도 밝은 톤을 지니고 있다. 그 밝음은 지긋지긋한 낡은 세계가 속 시원히 무너져 내리는 것을 목격한 젊은이들의 해방감을 대변하는 것이다. 그 해방감 속에서 새 문학을 창출하는 일은 신명이 나는 일이었다.

---

23 河上徹太郎, 『横光利一と新感覚派』, 有精堂, 1991, p.259.

가타오카는 인류멸망설을 얼마나 즐겁게 선언하고 있는가. 그들은 그 발견을 즐기고, 그런 관념에 의하여 새로운 문학을 창출하는 일에 신이 나 있는 것이다.

그 기묘함은 도시화에 의해, 낡은, 구질구질한 공동체 의식에서 탈출한 기쁨과, 그러나 그 새 시가지에서 아무런 확고한 생활 실질을 느낄 수 없는 데서 오는 공허감과를 표리로 한 것이다.[24]

새 문학 창조를 향한 신명과, 변화의 급격한 속도 때문에 실질을 획득하지 못한 데서 오는 허탈감은 일본 모더니즘의 표리를 이룬다. 종래의 방법으로는 자신의 내면을 여실하게 그리는 일이 불가능하다는 자각이 모더니즘을 탄생시켰고, 그 모델은 서구의 모더니즘이지만, 막상 변화에 부응할 새로운 표현 기법을 획득하는 일이 어려운 것은 실질의 결여에 기인한다. 그런 신명과 허탈이 응집된 것이 『문예시대』이고 신감각파다. 그래서 신감각파는 '진재문학'이라는 레테르를 지니게 된다. 하지만 그들에게는 낡은 세계의 붕괴에 대한 상실감은 별로 없다. 실질이 결여된 데서 오는 공허감 때문에, 작품마다 새로운 기법을 시험하면서 좌충우돌하고 있으면서도 요코미쓰의 신감각파기의 문학에는 그늘이 거의 없다. 사랑하는 아내의 투병 생활과 죽음을 그린 「봄은 마차를 타고」와 「화원의 사상」 같은 병처물病妻物의 제목만 보아도 신감각파문학의 분위기를 짐작할 수 있다. 폐병과 죽음까지도 어둠을 몰아낸 밝은 색채 속에서 조명되고 있기 때문이다.

이런 옵티미즘은 너무나 신속하게 자기들이 갈망하던 신세계를 만난 데 대한 흥분과 밀착되어 있다. 실상 지진이 무너뜨린 것은, 그들이 파

---

24 앞의 책, p.259.

과하고 싶어도 할 수 없던 그 불가항력적인 낡은 것들이기 때문에, 그것이 없어진 것을 슬퍼할 수 없었던 것이다. 인간의 해체를 절실하게 재현하기 위해서 새 기법을 창안하지 않을 수 없었던 서구의 모더니즘에서 나타나는, 변한 세계에 대한 당혹감과 상실감이 여기에는 없다. 새 문화 창조의 신명에 들떠 있는 신감각파문학의 밝은 톤은, 새로운 발전과 창조의 가능성 앞에 선 자들의 흥분을 입증한다. 카프카나 엘리엇이 그린 황량한 내면풍경과 비교할 때, 일본의 모더니즘의 신명은 일본만의 유니크한 특성으로 부각된다.

이런 신명은 신흥예술파에도 계승된다. 그것은 새로운 문화와 풍습에 대한 맹목적 사랑을 의미하게 되어, 단발머리에 하이힐을 신은 모던 걸, 아이스크림, 초콜릿 같은 박래품 기호 식품, 카페와 댄스홀에서의 새로운 형식의 행락, 아파트나 종탑에서의 혼전동거 같은 새로운 풍습들을 가볍고 흥겹게 그리는 도시풍속소설이 생겨나는 것이다. 신흥예술파의 난센스문학은 신감각파의 옵티미즘과 공허감의 귀착점이라고 할 수 있다.

이들의 새것 콤플렉스의 선두주자인 요코미쓰는 낡은 모든 것을 타기하는 심정으로 전 시대의 문학에 도전한다. 그래서 그의 반전통의 자세는 극단적일 수밖에 없었고, 그 극단성이 그의 신감각주의를 파탄시킨다. 그는 전통에 대한 자세뿐 아니라 프로문학에 대한 반발 역시 극단적이었다. 신감각파와 프로문학은 대정문학을 거부하는 자세는 동일하나, 문학관에 있어서는 극단적인 대척관계를 나타낸다. 『문예시대』보다 5개월 앞서 출간된 『문예전선』파의 프로문학도 신감각파와 마찬가지로 '진재문학'에 이어서 대정문학에 반기를 든다는 점에서는 서로 공통된다. 하지만 프로문학은 사상에 중점을 두는 편내용주의로 치닫고, 거기에 대한 반발에서 태동된 신감각파는 편형식주의로 가닥이 잡힌다. 그래서 신감각파의 전통문학에 대한 거부는 주로 형식에 치중되며, 그것은 반사소설, 반리얼리즘으로 구체화된다.

(1) 반反사소설

① '괴뢰傀儡만들기'와 허구성 긍정

일본의 근대소설이 지니는 가장 일본적인 특성은 '배허구'의 구호에
있다. 일본에서 근대소설이 자리 잡는 자연주의 문학기부터 시작된 이
구호는, 서구 자연주의의 진실 존중 경향을 사실 존중으로 받아들인 데
서 생겨난다. 즉 '진실'을 '사실'로 오인한 데서 일본 근대소설의 사소설
화가 이루어진다. 몸소 겪은 일만이 사실에 입각해 있다는 생각 때문에,
사소설에 비중이 주어지는 것이다. 그 뒤를, 사소설만이 순수소설이라
는 또 하나의 일본적 공식이 따른다. '사실에 입각한' 소설만이 순수소
설이라는 견해는 사소설만이 순수소설로 간주되는 길을 열었고, 사소설
이 아닌 경우에는 모델을 필수조건으로 하는 '배허구'의 전통을 만들어
내게 되는 것이다.[25]

요코미쓰 리이치는 명치·대정문학을 지배하던 이 '배허구'의 전통에
반기를 든다. 그것이 그의 유명한 '괴뢰설傀儡說'이다. '우리들은 괴뢰를
만든다'는 것이 그가 신감각파기 이전부터 가지고 있던 주장이다.[26]

모든 예술은 실인생에서 일단 유리遊離한 다음에 비로소 새로운 현실을
형성해야 하는 것이며, 그래야만 소설이 소설로써 성립되는 허구라는 가

---

25 졸저, 『자연주의문학론』 1, 고려원, 1987, pp.133-137 참조.

26 요코미쓰는 「우리들은 기성문단을 어떻게 보는가われわれは既成文壇を如何に見るか」(『新潮』,
1924. 7)에서 '괴뢰 만들기'를 주장하고 있으므로, 이는 『문예시대』 창간보다 석 달
앞서 있다.　　　　　　　　　　　　　　　　　『國文學』, 學燈社, 1990. 11, p.94 참조.

능성의 세계가 전개되며, 이것이야말로 진실이라 할 미의 세계라고 생각하여 사람들이 배척하여 마지않는 허구의 세계를 창조하는 일에 혼신의 정열을 쏟았었다.[27]

요코미쓰는 후일에 자기의 초기 작풍을 회고하는 글에서 위와 같은 말을 하고 있다. 자신의 신감각파기의 문학이 리얼리즘에서 이반한 것이라는 것과, 허구가 소설의 본질적 요소이기 때문에 종래의 '배허구'의 전통과 정면에서 맞서 있었다는 것을 밝히고 있는 것이다. 다음 인용문은 이보다 한 걸음 더 나아가서 그의 전 시대에 대한 반발의 극단성을 입증하면서 괴뢰설이야말로 구시대의 문학에서 탈피하여 새롭게 도약하는 방법이었음을 명시하고 있다.

바라옵건대, 우리에게 경들의 지난날의 배설물을 퍼 먹이지 말라. 경들은 절망을 주는 자들이다. 우리는 절망을 원하지 않는다. 우리는 경들이 파악한 진실을 부정하기 위해서 괴뢰를 만든다. 우리의 괴뢰야말로 막다른 골목에 몰려 있는 경들의 세계로부터의 비약이다. 우리는 허위를 만든다. 우리는 우리의 허위가 진실임을 입증하기 위해 괴뢰를 만들려고 하는 것이다. 우리는 과감하게 경들의 인식을 부정한다.[28]

이 인용문을 통하여 그가 '괴뢰'라고 명명한 것이 허구적 인물임을 확인할 수 있다. 요코미쓰는 작가의 체험과는 되도록 먼 거리에 있는 허구적 인물을 그림으로써, 명치·대정기의 사소설과의 본격적인 차이화

---

27 橫光利一, 「初期の作」, 『全集』 12, p.141.
28 橫光利一, 「絶望を與へる者」, 『全集』 11, p.205.

를 기도한 것이다. 다만 그 차이화의 노력이 지나치게 극단적 양상으로 나타나는 데 문제가 있다. 그의 허구적 인물들은 작가의 현실과는 너무나 동떨어진 데서 찾아져서, 현실감을 상실하고 마는 것이다. 그 대표적인 예가 「해무리」에 나타난 상고취미尚古趣味다. 요코미쓰는 자신의 현실과 가장 먼 거리에 있는 상고시대의 한 여인을 『위지왜인전魏志倭人傳』에서 끌어냄으로써, 과거의 '체험에 입각한' 소설 쓰기에 극단적인 방법으로 도전한 것이다.

상고시대의 인물이라는 점을 제외하더라도, 작가와 이 소설의 주인공인 히미코와의 사이에는 공통점이 거의 없다. 우선 그녀는 여자여서 작가와는 성이 다르며, 작가는 항상 이성에게 배반당하는 편인데, 히미코는 이성을 마음대로 지배하며 배반을 다반사로 여기는 타입이다. 또한 히미코는 왕족이어서 작가와는 계층의 차이가 엄청나다는 점, 소심한 성격의 작가에 비하면 그녀는 너무나 용감한 아마존이라는 점 등 모든 면에서 히미코는 작가의 체험과 연결 부위를 거의 가지지 않는다. 그러니까 그녀를 현실에서 유리시켜 괴뢰로 만드는 작업은 일단 성공을 거둔 셈이다. 문제는 작가가 이 괴뢰 만들기를 자랑스러운 행위로 착각하여, 너무 극단화시킨 결과 히미코는 실체가 결여되어 진짜 허수아비가 되어버린 데 있다.

그의 상고취미는 낭만주의자들이 선호했던 중세취미와는 성격이 다르다. 이 소설에는 「아이반호」 같은 소설에 나오는 낭만적인 사랑이나 꿈이 없고, 스릴도 서스펜스도 없다. 그렇다고 해서 플로베르의 「살람보」를 닮은 것도 아니다. 인물 설정, 시대적 배경 등에서 「살람보」의 영향설이 비중 있게 논의되는 데도 불구하고 요코미쓰는 플로베르가 아니었다. 자신이 경험하지 않은 과거사에, 현실성과 개연성을 부여하기 위하여, 플로베르는 수십 권의 책을 읽었고, 현지답사를 거듭하면서 자료의 고증에 심혈을 기울였다. 요코미쓰는 그렇게 하지 않았다. 그는 오직 현실과 아주 먼 곳에 있는 인물을 택함으로써 자신이 리얼리즘에서 멀리 떠나 있고, 사소설과는 거리가 먼 새로운 소설을 썼음을 입증하고 싶었을 뿐이어서, 고증이나 현실감 부여에 신경을 쓰지 않았다. 이 소설의 '역사 결여'가 그것을 입증한다. 방언의 배제, 모든 인물의 언사의 일원화 등도 플로베르는 하지 않을 일들이다.

작가의 시도는 적중했다. 이 작품의 참신성은 바로 반사소설적, 반리얼리즘적 수법을 쓴 점에 있었고, 그 점에서는 성공을 거두었다. 그는 리얼리즘의 구체성 지향을 탈피하기 위해, 전통적인 소설에서는 쓰지 않는 추상적 표현법을 채택하여 사람들을 놀라게 만든 것이다. 하지만 그 놀라움은 감동을 수반한 것이 아니었다. 비현실적이고 환상적인 소재나 주제까지도 실감을 자아내게 만드는 데 기여하는 형식적 리얼리즘 formal realism의 기본 조건들까지 거부해버렸기 때문에 요코미쓰는 여실감 확보에 실패했다.

> 단칼에 목이 동체에서 굴러 떨어지는 잔혹한 장면이 수도 없이 많으나 무섭지도 않고, 불쌍한 생각도 들지 않는다. 죽이는 쪽도 죽는 쪽도 모두 인간다운 점을 거의 가지고 있지 않기 때문이다.[29]

도널드 킨의 이러한 지적은 그의 반리얼리즘이 역사 결여뿐 아니라 여실성도 삭감하는 쪽으로 기울고 있음을 입증한다. 그 추상적 구도 자체가 요코미쓰의 새로움의 정체였다. 그는 체호프의 작품을 연출하면서 "물론 러시아의 풍속과 습관과 정서는 애초부터 말살했다."[30]고 큰소리

---

29 Donld Keene, 앞의 책, p.290.

를 치는 문인이기 때문이다. 체호프의 극을 연출하면서 체호프의 세계를 재현할 마음이 그에게 없었던 것은 현실의 재현은 불가능하다는 생각에서였다.

이런 추상화, 관념화 현상은 소설미학으로 볼 때 분명한 결격 사항이 된다. 거기에 나오는 인간들은 피와 살을 가지고 있지 않기 때문에 독자의 감성에 어필할 수 없는 것이다. 그래서 구시대 타도의 구호 자체가 사람들을 흥분시키던 신감각기가 지나가자 「해무리」는 독자를 상실한다.

「나폴레옹과 쇠버짐」도 사소설과는 너무나 먼 곳에서 소재를 구해온 소설로 '괴뢰 만들기'의 표본적 작품이다. 요코미쓰의 "괴뢰 만들기, 허위 만들기 실험은 「해무리」, 「파리」의 무렵부터 시작되어……「나폴레옹과 쇠버짐」의 높이에까지 다다랐다."[31]고 호쇼오 마사오保昌正夫는 이 소설을 높이 평가하고 있다. 그의 말대로 「나폴레옹과 쇠버짐」에서는 「해무리」, 「파리」, 「조용한 나열」 등에 나타나는 디테일의 생략, 주동 인물의 부재나 비현실성, 인물의 추상화 현상 등은 나타나지 않는다. 다른 소설들과는 반대로 「나폴레옹과 쇠버짐」에서는 미시적 안목으로 천착한 현미경적 묘사가, 먼 역사 속의 이방인의 가려움증을 현실화하는 데 성공하고 있다. 하지만 인물의 괴뢰화의 측면에서 보면 나폴레옹도 히미코와 다를 것이 없다. 가려움증만 그려져 있지 인물이 육화되어 있지 않기 때문이다. 나폴레옹이라는 역사 속의 이국인은, 히미코와는 달리 시간적으로 우리와 그리 멀지 않은 곳에 실재한 인물이지만, 어느 모로 보아도 작가와의 유사성은 찾아보기 어렵다. 그는 우선 프랑스 사

---

30 橫光利一,「あんなチェホフ」,『全集』 11, p.198.
31 保昌正夫, 「權光利一: 疾走するモダン」,『國文學』 35권 13호, 1990. 11, p.94.

람이고, 유럽 전체를 정복한 영웅이며, 황제이다. 게다가 그에게는 쇠버짐이라는 고약한 질병이 있다. 어느 면에서 보아도 작가의 직접체험의 재현은 될 수 없는 인물이어서, 요코미쓰식 괴뢰화에는 적합한 샘플이라고 할 수 있다.

게다가 작가의 접근방법이 「파리」의 경우만큼이나 기상천외하다. 요코미쓰는 전혀 예상하지 않은 각도에서 나폴레옹을 허구화하고 있다. 이 소설에서 나폴레옹은 피부병 중에서도 가장 고약한 가려움증을 수반하는 쇠버짐 환자로 설정되어 있다. 싸움터에서 병사에게서 옮겨 받은 병이다. 작자는 쇠버짐 병에 걸린 나폴레옹이 헌 데가 퍼져가는 배를 안고, 베르사유 궁의 맨바닥에서 몸부림치게 만듦으로써, 낯설게 하기에는 일단 성공한다. 그리고 밤마다 가려움증에 시달리는 그 고통이 다음날에는 새로운 영토 획득을 위한 신경증적 발작으로 나타나는 것으로 설정한다. 그 질병과 정복의 함수관계가 이 소설의 새로움을 형성한다. 버짐에 약으로 바른 먹의 판도와 그가 정복한 영토가 비례하여 늘어나는 그 아이러닉한 구도는, 그로테스크하면서도 코믹하다. 신감각파 다음에 오는 그로테스크한 난센스문학의 계열에 넣어도 무방할 소설인 것이다. 이 소설은 인물을 보는 각도의 새로움, 미시적 묘사의 정교함, 인물의 허구화, 언어 감각의 새로움 등에서 요코미쓰의 신감각적 실험이 성공을 거둔 예를 제공한다.

하지만 이 소설에도 추상화 현상은 나타난다. 그것은 「해무리」에서처럼 인물의 단순화를 통하여 나타나는 것이 아니라, 부스럼을 묘사하는 단어들을 통하여 구현된다. '판도版圖', '경육촌徑六寸', '규각圭角', '참호塹壕', '편모鞭毛' 등의 난삽한 한자어가 동원되어 부스럼의 형상을 묘사하는 그 문체는 아주 현학적이다. 일상어와는 거리가 있는 난삽한 용어를 통하여 쇠버짐이라는 질병이 지니는 일상성과 구체성을 의도적으로 몰아내려 한 것에서 그의 반사소설적 실험 정신이 드러나고 있다. 그의 반사소설적 자세는 주동인물을 동물로 설정한 「파리」나 「신마神馬」, 주동인물을 집단으로 설정한 「조용한 나열」이나 「비문碑文」 등에서 그 극단성을 드러낸다.

김동인의 '인형조종술'과 유사성을 지니는 요코미쓰의 '괴뢰 만들기'의 수법은, 역사 결여라기보다는 역사 무시이며, 나아가서는 의도적인 현실 무시라고 할 수 있다. 그래서 이 소설들에서는 고증이나 개연성 같은 것은 아무런 의미도 지니지 못한다. 작자는 비현실적이고 반상식적인 각도에서 인물을 설정함으로써, '체험된 사실'에 기반을 둔 명치·대정기의 사소설에서 멀어지려 노력하고 있기 때문에, 현실과의 유리가 불가피해지는 것이다.

본 논문에서 대상으로 한 요코미쓰의 7편의 소설 중에서 '체험한 사실'에 기반을 둔 작품은 「봄은 마차를 타고」, 「화원의 사상」 2편밖에 없다. 그래서 이 두 편의 소설은 신감각파의 입장에서 보면 방계로 밀려난다. 다른 작품들에서 요코미쓰는 직접체험의 재현을 회피하기 위해서, 먼 역사 속에서 제재를 구하거나 외국에서 구하는 방법을 썼고, 그것이 맞아들어가서 그의 소설들은 신감각파라는 레테르를 붙이는 데는 성공했다. 하지만 히미코는 허구로서의 소설의 인물에도 적합하지 않다. 그녀는 실체가 없는 허수아비이기 때문이다. 직접체험을 다루지 않더라도 소설 속의 인물은 일단 여실성을 확보해야 하는 것이 기본항이다. 카프카의 「변신」 같은 경우가 그것을 입증한다. 몸이 벌레가 된 그레고아르 잠사의 비극이, 독자의 공감을 얻고 있는 이유가 거기에 있다. 그런데 히미코에게는 그것이 없다. 「파리」나 「조용한 나열」도 마찬가지다. 이 소설들에서도 사소설 기피를 위한 작가의 몸부림만 확인될 뿐 현실감은 수반되지 않기 때문에, 독자에게 공감을 주는 데 실패하고 있다. 그래서 요코미쓰의 실험은 대정문학의 파괴에서 끝나고 있을 뿐, 새로운 대안 제시는 되지 못한다. 그의 신감각기의 소설들이 대체로 장수하지 못한 이유가 거기에 있다.

이 사실은 신감각파에서는 방계로 간주되는 두 편의 사소설이 오히려 독자를 얻고 있는 데서도 재확인할 수 있다. 노벨novel이 현실에 기반을 두는 문학이라면 「해무리」나 「조용한 나열」은 노벨의 영역을 벗어난 것들이다. 대정기의 사소설에서 너무 멀어지려 한 결과 요코미쓰는 자신의 소설을 노벨의 권역 밖으로 몰아내 사멸하게 만든 셈이다. 여기에 그의 '괴뢰 만들기'의 근본적인 맹점이 있다.

② 시점: '의안擬眼'과 '복안複眼'

시점의 경우에서도 대정문학에 대한 반발은 노출된다. 일본의 근대소설이 사소설 중심으로 발달한 것은 명치 · 대정 두 시기가 동일하지만, 자연주의파와 백화파를 나누는 기준은 시점이다. 전자는 3인칭으로 사소설을 썼는데, 후자는 1인칭을 선호했다. 대정기의 사소설은 대체로 '나わたくし'로 시작되기 때문에, 'わたくし小說'이라 불리기도 했으며, 때로는 '자기는自分は'으로 시작되기 때문에 '自分小說'이라 불리기도 한다. 그들은 그만큼 1인칭 시점을 애용했고, 내적 시점을 통하여 명치문학과 맞서려고 했던 것이다. 이에 대한 반발이 3인칭 시점으로 나타난 것이 요코미쓰의 신감각파적 작품의 특징이다. 그가 의도적으로 객관적 시점에 집착하였다는 사실은, 폴 모랑을 평하는 자세에서 확실해진다. 「유머러스 스토리」에 나오는 '모랑' 편에서 요코미쓰는 자신의 근작의 표현기교가 폴 모랑과 유사성을 지닌다는 이쿠다 조코生田長江의 지적에 대하여 다음과 같이 반발하고 있기 때문이다.

나는 모랑의 감각 묘사에는 그다지 감명을 받고 있지 않은 사람이다. 그의 묘사는 곧 막다른 골목에 다다를 것이 틀림없다. 왜냐하면 「밤 열리다」 전편은 1인칭이기 때문이다. 1인칭이었기 때문에 그 전편의 소설은 그다지도 신선하게 감각적이 되었다고 생각한다. 만약에 모랑이 3인칭으로 글을 써서 「밤 열리다」에서와 같은 신선한 감각을 드러내기 시작하면, 그때 한번 나도 그의 흉내를 내보고 싶다고 생각한다.[32]

1928년까지도 "주관적인 것은 아무래도 얄팍하다."[33]고 생각한 요코미쓰는 객관적 시점에 집착함으로써 대정기의 1인칭 사소설과의 변별 특징을 확고하게 하려던 것이다. 후에 신심리주의로 분류되는 「기계」를 쓸 때는 1인칭 시점을 사용하고 있지만, 그에게는 후기까지도 1인칭 시점이 드물다. 그는 개인적 체험을 다룬 「봄은 마차를 타고」와 「화원의 사상」까지도 3인칭으로 쓰고 있다. 3인칭을 쓰는 것이 요코미쓰의 신감각파적 작품의 공통된 특징이라는 사실은 그의 지지자인 고바야시 히데오小林秀雄가 그의 눈을 '의안擬眼'이라 명명한 데서도 확인된다. 대정기의 사소설의 작가의 눈이 육안이라면, 그의 눈은 '유리안琉璃眼'이거나 '의안'이라는 것이다. 고바야시는 "「해무리」의 눈은 유리안"이라고 말함으로써 '의안=유리안'의 등식을 제공한다.[34] 히오키 준지日置俊次도 「파리」 등에 나타난 시점을 '카메라 아이camera eye적 비정非情한 시점'이라 부름으로써 고바야시의 의견에 동의하고 있어, 신감각기의 요코미쓰의 시점은 '의안'임이 공인되고 있다.

---

32 橫光利一, 「ユ-モラス. スト ォリィ」, 『全集』 11, p.223.

33 橫光利一, 「天才と象徵」, 앞의 책, p.280.

34 小林秀雄, 「『機械』論」, 『國文學』 35권 13호 p.61 참조.

'의안'은 졸라가 지향한 "유리눈"[35]처럼 외적, 객관적 시점이다. 그러나 요코미쓰의 유리눈은 졸라의 그것과는 판이하다. 그는 졸라처럼 사물의 겉모양을 있는 그대로 객관적으로 재현하려 하지 않았기 때문이다. 요코미쓰는 졸라처럼 '논증적'인 것을 지향한 것이 아니라 '직관적'인 것에 의해 현실을 파악한다. 그는 신감각파의 감각적 표징을 "자연의 외상外相을 박탈하여, 물자체에 뛰어드는 주관의 직관적 촉발물"로 보고 있으며, "적어도 오성에 의해 내적 직관이 상징화된 것"[36]이라고 주장하고 있다.

그렇다면 감각과 신감각의 차이는 무엇일까? 그것은 오성이다. 감각적 묘사로 유명한 세이쇼 나곤淸小納言의 감각은 관능 표징이며, 관능 표징은 감성적인 감각 표징의 일부인데 반하여, 신감각은 '오성에 의해 내적 직관이 상징화된 것'이라는 것이 요코미쓰의 신감각론이다.[37]

이 주장은 애매한 점이 많지만, 그의 오성은 내적 직관과 직결되어 있고, 상징화에 치중되고 있는 점만은 분명하다. 가와바타의 표현을 빌리자면, 그의 객관주의는 "주관주의적 객관주의"[38]이다. 순수한 객관적 안목으로 사물의 외상을 그리는 과학적 객관주의 대신에 직관을 중시하는 객관주의인 것이다. 낭만주의에서 감성을 제거하고 직관만 남겨 오성과 결부시킨 그의 객관주의에는 서정주의가 발 디딜 자리가 없다.

대상에 대한 인식의 방법뿐 아니라 대상을 그리는 방법도 역시 졸라

---

35 에밀 졸라는 그의 「에크랑Écran론」에서 "리얼리스트의 에크랑은 유리로 된 것이다(l' Écran réaliste est un simple verre a vitre)."라고 말한다.
　　　　　　　　　　Damian Grant, *Realism*, Matheuen, 1970, p.28에서 재인용.
36 橫光利一, 「新感覺論」, 『全集』 11, p.216.
37 앞의책, p.216 참조.
38 寺田透, 「新進作家の新傾向解說」, 『橫光利一と新感覺派』, 有精堂, 1991, p.277.

이즘과는 판이하다. 선택권을 배제한 채로 사물을 '있는 그대로' 그리려한 리얼리즘계의 객관주의와는 달리, 요코미쓰 리이치의 객관주의는 재현하는 태도만 오성적일 뿐 방법에서는 상징화를 지향하기 때문에, 작가의 선택권을 긍정하고 있다. 그런데도 불구하고 그가 객관적 시점을 선호한 것은 신감각파에 주지적 특성을 부여한다. 이런 지적인 측면은 객관적 시점으로 구현되어 신감각파문학을 대정기 사소설의 주관성과 서정주의에서 탈피할 수 있게 하였고, 그 사실을 당시의 평론가들은 높이 평가하고 있었음을 다음 인용문에서 확인할 수 있다.

> '의안'의 창조에 의해서, 일본의 근대문학은, 처음으로, 새로운 물결의 흐름에 동참할 수 있었던 점을 고바야시는 더 강조해도 좋았던 것이다.[39]

이 말은 그의 '의안'의 역사적 의의를 강조하는 것이다. '의안'은 반전통의 시점이고, 그래서 새로운 문학을 여는 시점이었다는 것을 자타가 모두 인정하는 것이다.

요코미쓰의 모더니즘적 시점의 특성을 논하는 용어에는 '의안' 외에 '복안'이라는 말이 있다. '복안'은 "외부와 내부의 대응 관계, 일방적으로 에고가 외부를 보는 것이 아니라 외부에서도 보이고 있다는 시선의 상호성, 관계성"이 있는 왕복 시점이라고 고토 메이세이後藤明生는 설명하고 있다.[40] '눈의 위치의 상대화'가 '복안'인 것이다. '외부와 내부의 대응 관계'라는 말이 애매성을 조장하고 있기는 하지만 '복안'은 복수화된 시점을 의미한다고 보는 편이 타당하다. 그 다음에 오는 '왕복 시점, 눈의

---

39 鳩田厚, 「橫光利一の復權」, 앞의 책, p.172.

40 後藤明生, 管野昭正와의 대담, 「橫光利一往還」, 『國文學』 35권 13호, p.13.

위치의 상대화' 등의 의미가 그것을 명시하기 때문이다. 고토는 요코미쓰의 시점의 왕복성이 이미 「그대」에서부터 시작되고 있다고 보고 있다.[41] 그렇다면 그것은 요코미쓰의 '시점'의 본질적 특성을 의미한다고 할 수 있다.

그 다음에 문제가 되는 것이 '4인칭'이라는 용어다. 요코미쓰가 창안해 낸 '4인칭'이라는 용어는 「기계」에 나오는 시점을 의미한다. 이 용어는 "어느 인물의 내면에도 들어가, 각자의 자의식이 보이는 시점, 인물들의 관계를 보는 눈"[42]을 의미한다고 정의되어 있다. 「기계」는 '나'라고 말하는 주동인물이 자신의 심리를 분석하면서 동시에 주변의 인물들의 내면을 천착하는 소설로, 1인칭 관찰자 시점과 1인칭 고백소설의 시점이 포개진 작품인데, 그것을 요코미쓰는 4인칭이라고 부른 것이다.

'4인칭 시점'은 '의안'의 복수화와는 의미가 다르다. 내면과 외면을 공유한 시점의 복수화이기는 하지만 1인칭 시점이 주도적 역할을 하기 때문이다. 「기계」는 신심리주의계의 소설이어서, 외적 시점만으로는 설사 그것을 복수화한다 하더라도 감당하기가 어려워서 1인칭 시점이 주도적 역할을 하고 있고, 그래서 요코미쓰 리이치는 '의안'의 '복수화와 구별하기 위하여 타당성이 희박한 4인칭이라는 용어를 만들어낸 모양이다.

가와카미 데쓰타로河上徹太郎는 신감각파의 문학을 '오역문학誤譯文學'이라고 말을 한 일이 있는데,[43] '4인칭'이라는 용어야말로 오역문학의 표본이라고 할 수 있다. 요코미쓰 리이치는 실험정신이 강한 작가여서, 작품에 따라 다양성이 나타나지만, 그 다양성은 작풍의 일관성이나 통

---

41 앞의 책, p.13 참조.
42 앞의 책, p.13.
43 河上徹太郎, 앞의 책, p.194.

일성을 저해하거나, 개념의 애매성과 난해성을 노출시키는 맹점을 지니고 있다. 4인칭이라는 말이 그것을 입증한다. 그의 끊임없는 새것 추구는 자신의 원하는 방법론을 확보하기 위한 노력을 보여준다. 그것은 그의 아방가르드적 정신을 입증하며, 그래서 그것은 참신성과 연결되는 것으로 간주되어왔다. 하지만 문학용어의 사유화는 곤란하다. 문학용어는 보편성을 지녀야 하기 때문에 그가 창안해낸 '복안', '4인칭' 등의 용어는 문학 용어로서의 존재 가치를 확보할 수 없는 것이다.

(2) 反리얼리즘

① 시간적 배경

소설을 주축으로 한 신감각파의 개혁운동은 반사소설과 더불어 반리얼리즘을 목표로 하고 있다. 리얼리즘에 대한 그의 저항은 작품의 시간적 배경의 설정에서부터 노출된다. 현실의 정확한 재현을 목표로 하는 리얼리즘 소설은 구체적, 일상적 현실을 대상으로 하기 때문에 시간적으로는 '당대성의 원리present day formula'를 필수 조건으로 하는데, 요코미쓰의 신감각파적 작품들은 그 원칙을 완전히 무시하고 있다. 최초의 신감각파적 소설로 간주되는 「해무리」는 상고시대로 거슬러 올라가 우미국不彌國의 왕녀 히미코를 그림으로써 작가의 당대와는 현격하게 먼 시기를 시간적 배경으로 삼고 있다. 「조용한 나열」의 경우도 마찬가지다. 사람들이 강가에 모여들어 살기 시작하는 선사시대에서 이 소설은 시작되고 있다. 이 작품과 같은 해에 발표된 「비문」도 역시 상고시대가 배경이다. 요코미쓰의 신감각기 소설의 시간적 배경이 상고취미와 연결되어 논의되는 이유가 거기에 있다. 그 작품들보다는 작가의 시대와 접근해 있지만 「나폴레옹과 쇠버짐」도 역시 이 계열에 속한다. 1세기 이상의 거리가 있는 시기가 배경이 되고 있기 때문이다.

당대에서 일탈한 배경 다음에 문제가 되는 것은 허구 속의 시간의 길이이다. 「해무리」는 히미코의 약혼자가 침입자에게 죽임을 당하는 데서 시작하여, 한 여자를 둘러싸고 여러 나라들이 혈투를 벌이는 긴 세월을 모두 다루고 있다. 「조용한 나열」은 더 길다. 강가에 취락이 생기는 데서 시작하여, 노동자의 계급투쟁이 전개되는 시기까지를 망라하고 있다. 「비문」도 비슷하다. 「조용한 나열」과 「비문」은 거의 콩트에 가까울 정도로 길이가 짧은 소설들이다. 그 작은 그릇에 담긴 시간의 길이가 너무 긴 데서 추상화 현상이 일어난다. 시간의 구체화 과정이 생략되어 있어 시간이 추상화되는 것이다.

이 세 소설은 구체적인 시간이 명시되지 않은 점에서도 공통된다. 리얼리즘의 '일부인日附印이 있는' 시간, 시계시간에서의 의도적인 일탈이 소설의 시간적 배경을 진공의 시간으로 만들어버린다. 일상적, 역사적 시간에서의 이러한 일탈은 이 소설들을 산문보다 시에 접근시키는 요인을 만든다. 그의 소설이 '하이쿠와의 유사성'을 나타내는 이유 중의 하나가 거기에 있다. 「나폴레온과 쇠버짐」의 경우는 위의 소설들보다는 시간적 배경이 명확하다. 나폴레온의 재혼 후의 시기에 해당하기 때문이다. 하지만 당대성의 원리에 비추어보면 역시 1세기 이상 지난 과거의 이야기여서 리얼리즘에는 맞지 않는다. 현실에서의 일탈을 꿈꾸던 낭만주의와 유사한 배경인 것이다. 그리고 그것은 작가의 의도적 설정이라는 점에서 작가의 탈리얼리즘의 열망을 과시하면서, 그것이 그의 문학의 '새로움'의 한 징표를 이룬다. 일상성, 구체성의 배제가 비일상적, 추상적 시간 배경으로 나타났고, 그것을 사람들은 신감각파의 새로움으로 받아들이고 있기 때문이다.

끝으로 언급해둘 것은 시간의 외면성이다. 요코미쓰에게는 시간의 주관화 현상이 잘 나타나지 않는다. 시간의 진행 과정도 대체로 연대기적, 순서에 의존한다. 역전조차 잘 일어나지 않는 순행적 플롯이 신감각기의 그의 소설 속의 시간의 또 하나의 특징을 이룬다.

② 공간적 배경

공간적 배경에서 현실과의 거리를 나타내는 경우가 많다. 「나폴레옹과 쇠버짐」은 이국이 무대다. 나머지 작품들은 국내가 무대라는 점에서 앞의 두 작품보다는 리얼리즘의 배경에 접근한다. 하지만 「머리 그리고 배」와 「파리」, 「해무리」 등은 모두 이동공간이 배경이 되고 있다. 이동공간에는 일상성이 머무를 수 없기 때문에 리얼리즘은 정착공간을 선호한다. 그뿐 아니라 움직이는 공간은 리얼리즘의 기반이 되는 현실의 모사 자체를 불가능하게 한다. 움직이는 대상은 정확한 모사를 어렵게 하기 때문에 리얼리즘은 안정기에만 나타나는 것이다.

그 다음에 문제가 되는 것은 공간적 배경의 광역성이다. 요코미쓰의 신감각기를 대표하는 소설 중에는 넓은 배경을 가진 작품이 많다. 「해무리」의 무대는 우미不彌, 노코쿠奴國, 야마도耶馬臺의 세 나라이고, 「조용한 나열」은 두 강을 낀 넓은 지대가 배경이며, 「비문」은 해르몬 산록 전역이고, 「머리 그리고 배」와 「파리」는 이동공간이다. 모두 단편소설의 배경으로는 지나치게 넓다.

리얼리스트들은 좁은 공간을 선호한다. 일본의 자연주의에서는 그 협소성 선호가 도를 넘어서 배경을 아예 '옥내'로 한정하고 '옥외 공간'을 배제시켰다. 일본의 자연주의는 중편소설을 중심으로 하였기 때문에 공간적 배경의 협소성은 장르와의 함수 관계에서 고찰될 수도 있다. 하지만 배경을 내공간으로 한정시키는 경향은 장편소설인 시마자키 토손島崎藤村의 「가家」에도 그대로 적용된다. 토손은 자신이 이 소설에서 옥외를 배제시킨 것을 자랑스럽게 공언하고 있다.[44] 그것은 의도적인 선택이었던 것이다.

협소한 배경의 선호는, 리얼리즘이 무선택의 원리에 의거하면서 디테일의 정밀 묘사를 하기 위한 불가피한 규범이라고 할 수 있다. 요코미쓰 리이치는 공간적 배경의 넓이에서도 리얼리즘과 대척되는 자리에 서 있음을 확인할 수 있다. 그 점에서는 가와바타도 공통된다. 그의 초기작인 「이즈의 무희」는 여로를 포함하고 있기 때문이다. 하지만 그 소설은 체험에 바탕을 둔 소설인데다가, 지번地番이 명확한 현실의 장소를 배경으로 하고 있어, 요코미쓰와는 여러 면에서 차이가 난다. 거기에 가와바타의 서정성이 첨가되어 요코미쓰와는 더 큰 거리가 생기게 되는 것이다.

마지막으로 남는 두 소설은 작가의 체험에 기반을 둔 것인 만큼 리얼리즘의 '지금-여기here and now'의 원칙에는 저촉되지 않는다. 하지만 거기에는 일상성이 없다. 「봄은 마차를 타고」의 경우는 병든 아내를 데리고 잠정적으로 요양 가 있는 바닷가의 셋집이 무대이고, 「화원의 사상」의 배경은 사나토리움이다. '옥내'는 '옥내'이되 현실에서 유리된 요양공간이어서 일상성이 거의 없다. 시점뿐 아니라 공간적 배경에서도 이 소설들은 대정기의 사소설과는 궤를 달리하는 것이다.

시간의 경우 9편 중 3편이 당대성에서 어긋나고 있는 데 비하면, 공간적 배경은 「기계」만 제외하면 예외 없이 리얼리즘에서 벗어나고 있음을 알 수 있다. 일상성의 재현을 원칙으로 하는 리얼리즘에서 벗어나기 위해, 신감각파를 대표하는 소설의 배경은 철저하게 비일상적인 공

---

44 "옥외에서 일어난 일은 일체 배제하고 모든 것을 옥내의 광경으로 한정하려 했다."
吉田精一, 「市井において」, 『自然主義の研究』 下, 小峯書店, p.119 참조.

간으로 통일되어 있다. 리얼리즘과 전면적으로 대척되고 있는 것이다.

네 번째로 문제가 되는 것은 배경의 추상성이다. 「해무리」와 「조용한 나열」 등은 번지가 없는 추상적 공간이 배경이다. Q강, S강 언저리인 후자의 추상성, 광활한 지역을 줄곧 옮겨 다니는 전자의 이동성이 거기에 첨가되어 리얼리즘에서의 일탈의 심도를 입증한다. 리얼리즘 소설은 '지금-여기'의 원리 외에 '개별성'의 문제도 중요시한다. 어느 특정한 장소와 시간을 배경으로 하는 것을 필수 조건으로 하고 있기 때문이다.[45] 요코미쓰 리이치의 소설에는 배경에 '개별성'이 없다. 말하자면 지지적 地誌的인 현실성이 결여되어 있는 것이다. 그 점에서는 「봄은 마차를 타고」, 「화원의 사상」, 「기계」도 예외가 아니다. 이 사실은 요코미쓰 리이치의 공간적 배경이 의도적으로 반리얼리즘적으로 처리되고 있음을 명시한다.

공간적 배경과 관련하여 고찰할 또 하나의 과제는 어버니즘urbanism의 문제다. "신감각파의 문학은 어버니즘의 문학"[46]이라는 주장을 믿는다면, 신감각파기의 요코미쓰의 소설의 배경은 신감각파적이 아닌 것이 많다. 치바 노부오千葉伸夫에 의하면 요코미쓰의 공간적 배경은 1917년 「신마」를 쓸 때부터 1924년까지는 주로 농촌을, 1924년부터 1930년까지는 농촌에서 도시의 근교로 옮겨간 것으로 되어 있다. 따라서 신감각파기는 농촌에서 도시로 가는 과정에 해당한다.[47] 요코미쓰의 경우에는 1929년에 탈고한 「상해」부터 본격적인 도시문학이 시작되므로 도시문

---

45 I. Watt, *The Rise of The Novel*, University of California Press, 2001, 1장 참조.

46 河上徹太郎, 앞의 책, p.260.

47 호쇼오 마사오保昌正夫는, 어버니즘을 신감각파의 지표로 친다면 「무서운 꽃恐しき花」 이후의 희곡들은 거기에 해당하나 소설은 해당되지 않는다고 말하고 있다. 保昌正夫, 「영화와 언어의 전위映畵と言語の前衛」, 『國文學』 35권 13호, pp.47-48 참조.

학의 시발기는 1929년경으로 봄이 타당하다. 그 시기는 신흥예술파기에 해당된다.

가와바타도 그와 비슷하다. 그의 「아사쿠사 구레나이단」(1930)과 「상해」는 신감각파의 두 주장이 낳은 본격적인 도시문학인데. 모두 신흥예술파기와 오버랩되어 있다. 그러니까 신감각파기는 아직 도시에 다다르기 이전의 시기에 해당된다. 위의 작품 중에서 도시를 배경으로 한 것은 「상해」 외에는 「기계」밖에 없는데, 발표 연대는 모두 신흥예술파기인 1929년과 1930년이다. 따라서 신감각파의 문학이 어버니즘 문학이라는 주장은 이 두 작가의 경우에는 거의 해당되지 않는다. 말하자면 도시를 도외시한 모더니즘인 셈이다.

이 사실은 두 작가가 모두 시골 출신인 것과 관련된다고 볼 수도 있다. 하지만 신흥예술파의 도시소설 작가인 류탄지 유도 시골 출신이다. 따라서 출신 지방보다는 시대적 배경이 큰 역할을 한다고 할 수 있다. 일본의 어버니즘 문학의 개화기를 신흥예술파가 결성된 1930년 전후로 보는 편에 타당성이 있기 때문이다. 다시 말하자면 신감각파기는 아직 일본에 도시문학이 생겨날 여건이 형성되지 않았던 것이다. 요코미쓰 리이치의 현대성의 한계가 거기에 있고, 그것은 일본 모더니즘의 미숙성과도 유착되어 있다. 모더니즘은 과학시대의 산물이기 때문이다.

③ 플롯의 인과성 해체

그 다음에 나타나는 반리얼리즘적 특성은 플롯에서의 인과관계의 해체다. 신감각파의 대표적 소설인 「머리 그리고 배」가 그 좋은 예가 된다. 이 소설은 우선 제목과 내용이 서로 맞물려 있지 않다. 제목이 내용과 인과관계를 맺고 있지 않은 것이다. 이 제목과 관련이 있는 것은 작품 속에 나오는 두 인물의 신체적 특징이다. 작중인물 중의 하나가 머리에 띠를 두른 방약무인한 머슴애이고, 다른 하나는 "거만巨萬의 부富와 일세一世의 자신自信"을 상징하는 것 같은 큰 배를 가진 신사다. 그런데 이 두 사람 사이에는 아무런 관련성이 없다. 소년의 머리와 신사의 배는 아무런 사건 유발 요인을 지니지 않기 때문에, 제목과 내용 사이에 인과 관계가 성립되지 않는다. 사건은 사건대로 전후 관계에 맥락을 지니지 않은 채 진행되고, 인물은 인물대로 제각기 따로 놀고 있으며, 제목은 제목대로 저 혼자 겉돌고 있다. 소설의 여러 인자들이 서로 다른 인자의 결정 요인이기를 거부하는 형국이어서, 관련성의 상실dis-continuity이 이 소설의 특징을 이룬다. 종래의 소설 문법에서 플롯의 요건은 인과 관계의 긴밀성에 전적으로 의존해 있는데, 이 소설에서는 그 율법을 무화시켜버렸다. 말하자면 이야기의 논리적 맥락을 해체해 버린 것이다. 플롯에서의 이런 의미 빼기는 이 소설의 플롯을 점검해보면 더 확연해진다.

> 한낮이다. 특별급행열차는 만원인 채로 전속력으로 달리고 있다. 연선沿線의 소역小驛은 돌처럼 묵살되었다. 하여간, 이런 현상 속에서, 그 통조림된 열차의 승객 속에 방약무인해 보이는 머슴애가 하나 섞여 있다.[48]

서두에 나오는 이 문장에서 한낮이라는 시간, 열차의 속도, 머슴애의 방약무인함과의 사이에는 아무런 연결고리가 없다. O. 헨리의 「20년 후」의 도입부를 보면, 밤의 늦은 시간의 상가의 거리 풍경이, 비오는 날씨와 맞물려서 한 치의 틈도 없이 인과의 고리를 이루는 것과는 대조적

---

48 橫光利一, 『全集』 1, p.331.

이다. 인과관계의 이완 현상은 다음으로 이어진다. 이유도 모르는 채 기차가 멈춰 서고 언제 다시 떠날지도 모르는 불확실한 상황 속에서, 승객들은 기차가 다시 달리게 되는 것을 기다리는 것과, 우회하여 목적지로 가는 기차로 바꿔 타는 것 중 하나를 선택할 필요가 생긴다. 그때 배불뚝이 신사가 우회하는 쪽을 택한다. 사람들이 그 뒤를 따라 모두 기차를 갈아 탄다. 아이만이 남는 것이다. 그러자 멈춰 섰던 기차가 느닷없이 발차하고, 달리는 기차 속에서 아이는 여전히 노래를 부르면서 소설은 끝난다.

아이의 머리띠와 노래, 신사의 배의 지방층, 기차의 고장, 우회로 선택, 기차의 발차 중 어느 하나도 서로 맞물려 있는 것이 없다. 작가는 인과성의 파괴를 의도적으로 시행하고 있는 것이다. 마치 부조리극의 작가처럼 요코미쓰는 맥락이 닿지 않는 제목과 사건 처리를 하고 있는데, 이런 창작 태도를 다니다谷田는 "대상에서 거리를 둔 관찰, 그리고 감각에 투영된 인상을 그대로 해설을 붙이지 않고, 이야기의 주류와는 일견 무관계한 채로 그리는"[49] 새로운 수법이라고 평하고 있다. 그의 말대로 이 소설은 작가의 눈에 비친 현상에, 의미 부여를 하지 않고 그대로 카메라처럼 추적해 나간 것이기 때문에 사건의 구성이 모자이크식으로 처리되어 있다. 이런 구성법은 신감각파 이전의 소설문법을 거부하는 작가의 의도를 반영한다.

이 소설과 유사한 작품은 「파리」이다. 여기에서도 소설의 등장인물 각 개인 사이에는 아무런 연관성이 없고, 사건과 사건 사이에도 연관성이 배제되어 있다. 더구나 여기에서 사건의 추이를 관찰하는 주체는 인간이 아니라 파리이기 때문에 "대상에서 거리를 둔 관찰, 그리고 감각

---

49 谷田昌平, 앞의 글, p.40.

에 투영된 인상을 그대로 해설을 붙이지 않고, 이야기의 주류와는 일견 무관계한 채로 그리는" 카메라 아이적 기법은 앞의 작품보다 더 클로즈 업된다. 이런 창작태도는 작가의 의도적인 플롯 해체 작업의 일환으로 나타난다. 요코미쓰 리이치는 일상성에 대하여 반발하는 것뿐 아니라 플롯의 필연적 짜임새에 대하여서도 반발한다.[50] 그것이 나중에 『순수소설론』(1935)에 가서 우연성 옹호로 나타난다고 할 수 있다.

플롯에서 인과성을 거세하면 난센스성이 생겨난다. 모더니즘에서의 플롯의 인과성 해체 현상은, 맥락을 상실한 혼돈된 세계상의 반영이라는 의미를 지니는 것이어서, 삶의 의미 없음이 난센스성을 문학에 도입하는 계기가 되는 것이다. 새로운 세계 안에서 삶의 의미를 찾아내지 못한 작가들이, 현실의 의미 없음을 여실하게 표현하려는 데서 이런 경향이 생겨나는 것이 모더니즘의 공통 특징이다. 그것은 동시에 19세기식 진지성에 대한 반발의 의미도 함유한다. 일본에서는 그런 경향이 유교의 엄숙주의에 대한 반발의 성격까지 가중치로 지니게 되기 때문에, 혼란하고 부박한 세태를 가볍고 경박한 필치로 그리는 난센스문학이 신흥예술파기에 형성된다. 스즈키 사타미鈴木貞美가 요코미쓰를 난센스문학의 범주에 넣은 것[51]은 그의 플롯의 의미 빼기 작업과도 관련이 있다고 할 수 있다. 그리고 보면 「머리 그리고 배」에서부터 일본의 모더니즘이 시작된다는 말은 수긍할 만하다. 이런 의미 빼기 작업은 「파리」를 거쳐 「기계」에까지 이어지기 때문이다.

하지만 다른 작품에서는 인과성의 파괴를 의도적으로 실험한 플롯이 별로 나타나지 않는다. 따라서 「머리 그리고 배」와 「파리」에 나타나는

---

50 岩上順一, 「橫光利一」, 日本圖書センタ, 1987, p.192 참조.
51 鈴木貞美, 『昭和の文學のために』, 思潮社, 1989, p.102 참조.

인과성의 해체는 작가의 내면에서 삼투해 나온 기법이 아니라, 외국문학의 모방에서 생겨난 피상적인 실험이었을 가능성이 많다. 감각적 묘사법은 지속성을 나타내는데, 플롯의 인과성을 흩트려 놓는 기법은 지속성을 지니지 못하는 것이 그 사실을 입증한다. 이런 현상은 일본의 당시의 상황이 삶의 맥락을 상실하게 할 만큼 혼란하지 않았다는 반증도 된다.

(3) 문장 면에 나타난 신감각파적 특징

신감각파의 특징이 가장 두드러지게 나타나는 것이 문장의 측면이다. 『문예시대』의 창간사에서 가와바타 야스나리는 "우리들의 책무는 문단에서의 문예를 새롭게 하고, 나아가서 인생에 있어서의 문예를, 혹은 예술 의식을 본원적으로, 새롭게 하는 것이 아니어서는 아니 된다."[52]는 말을 하고 있다. 그의 말대로 신감각파는 형식주의적 문학관을 내세워 예술을 "본원적으로 새롭게 하려고" 노력한 유파였지만, 요코미쓰를 제외하면 새로운 표현기법에 대한 다양한 실험을 지속적으로 감행한 작가는 거의 없다. 반면에 새로운 감각적 문체를 시도한 작가는 꽤 많다. 그래서 후쿠다 기요토의 말대로 "이 파의 작품의 최대의 특색이 문체에 있었던 것은 사실이다."[53] 신감각파의 혁신운동은 결국 문체의 혁신운동으로 귀착되고 말았다고 할 수 있다.

요코미쓰 리이치의 「감각 있는 작가들感覺のある作家達」에 의하면, 새로운 감각을 지닌 작가에는 가와바타 야스나리, 나카가와 요이치中河與一,

---

52 『문예시대』 창간사에서 가와바타가 한 말.
53 福田淸人, 「現代の作家」, 『川端康成』, 淸水書院, 1969, p.63.

가타오카 텟페이 외에 신감각파의 동인 3명이 더 거명되고 있고, 신흥예술파에도 몇 명이 있으며, 심지어 프로문학파에도 여러 명 있는 것으로 되어 있다.[54] 신심리주의의 대표주자인 이토 세이의 특징 중의 하나도 표현의 감각성이라 할 수 있다. 이로 미루어 보면 신감각적 문체는 신감각파뿐 아니라 신흥예술파, 신심리주의파 등 모더니즘의 세 파와, 반대 진영인 프로문학파 등에까지 파급되어 있었음을 알 수 있다. 그것은 일본문학의 전통과 이어져 있는 데 기인한다고 할 수 있다. 신감각파의 문체혁신운동이 그만큼 넓은 자장磁場을 지니게 되는 이유가 거기에 있다.(결론에서 상론함)

신감각파의 대표적 특징이 문체에 있었다는 사실은 가와바타 야스나리에게서도 검증된다. 그는 신감각파의 중심인물이지만, 작풍에서는 신감각파적 특징이 잘 나타나지 않는다. 그의 세계는 초기부터 서정성을 기본 축으로 지니고 있었기 때문에, 요코미쓰의 오성중심론과 궁합이 잘 맞지 않았다. 그에게서는 사소설에 대한 기피현상도 나타나지 않았다. 그는 처녀작부터 자전적 소설을 쓰고 있으며, 프로문학에 대한 투쟁적 포즈도 검출되지 않는다. 그에게서는 리얼리즘에 대한 반발도 두드러지게 나타나지 않는다. 처녀작인 「17세의 일기」는 자전적 사실을 르포르타주적 안목으로 냉철하게 재현한 사생문寫生文계의 소설이기 때문이다. 플롯의 해체나 인물의 추상화의 경우도 마찬가지이다. 그에게는 '괴뢰 만들기'나 '의안'에 대한 집착 같은 것도 없었다.

그런데 문체 면에서는 한 때나마 신감각파적 특징이 드러난다. 그의 최초의 작품집인 『감정장식』에 수록된 작품들이 그것이다. 『감정장식』

---

54 「감각 있는 작가들」에서 요코미쓰는 좌익 작가 중 감각적 문체를 쓰는 작가로 가네코 요오분金子洋文, 하야시 후사오林房雄, 무라야마 도모요시村山知義 등을 들고 있다.
横光利一, 『全集』 11, pp. 286-288.

속에 「미끄럼바위滑リ岩」라는 작품이 있다. 미끄럼바위란 온천의 탕 속에 돌출해 있는 검은 바위로, 그 위에서 미끄러져 떨어지면 아기가 생긴다는 전설이 있는 바위이다. 가와바타는 아기가 필요한 여인이 그 바위에서 미끄러져 내리는 광경을 다음과 같이 묘사하고 있다.

> 미끄럼바위에 하얀 개구리가 찰싹 달라붙어 있다. 엎드린 자세인 그녀는 손을 놓았다. 발꿈치를 올렸다. 줄줄 미끄러져 내려갔다. 탕의 물이 낄낄거리며 노랗게 웃었다.[55]

물이 웃는 의인법, 여자를 개구리로 묘사한 비유법의 파격성, 검은 바위와 흰 여체를 배치한 색채의 대비와 '노랗게'라는 웃음의 색채화 등에서 나타나는 시각적 이미저리 같은 곳에서 신감각파적 문장의 특성이 드러난다. 그의 「지붕 아래의 정조屋根の下の貞操」에도 다음과 같은 문장이 나온다.

> -오후 네 시 공원의 언덕 위에서 기다리겠습니다.
> -오후 네 시 공원의 언덕 위에서 기다리겠습니다.
> -오후 네 시 공원의 언덕 위에서 기다리겠습니다.
> 그녀는 세 사람의 남자에게 같은 속달우편을 보냈다.[56]

"빠른 템포로 같은 말을 되풀이하는 리프레인refrain 기법은 신감각파 고유의 것"(후쿠다 기요토)이어서 『감정장식』에 나타난 가와바타의 문체는

---

55 『川端康成全集』6, 新潮社, 1969, p.85.
56 福田清人, 앞의 글, p.58에서 재인용.

여러모로 신감각파적 특성을 지니고 있고, 그래서 『감정장식』은 요코미쓰의 「해무리」, 「파리」 등과 함께 신감각파를 대표하는 것으로 간주되고 있다. 가와바타는 『감정장식』에 나오는 문체만을 통하여 신감각파의 형식주의에 참여한 셈이다.

문체 면에서 신감각파적 특징이 가장 두드러지게 나타나는 작가는 물론 요코미쓰 리이치다. 그는 「신감각론」에서 신감각을 촉발시키는 대상으로 ① 행문行文의 어휘와 시의 리듬, ② 테마의 굴절각도, ③ 행과 행 사이의 비약의 정도, ④ 플롯의 진행 추이의 역송逆送, 반복, 속력 등으로 보고 있는데, 그중에서 ①을 가장 중요한 것으로 보고 있다. 문장면에 압도적인 비중을 두고 있는 것이다. 그의 언어에 대한 관심은 1931년에 쓴 에세이집 『가키가타 소시書方草紙』의 서문에 나오는 다음말들에서 확인할 수 있다.

> 이 책에는 대정 7년에서 소화 원년에 이르는 10년간의, 주로 국어와의 불령不逞을 극한 혈전시대에서, 마르크시즘과의 격투시대를 거쳐, 국어에의 복종시대인 오늘에 이르기까지 약 15년간의 우여곡절을 겪은 탈피 생활의 단편적 기록을 수록했다.[57]

이 글을 통하여 그의 '국어와의 불령을 극한 혈전기'가 1918년 무렵부터 1926년까지로 되어 있음을 알 수 있다. 「해무리」와 「파리」(1923), 「머리 그리고 배」(1924), 「조용한 나열」(1925), 「나폴레온과 쇠버짐」, 「봄은 마차를 타고」(1926) 등이 쓰인 시기, 신감각파적 문장이 확립된 기간

---

57 保昌正夫, 「1920年代の短篇群」, 〈橫光利一疾走するモダン〉, 『國文學』 35권 13호, p.95 참조.

이 그의 '국어와의 혈전기'에 해당된다. 문학청년기의 요코미쓰는 대정 시대의 대표적 작가인 시가 나오야志賀直哉의 영향 하에서 글을 쓰기 시작했다. 따라서 그의 '국어와의 혈전'은 시가 나오야로서 대표되는 대정기의 문체와의 혈전을 의미한다는 것을 다음 인용문을 통하여 확인할 수 있다.

> 요코미쓰의 1920년대 전기는 시가志賀와의 격투시대이기도 하며, '국어와의 불령을 극한 혈전'에 의해 점차로 시가 나오야에게서 탈피, 그 극복이 이루어진 것이다.[58]

전 시대와의 차이화를 위하여 혈전을 벌인 결과로 나타난 요코미쓰의 신감각적 문체의 특징은 대략 다음의 네 가지로 요약될 수 있다.

① 구어체에 대한 반란 – 문어체로의 복귀

요코미쓰의 신감각적 문체의 첫 번째 특징은 구어체의 포기에 있다. 동서양을 막론하고 문체 면에서 근대소설이 지향해온 것은 언문일치이다. 나날이 산문화의 도수를 늘려가면서 전세계의 근대소설은 현실의 언어에 보다 더 접근하려는 부단한 노력을 기울여왔다. 일본의 경우도 마찬가지다. 후타바테이 시메이二葉亭四迷 이후로 일본의 근대소설이 지향한 것은 말하듯이 쓰는, 구어체 문장이며, 언문일치 문장이다. 요코미쓰는 그 장구한 전통에 반기를 들고 '쓰는 듯이 쓰는' 문어체 문장을 예찬한다.

---

58 위의 글, p.66.

'말하듯이 쓰는' 묘사방법은, 연우사硯友社에 대신하여 나온 자연주의의 작풍인데, 이 경향은 도도하게, 사사키 모사쿠佐佐木茂索, 무로우 사이세이 室生犀星, 다카이 쿄오사쿠高井孝作 제씨에게까지 이어져 내려오고 있다. 그러나 『문예시대』의 표현적 태도는, 이 '말하듯이 쓰는' 것이 아니라. '쓰는 듯이 하여 쓰는' 것을 연습하기 시작했다. (중략) 새 문학이 연우사 시대에 역행하는 것은 당연한 법칙이다. '말하듯이 쓰는' 작풍에 식상한 민족의 생리 작용은, 포르말리즘이 되어, 문자 위에 나타나지 않으면 용납되지 않을 것이다. (중략) 문학이 문자를 사용하지 않을 수 없는 이상에는, '말하듯이 쓰는' 것보다는 '쓰는 듯이 쓰'는 것이 타당하다.[59]

요코미쓰는 도도하게 흐르는 언문일치의 조류에 거역하면서 이렇게 문어체로의 복귀를 용감하게 선언하는데, 그 근거로 제시한 것이 문자 사용의 원리이다. 문어체가 아니면 "문자의 진가가 나오지 않는다."는 것이 그의 주장이다. 그는 문어체 사용이라는 캐치프레이즈를 통해 문체의 혁신을 기도하는데, 그 첫머리에 나오는 '쓰는 듯이 쓰는' 소설의 표본이 「해무리」이다. 이 소설은 인물 설정과 사건의 유형 등에서 「살람보」의 영향을 받은 작품인데, 문체 면에서도 역시 「살람보」의 번역 문체의 영향을 받고 있다. 이쿠다 조코가 이 소설을 번역하면서 직역체의 재미를 살린 고풍스러운 문어체를 만들어냈는데, 요코미쓰는 그 문체를 본따서 어세가 강한 독자적 문체로 「해무리」를 써나갔다.

이 작품의 문체적 특징은 구어체에 대한 반역에 있다. 이쿠다의 번역 문체처럼 그는 여기에서 고풍스런 어휘와 말투를 사용하고 있다. 그래서 생경하고 부자연스러운 문어체의 문장이 만들어진 것이다. 요코미쓰

---

59 橫光利一,「日常茶飯事文學」,『全集』1, pp.308-309.

는 그 부자연스러움을 선호했다. 그는 일본의 근대소설이 지향한 언문일치의 쉽고 자연스러운 문장에 반란을 일으키려고 의도적으로 그런 문체를 택한 것이다. 그의 '쓰는 것처럼 쓰는' 문체는 비일상적 언어인 한자어를 과용하는 또 하나의 특징을 나타낸다. 한자 애용은 「해무리」뿐 아니라 「나폴레옹과 쇠버짐」 등 다른 작품에서도 나타난다.

① 太陽은 샛강의 水平線에 朱의 一點이 되어 沒해갔다. 不彌의 宮의 高殿에서는, 垂木의 木舞에 매달린 鳥籠 속에서 樫鳥가 배워 익힌 卑彌子의 이름을 한 번 부르고 잠에 떨어졌다.[60]

② 나폴레옹의 배 위에서 이제 쇠버짐의 版圖는 徑六村을 넘어 확장되어 있었다. 그 主角을 喪失한 둥그스름한 地圖의 輪廓은 閑暇로운 구름처럼 微妙한 선을 펼치며 이지러져 있다. 侵略된 內部의 皮膚는 乾燥한 하얀 細粉을 全面에 바르고, 荒廢해진 茫茫한 沙漠 같은 색 속에서, 조금 남은 貧弱한 細毛가 옛날의 激烈한 싸움을 證言하며 시들어가면서 돋아나 있었다. 하지만 그 版圖의 前線一圓에 걸쳐서는 數千萬의 쇠버짐의 열이 紫色의 塹壕를 構築하고 있었다. 塹壕 안에는 고름을 띄운 分秘物이 차 있었다. 거기에서 쇠버짐의 群團은, 鞭毛를 흔들면서, 雜然하게 縱橫으로 겹쳐져서, 各各 橫으로 分裂하면서 두 배의 群團이 되어, 기름이 엉겨 있는 細毛의 森林 속을 파먹으며 突破하고 있었다.[61]

이 두 글에서 눈에 띄는 것은 생경한 한자어의 애용이다. 하지만 그

---

60 橫光利一, 『全集』 1, p.7.
61 橫光利一, 『全集』 2, p.263.

빈도는 ②의 경우가 더 심각하다. '版圖, 徑六村, 圭角, 細粉, 前線, 一圓, 紫色, 塹壕, 群團, 鞭毛, 細毛, 森林' 등의 난삽한 한자어가 나열되어 있기 때문이다. 이런 한자어의 사용으로 인해 그는 현학적이라는 비난을 받는다.

그것은 또 그의 소설의 추상성·관념성과도 밀착되는 문제다. 한자어는 일상어가 아니라 외래어이기 때문에 추상적이어서, 「해무리」의 살육 장면이 공포감을 자아내지 못하듯 이 글에서도 부스럼 묘사에서 징그러운 느낌을 배제시킨다. '군단, 전선, 참호' 등의 군사 용어가 쇠버짐의 생태와 연결되어 있어, 구체성과 현실성이 배제되는 것이다. 그는 '쓰는 것처럼 쓰는' 문어체 문장을 통하여 종래의 문장과는 판이한 새 문체를 만들어 새로움을 확보한다. 그의 낯설게 하기 작업은 일단 성공을 거둔 셈이다.

하지만 '쓰는 것처럼 쓰는' 문체는 비일상적 언어를 사용함으로써 관념적·추상적인 특성을 나타낸다. 소설 문체의 전통에서 일탈한 이런 문체로 인해 소설 전체가 추상화되어, 인물의 감정이나 고통이 모두 추상화되고 만다. 일상성을 배제하려는 반리얼리즘의 실천이 일상성과 밀착된 노벨 자체를 파탄에 이르게 하는 것이다. 그래서 그가 혼신의 힘을 기울여 창안해낸 문어체 문체의 새로움은 수명이 길지 못했다. 시간을 뛰어넘어 살아남는 보편성을 획득하지 못한 것이다. 요코미쓰 자신도 그 점을 인식한 듯 「해무리」이후에는 「비문」에서만 이런 고풍스러운 문체를 쓰고, 그 후에는 잘 사용하지 않았다. 「해무리」와 같은 해에 나온 「파리」와 비교해 보면 그의 문체의 다양성을 짐작할 수 있다.

여름의 여인숙은 공허했다. 다만 눈이 큰 한 마리의 파리만은, 어둑신한 마굿간 구석의 거미의 그물에 걸리자, 뒷발로 그물을 걷어차면서 한동

안 건들건들 흔들리고 있었다. 그러다 콩알처럼 뚝 떨어졌다.[62]

　같은 해에 동시적으로 발표된 소설인데, 이 소설의 문체에서는 위에서 든「해무리」의 문체보다는 훨씬 구체적이고 쉬운 일상적 어휘가 사용되고 있다. 같은 해에 나온 두 작품에서 나타나는 이러한 문체의 변화는 다음 작품으로 이어져, 요코미쓰의 신감각기의 작품에서는 수없는 문체의 변화가 나타난다. 그것은 자기만의 세계를 확립하기 위한 아방가르드로써의 치열한 모색의 자취라고 할 수 있다. 하지만 그 다양함 속에서도 기본 틀은 움직이지는 않는다. 그것은 반리얼리즘의 자세다.

② 단문短文과 반복법
　다음으로「해무리」에서 눈에 띄는 수사학적 특성은 짧은 문장과 반복이다. 그것은 대화에서 더욱 극단화되어 나타난다.

　　"그대는 돌아가라."
　　"공주여, 나는 그대에게 내 뼈를 바치리."
　　"가라."
　　"공주여."
　　"그를 내치라."
　　"공주여."
　　"가라."
　　"공주여."
　　"가라."[63]

---

62 橫光利一,『全集』1, p.191.

이런 식의 주문 같은 짧은 말의 되풀이가 수없이 반복된다. 비단 이 소설만이 아니다. 「머리 그리고 배」에도 이런 대목이 있다.

"웬일이야!"
"뭐야!"
"어디야!"
"충돌인가!"[64]

거의 소설의 절반을 차지하다시피 하는 이런 짧은 구절의 되풀이는 음악성을 함유한다는 점에서 산문보다는 시에, 시 중에서도 정형시에 가까운 수사법이어서 탈산문적 지향을 엿보이게 한다. 그것은 '리듬이나 음악성에 대한 관심'을 의미한다는 점에서 「해무리」는 '소설이라기보다는 포에지'로써 써진 것이라는 해석을 가능하게 한다.[65] 대화뿐 아니라 지문도 역시 간결하다. 그의 경우 평론에서도 이런 문장이 나타난다. 이런 간결한 문체는 리얼리즘의 미주알고주알 캐고 드는 만연체 문장에 대한 반발에서 생겨난다. 짧은 문장은 「기계」 이전의 그의 모든 작품의 공통되는 특성이다.

반복법의 경우도 반산문적이라는 점에서는 단문과 궤를 같이 한다. '빠른 템포로 같은 말을 되풀이하는 리프레인 기법은 신감각파 고유의

---

63 앞의 책, pp.12-13.

64 앞의 책, p.332.

65 세키야關谷는 "'생경한 묘사'가 되기 쉬운 수사에 대한 과도한 의식이 요코미쓰 리이치 등 신감각파의 특색이라고 한다면, 신감각파는 소설이라는 형식 속에서 시작詩作을 했다는 뜻이 된다."(『國文學』, 1989. 5, p.86)는 말을 하여 그의 문체가 산문에서 이탈한 것임을 확인시킨다. 그의 소설을 하이쿠와 결부시키는 견해도 있다.
　　　　　　　寺田透, 『橫光利一と新感覺派』, 有精堂, 1991, p.171.

것'(후쿠다)으로서 요코미쓰만이 아니라 가와바타와 그 밖의 동인들도 공유한 특징이다. 이런 요소들은 대정기의 심경소설이나 사소설의 장황한 묘사문에 대한 반발에 그 뿌리를 두고 있다.

③ 대화에 나타나는 개연성의 무시

그 다음에 문제가 되는 것은 인물들의 화법에서 노출되는 개연성의 무시다. 「해무리」에는 방언이 없다. 우미, 노코쿠, 야마토 세 나라 사람들이 모두 같은 말을 쓰고 있다. 또한 "지역 차, 계급 차, 남녀 차의 완전한 배제에 의한 언어의 일원화"가 나타나고 있다. "방언의 결여는 그대로 리얼리티의 결손과 직결"된다.[66] 거기에 남녀 차, 계급 차가 모두 무시된 현상이 추가된다. 인물의 개별성이 언어에서 무시되고 있어, 인물들이 개성을 잃고 추상화되기 때문에 '리얼리티의 결손' 폭이 더욱 커지는 것이다.

노벨은 인물의 개별성을 필수 조건으로 한다. 인물에 현실성을 부여하기 위하여 특정한 장소, 특정한 시간 속에 특정한 인물을 배치하는 노벨리스트들은, 인물이 사용하는 언어에서도 개별성을 살리려 노력한다. 「감자」 같은 작품에서 인물의 사투리가 중요시되는 이유가 거기에 있다. 요코미쓰 리이치는 그것을 거부하여 고소설처럼 개성 없는 인물들을 만들어낸 것이다. 리얼리즘에 대한 지나친 반발 때문에 그런 일이 일어났다. 반복법의 남용, 짧은 문장의 경우와 마찬가지로 인물들이 사용하는 언어의 일원화는 반리얼리즘적 양상이다.

---

66 『國文學』, 1991. 3.

④ 의인법의 애용

요코미쓰의 문장에 나타나는 또 하나의 특징은 의인법의 애용이다. 이 기법은 관찰자 자체를 의인화한 「파리」가 대표한다. 그것은 그의 처녀작이라고 할 수 있는 「신마」(1917)에서부터 시작된 기법이다. 「신마」에서 말의 내면을 그리는 작업을 통하여 글을 쓰기 시작한 요코미쓰는 「파리」에서는 파리를 주동인물의 위치에 세우고, 카메라 아이적 기법을 들고 나와 외계를 그려서 세상을 놀라게 했다.

화자의 의인화 외에, 문장의 주어를 인간 이외의 사물로 대치하는 의인화 기법도 요코미쓰가 애용하는 것이다. 「조용한 나열」의 주체는 S강과 Q강이고, 「머리 그리고 배」에서는 기차가 역을 묵살하며, 「나폴레온과 쇠버짐」에서는 한수석寒水石 침대가 주인의 잠든 얼굴을 받쳐 들고 있고, 「봄은 마차를 타고」에서는 봄이 마차를 타고 다니며, 「해무리」에서는 '숲이 잣나무의 잎에서 월광을 떨쳐버리며 중얼거리'기도 한다. 이런 기법은 가와바타의 「미끄럼바위」에서 물이 낄낄거리고 웃는 대목과 조응하여 의인화가 신감각적 문체의 중요한 특징임을 확인하게 한다.

⑤ 비약적 연결법과 비유어의 파격성

그 다음에는 문장의 연결 관계에 비약이 많다는 점을 지적할 수 있다. 신감각파적 문체의 표본처럼 되어 있는 「머리 그리고 배」가 그것을 대표한다. 우선 신감각파의 트레이드마크처럼 되어 있는 서두의 문장에서 그 특징이 노출된다.

> 대낮이다. 특별급행열차는 만원인 채로 전속력으로 달리고 있었다. 연선沿線의 소역小驛은 돌처럼 묵살되었다. 하여간, 이런 현상 속에서, 그 통조림된 열차의 승객 속에 방약무인해 보이는 머슴애가 하나 섞여 있었다.

풀 스피드로 달리는 기차가 연선의 작은 역들을 돌처럼 묵살하면서 질주하는 장면 다음에 엉뚱하게도 머슴애에 대한 코멘트가 나온다. '하여간'이라는 말로 이어진 이 두 가지는 서로 아무런 연결고리를 가지고 있지 않아 따로따로 고립되어 있다. 그 다음에는 기차가 이유도 모르는 채로 정차하고, 사람들은 뚱뚱한 배를 가진 신사의 뒤를 따라 우회열차를 선택하는데, 그 어느 하나도 서로 연결되지 않고 고립화되어 있어 전체적으로 보면 구문의 불연속성이 노출된다.

이런 현상은 표제에도 해당된다. 「봄은 마차를 타고」, 「화원의 사상」은 모두 죽음의 문제를 다룬 소설들인데 표제는 화창하여 내용과 표제 사이에서 괴리 현상이 나타나며, 「조용한 나열」, 「해무리」 등은 투쟁적 내용인데 제목은 정적이어서 이질적 요소의 접합을 보여준다. 「머리 그리고 배」 역시 내용과 직결되는 제목은 아니다. 「나폴레온과 쇠버짐」의 경우는 내용과 제목 사이에는 괴리가 나타나지는 않으나, 문체와 묘사 대상과의 연결이 비상식적이다. 이 소설은 쇠버짐이 번져가는 배의 묘사가 주축이 되는데, 작자는 고름으로 범벅이 된 배의 묘사를 현학적인 전문 용어로 메우고 있기 때문이다.

앞에서 인용한 이 소설의 결말 부분에서 첫째로 눈에 띄는 것은 생경한 한자어의 남용이다. '版圖, 六村, 圭角, 細粉, 紫色, 塹壕' 등의 난삽한 한자어가 나열되어 있다. 다음에 드러나는 특징은 군사 용어의 사용이다. '군단, 전선, 참호' 등의 군사용어가 쇠버짐의 생태와 연결되어 있어, 비유의 파격성과 비약성을 드러낸다. 이 소설에서는 배를 파먹는 벌레들의 움직임과 유럽을 정복하는 나폴레온군의 움직임이 병렬되어 진행되는데, 군사 용어들은 그 엉뚱한 연결을 이어주는 연결고리라 할 수 있다. 안과 밖, 질병과 전쟁, 환자와 영웅의 병렬 자체가 비약적 연결법의 극단성을 보여주며, 문체와 묘사 대상의 이질적 결합이 새로운 아이러니를 형성시키는 것이다. 이런 비약적, 인상적 문체는 신감각파가 프랑스의 다다이즘계의 작가 폴 모랑의 「밤 열리다」에서 영향을 받은 것으로 정평이 나 있다.

제목과 내용 사이, 행과 행 사이, 묘사 대상과 묘사 문체 사이에서 일어나는 이런 비약적 묘사법은 요코미쓰의 새로운 시도였고, 당대 문단은 그것을 참신성으로 받아들였다. 가타오카 텟페이 같은 문인은 "기차가 소역을 묵살한다고 느끼는 것에 의해서, 기차의 달리는 방법 그 자체의 변화를 주장하는 것이 아니라, 변하는 것은 작가가 재료 위에서 호흡하는 그 생활의 방향과 방법"[67]이라면서 요코미쓰의 신감각의 새로움을 예찬하였던 것이다. 대정문학의 리얼리즘과 사소설의 세계에서 벗어나기 위한 모든 실험이 새로움과 결부되던 과도기적 현상을 요코미쓰의 문장의 비약성과 비유의 파격성이 대변하고 있기 때문이라 할 수 있다.

⑥ 시각적 이미저리

그 다음에 드러나는 특징은 묘사에서 나타나는 시각적 이미저리이다. 지면관계로 상론하지 못하지만 시각적 이미저리는 요코미쓰의 신감각적 표현의 가장 긍정적인 항목이 되고 있다. 칸노 아키마사菅野明正가 요코미쓰의 업적의 하나를 "문체의 근원을 개념에서 유연한 시각으로 옮겨놓은 것"[68]으로 보고 있는 것은 그 때문이다. 시각적 이미저리는 「해무리」에서 시작하여 「상해」까지 관통하는 요코미쓰의 가장 신감각파다운 특성이며, 신감각파 전체의 특징이기도 하다. 「머리 그리고 배」의 서두, 「나폴레옹과 쇠버짐」의 종결부 등 이미 인용한 부분에서 그것이

---

67 『文藝時代』, 1924. 12.
68 칸노 아키마사, 「對談—橫光利一往還」, 『國文學』 35권 13호, p.9.

검증되며, "잔디 위에서 일광욕을 하고 있는 하얀 신선한 환자들이 언덕에 열린 과일처럼 누누累累히 가로누워 있었다."(「화원의 사상」)는 대목도 시각적 영상의 한 예다. 영상의 시각화는 전 세계의 모더니즘의 공통되는 특징이기도 하다.

⑦ 육체어의 애용

그의 문장에서 주목을 끄는 마지막 항목은 육체 묘사의 애용이다. 요코미쓰의 글에는 육체 중에서도 배의 묘사가 자주 등장한다. 「파리」에 나오는 만두에 대한 식탐으로 부풀어 오른 마부의 배, 「머리 그리고 배」에 나오는 머슴애의 머리통과 신사의 배, 나폴레온의 쇠버짐이 퍼져 있는 배 등이 그것이다. 그에게는 배에 대한 편집증이 있다. 「그대」에서는 그것이 임신한 누나의 배에 대한 집착으로 나타나며, 「머리 그리고 배」의 절반은 배불뚝이 신사의 배가 차지하고, 「나폴레온과 쇠버짐」에서는 벌레가 먹어가는 뱃가죽이 작품 전체를 뒤덮고 있다.

이런 육체 묘사의 범람을 통하여 감지할 수 있는 것은 요코미쓰의 유물론적 인간관이다. 그는 "코뮤니즘 문학만이 혼자 유물론적 문학인 것은 결코 아니다. 신감각파 문학도 역시 유물론적 문학이다."[69]라는 말을 하고 있다. 요코미쓰에 의하면 '신감각의 감각적 표징은 한마디로 말하자면 자연의 외상을 박탈하고, 물 자체에 뛰어드는' 것을 의미한다. 종래의 리얼리즘과 다른 것이 있다면 리얼리즘이 사물을 개념에 의해 포착하는 반면에 요코미쓰는 그런 개념 조작이 아니라 컵이면 컵 그 자체를, 원통형이라든지, 투명하다든지 하는, 그런 감각에 의해 포착한 점이다.[70]

---

69 앞과 같음.
70 앞과 같음.

바흐친M. Bakhtin이 '육체'에 대한 집착을 현대의 시대적 특징으로 간주[71]한 그 기준에 의하면, 육체 묘사의 애용, '물자체에 뛰어드는' 즉물성 등은 모두 '물질' 선호 경향이어서 현대적 세계 인식의 표징이고, 그래서 그것은 모더니스트로서의 요코미쓰의 새로움을 형성하는 요인이라고 할 수 있다. 그것은 대정기의 정신주의적 인간관의 종언을 의미하기 때문이다.

언문일치에 대한 반란, 단문과 반복법, 의인법, 시각적 이미저리, 육체어의 애용 등은 그의 가장 신감각파적인 특징인 동시에 구미의 모더니즘과의 공약수이기도 하다.

⑧ 「기계」의 긴 문장과 신감각기의 종언

문체와 관련하여 끝으로 언급해야 할 작품은 「기계」다. 「기계」의 문장의 특성에 대하여 신심리주의의 소개자이며 작가이기도 한 이토 세이는 다음과 같은 예찬의 말을 하고 있다.

> 신감각파류의 인상을 날뛰면서 쫓은 「상해」까지의 수법을 그는 갑자기 그만두고, 유연한, 타니가와 데츠조谷川徹三가 지적한 소위 '당초무늬'적인 연상적 방법을 쓰고, 문체도 끊어짐이 없이 계속되어, 개행改行이 거의 없는, 활자가 그득 차는 형식이 되어갔다. 솔직하게 말하자면, 호리堀도 나도 하려고 했지만 역부족이어서 못하고 있는데, 이 강인한 선배 작가는, 적어도 일본문으로 가능한 하나의 틀을 만들어버렸다는 느낌이었다.[72]

---

71 바흐친은 중세와 근대의 관계를 anti-physics와 physics의 관계로 파악하여 후자를 근대의 본질로 보고 있다.

72 伊藤整, 「新興藝術派と新心理主義文學」, 谷田昌平, 「近代藝術派(モダニズム文學)の系譜」, 『國文學解釋と鑑賞』, 至文堂, 1975, p.42에서 재인용.

이 소설은 이토가 지적한 것처럼 종래의 신감각파적 문체와는 판이한 문체를 보여주고 있다. 우선 문장의 길이가 엄청나게 길어졌고, 줄바꾸기조차 거의 없어, 시각적으로만 비교해도 전의 작품들과는 엄청나게 다른 문체로 쓰이고 있음을 알 수 있다. 이런 문체는 「기계」(1930. 9)보다 7개월 먼저 발표된 「새鳥」(1930. 2)에서 시작되어 7개월 늦게 나온 「시간」(1931. 4)으로 이어진다. 요코미쓰의 1930~1931년 무렵의 전형적 문체라 할 수 있다. 이런 문체와 함께 그의 신감각기가 끝난 것이다. 그 밖에도 이 소설에는 영화에서 빌려온 몽타주 기법, 클로즈업 기법 등이 시도되고 있었음을 부기해 둔다.

항상 새 것을 쫓는 일에 급급했던 요코미쓰 리이치는 문체 면에서도 끊임없이 새로운 것을 추구하는 자세를 취해서 일관성을 지니지 못하고 있다. 같은 해에 발표된 「해무리」와 「파리」의 문체가 너무 다르고, 「기계」의 문체와 「상해」의 문체가 서로 다르며, 「조용한 나열」과 「머리 그리고 배」의 문체가 또 다르다.

하지만 신감각파기의 요코미쓰 리이치의 문체에서는 구어체에 대한 반발로 인한 문어체에 대한 지향성, 단문과 반복법, 개연성 무시, 의인법, 비약적 연결법과 파격적 비유법, 시각적 이미지리, 육체어의 애용 등이 공통적으로 나타난다. 신감각을 앞세운 이런 문체의 새로움은 그의 가장 큰 공적으로 간주되고 있다. 일본처럼 아방가르드적인 것이 이질시 되는 나라에서 그는 문학의 새 지평을 향하여 끊임없이 도전했고, 그 혈전의 자세는 후세를 위한 밑거름이 되었기 때문이다. 그래서 당대의 문학계는 그 반리얼리즘적 자세와 신감각적 문체에 대하여 칭찬을 아끼지 않았다. 「해무리」계의 작품이 지니는 소설로서의 결함에도 불구하고 요코미쓰에게는 "마치 칠흑의 어둠 속에서 반짝이는 백일계에 뛰쳐나온 느낌"이 드는 작가라느니, '문학의 하나님'이라느니 하는 찬사가 뒤따랐으며, 고바야시 히데오는 그에게 '의안의 찬가'를 바쳤다. 당시의 문단이 새로운 기법을 얼마나 갈망하고 있었으며, 리얼리즘에 대한 반감이 얼마나 고조되어 있었는가를 이를 통하여 확인할 수 있다.

4) 요코미쓰 리이치의 모더니즘

요코미쓰 리이치는 신감각파의 모더니즘과 구미의 그것과의 관계에 대하여 다음과 같은 말을 하고 있다.

> 미래파, 입체파, 표현파, 다다이즘, 상징파, 구성파, 여실파의 어떤 일부, 이것들을 모두 나는 신감각파에 속하는 것으로 인정하고 있다.[73]

그에 의하면 미래파의 영향은 "심상의 템포에 동시성을 주는" 측면에서 나타나며, 입체파는 가와바타의 『단편집』의 경우처럼 "플롯의 진행에 시간관념을 망각시키는" 면에서 노출되고, 표현파와 다다이즘은 곤토 고나 이시하마 긴사쿠石濱金作의 근작처럼 "일체의 형식 파괴에 심상의 교호 작용을 단적으로 투척하는" 면에서 검출되고, 이누카이 다케루犬養健의 관능의 쾌랑快郞한 음악적 톤에 나타나는 입체성에서는 여실파의 어떤 면이 나타나며, 나카가와에게서는 섬세한 신경작용의 전율, 정서의 발효, 가타오카나 가네코 요오분金子洋文에게서는 구성파적 특성이 나타나 서구의 모더니즘의 거의 모든 요소가 신감각파와 관련이 있다는 것이다.[74]

---

73 橫光利一, 「新感覺論」, 앞의 책, 주3 참조.

하지만 그것은 각 작가에게서 부분적으로 잠시 나타나는 특징에 불과하다. 요코미쓰는 「신감각론」에서 자신의 경우에 대하여는 언급하고 있지 않지만, 신감각을 촉발시키는 대상을 ① 행문行文의 어휘와 시의 리듬, ② 테마의 굴절 각도, ③ 행과 행 사이의 비약의 정도, ④ 플롯의 진행 추이의 역송, 반복, 속력 등의 측면에서 보고 있다.[75] 거기에 '일체의 형식파괴'적 측면을 첨가하고 구성파적 특징을 제거하면, 위의 인용문에 나타나는 그가 파악한 모더니즘의 특성들과 거의 다 부합한다고 볼 수 있다.

하지만 서구 모더니즘과 요코미쓰의 문학 사이에는 많은 이질성이 개재한다. 그 첫 번째 항목이 '의안'으로 나타나는 시점의 객관성이다. 그의 반리얼리즘은 엉뚱하게도 객관주의로 나타나기 때문이다. 서구의 모더니즘도 반리얼리즘의 기조 위에서 개화한다. 하지만 그 반리얼리즘의 주조는 주관주의를 바탕으로 하고 있다. 모더니즘의 시대는 어느 나라에서나 객관적 현실의 붕괴와 더불어 오니까 작가마다 방법론이 다르게 나타나지 않을 수 없다. 주관주의에 입각해 있기 때문이다. 인간 심리의 심층을 탐색하는 신심리주의 같은 경우는 의식의 흐름의 자동기술법, 내적 독백 같은 수법으로 인간의 내면을 조명하는데, 무의식의 세계에는 객관주의가 비집고 들어갈 자리가 없다. 그래서 시간까지도 내면화 · 주관화되는 것이 모더니즘의 중요한 특징이 되는 것이다. 서구의 반리얼리즘은 반객관주의를 의미한다고 해도 과언이 아니다.

요코미쓰의 경우를 이러한 경향과 비교해보면 「기계」가 나옴으로써 뒤늦게나마 조건이 충족된 듯이 보이기 쉽다. 비단 그의 신심리주의적

---

74 橫光利一, 앞의 글, 앞의 책, p.219.

75 위와 같음.

기법이 무의식의 세계에까지 다다른 본격적인 것은 아니라 하더라도, 전 시대의 소설에 비하면 그 심도가 깊어졌고, 시점도 주관적인 것으로 옮겨졌기 때문이다. 그런데 막상 신감각기의 소설에서는 그 정도의 내면성마저 거세되어 있다. 주관은 열등하다는 생각이 그에게 객관주의를 채택하게 만들었고, 그 객관주의가 그의 새로움의 척도가 되고 있어 '의안의 찬가'가 바쳐지는 것이다. 그래서 내면탐색의 세계가 거기에서는 배제되어 있다. 이런 현상은 일본에서는 대정기의 1인칭 사소설의 주관주의가 반리얼리즘의 대상이었다는, 일본적 특수성과 관련된다. 서구에서는 객관적 세계관의 붕괴가 모더니즘을 탄생시킨 모태인데, 일본에서는 객관주의의 결여가 모더니즘의 모태가 되고 있는 것이다.

그래서 반리얼리즘의 자세는 동일하다 해도 지향점이 전혀 다른 신감각파적 모더니즘이 생겨난다. 그것은 객관주의와 직관, 감각, 상징 등을 결합시킨 모더니즘이다. 주관으로 포착한 세계는 각양각색일 수밖에 없지만, 객관주의적 세계관에는 통일이 있는 것이 상례인데, 요코미쓰의 객관주의는 직관이나 감각과 연결되어 있어 통일성이 없이 수시로 요동친다. 같은 해에 발표한 「해무리」와 「파리」가 서로 다른 경향을 나타내는 사실이 그것을 입증한다. 이런 흔들림과 모색의 몸짓은 그의 「순수소설론」이 나올 때까지 계속된다.[76] 가와바타의 세계에 나타나는 서정성 같은 일관된 본질적 요소가 그에게는 없었던 것이다.

이런 전도된 경향은 '괴뢰 만들기'에도 나타난다. 서구의 모더니즘은 '괴뢰 만들기'에 대한 반역에서 시작된다고 할 수 있기 때문이다. 허구성 강조의 19세기적 소설 문법에서 벗어나 내면세계를 있는 그대로 재

---

76 「순수소설론」(『문예춘추』, 1935. 4)에서 요코미쓰는 순문학과 통속소설의 제휴를 주장했지만 이후 그 자신은 신감각적이 아닌 신문연재소설 작가가 된다.
横光利一, 앞의 책, pp.91-102 참조.

현하려고 노력하는 과정에서 플롯의 해체가 진행되며, 소설은 수필에 가까워진다. 요코미쓰에게서도 플롯의 해체는 나타난다. 「머리 그리고 배」 등에서 요코미쓰는 줄거리의 인과성 해체를 시도하고 있다. 다른 작품에서도 모자이크적 구성법을 통하여 인과관계를 이루지 않는 요인들을 다분히 도입함으로써 플롯의 인과성을 해이시킨다. 하지만 그런 시도는 몇몇 작품에서 실험적으로 시도되고 있을 뿐이어서 정도가 미흡하다. '괴뢰 만들기'와 '플롯의 해체'가 궁합이 맞지 않기 때문이다.

그뿐 아니라 신감각기의 그의 소설은 비약이 심한 단문이 주축이 되어 있어, 수필보다는 시에 가까운 것이 되고 있다. 길이가 지나치게 짧은 것도 역시 문제가 된다. 그의 실험적 초기 소설 중에서 「해무리」를 뺀 다른 소설들은 단편이라기보다는 콩트에 가까운 길이를 가지고 있다. 그 길이는 순차적으로 늘어나다가 「상해」에 가서 장편 시대가 시작되며, 동시에 신감각파 시대도 끝난다. 대정기 사소설의 장황한 고백과 심리묘사의 구체성을 탈피하려는 맹목에 가까운 몸부림이, 설명 부족의 단문 양식과 지나치게 짧은 소설을 만들어낸 것이다.

그 다음은 장르에 대한 실험의 지리멸렬함이다. 「해무리」, 「조용한 나열」, 「파리」, 「머리 그리고 배」 등은 19세기식 소설문법을 일탈한 면에서는 공통성을 지니지만, 작품마다 작풍이 달라서 한 작가의 작풍으로서의 공통성이 결여되어 있다. 전 시대에서 탈피하려는 맹목에 가까운 몸부림이 양식에 대한 실험 과정에서 끝나버리는 데에 신감각파의 과도기적 특성이 있다.

그의 초기의 소설들은 길이가 짧다. 그 길이는 순차적으로 늘어나다가 「상해」에 가서 비로소 장편 시대가 시작된다. 하지만 동시에 신감각파기도 끝난다. 사소설의 '배허구'의 구호에 맞서기 위해 '괴뢰 만들기'에 열중한 나머지 그의 모더니즘은 성숙하지 못하고 막을 내린다. 반리얼리즘적 기법 혁명의 기치는 문체 면과 이미저리의 측면에서만 서구의 모더니즘과 공통되고, 장르나 플롯의 해체는 시도에서 끝나고 마는 것이다.

세 번째 이질성은 시간에서 나타난다. 이것은 서구의 모더니즘과 가장 대척되는 부분이다. 요코미쓰에게서는 시간의 주관화·내면화 경향이 거의 나타나지 않는다. 신감각파기의 소설에서도 시간은 순차적 질서를 그대로 유지하고 있다. 새로운 것은 문체일 뿐, 「머리 그리고 배」 같은 실험적인 작품에서도 시간은 여전히 일상적·역사적 시계시간의 범주를 벗어나지 않는다.

요코미쓰에게서 서구의 모더니즘과 가장 많은 공통성을 지니는 부분은 ① 행문의 어휘와 시의 리듬, ② 테마의 굴절 각도, ③ 행과 행 사이가 비약하는 비약적·인상적 문체 등이다. 이런 특징들은 그의 전 작품에 편재하는 신감각적 특성이다. 그중에서도 비약적·인상적 문체는 요코미쓰의 신감각파기를 가늠하는 기준이 된다. 그 문체가 사라지면 신감각파기가 「상해」 같은 작품은 장르가 장편으로 바뀌었는데도 문체로 인해 신감각파적 작품으로 분류되며, 그 후에는 문체가 변하여 요코미쓰의 신감각파기가 끝나는 것이다. 짧은 문장, 문장의 연결 관계에서 나타나는 비약, 시각적·공감각적 비유어, 비유의 파격성, 빠른 템포로 같은 말을 되풀이 하는 리프레인 기법 등은 그의 아방가르드적 언어 실험의 성과라고 할 수 있다. 언어에 대한 실험은 그의 신감각파적 새로움의 정점을 이룬다. 문체의 감각성은 요코미쓰 한 사람뿐 아니라 신감각파 전체에 해당되는 특징이어서 신감각파는 주로 문체의 개혁에서 각광을 받게 되는 것이다.

사소설의 '배허구'의 구호에 맞서기 위해 '괴뢰 만들기'에 열중한 나머지 그의 모더니즘은 성숙하지 못하고 막을 내린다. 반리얼리즘적 기법

혁명의 기치는 문체 면과 이미저리의 측면에서만 서구의 모더니즘과 공통되고, 장르나 플롯의 해체는 시도에서 끝나고 마는 것이다.

끝으로 주목해야 할 것은 「기계」와 모더니즘의 관계이다. 내면심리의 탐구나 복수적 시점 등이 이 작품에서는 나타나고 있기 때문이다. 1930년 무렵에야 일본에서는 서구 모더니즘의 본격적인 소개가 이루어진 것이 그 원인이 될 것이다. 끊임없이 새 방법을 향해 도전한 요코미쓰의 모더니즘은 일관성의 결여라는 약점을 가지고 있지만, 신감각파기의 기법적 실험들이 지니고 있던 결손 부분을 그것이 끝난 후에 나온 「기계」가 보완하고 있는 점이 시사적이다. 신감각파기가 낡은 것을 파괴하는 전투의 시기라면, 1930년 무렵은 그 폐허에 조그만 것이나마 새 것을 구축하는 시기라고 할 수 있다. 그러나 그 건설 작업은 오래 가지 못한다. 그는 곧 『순수소설론』(1935)을 발표하고 대중소설 쪽으로 접근해 가다가 마지막에는 국수주의적인 「여수旅愁」(1937~1946)의 세계에 주저앉기 때문이다.

2. 신흥예술파와 류탄지 유龍膽寺雄

1) 신흥예술파의 형성 과정과 류탄지 유

일본의 모더니즘 소설은 신감각파에서 시작하여 신흥예술파에 배턴
이 넘겨진다. 그 뒤를 신심리주의가 잇게 되므로, 광의의 모더니즘에는
신감각파와 신흥예술파, 신심리주의파가 다 들어간다. 그런데 일본에서
는 신감각파와 신심리주의를 모더니즘이라고 부르는 일이 드물기 때문
에, 협의의 모더니즘은 신흥예술파가 독점한다고 해도 과언이 아니다.
요코미쓰 리이치의 문학을 신감각파라 명명한 치바 카메오가 이번에도
류탄지 유의 문학을 모더니즘이라고 불러서 신흥예술파의 문학이 모더
니즘으로 낙착되는 것이다.[1]

신흥예술파는 조직의 측면에서 보면 『신조新潮』의 편집장인 나카무라
무라오中村武羅夫가 주장主將이지만, 작품이나 작풍의 측면에서 보면 표면

---

1 三田英彬, 「作品解說」, 『龍膽寺雄全集』(이하 『全集』), 昭和書院, 1984, p.284 참조.

상의 대표 선수는 류탄지 유다. 이 파에는 류탄지 유 외에도 31인의 동인이 있고, 인생파, 신감각파, 주지파, 『문학』파, 난센스파, 모던파 등 다양한 유파가 있다. 그중에서 모던파가 모더니즘을 대표하는데, 모던파의 대표적 문인은 류탄지 유, 히사노 토요히코久野豊彦, 아사하라 로쿠로, 요시유키 에이스케 등이다. 하지만 류탄지 유를 제외한 나머지 세 사람은 곧 신사회파를 만들어버리기 때문에, 신흥예술파가 형성되기 직전에 류탄지가 발표한 「방랑시대」와 「아파트의 여자들과 나와」가 모더니즘 소설의 기폭제가 되면서, 그는 모더니즘의 대표 주자가 된다. 그래서 '요코미쓰=신감각파'의 등식처럼 '류탄지=신흥예술파'의 등식이 이루어지는 것이다.

앞에서도 말한 것처럼 모더니즘이라는 용어는 일본에서는 별로 인기가 없다. 신흥예술파가 문학적 결실을 거두지 못한 채 해체되었기 때문이다. 신흥예술파의 소설은, 아메리카니즘의 경박한 풍조에 물들어 '에로 · 그로 · 난센스'에 열중하는, 당대의 세태를 재현한 도시풍속소설의 차원에서 벗어나지 못하는 것으로 평가되고 있다. 모더니즘이라는 말에 부합될 만한 기법상의 새로움을 확보하기는커녕 오히려 퇴행 현상을 나타냈기 때문에, 모더니즘이라는 용어는 평가절하되어 모멸적 뉘앙스를 지니게 되는 것이다. 그래서 신흥예술파는 신감각파의 10분의 1도 못 된다는 혹평을 받게 된다.

시기적으로 볼 때 신흥예술파는 신감각파가 와해된 뒤에 형성된다. 문학운동으로서 신감각파가 지속된 기간은 『문예시대』가 창간된 1924년부터 폐간된 1927년까지이다. 그 2년 뒤인 1929년에 '13인 구락부'가 형성되고, 다음해인 1930년에 '신흥예술파 구락부'가 창립된다. 신감각파와 신흥예술파는 광의로 볼 때 둘 다 모더니즘에 소속될 뿐 아니라, 가와바타 야스나리 같은 신감각파의 핵심인물이 신흥예술파에도 관여한 만큼 연결 부위가 많다. 그 중에서도의 대표적인 고리가 반프로문학의 자세이다.

신감각파가 해체된 후에 프로문학 진영의 결속이 이루어진다. 『문예시대』가 끝난 다음 해인 1928년에 '나프NAPF(일본프로문학가동맹)'가 결성되어 프로문학의 전성기가 몇 년간 계속된다. 신감각파는 없어졌는데 프로문학 진영이 한데 뭉쳐서 맹위를 떨치자, 반대파에서 위기의식을 느끼게 된다. "'바쇼芭蕉 같은 하이쿠俳句 작가는 기생충이다'라는 말이 공공연하게 나와도 반박하는 사람도 없는 이상한 시대"[2]가 되어, "무슨 일을 계획해도 좌익 작가가 아니면 일이 진척되지 않았으며…… 문학동인지도 좌익을 표방하지 않으면 다섯 권도 안 팔리는"[3] 상황이 되자, 우파 문인들이 위기의식을 느껴 결성한 것이 '13인 구락부'다.

'장밋빛 서광을 받으며 성두城頭에 선 13인의 기사'라고 매스컴에 의해 선전된 이 13인의 기사들의 사명은 적색 문학과의 전투였다. '13인 구락부'는 그 목적을 위해 뭉쳐진 모임이기 때문에, 서로 경향이 다른 『신조』계와 『후도조不同調』계의 문인들이 섞여 있었다.[4] 거기에 가와바타와 류탄지가 합류한 혼성팀이 '13인 구락부'인데, 그들이 중심이 되어 프로문학에 반대하는 문인들 19명을 더 모아 '신흥예술파 구락부'를 만든 것이다.

이 혼성 부대는 이론과 창작 양면에서 불모성을 나타내어, 다음해 말에 가면 신사회파와 신심리주의파로 분열되면서 와해하기 시작한다. 구

---

2 龍膽寺雄,「M子への遺書」,『全集』12, p.38.

3 井伏鱒二, 『龍膽寺雄の當選作』,『全集』7, 월보 6, p.2.

4 13인 구락부는 신조사의 편집장인 나카무라 무라오中村武羅夫와 가토 다케오가加藤武雄, 나라사키 쯔도무楢崎勤, 사사키 준로佐左木俊郎 등과 『후도조不同調』계의 아사하라 로쿠로淺原六郎, 오자키 시로尾崎士郎, 카무라 이소다嘉村磯多 등이 류탄지 유, 가와바타 야스나리와 모여서 만든 모임이다.

심점이 약한 모임인데다가 그들의 적수인 프로문학이 검거 선풍으로 힘을 잃자 존재 이유마저 상실하여, 1932년에는 자취를 감추게 되며, 그 뒤를 이은 신사회파도 신흥예술파의 통속화 경향을 계승하여 성과를 거두지 못하고 끝난다. 따라서 신흥예술파의 존속 기간은 1929년부터 1931년의 3년간이 된다.

신흥예술파의 와해와 분열은 순수예술 진흥의 풍조를 낳는다. "신감각파에서 제시된 새로운 인간 탐구의 방향에다가 예술적 기백과 고전적 기품, 그 '순수한 것'을 추구하려는 노력을 강화"[5]하여, 한편으로는 1935년대의 자국문학의 문예부흥을 준비하며, 다른 한편으로는 외국의 심리주의적 리얼리즘을 본격적으로 수용하여 모더니즘의 제3부대인 신심리주의문학이 개화하게 되는 것이다.

신흥예술파의 존속 기간은 1929년부터 1931년이지만, 류탄지의 경우에는 「방랑시대」가 나온 1928년부터 「M코에의 유서」[6]가 발표된 1934년까지를 모더니즘기로 간주하기로 하였다. '13인 구락부'가 결성되기 이전에 발표된 「방랑시대」와 「아파트의 여자들과 나와」 등의 작품으로 인해 그는 모더니스트라 불리웠고, 「M코에의 유서」를 쓴 후에는 문단과 일단 결별한다. 그 소설에서 문단의 주도권을 가진 요코미쓰와 가와바타를 비판한 것이 빌미가 되어 집필생활이 어려워지기 때문이다. 따라서 「M코에의 유서」까지가 그의 초기 문학에 속한다. 그는 1992년까지 장수하면서 후기에도 집필을 계속한 작가인데, 그의 특징은 작풍에 변화가 없다는 데 있다. 그러니까 그는 평생 모더니즘과 관련된 소설을 썼다고 할 수 있지만, 1930년대의 모더니즘기는 일단 「M코에의 유서」

---

5 瀬沼茂樹, 「完本・昭和の文學」, 冬樹社, 1976, p.22.
6 龍膽寺雄, 『全集』 5, pp.21-46.

로 끝나는 것이다.

「M코에의 유서」는 그의 초기 문학의 중심을 이루는 '마코魔子 시리즈' 중의 하나다. '마코 시리즈'는 류탄지의 문학을 대표할 뿐 아니라, 그의 본질을 가장 잘 나타내는 소설들이다. 그중에서도 「M코에의 유서」는 작가의 육성이 가장 직접적으로 노출되는 작품이어서, 작가의 전기적 자료를 제공하면서 동시에 모더니즘기의 문단을 조명할 자료도 제공하기 때문에 빼놓을 수 없는 작품이다. 그래서 필자는 1928년부터 1934년까지를 류탄지의 모더니즘기로 간주했으며, 대상 작품은 「방랑시대」에서부터 시작되는 '마코 시리즈'와 「아파트의 여자들과 나와」(이하 「아파트」로 약칭)로 한정하였다. 이 작품들을 중심으로 류탄지 유의 문학과 일본 모더니즘과의 관계를 규명하는 것이 이 장의 목적이다.

2) 신흥예술파의 특성과 류탄지 유의 '난센스 문학론'

신흥예술파의 특성과 그들의 지향점을 고찰하기 위하여 이 파의 주장들을 살펴보면, 그 첫머리에 나오는 글이 나카무라 무라오의 「누구냐? 꽃밭을 망쳐놓는 자가?-이즘의 문학에서 개성의 문학으로」(『신조』 1928. 6) 이다. NAPF가 결성된 지 석 달 만에 나온 이 글에서 나카무라는, 부제가 시사하는 것처럼 이즘의 문학을 부정하고 개성의 문학을 주장하고 있다. 하지만 그는 첫머리에서 절대의 개인주의는 존립할 수 없다는 것을 전제 조건으로 내세운다. 어떤 개인주의자도 "개인과 개인 사이에 끼어 있는" 처지여서, 사람은 상대적 개인주의자가 될 수밖에 없다는 것이다. 프로문학파의 공격에 대비하여, 개성의 문학에서도 사회의 중요성을 인지하고 있다는 것을 강조하는 데 목적이 있는 발언이었던 것 같다. 개인과 타인과의 이런 상관 관계는 문예의 경우에도 동일하게 작용한다고 그는 부연한다.

> 문예는 인간이 단독으로 있는 곳에서는 생겨나지 않는다. 지구상에, 오직 하나의 인간으로서 남겨진 경우를 가정하여 생각해보라. 아마도 노래도 부르지 않게 될 것이다. …… 인간에게 말이 있는 것은, 자기 이외의 타의 존재가 있기 때문이다. 말이 없으면 예술은 없다. 회화나 조각 같은 예술은, 결국 형태에 의존하는 언어이다.[7]

하지만 타인에게 관심을 가지는 방법에서는 "만인만양萬人萬樣의 차가 있는 것"을 잊어서는 안 된다는 것이 그의 개성론의 골자다. 같은 일에 대한 반응의 차이에서 개성의 중요성이 나타난다는 것이다. 그래서 그는 개성을 인정하지 않는 프로문학자들의 독단을 비난한 다음에 그들의 공리주의적 문학관을 비판하고 나서 개성의 중요성을 다시 강조한다.

> 인간이 살아 움직이고 있는 실체는, 주의나 사상이 아니라 개성이다. …… 인간과 생활을 대상으로 하는 곳에, 비로소 존재의 의의를 지니는 문예의 세계에 있어서, 주의나 사상보다도, 개성이 중시되지 않으면 안 되는 것은, 원래부터 너무나 당연한 일이 아니어서는 안 된다.[8]

그런 당연한 일을 거듭하여 주장하고 나서 그는 목청을 돋워 다음과 같이 외친다.

---

7 中村武羅夫, 「누구냐? 꽃밭을 망쳐 놓은 자가」, 『新潮』, 1928. 6, p.59.

8 앞의 글, p.62.

누구냐? 이 꽃밭에 들어와서, 벌레 먹은 지저분한 붉은 꽃만을 남겨놓고, 나머지의 아름다운 꽃들을 더러운 흙발로 짓밟고 다니는 것은![9]

이 글은 프로문학에 대한 초보적이고 원색적인 비판에 불과하다. 개성의 중요성이나 예술의 자율성은 아리스토텔레스 때부터 이미 공인된 사항이며, 일본에서도 명치시대부터 계속되어 온 구호여서, 그의 초보적인 개성론이나 예술론은 존재 이유가 희박하다. 그런데도 이 글이 문학사에서 중요한 문건처럼 대접받는 이유는, 그것이 신흥예술파의 성격을 규명하는 데 도움을 주는 데 있을 것이다. 나카무라는 '13인 구락부'의 핵심 인물이고 신흥예술파의 주도적 문인인 만큼, 이 글을 통하여 그의 신흥예술파의 프로문학에 대한 적대감을 확인할 수 있고, 한걸음 더 나아가서 신흥예술파의 결성 동기를 가늠할 수 있기 때문이다.

프로문학에 대한 이런 격렬한 적대감은 신감각파에게는 없던 요소다. 그들도 물론 프로문학의 편내용주의에 반감을 가지고 형식주의자의 기치를 내걸었지만, 그들에게는 프로문학파보다 더 중요한 적이 대정시대의 리얼리즘과 사소설이었다. 대정문학에 저항하는 입장에서 보면 프로문학파는 그들의 맹우盟友이기도 했던 것이다. 그뿐 아니라 그 시기에는 프로문학의 세력도 신흥예술파 시기만큼 막강하지는 않았다. 그런데 신흥예술파에게 있어 적은 프로문학뿐이고, 그 적이 나프의 결성과 더불어 엄청난 세력을 지니게 되자, 그들에 대한 적대감도 나카무라식 절규로 극단화되는 것이다.

이 글의 뒤를 이어 나온 것이 쓰네카와 히로시雅川滉의 「예술파 선언-신예술파는 어떻게 하여 생겨났으며, 무엇을 하는가의 문제」(『신조』, 1930.

---

9 앞의 글, p.63.

4)라는 글이다. 여기에서 그는, 문학이 예술인데 군이 예술파라는 명칭이 붙는 유파가 생겨나게 된 것은, 예술의 자율성을 쓰레기처럼 파기하는 공리주의적 예술관이 오랫동안 문단을 지배하게 된 상황에 기인한다고 운을 떼면서 선언을 시작한다. 그는 나카무라보다는 문제를 좀더 구체화하여 '반영의 절실'을 추구하는 파와 '현실의 절실'을 추구하는 파로 문단을 이분한다. 그의 이분법에 의하면 신흥예술파는 '반영의 절실'을 추구하는 파이다. 그런데 프로문학파는 반영의 절실 대신 '현실의 절실'을 추구하기 때문에 문학의 몰락이 왔다는 것이 그의 의견이다. 마르크시스트들이 "예술적 가치의 가변성을, 누열陋劣한 강권주의에 의해 왜곡했다."는 말은, 프로문학의 획일주의에 대한 비난이라고 할 수 있다.

그 다음에는 프로문학파의 대중화론에 대한 공격이 나온다. 프롤레타리아트를 대상으로 하는 문학은 '낙오된 형식, 즉 대중소설이야말로 그 태반이어야 하는'데, 그것은 '문학의 자살'을 의미한다는 주장이다. 프로문학의 정치주의의 승리가 문학을 학살하는 것을 막기 위해 자기는 예술파 선언을 하게 되었지만, "신변잡기의 이지 고잉을 향하여 고정되어 가던" 대정문학의 정체에서 문학을 구한 프로문학의 공적을 그는 인정한다. 하지만 그 공적은 소재의 확대에 국한되기 때문에 "우리는 마르크스주의 문학론을 절대로 허용하지 않는다."거나 "그 정치주의에는 절대 반대다."라는 등의 원색적인 말들이 되풀이된다. 그 점에서는 나카무라와 다를 것이 거의 없다. 쓰네카와의 앞의 말들을 종합해 보면, 그의 반영의 절실은 ① 반공리주의적 예술관, ② 예술의 가변성 옹호, ③ 대중화론 배격, ④ 반소재주의, ⑤ 반정치주의 등이 된다.

신흥예술파의 문학은 어떠해야 하는가라는 문제에 대하여 그가 제시하는 해답도 같은 문맥에서 나온다. 그는 신흥예술파의 문학의 특성을 ① 예술의 진보에의 항쟁, ② 기교의 존중, ③ 무해결의 의미 등으로 보고 있다. 진보에의 항쟁에는 '언제나 새로운 각도에서의 총공격'이라는 해설이 붙는다. 해설까지 합산해 보아도 주장하는 바가 애매하지만. 해설의 어투와 나카무라의 선언을 합산해 보면, 프로문학에 대한 항쟁을 의미하는 것으로 간주할 수 있다. ②의 경우에서는 앞에 나왔던 '반영의 절실'이라는 용어가 다시 사용된다.

> 물론 예술파는 다음과 같은 의미에서 기교를 존중하지 않으면 안 된다. …… 우리는 때로는 정치적 가치를 거의 함유하지 않는, 반영의 절실에 직면한다. 그 반영의 절실을 전달하는 일은 오직 표현형식에의 노력 상에 서밖에는 발생하지 않는 것이다.[10]

이 말을 통하여 반영의 절실에는 앞에서 열거한 요소 이외에 기교 존중의 항목이 추가되고 있음을 알게 된다. 그 다음에는 무해결에 관한 답변이 나온다.

> 예술파의 임무가 …… 새로운 각도에 의한 새로운 아름다움의 발견인 한, 해결을 강요하는 것은 오히려 예술가에게 타의 임무, 학자, 사상가, 정치가 등등의 전문도 강요하는 것이 아니면 안 된다. 그런데 마르크스주의 문학은 해결한다!![11]

새로운 미는 무해결적이어야 하며, 프로문학식 해결은 현실을 왜곡하는 것이라는 주장이다. 그런데 여기에서 생각해야 할 것은 '반영론'이나

---

10 쓰네가와 히로시, 「예술파 선언」, 『現代文學論大系』 5, 河出書房, 1954, p.175.
11 앞의 책, p.176.

'무해결'이라는 용어가 자연주의자들의 구호였다는 사실이다. 이 점은 "무해결이란 현상을 있는 그대로 객관적으로 묘출하는 것"을 의미한다는 말에서도 확인된다. 그렇다면 문제는 심각해진다. 이런 구호의 애용은 신흥예술파가 신감각파와 대정기의 문학을 뛰어넘어 명치시대의 자연주의로 퇴행하고 있다는 것을 의미하기 때문이다.

이론뿐 아니라 작품에서도 신흥예술파의 기법에는 자연주의로 되돌아간 느낌을 주는 요소들이 많이 있다. 순행적 플롯, 디테일의 정밀묘사, 사생문 지향, 사소설 쓰기 등이 그것이다. 신감각파 같은 실험정신이 없기 때문에 그들은 리얼리즘의 수법을 답습하는 경우가 많다. 『후도조不同調』파가 많기 때문일 것이다.[12] 실제로 신흥예술파 총서에는 자연주의파의 후계자로 간주되는 카무라 이소다嘉村磯多의 작품도 실려 있어, 요시유키 에이스케의 아들 요시유키 준노스케吉行淳之介가 한심해 하는 대목이 있다.[13] 카무라의 작품이 수록된 것은 신흥예술파의 주장인 류탄지가 그의 작풍을 좋게 평가했기 때문이다.[14] 이런 사실들은 쓰네카와뿐 아니라 류탄지의 문학에도 자연주의적 요소가 잠재하고 있음을 말해준다. 바로 앞에 있던 신감각파의 문학에서 스스로를 차이화하려는 욕심이 과거에의 회귀와 이어지는 이런 현상은, 협의의 모더니즘의 파탄으로 이어진다.

'진보에의 저항', '반영의 절실' 등 애매한 용어가 빈번하게 나오는 쓰네카와의 선언에서 명확하게 부각되는 것이 하나 있다. 그것은 프로문

---

12 『후도조』는 1925년에 기쿠치 칸菊池寬의 『문예춘추』에 대항해 나온 잡지로, 자연주의의 전통과 연결되어 있어 '신인생파'라고 불렀다. 「업고業苦」의 작가 카무라 이소다嘉村磯多가 이 유파를 대표한다.

13 吉行淳之介, 「新興藝術派と僕」, 『全集』 8, 월보 7, p.2.

14 神谷忠孝, 「龍膽寺雄と吉行エイスケ」, 『全集』 7, 월보 6, p.4.

학에 대한 부정이다. 다양성에 대한 예찬, 형식주의적 자세, 무해결 지향성 등을 자기들의 특징으로 설정한 후, 그는 이 선언을 "문학을 정치에서 방비防備하는 것은, 전적인 우리들의 사명"이라고 끝맺고 있기 때문이다. 반프로문학적 자세를 천명하는 일이 급해서 정작 자기들의 새로움의 정체를 밝히는 일에 소홀한 곳에 이 선언의 맹점이 있다. 그래서 프로문학계의 세누마 시게키瀨沼茂樹는 그의 선언을 "이론다운 이론도 없는 안이한 속학적인 요설饒說"[15]이라고 혹평하고 있는데, 객관적으로 보아도 쓰네카와의 글에 깊이가 없는 것은 부정할 수 없다.

위의 두 사람이 프로문학의 안티테제로서 신흥예술파를 자리매김하는 데 치중하여, 그 자체의 특징을 소홀히 다루고 있는 데 비하면, 류탄지의 「난센스문학론」은 신흥예술파의 특징에 초점을 맞추고 있는 점이 돋보인다. 류탄지에 의하면 그들의 모더니즘은 난센스문학이다. 신흥예술파기는 '에로·그로·난센스'의 시대여서 문학계의 주도권을 난센스문학이 쥐고 있었던 것이다. 그래서 스즈키 사타미는 「소화 모다니즘」(『신청년』)에서, 난센스를 소화문학사의 큰 문제로 다루고 있다. 그는 난센스문학을 신감각파와 신흥예술파를 망라하는 모더니즘의 공통 특징으로 간주한다. 그래서 대상을 요코미쓰 리이치와 가와바타 야스나리, 마키노 신이치牧野信一까지 확대시키고 있다. 요코미쓰의 「조용한 나열」이나 가와바타의 「수정환상」 등의 밑바닥에 있는 것을 '인생의 의미에의 단념'으로 보고 있기 때문이다.

소화 초기에 오면 문단에서는 "기성의 가치 체계로 보면 의미"가 없는 영역으로의 일탈을 즐기는 경향이 나타난다. "온갖 방법으로 의미를 제거하기, 의미를 초월하기가 행해져왔다."는 것이다. 그 의미가 제거된

---

15 瀨沼茂樹, 앞의 책, p.20.

세계를 재현한 것이 난센스문학이다. 신감각파에서는 '의미의 단념'이었던 것이 신흥예술파에 오면 '의미의 제거'로 나타나 난센스성이 본격화된다. 소화 초기의 모더니즘과의 관계에서 스즈키가 주목하는 것은 소화 2년에 난센스 특집을 한『신청년』이라는 잡지다. 이부세 마스지井伏鱒二, 나카무라 세이조中村正常, 타니 요지谷讓次, 히사오 주란久生十蘭 등으로 대표되는『신청년』식 난센스문학은 소화 5년이 절정이다. 신흥예술파 시기와 오버랩되는 것이다. 그래서 이 파의 모더니즘문학은 난센스문학이 된다. 류탄지 유는「난센스문학론」속에서 신흥예술파의 문학이 난센스문학임을 자인하면서 나름대로 난센스문학의 특성을 정의하고 있다.

> 사회 생활에 있어서의 엄격한 인과관계의 구속도 받지 않고, 공리성에도 무관심하며, 양적인 크기, 질적인 무게도 없고, 담벼락을 거쳐가며 부는 바람처럼 모든 사회율社會律 사이를 표표하게 불어나가, 현실의 어둡고 추한 면을 못 본 체하며, 그렇다고 황금의 광휘나 명예 같은 것에도 집착이 없는 자. 그러고 보면 붙잡을 건덕지가 거의 없지만, 그러나 그것이 난센스의 특색이다.[16]

류탄지가 정의한 '난센스'의 첫 번째 특성은 현실의 모든 규범에서 일탈한 무정부적인 자유와 초탈이다. 따라서 금전, 명예, 공리성, 사회율 등을 모두 외면하고 아무것에도 집착하지 않는 자유로운 삶이 난센스적 삶인 것이다. 난센스적인 삶은 유희적인 삶이다. 소화 21년에 발표한 자전적 소설「미인명부美人名簿」에서 류탄지는 주인공의 입을 통하여 다

---

16 龍膽寺雄,「ナンセンス文學論」,『全集』5, p.262.

음과 같은 말을 하고 있다.

> 인생은 놀러온 곳이며, 인생상의 '일'이란 삶을 사는 것에 다름 아니다.
> 온갖 재능, 모든 정열, 정력의 마지막 한 방울까지, 인생이라는 이 대유희
> 를 위해ㅡ탕진한다ㅡ그것이 진짜로 사는 방법이다.[17]

이 글을 통하여 그가 말하는 자유로운 삶은, 인생을 재미에 치중하여 유희적으로 살아가는 것을 의미한다는 사실을 확인할 수 있다. 실제로 류탄지 유는 90 평생을 자기가 하고 싶은 일만 하면서 유희적으로 살다 간 작가다. 「미인명부」에서 그는 인생을 유희로 사는 삶은 "궤도에 치수가 맞지 않는 기관차 바퀴가 침목을 물어뜯으며 난삽하게 움직이는 것 같은" 힘겨운 삶이었다고 술회하고 있지만, 전쟁이 꼬리를 물고 일어나던 험난한 시기에도 그는 자기가 좋아하는 선인장을 기르면서 어렵지 않게 가족을 부양했고, 풍력발전기를 단 집에서 감자로 곤냐쿠를 만들어낸다거나 사탕수수에서 엿을 만들면서[18] "온갖 재능, 정열, 정력을 마지막 한 방울까지, 인생이라는 대유희를 위해 탕진하는 삶"을 삶으로써, 인생유희설을 입증해 보이고 있다. 세속적인 집착에서 초탈함으로써 얻어지는 '바람처럼 자유로운' 난센스적인 삶을 그는 몸소 실천했던 것이다.

문학도 그에게는 유희 중의 하나였다. 그는 대중, 순수의 구별 같은 것에 구애받지 않고 쓰고 싶은 대로 원하는 글을 쓰다가, 싫어지면 그만두는 식으로 문학을 했다. 자전적 소설인 「미인명부」를 보면 주인공

---

17 龍膽寺雄, 「美人名簿」, 『全集』 7, p.136.
18 橋桔光, 「父の事」, 『全集』 10, 월보 9, p.7.

이 자신의 문학에 대하여 다음과 같이 언급한 부분이 나온다.

> 「방랑시대」의 신변잡사나 견문을 흥이 나는 대로 써낸 문장이, 우연한
> 계기로 세상에 나와서, 독서인들에게 인기를 얻었고, 그것이 당시의 문학
> 평론가의 말을 빌자면, 정체해 있던 일본의 문학계에, 신선한 풍창風窓을
> 열었다. 거기에서 유럽풍의 혹은 미국풍의 자유주의적인 다채로운 한 새
> 로운 문학유파가 생겨나서 저널리즘을 풍미하고, 거리의 풍속까지 그 속
> 에서 새로 생겨났다.[19]

이 말들을 통하여 그의 문단에 나온 계기 자체가 우연한 것이었고,
흥이 나는 대로 쓴 글이 새 시대의 독자와 저널리즘의 구미에 맞아서
모더니즘의 기수가 되었다는 것을 알 수 있다. 그에게 있어 문학은 삶
을 즐기는 여러 가지 유희 중의 하나였기 때문에, 그의 문학은 애초부
터 무게나 크기를 목표로 한 것이 아니었다는 것을 「난센스문학론」을
통해서도 확인할 수 있다. 류탄지에게는 크기나 깊이를 향한 의욕과 집
념이 없었고, 작품의 완성도에 대한 장인적인 까다로움도 없었기 때문
에, 추고를 하느라고 정력을 소모한다거나 알맞은 단어를 찾기 위해 밤
을 새우는 것 같은 일들은 하지 않았을 것 같다. 그것은 다른 난센스
작가들에게도 해당되는 말이다. 따라서 그들의 문학이 안이함이나 대중
성 때문에 비난을 받는 것은 당연한 일이라고 할 수 있다

유희적인 삶은 쾌락적이며 유미적인 삶이다. 거기에서는 쾌락과 '미'
가 주도권을 가진다. 그래서 「미인명부」의 주인공은 미인을 예찬한다.
"미모는 육체에 속하는 천재"라고 그는 생각하여 아름다운 여인들을 감

---

19 龍膽寺雄, 「美人名簿」, 『全集』 7, p.136.

상하며 흠모한다. "세상의 모든 아름다운 것만을 편애하여 특별히 사랑한" 그는 중년이 된 후에도 "모든 사물에 거기에 걸맞은 교환 불능한 가치를 느끼고, 그 가치 나름의 즐거움을 지닐 수 있다. 그 즐거움이야말로 바로 그의 '미美'이다."[20]라고 술회한다. 「미인명부」 속의 이러한 미인 예찬은 그의 '마코물魔子物'의 연장선상에 놓여 있다. '마코물'은 라블레의 인물들처럼 '원하는 대로 행하는'[21] 분방한 미인을 조건 없이 받아들이는 남자들의 이야기이기 때문에. 그의 미인 숭배는 그의 문학의 원질을 이루는 것이다.

미인에 대한 예찬은 예술에 대한 예찬과 유착되어 있다. 키이츠의 말대로 '아름다운 것은 영원한 기쁨'인데 미인과 예술은 모두 아름다운 것들이기 때문이다. 신흥예술파기인 1929년에 나온 「황린黃燐과 칵테일」에는 류탄지 유의 예술에 대한 사랑이 나타나 있다. 이 소설에는 쥐를 먹이려고 만든 황린이 든 과자를 삼켜서 소동을 일으키는 퇴폐적인 중년의 여류 무용가가 나오는데, 남자 주인공 아키라彬는 연인의 어머니인 그녀를 '미의 순교자', '정열의 성자' 등으로 숭상하며, 그녀의 타락까지도 긍정하고 포용한다. 자극만을 탐하여 무절제하게 무너져가는 그녀를 순정으로 감싸는 그의 지극한 정성은, 그대로 예술에 대한 사랑인 것이다. 류탄지의 사소설의 주인공들은 문학뿐 아니라 미술, 음악, 건축 등에 간여하고 있는 경우가 많다. 류탄지 유는 탐미파의 두 거장인 사토 하루오佐藤春夫와 타니자키 준이치로谷崎潤一郎의 칭찬을 받으며 문단에 데뷔했다. 그가 가지고 있는 유미주의적 성향이 그들의 눈을 끌었던

---

20 앞의 글, p.143.
21 라블레의 「가르강튀아와 팡타그뤼엘」에서 인물들의 행동 지침은 뗄렘므 사원의 현판에 쓰인 '원하는 대로 행하라 Fait ce que voudra'는 것이고, 그것은 르네상스인 모두의 행동지침이기도 했다.

것이다. 그러나 그 유미주의는 형식미의 완성으로 이어지지 못했다.

류탄지 유의 난센스문학은 우선 세속적인 집착을 벗어버린 데서 오는
자유 속에서, 재미에 치중하여 유희적으로 사는 심미적인 삶을 재현한
문학을 의미한다. 난센스문학론의 두 번째 특징은 옵티미즘이다. 옵티
미즘은 웃음의 미학과 연결되어 있다. 난센스는 웃음에서 생겨나는데,
웃음은 '조화의 파괴'에서 생긴다는 것이 류탄지의 견해다.

> 웃음을 창조하기 위해서는, 무엇보다도 이 인과율의 조화에 고의로 파
> 괴를 가하지 않으면 안 된다. …… 그 다음에, 고의로 저질러진 이 조화의
> 파괴를 다시 한 번 조화로 되돌려 놓으면, 처음으로 이것은 난센스가 된
> 다. …… 난센스란, 현실의 조화 사이에 살짝 인공적 파탄을 만들어, 거기
> 에 대한 '웃음'이 아직 입가에 남아 있는 동안에, 불시에 도로 현실의 조화
> 로 돌려놓는 것을 말한다.[22]

이렇게 웃음의 발생 여건을 밝히고 나서, 난센스문학은 웃음의 미학
을 채택한 문학임을 그는 알려준다. 류탄지는 「난센스문학론」에서 '현
실의 어둡고 추한 면은 못 본 체' 한다는 말을 하고 있는데, 그 말대로
그의 세계에서는 삶의 어두운 면이 배제되어 있다. 그것은 그의 개인적
특징이라기보다는 '에로·그로·난센스'에 몰입되던 소화 초기의 시대
적 특징이라 할 수 있다. 이 시기는 세기말의 우울과 절망을 털어버리
고 사람들이 가볍고 건강하게 살아보고 싶어 하는 시대였고, 지진 후에
새로 생겨난 새로운 도시의 매력에 몰입해 있던 시기여서, 신감각파 시
대부터 낙관적 기풍이 문단을 풍미했다. 류탄지 유는 그런 경향을 대표

---

22 龍膽寺雄, 「ナンセンス文學論」, 『全集』 12, p.264.

하는 작가다.

그의 세계에도 생로병사의 고통과 물질적 궁핍 등이 없는 것은 아니다. 문제는 그것들을 받아들이는 인물의 자세에 있다. 그의 인물들은 모두 작가처럼 비상식적이며 낙천적이다. 따라서 어떤 역경에서도 그들은 웃고 있다. 「탬버린을 버리다」나 「기관차에 둥지를 틀다」처럼 처절한 가난이 그려진 작품에서도, 그의 인물들은 웃음을 잃지 않는다. 그것은 작가의 낙천적 기질의 반영이다. 작가 자신이 그들처럼 웃으며 살아가고 있기 때문이다. 그래서 그의 난센스문학의 가장 두드러진 특징 중의 하나가 옵티미즘이 된다.

그가 작품 활동을 시작한 1920년대 말은 불황이 전 세계를 휩쓸던 비상시였고, 전쟁이 배태되던 암울한 시기였으며, 프로문학이 자본주의의 암흑면 고발에 열중하던 각박한 상황이었다. 하지만 그의 세계에는 어둠이 없다. 그가 어둡고 추한 면은 보지 않으려 했기 때문이다. 그래서 그는 비난을 받는다. 현실을 외면한 데 대한 질책을 받은 것이다. 하지만 삶의 밝은 측면만 보면서 웃으며 살아가는 그의 자세는 평생 지속된다. 그는 어둠을 모르는 북구의 백야처럼 밝음만 있는 세계를 평생 보여준 작가다.

그는 자신의 예술이 항상 인생의 밝은 면만 조명하는 이유를 「예술을 가두街頭에」(1929. 5)라는 에세이에서 밝히고 있다. 그는 이 글에서 자신을 네거리에서 마술을 보여주는 마술사로 비유한다. 구경꾼들이 마술사에게 바라는 것은 위안을 받고 싶다는 생각이지 생활을 알고 싶다는 욕구가 아니기 때문에, 자기는 관객에게 그것을 제공할 의무가 있다는 것이다. 생활은 신물이 날 정도로 인고忍苦를 강요하여 당신들을 녹슨 우리에 가두려하고 있기 때문에, 예술에서는 생활을 보여 줄 필요가 없다고 그는 생각한다. 그래서 류탄지는 예술을 환술幻術로 간주한다. 그의 예술은 현실을 재현하는 것이 아닌 것이다. 비평가들이 그의 소설에 '메르헨'이라는 레테르를 붙이고 싶어 하는 이유가 거기에 있다. 모든 메르헨의 세계가 그러하듯이 그의 세계에는 심각한 고뇌나 갈등이 없고, 비극과 진지성이 존재하지 않는다. '양적인 크기와 질적인 깊이가 없는' 이유가 거기에 있다. 그의 난센스문학은 양식당에서 식사하면서 듣는 음악처럼 가볍고 경쾌하고 명랑해야 한다. 그것은 원래가 경음악이기 때문이다.

규범에서의 탈출, 일상성의 배제, 예술유희론, 심미주의, 환술로서의 예술론 등은 모두 낭만주의의 특성에 속한다. 그래서 어떤 사람은 그를 '낭만사의 유浪漫寺の雄'라고 부르기도 한다.[23] 바람처럼 자유로운 예술은 낭만적일 수밖에 없을 것이기 때문이다. 「예술을 가두에」, 「난센스문학론」 등에 나타나 있는 주장만 보면 그는 낭만적 작가다. 그가 그리는 세계는 비상식적이며, 비일상적인 것이다.

하지만 그것은 현실을 떠난 세계는 아니다. 류탄지는 예술이 현실을 떠나는 것을 용납하지 않기 때문에 그의 환술은 현실에 기반을 두고 있다. 그는 과학자다. 그의 문학에는 온갖 환상적인 이야기가 다 나오지만, 그것들은 과학적 상상력의 밑받침을 받고 있기 때문에 실현 가능성을 잉태하고 있다. 그는 실제로 감자를 가지고 곤냐쿠를 만들어내는 인물이다. 요코미쓰 리이치의 「기계」에 나오는 주동인물과 상통하는 창의적이며 환상적인 과학자인 것이다.

과학 정신뿐 아니다. 서정성이 배제되어 있다는 사실도 그의 문학을 낭만주의와 구별하는 또 하나의 징표가 된다. 그는 즉물적이고 감각적·구체적인 세계에서 욕망대로 사는 삶을 그리고 있을 뿐, 가와바타

---

23 三田英彬, 「浪漫寺の雄」, 『全集』 6, 월보 5, pp.1-4 참조.

문학의 기조가 되는 서정성 같은 것은 가지고 있지 않다. 따라서 류탄지의 문학에서 낭만주의와 연결되는 부분은 소재와 주제 면에 국한된다. 표현 기법 면에서 보면 류탄지는 나가쓰카 다카시長塚節의 제자답게 사생주의를 답습하고 있다. 그 양면성이 그의 예술의 두 축이라고 할 수 있다.

세 번째 특성은 크기와 무게에 대한 무관심이 대중성과 연결될 가능성을 내포한다는 사실에 있다. 삶의 밝은 면만 응시하면서, 인생에서 의미를 제거하여, 가볍고 즐겁게 사는 것을 지향하는 것이 난센스문학자의 생활 철학인 만큼, 그것을 재현한 문학이 깊이와 넓이를 지니기가 어려울 것은 당연한 일이다. 앞에서도 지적한 것처럼 류탄지에게 있어 문학은 그의 인생 유희 중의 한 품목에 지나지 않는다. 그는 음악, 회화, 조각, 건축 등 다양한 장르의 예술에 흥미를 지니고 있었을 뿐 아니라 과학에 대한 관심이 예술에 대한 관심을 능가했다. 그래서 그는 선인장 전문가로서 인명사전에 나와 있을 뿐 대부분의 문학사전에서는 이름만 나오는 정도로 가볍게 취급된다.

그는 문학을 종교처럼 숭상하는 작가가 아니다. 그는 예술의 효용을 대중에게 웃음을 주는 데 두고 있는 만큼, 대중을 즐겁게 하는 것을 문학의 목표로 삼았다.[24] 그에게는 순수문학을 향한 결벽적 집착 같은 것이 존재하지 않았다. 흥이 나는 대로 가볍게 자기가 쓰고 싶은 글들을 쓰고, 그것이 순수문학에 속하건 대중문학에 속하건 개의치 않았다. 이런 방만한 자세가 모더니즘을 대중적이게 만드는 요인을 형성하는 동시에, '에로 · 그로 · 난센스'와 결부시키게 만드는 요인도 된다. 따라서 류탄지의 난센스문학에는 요코미쓰 리이치 같은 진지한 실험정신이나,

---

24 龍膽寺雄,「藝術を街頭へ」,『龍膽寺雄全集』2.

고바야시 다키지小林多喜二 같은 투철한 고발정신, 이토 세이 같은 끈질긴 자기비판이 존재하지 않았다. 신흥예술파의 난센스문학이 안이성, 부박성으로 인해 비난받는 이유가 거기에 있고, 문학사에서 소홀하게 다루어지는 이유도 같은 곳에 있다.

「난센스문학론」은 시대적 여건이 난센스문학을 낳는다는 말로 끝나고 있다. 그는 남들이 자기들의 문학을 난센스문학으로 치부하는 것을 인정하면서, 난센스문학이 새 시대의 독자들의 요구에 부응해 나왔다는 당위성을 내세움으로써 그 안이함을 옹호하고 있다. 그는 신흥예술파 조직의 주동자인 동시에 난센스문학의 이론가이고, 난센스소설의 작가이기도 하기 때문에 그의 이런 주장들은 신흥예술파의 주장을 대표한다.

위에서 든 세 사람의 주장은 모두 20매 내외의 짧은 글로 되어 있다. 그리고 그것이 신흥예술파의 이론의 주축을 이룬다고 해도 과언이 아닐 만큼 신흥예술파는 이론 면이 빈약하다. 그들이 신감각파나 프로문학파와 어깨를 겨눌 수 없는 이유 중의 하나가 거기에 있으며, 그들의 혼성부대가 3년도 지속되지 못하고 와해되는 이유도 거기에 있고, 나아가서는 신흥예술파와 결부된 모더니즘이라는 용어가 일본에서 경멸적인 뉘앙스를 지니게 되는 이유도 같은 곳에 있다. 이 정도의 상식적인 단평밖에는 내세울 이론이 없는 것은 이 파의 정신적 풍토의 불모성을 의미하기 때문이다.

3) 류탄지 유의 작품에 나타난 모더니즘

(1) 어버니즘urbanism의 정착과 첨단적 도시풍속의 창출

신감각파를 어버니즘의 문학이라고 말하는 사람들이 있다. 하지만 요 코미쓰나 가와바타의 경우 이 말은 해당되지 않는다. 전술한 바와 같이 요코미쓰의 작품은 1917년부터 1924년까지는 농촌을 배경으로 하고 있 고, 1924년부터 1929년까지는 도시의 근교가 배경이 되고 있다. 따라서 신감각파기는 농촌에서 도시의 근교로 가는 과정에 해당한다.[25] 도시가 배경이 되는 첫 작품은 「상해」와 「기계」인데, 이 두 소설은 모두 신흥 예술파기에 나온다. 가와바타의 경우에도 도시소설이라고 부를 작품은 1930년에 발표된 「아사쿠사 구레나이단」과 「수정환상」 등에서 시작된 다. 이 문제는 두 작가가 모두 시골 출신이라는 것과 관련이 있을 것 같지만 사실은 그렇지 않다. 그 후에 나온 류탄지 유, 이토 세이, 이부 세 마스지 등도 모두 시골 출신이기 때문이다.

류탄지는, 시골 출신이라는 사실은 오히려 어버니즘을 인식하기에 적 합한 여건이 된다고 주장한다. 여자가 여자를 모르듯이 도시인은 도시 를 모를 수도 있기 때문에, 시골 출신의 눈에 도시의 특징이 더 잘 보인 다는 것이다.[26] 따라서 출신 지역보다는 출현 시기가 중요하다는 것을 확인할 수 있다. 신감각파의 두 작가가 도시소설을 쓴 시기는 신흥예술 파의 어버니즘 문학이 나오던 1929년과 1930년이다. 이 사실은 일본의 근대적 도시문화의 개화 여건이 이때에야 비로소 성숙했다는 것을 입증

---

[25] 앞의 글 참조.

[26] 保昌正夫, 「戱曲作家としての横光利一」, 『國文學』 35권 13호, pp.47-48 참조.

한다.

동경이 근대적 도시로서의 면모를 갖추는 것은 1923년 9월의 지진과 관련이 깊다. 지진으로 인해 초토화된 동경에 '제도재건帝都再建'의 바람이 불었고, 재건의 모델은 서구식 도시였기 때문에, 그때 비로소 동경은 오늘날의 동경과 유사한 근대 도시로서의 면모를 갖추게 된다. 『녹명관의 계보鹿鳴館の系譜』에서 일본의 근대화를 추적한 이소다 코이치磯田光一는, 베를렌느가 파리의 비를 읊은 시가 동경의 독자들에게 공감을 주려면, 동경의 거리가 아스팔트로 포장이 되고 배수 시설이 완비되는 일이 선행되어야 한다는 말을 한 일이 있다. 도회의 비가 시가 되기 위해서는 도로 포장이라는 근대 도시로서의 기본 여건이 충족되어야 한다는 뜻이다. 그런데 대정 10년(1921)에 쓰인 나가이 카후長井荷風의 일기를 보면, 니혼바시 근처가 비만 오면 진흙탕이 된다는 말이 나온다고 한다. 그때는 동경의 도로 포장률이 0.7퍼센트에 불과했다는 것이다. 그런데 소화 6년(1931)에는 전국적으로 도로 개수 공사가 벌어져 동경의 근대 도시로서의 지반이 닦여지자, 그 다음 해에 비를 예찬한 「비의 블루스」가 나왔다는 것이다.[27] 이소다의 말대로 베를렌느의 비를 읊은 시를 감상할 여건이 신흥예술파기에 비로소 충족되었다고 할 수 있다.

도로의 포장과 더불어 진재 후에 나타난 동경의 변화는 건물의 고층화로서 가시화된다. 시인 하기하라 코지로萩原恭次郎가 히비야日比谷의 이미지를 고딕체로 "높게, 높게, 높게, 높게, 높게 / 높게 치솟는다"라고 표현한 것은 진재가 난 지 2년 후의 일이다.[28] 건물의 고층화가 얼마나 충격적인 속도로 진행되었는가를 짐작할 수 있다. 이런 급속도의 고층

---

27 龍膽寺雄,「M子への遺書」,『全集』12, p.29.
28 磯田光一,『昭和モダニズム-鹿鳴館の系譜 10』, 講談社, 1991, p.224.

화 현상에 따라 건물의 내부도 달라지며, 교통수단도 달라지고 엔터테인먼트의 양상과 인간관계가 모두 급속히 달라진다. 어제의 동경과 오늘의 동경이 확연히 구분되는 것이다.

확실히 동경이라는 도시는, 이 시기에 '구'동경에서 '신'동경으로 알맹이를 바꾸었다고 할 수 있다. 마루 비루, 동경회관, 유센郵船비루 등이 생겨났고. 버스 걸, 데파트 걸, 타이피스트나 모델 같은 것이 일반화되어 간다. 게다가 라디오 방송이 대정 14년에 시작되었다고 하니, 소화 3년에 「방랑시대」에서 길피란 라디오상회라는 말에 접한 다감한 구보타久保田소년이 강렬한 인상을 받은 것은 당연한 일이리라.[29]

미국식 새 도시가 급템포로 형성되면서, 그 속에서 새로운 유행과 풍속이 생겨난다.

긴자, 아사쿠사, 신쥬쿠 근처에는 네온싸인이 번쩍이는 번화가가 형성되어, 카페, 비어홀, 바아, 댄스 홀, 빌리야드 등에 사람들이 몰려들기 시작했다. 소화 초기는 그 전성기. 드디어 국산 위스키 '산토리', 백찰白札도 발매된다. 「방랑시대」에는 카페나 양주가 실로 자연스럽게 분위기를 고양시키듯이 등장하고 있다.[30]

다방과 영화관이 호황을 누리고, 아파트나 스튜디오가 주거 공간으로 각광을 받는 새로운 풍속이 자리 잡아가는 그 새 도시를 배경으로 긴자

---

29 小玉武, 「非文學的龍膽寺觀」, 『全集』 12, 월보 11, pp.3-4.
30 앞의 책, p.4.

취미가 형성되고 '쉬크 보이chic boy'라는 영어와 불어의 합성어가 청소년들의 구미를 당기게 된다. 양복에 하이칼라 머리를 한 청년들이 카페에 드나들고, 테니스를 치며, 이성 친구와 외래어로 떠들고 다니는 새로운 청년 문화가 형성되는 것이다. 자동차의 종류에 대한 해박한 지식, 영화와 스포츠에 대한 식견의 구비, 마르크스주의 입문서나 외국잡지 휴대 등이 신세대 청년의 필수 요건이다.

이런 자유로운 삶의 양식은 남자들보다는 젊은 여자들을 더 환장하게 만들었다. 대정 12년(1923)만 해도 여자는 '조롱에 든 새'[31]였는데, 불과 몇 년이 지난 소화 초년에 오면 그녀들은 어느새 '모던 걸'이 되어, 단발머리에 하이힐을 신고 아스팔트 위를 활보하게 되었으니, 그 해방감이 얼마나 황홀했을까는 짐작하고도 남는다. 남자의 경우도 이와 유사하다. 그래서 전쟁과 경제 공황의 한복판에서도 젊은이들은 즐겁고 낙천적일 수 있었던 것이다.

그들은 새로운 모든 것을 예찬하고 옛것을 모멸했다. 박래품 식품을 먹고 박래종 꽃들을 감상하면서 새 문명의 생활화를 즐기게 된 이 신세대들은, 대정문학의 엄숙주의보다는 게사쿠戱作의 패러디 같은 난센스문학이나 탐정소설, 만화 등을 읽으며, 쉽고 즐겁게 살아간다. 류탄지와 마찬가지로 그들은 "사회생활의 구속을 일체 마다하고, 공리주의에도 무관심하며, 현실의 어두운 면을 외면하고, 돈이나 명예에도 집착을 가지지 않는 자유로운 생을 갈망"하는 「난센스문학론」에 나오는 신인류인 것이다.

그래서 이 시기에 유행하던 외래어 중의 하나가 '농샬랑nonchalant'이라

---

31 가요곡 〈조롱 속의 새籠の鳥〉는 남자를 만나러 가고 싶어도 세인의 눈이 두려워 나갈 수 없는 여자를 새장에 갇힌 새로 비유하고 있다. 磯田光一, 앞의 책, p.244 참조.

는 불어 단어다.[32] 이 말은 '무관심한', '무사태평한'이라는 의미를 지니고 있는데, 이들의 세계가 바로 '농샬랑'한 세계였다.

이들의 새것 콤플렉스에 부응하여 생겨난 것이 신흥예술파의 모더니즘문학이고, 그것을 선도한 작가가 류탄지 유다. 그는 '농샬랑'주의의 신봉자이자 'chic boy'이며, 자유분방한 모던 걸의 연인이고, 난센스문학의 예찬자여서, 그의 「방랑시대」는 청년 독자층의 열렬한 환호를 받게 된다. 『소화문학사론昭和文學史論』의 저자 쿠보타 마사후미久保田正文가 소년시대에 읽은 「방랑시대」의 서두에 대하여 "'길피란 라디오상회'라는 말은 강렬하게 나의 인상에 각인되었다."라고 한 말과, 우에쿠사 게이노스케植草圭之介가 "『개조改造』 당선의 「방랑시대」를 읽었을 때, 내 내부에 선율이 달려갔다."[33]라고 한 말 등은 그 당시의 대부분의 청소년들의 감상을 대변한 것이라 할 수 있다. 그것은 새로운 도시와 문명을 향한 녹명관적 열광이며 갈채다. 고타마 다케시가 "「방랑시대」에는 카페나 양주가 실로 자연스럽게 분위기를 고양시키듯이 등장하고 있다."[34]고 한 말은 류탄지의 매력의 핵심을 지적한 것이다.

류탄지의 매력은 이렇게 변해가는 도시의 면모를 예각적으로 포착하여 재빨리 작품화한 데 있다. 류탄지는 그 당시의 일본에서는 아직 상류의 일부 계층만 누리기 시작한 동경의 메인 스트리트의 청춘문화를 재빨리 즐겼고, 재빨리 재현하여 시골의 청소년들을 경탄하게 만들었다. 또한 그는 도시의 새로운 풍속도를 자연스러운 것으로 소화시키는

---

32 이 단어의 유행은 다음의 글에서 확인할 수 있다. 佐藤春夫,「농샬랑 기록ノンシャラン記録」, 新潮日本文學 12, 新潮社, 1973, p.328 참조.; 久野十蘭,「농샬랑 도중기ノンシャラン道中記」,『昭和文學のために』, 思潮社, 1989, p.106 참조.

33 植草圭之介,『全集』10, 월보 9 참조.

34 馬渡憲三郎,「作品 解說」,『全集』7, p.278.

순발력을 통해서 새 시대에 대한 꿈과 환각을 심어주었으며, '마코'라고 하는 자유분방한 모던 걸을 형상화하는 일에 성공하여 새로운 여성상을 제시한 것이다.

그의 모더니즘은 당대의 사회상을 재현한 '있는 그대로'의 기법이라기 보다는 원하는 세계를 형상화한 것이라고 보는 편이 타당할 만큼 그가 그린 세계는 시대보다 한발 앞서 있었다. 어떤 평론가는 "이 유파의 문학은, 새로운 거리의 생활이나 풍속에서 생겨난 것이 아니라, 문학 그 자신이 새로운 거리의 생활이나 풍속을 만들어낸 것"이라고 말하고 있으며, 류탄지 자신도 여러 곳에서 "긴자의 풍속은 우리들이 만들었다." 고 큰소리를 칠 만큼 그의 문학은 시대를 앞질러 도시화되고 있었던 것이다. 그의 어버니즘과 일반 문단과의 관계에 대하여 아라카와荒川法勝는 다음과 같은 말을 하고 있다.

> 종래 이 나라의 소설은, 가령 소재를 도시 풍으로 다루어 보았자, 가정이라든가, 인간의 유대 등의 묘사 방법은, 지극히 대촌락적大村落的이었다. 그 중에서도 일본 문단의 주류가 되고 있던 자연주의에서 사소설에 이르는 구도에서는, 실은 농촌에 모여 사는 인간의 모습 그 자체의 반영이었다. 그런 상황에서, 소화 전기, 류탄지 유가, 너무나 빨리, 참신한 기법으로, 선구적 도시형의 소설을 발표한 일은 대촌락적 문단세력에게는 다소 신경을 건드리는 일이었을 것이다.[35]

류탄지는 그때까지 없었던 새로운 세계를 창조해냈고, 그것이 당시의 젊은 독자들의 녹명관적 취미와 궁합이 맞으면서, 그의 모더니즘은 매

---

35 荒川法勝,「作品 解說」,『全集』2, p.286.

스컴의 각광을 받게 되는 것이다. 그가 그린 세계의 새로움과, 새것을 정착시킨 그의 신속한 소화 능력, 새로운 여성상의 제시 등이 「방랑시대」가 침체한 문단에 연 '풍창'의 의미망이다. 그는 새로운 도시의 풍속소설을 씀으로써 그때까지 대촌락의 이미지를 벗어나지 못하였던 일본문학에 새로운 어버니즘을 정착시킨 것이다. 하지만 그것은 현실을 재현한 것이 아니다. 일본이 흉내내기 시작한 서구적 풍속을 마치 보편적 현상처럼 그려 놓은 것이기 때문에 뿌리가 취약했다. 그의 모더니즘이 일시적 유행에 그치고만 이유가 거기에 있다.

(2) 인물의 현대성

류탄지의 소설 세계는 모던 보이와 모던 걸이 주동인물로 나온다는 점에서 요코미쓰의 신감각파와 구별된다. 그들은 일본의 근대문학에 나타난 새로운 인종이다. 요코미쓰에게는 이런 유형의 인물이 없다고 해도 과언이 아니다. 그는 신흥예술파보다는 한 세대 위서서, 그의 소설에 나오는 인물들은 이 시기에는 이미 기혼자거나 직업인인 경우가 많다. 게다가 신감각기의 대표적 소설들은 '지금-여기'의 크로노토포스를 기피하고 있어서 모던 보이나 모던 걸이 나올 가능성이 전혀 없다. 가와바타에게서도 모던 보이나 모던 걸은 잘 나오지 않는다. 그의 초기소설 중에서 「아사쿠사 구레나이단」과 「이즈의 무희」에서는 직업적인 무희가 주인공이고 「수정환상」에서는 가정 부인이 주동인물로 나온다.

그래서 모던 보이와 모던 걸을 그린 것은 류탄지의 모더니즘의 특징으로 간주된다. 요코미쓰 리이치가 "류탄지 씨의 특장은 모던한 여성을 그리는 것"[36]이라고 한마디로 총평한 사실은, 류탄지의 새로움이 새 인간형, 그중에서도 새로운 여성형의 형상화에 있음을 밑받침해 준다. 가와바타 야스나리도 그 의견에 동의한다. 그는 류탄지가 "한 마리의 계집애를 창조해 냈다."고 말하고 나서 "마코라고 하는 새로운 여자가 이만큼 자연스럽고 아름답게 그려진 것은 진기한 일"[37]이라고 평했다. 이 말은 류탄지와 신감각파와의 차이가 모던 보이나 모던 걸의 묘사에 있음을 천명해주고 있다. 심지어 그의 인물들의 새로움을 속옷을 통하여 진단한 평자도 있다.

　　가와바타나 다니자키의 여성들은 고시마키를 입고 있지만, 류탄지의 여성들은 즈로스(사루 마다)를 입고 있다.[38]

속옷이라는 기본적인 복식을 통하여 대정기의 작가와 류탄지의 세대를 구별하는 이 말을 통하여, 류탄지의 인물의 새로움이 모던한 패션과 밀착되어 있음을 알게 된다. 그의 인물들은 외양과 소지품 같은 데서도 전 시대의 인물들과 구별되는 것이다.

　류탄지 유는 1928년에 「방랑시대」를 발표하며 등단했고, 곧이어 「아파트」를 발표한다. 1929년에는 「황린과 칵테일」, 「열아홉의 여름」, 1930년에는 「기관차에 둥지를 틀다」(이하 「기관차」), 「사구砂丘」, 「타지 않는 촛불」 등을, 1931년에는 「마코魔子」, 「산의 마코」, 1932년에는 「바람에 관한 에피소드」, 「탑의 환상」 등을 활발하게 발표하다가 1934년에 「M코에의 유서」를 발표하면서 문단을 떠난다. 「M코에의 유서」에서 가와바타와 요코미쓰 같은 당대의 문단 주도자들을 비판한 것이 빌미가

36 保昌正夫, 「作品 解説」, 『全集』 12, p.244.
37 竹内清己, 「川端康成による龍膽寺評」, 『全集』 3, 昭和書院, 1984, 월보 2, p.3.
38 助川德是, 「作品 解説」, 『全集』 9, 昭和書院, 1985, p.288.

되어 10여 년 동안 문단에 복귀하지 못하게 되는 것이다.

따라서 그는 신흥예술파를 이끌고 등장하여 신흥예술파와 함께 자취를 감춘 작가라고 해도 과언이 아니다. 그는 13인 구락부 형성기에 이미 기성 문인이었고, 유파 형성의 주동인물이었을 뿐 아니라, 그 기간에 가장 활발하게 작품 활동을 한 작가이기 때문에, 이론뿐 아니라 작품에서도 그가 신흥예술파를 대표한다.

이 시기의 그의 소설의 중심을 이루는 것은 '마코물'이라 불리는 자전적 소설들이다. 같은 인물을 그린 소설들이기 때문에 거기 나오는 인물형은 동일형으로 응축된다. 하지만 '마코 시리즈'가 아닌 「아파트」나 「타지 않는 촛불」, 「기관차」 등에도 같은 유형의 인물들이 나온다. 류탄지는 평생을 두고 마코형 인물의 주변에서 맴돌았기 때문에 그의 여성인물들을 '마코족'이라고 부르기도 한다. 그래서 필자는 그의 소설의 원형을 제시하는 「방랑시대」와 「아파트」를 중심으로 하고, 거기에 '마코 시리즈'의 「마코」, 「M코에의 유서」를 첨가하여, 그 소설들에 나타난 인물형을 고찰해보기로 하였다.

① 남성인물들

「방랑시대」의 '나'는 작가와 같은 이니셜인 R. U로 불리는 병아리 화가다. 그는 상점의 쇼윈도를 장식하는 것으로 생활을 해결한다. 아버지를 여의고 어머니와 둘이 살던 그는 어머니가 재혼하자 집을 나와서 혼자 살고 있다. 그의 특징은 20대라는 것과, 가정과는 무관한 자유인이라는 데 있다. 그는 "자진하여 하나뿐인 육친에게서 떠난" 자기를 아마노자쿠天邪鬼[39] 같다고 느낀다. "아마노자쿠라는 놈은 힘들게도 스스로

---

[39] 천사귀(天邪鬼): ① 남의 말에 늘 거역하는 고집쟁이, ② 불교에서 二王・沙門天이

제 몸을 젊어지고 다닌다."는 소가曾我의 말처럼 그도 20대의 나이에 스스로 제 몸을 책임져야 하는 외톨이인 것이다. 하지만 그는 외톨이의 외로움에 시달리지 않는다. 그 자유를 너무나 즐기고 있기 때문이다.

「열아홉의 여름」(1929)에 보면, 그와 친구 소가를 닮은 인물들이 해변에 캠핑하러 나타나는 장면이 있는데, 거기에서 작가는 "둘 다 이십 이, 삼 세로 머리를 아무렇게나 길게 기른 거나, 낡은 루파바슈카를 입은 거나, 어딘가 방랑자 같은 모습을 하고 있다."[40]라고 묘사하고 있다. 어쩌면 그들은 작가처럼 "작은 몸집에 재기가 넘치는 동안童顔"[41]을 가지고 있는지도 모른다. '마코물'은 1인칭 시점이 주가 되기 때문에 주동인물의 외양에 대한 묘사가 없는데, 다른 작품을 통하여 추정해본다면, 남자 주인공들은 위와 같은 모습이 될 것이다. 나머지 작품의 인물들도 아마 비슷한 차림을 하고 다닐 것 같다. 그들은 모두 같은 족속이기 때문이다.

그의 남자 인물들은 모두 20대이며, 고아이거나 가출한 사람들이어서 어른들의 간섭을 받지 않으면서 원하는 대로 사는 대신에, 스스로의 생활을 책임져야 하는 '아마노자쿠'들이다. 전통에서 해방되어 서구적인 자유를 누리고 있는 이 모던 보이들은, 당대의 일본에서는 예외적인 존재라 해도 과언이 아닌 희귀종 인물이다.

신경질적인 병든 아내를 수발하느라고 음식을 사들고 헐레벌떡 뛰어다니면서, 치료비 걱정과 원고 걱정까지 해야 되는 요코미쓰의 「봄은 마차를 타고」의 주인공과 비교해보면, 류탄지의 인물들은 너무나 파격

밝고 있는 昆小鬼.　　　　　　　　「國語辭典」, 講談社, 1966, p.26.

40 龍膽寺雄, 『全集』 4, p.87.

41 志村有弘, 「作品 解說」, 『全集』 8, p.274.

적으로 자유롭다. 밤을 새워 글을 써야 생활이 되는데 병든 아내는 자기와 놀아주지 않는다고 앙알거리고, 그녀의 분방했던 남자 교제, 처가에서의 결혼 반대 등으로 인해 생긴 상처가 아직도 내면에서 피를 흘리고 있어, 심신이 모두 고달픈 「봄」의 남자에 비하면 「방랑시대」의 '나'의 자유는 지나치게 넉넉하다. 그에게는 책임질 가족도 없고, 잔소리를 할 마누라도 없으며, 제약을 받을 직장도 없다. 또한 그는 아내의 품행 같은 것에는 구애받지 않을 인물이라는 점에서, 심리적으로도 요코미쓰의 인물보다는 훨씬 자유롭다. 그에게는 집착도 갈등도 없기 때문이다.

집착이 없음이 자유로움의 원천이 되는 것은 「마코」의 경우에서도 확인된다. 「마코」의 상황은 「봄」과 유사하다. 두 작품이 모두 여자들이 폐병환자로 설정되어 있다. 하지만 류탄지의 인물들은 그런 여건 속에서도 여전히 자유롭고 즐겁다. 상황에 지배를 받는 형이 아닌 것이다. 마코는 폐병으로 인해 낳고 싶었던 아이를 중절수술하면서도 울지 않았고, 남자도 역시 태평하다. 이들은 상식적인 범주에서 벗어나 있다.

집착을 벗어남으로써 자유를 얻는 것은 나머지 소설의 인물들에게도 해당된다. 그의 인물들은 거의 다 작가가 「난센스문학론」에서 지적한 여러 요소들에 그대로 부합된다. 그들은 "사회적인 인과 관계의 구속에서 자유롭고, 공리성에 무관심하며, 물욕도 명예욕도 없"다. 그러니까 현실적으로는 호구책만 해결되면 되는데, 그들에게는 재능이 있으니 먹고 살만한 수입은 언제나 보장되어 있고, 직업도 타인의 간섭을 받을 성질의 것이 아니어서 '담벽을 넘나들며 부는 바람처럼' 자유를 누릴 수 있는 것이다.

두 번째로 나타나는 그들의 공통 특징은 직업의 첨단성과 재능의 다양성에 있다. 그때까지의 사소설의 주인공들은 대개 문인이거나 예비문인이었는데, 류탄지의 인물들은 직업이 다양하고 첨단적이다. 그들은 전공이 의과라는 점에서 다른 사소설의 인물들과 구별된다. 이런 변별 특징은 작가 자신에게서 연유한다. 류탄지는 경응대慶應大 의과를 6년이나 다니다가 중퇴한 문인이다. '마코물'은 자전적 요소가 지배적인 소설들이어서, 그의 인물들은 거의가 다 작가의 이니셜을 물려받고 의대 주변을 맴돈다. 「마코」의 남자만은 의대에 가라는 부모에게 반기를 들고 가출하여 건축 미술을 전공했지만, 「M코에의 유서」의 남자는 의대에 다니다가 집어치우고 소설을 쓰고 있고, 「아파트」의 주인공은 의대생이다. 그래서 그들은 과학 지식에 능통해 있다.

류탄지 유는 문장도 과학의 기준에 맞게 간단하고 명료하게 쓰는 것을 이상으로 삼고 있으며,[42] 심지어 그의 에로티시즘의 담박함을 과학과 연결시켜 고찰하는 평자도 있다.[43] 후일에 문인으로서보다는 선인장 전문가로 더 많이 알려진 사실도 그와 과학의 관계를 입증한다. 그는 과학주의자이며 문명예찬자여서 현대적 도시의 첨단적 기능들을 사랑하고, 메카닉한 오브제들을 편애한다. 하지만 거기에서 끝나는 것이 아니다. 그는 과학과 더불어 전위적 예술도 사랑한 작가다. 그의 인물들도 마찬가지다. 여기에서 다루는 네 소설의 남자 주인공들은 모두 집안에서는 의사를 시키려 하는데 본인은 예술 분야를 좋아해서 예술가로 정착하려 하는 청년들이다. 그들도 류탄지처럼 의학을 집어치우고 화가나, 건축미술가, 작가 등이 된다. 그들의 예술이 과학과 밀착되어 있다는 점에서 전 시대와 차별화된다는 것은 다음 인용문에서 확인할 수 있다.

---

42 龍膽寺雄, 「M子への遺書」, 『全集』 12, pp.33-34.
43 有山大五, 「作品 解說」, 『全集』 6, p.285.

자동차, 축음기, 기관차, 발전기, 무선, 망원경, 혹은 기구氣球. 「M코에의 유서」에서 류탄지 유는 자기가 관심을 가진 필드로서 전기電機, 작곡, 기계, 조원造園, 설계, 음향효과 등을 들고 있다. …… 그는 일본의 많은 근대소설이 이이泥泥한 내면적 토로나 눅눅한 심정고백을 되풀이하고 있을 때에, 외곬으로 마음을 오브제에 쏟아 부어 건조하고 청결한 세계를 만들어 냈다. 「바람에 관한 에피소드」는 그런 류탄지의 특색이 가장 잘 나타나 있는 작품이다.[44]

첨단 과학과 예술의 결합에서 그의 인물들의 첨단적 직업이 생겨난다. 「방랑시대」의 남자는 화가인데 아르바이트로 쇼윈도 장식을 하고 있고, 그의 친구 소가는 우에노 공원에서 망원경으로 천체를 관찰하는 아르바이트로 생활을 꾸려 나가면서 저술 활동도 하고 있다. 「마코」의 남자의 직업은 건축가이고, 「M코에의 유서」의 남자는 작가이면서 동시에 선인장 전문가이기도 하다. 1930년대 초의 일본에서 그들의 직업은 전대미문의 참신성을 나타낸다.

직업의 첨단성과 함께 드러나는 그들의 특징은 다재함이다. 그의 인물들은 과학자이면서 동시에 예술의 모든 분야에 조예가 깊다. 「M코에의 유서」의 남자는 학생 시절에 무선전화 연구에 몰두한 일이 있고, 부유발전기浮遊發電機를 발명하여 특허를 신청한 일도 있으며, 고주파 전류가 인체에 미치는 영향을 연구하기도 했고, 아인슈타인의 학설과 뉴턴의 학설의 차이에 의혹의 눈길을 보내기도 하는 과학도이다. 그러면서 동시에 그는 생리의 신비를 상징화한 오케스트라를 만들려는 계획에 몰두하기도 하고, 그 무렵의 일본인들은 알지도 못하는 기계 제도mechan-

---

44 川本三郎, 「作品 解說」, 『全集』 5, 월보 4, p.4.

ical drawing의 화법으로 그림을 그려서 샌프란시스코의 전람회에 출품하여 상을 받았으며, 관객 오천 명을 수용하는 현란한 대극장을 설계하여 제국호텔 설계자에게서 찬사를 듣기도 한다. 예술과 과학의 모든 분야에서 최첨단을 걷는 일들만 하고 다니는 것이다. 그러다가 글을 쓰기 시작하여 문단에 선풍을 일으키면서 동시에 선인장 연구도 병행한다.

자전적 소설의 인물들의 이런 다재함은 작가의 그것과 호응한다. 류탄지는 과학과 예술에 대한 다양한 재능과 감각을 가지고 있는 인물이다. 그는 회화, 시, 소설, 음악, 건축 등에서 재능을 나타내는 동시에 과학 분야에도 고루 정통해 있다. 그는 훗날 사막 식물 연구의 세계적 권위자가 되는 만큼 그의 인물의 첨단적 직업들과 다재성은 그대로 작가 자신의 것이라 할 수 있다. 르네상스기의 예술가들처럼 다방면에서 재능을 드러내는 류탄지가 자신의 재능에 탐닉하며 다양하게 자기를 살리는 일에 열중하는 현상을 그의 인물들에게서도 발견할 수 있음을 다음 인용문이 확인시켜준다.

> 그렇다. 나는 내 재능의 모든 촛불에, 설사 새끼손가락 끝만한, 조고만 자투리라도 좋다. 그 모든 재능의 심지에 불을 빨갛게 가지런히 켜서 정열하여, 내 인생을 축제의 밤처럼, 환하고 흥성하게 어둠에 빛을 흩뿌리게 하고, 그리고 죽어가리라.[45]

하지만 그 다양성은 그의 문학이 깊이를 지니지 못하게 되는 역기능으로 작용한다. 그는 「방랑시대」에서 친구인 소가에 대하여 다음과 같은 말을 한 일이 있다.

---

45 龍膽寺雄, 앞의 글, p.23.

그는, 그 과학자적 풍채와 시인풍의 다혈적인 성격이 암시하고 있는 것
처럼, 극히 다면多面한 취미와 재능을 가진 사나이로 …… 그 자신의 말투
를 빌자면, 결국 '넓고 얄팍한 재능'을 가지고 '넓고 얄팍하게' 세상을 건너
려고 하는 거다.[46]

이 말은 작가 자신에게도 그대로 적용된다. 그는 너무나 많은 재능을
가지고 있었기 때문에 깊이를 지닐 수 없었던 것이다. 하지만 그는 넓
이는 지니고 있었다. 일본의 근대 작가 중에서 그는 가장 많은 분야에
손을 댄 작가일 것이다. 문제는 그 많은 일 중에서 어느 것이 그의 필생
의 직업이었느냐 하는 데 있다. 그의 본업은 선인장 연구이지 문학이
아니었다. 그의 문학이 장수하지 못하고 인정받지도 못한 이유 중의 하
나는, 작가가 문학에 전력투구를 하지 않은 데도 있다고 본다.

과학과 예술 두 분야에 걸친 다재성과 직업의 첨단성의 측면에서도
그의 인물들은 요코미쓰의 인물들과 차별화된다. 요코미쓰에게도 특출
한 과학적 재능을 지닌 인물이 나오는 「기계」, 「문장紋章」, 「미소」 등의
작품이 있기는 하지만, 문인이면서 동시에 화가이고, 열대식물 전문가이
기도 한 다재형 천재는 나오지 않는다. 그 이전의 작가들은 더 말할 필요
도 없다. 류탄지의 인물들이 지닌 이런 다양성은 문인 일변도의 사소설
에 질려 있던 젊은 독자들에게는 새로운 매력으로 받아들여졌을 것이다.
쇼윈도 장식가, 모던한 카페의 설계자, 선인장 전문가, 모더니즘 작가
등 인물의 직업의 첨단성과 다양성은 전대미문의 것이었기 때문이다.

하지만 직업의 첨단성이나 재능의 다양성보다 당시의 젊은 독자들을
더 매료시킨 것은 아마도 바람처럼 자유롭게 사는 그의 인물들의 생활

---

46 龍膽寺雄, 「放浪時代」, 『全集』 1, p.49.

태도였을 것이다. 가정의 속박에서 완전히 벗어난 것만 해도 경탄할 일인데, 물욕, 명예욕에서조차 해방된 이 일군의 자유인들은, 대부분의 젊은 독자들의 원망願望을 대리만족시켜주는 선망의 대상이었을 것이다. 그것은 대부분의 일본 청년들이 꿈도 못 꿀 종류의 자유로움이었기 때문이다. 녹명관 시대부터 정신없이 구화주의歐化主義로 휩쓸려가면서도 여전히 천황제를 신봉하던 일본의 1920~1930년대는 아직도 전통의 저항이 막강하던 시기였다.

세계적 공황과 파시즘이 팽배하던 현실의 어둠 속에서 경쾌하게 웃고 있는 이 새 인물형은, 토손의 「가家」의 주인공들과 비교하면 너무나 먼 곳에서 있는 색다른 인종들이다. 불과 20년 전만 해도 일본의 남자들은 토손의 인물들처럼 가족과 인습의 착고에 묶여 자유를 구속당하고 있었다. 모처럼 큰마음 먹고 쓰고 싶은 글을 들어앉아 쓰는 동안에 아이들이 연거푸 병사하는 참담한 가난을 겪게 되고, 민권운동에 대한 탄압으로 인해 사회를 묘사하는 일이 어려워지자 할 수 없이 사소설을 쓰지 않을 수 없었던 것이 토손의 세계였다. 그에게는 가정도 사회도 개인의 자유를 저해하는 완강한 장벽이었다.

1930년대 초기도 이와 유사하다. 새 문명을 즐기는 것은 일부 상류계급에 국한되어 있었고, 일반인의 삶은 토손의 세계에서 그다지 멀지 않은 곳에 있었다. 그런 상황에서 류탄지 유는 예외적으로 자유로운 삶을 살았다. 그는 탯줄이 없는 외계인처럼 가족과 윤리의 얽매임에서 자유로울 수 있었다. 그는 자신이 원하는 공부를 마음대로 할 수 있었고, 자신이 선택한 여자와 연애결혼을 했으며, 자신이 좋아하는 선인장을 기르면서, 경제 공황과 전쟁의 소용돌이 속에서 구애받지 않고 살아간다. 그래서 모리야스 마사후미森安理文는 그를 "근대 일본에 형성된 '자유'에 산 희귀한 작가의 한 사람"[47]이라 평하고 있다. '마코물'의 인물들은 그의 이런 예외적인 자유로움을 물려받는다. 그들의 파격적인 자유로움이 현실에 얽매여 있는 신세대 독자들에게 얼마나 매혹적으로 보였을지 짐작이 간다.

그의 인물들의 자유로움은 첫째로 가정에서 해방된 데서 생겨난다. 「방랑시대」의 '나'는 어머니의 재혼 때문에 가출한 후 자립하며 아버지의 기일 같은 것도 염두에 두지 않는 삶을 산다. 「아파트」의 남자 주인공은 사생아여서 가족들의 관심 밖에 있어 자유로웠고, 「마코」의 주인공은 건축 미학을 하기 위해 가정과 절연한 후 원하는 여자와 동거하고 있으며, 「M코에의 유서」의 남자도 가정과 인연을 끊은 아마노자쿠이다. 그들은 모조리 부모 곁을 떠난 사람들이어서, 부모의 간섭뿐 아니라 보호에서도 배제되어 있고, 따라서 부모를 봉양할 의무도 면제 받고 있다. 가족과의 관계에서 그들은 줄 것도 받을 것도 없는 상태라고 할 수 있다.

그런 자유로움은 전통문화와의 절연과도 관계가 있다. 류탄지 유는 전통문화와는 무관한 삶을 산다. 그는 상식을 벗어버리고 전통윤리를 벗어버린 채로 미국의 히피들처럼 자유롭게 살고 있다. 아무 것에도 구애를 받지 않고, '원하는 대로 행하고' 있는 것이다. 또한 그는 전통적 미학과도 관련이 없고, 민족의식이나 애국심 같은 것에서도 초연하다.

신감각파의 두 문인은 그렇지 않다. 요코미쓰는 상처한 후에 곧 결혼을 하는데, 신혼 가정에 모기가 날아다니자 그 모기가 죽은 아내의 영혼이 환생한 존재 같아서 모기와 신경전을 벌이는 과민성을 나타낸다. 재혼을 빨리한 데 대한 양심의 가책을 받는 것이다.(「모기는 어디에나 있다」참조) 이런 상식성은 조국과의 관계에서도 나타난다. 그는 전후에 갑자기

---

47 森安理文,「作品 解說」,『全集』 12, 1986, 월보 11, p.3.

위궤양으로 죽을 만큼 조국과 민족에 집착했다. 자신이 신봉했던 세계가 어이없게 무너져버리자 그 충격으로 몸에 궤양이 생긴 것이다. 그는 이렇게 규범과 윤리 양면에서 구애를 받는 성격이어서 류탄지처럼 조국애에서 자유로울 수 없었고, 그래서 「상해」, 「여수」 같은 작품을 쓰게 되는 것이다.

가와바타는 고아여서 가족적인 면에서는 류탄지처럼 자유로웠지만, 미학적인 면에서는 코즈모폴리턴이 되어 본 일이 없다. 그는 반전통을 내세운 신감각파의 선두에 서 있으면서도 일본적 미학의 세계에서 벗어나지 않는다. 전통적 미학에 깊이 침잠해 들어가 거기에서 최선의 가치를 발굴해 내는 것이다. 따라서 류탄지의 경우처럼 전통과의 절연을 통한 자유로움은 나타나지 않는다. 또한 류탄지가 무리에서 벗어난 광야의 외톨이 늑대처럼 혼자 선인장을 만지고 있을 때, 가와바타는 외도를 하지 않고 오로지 글만 쓰면서 한편에서는 문단의 조직을 관장한다. 류탄지의 말을 빌자면 당시의 문단은 "가와바타 야스나리의 가마쿠라 막부"였다. 그 연장선상에 펜클럽 회장으로서의 가와바타와 노벨상 수상 작가로서의 가와바타가 서 있다. 가와바타는 바람처럼 자유로운 난센스 작가는 쳐다볼 수도 없는 정상의 세계에 다다른 것이다. 하지만 그 뒤에는 스스로 목숨을 끊은 가와바타의 막다른 골목이 있었다.

류탄지는 그런 세계와는 무관한 삶을 살았다. 그는 전통과 절연하고 모든 명리에서 해탈한 후 홀로서기에 성공함으로써, 일본문인으로서는 보기 드물게 마지막까지 자유인일 수 있었고, 모더니스트로서의 생활방식을 관철할 수 있었다. 그의 경우 모던 취향은 포즈가 아니라 체질이었다고 할 수 있다.

류탄지의 인물들의 자유로움의 세 번째 여건은 그들의 경제적 자립에 있다. 「방랑시대」의 남자가 어머니와 절연할 수 있었던 것은 자립할 힘이 있었기 때문이다. 나머지 인물들도 마찬가지다. 학생인 「아파트」의 인물만 고정된 수입이 없을 뿐 '마코물'의 남자들은 모두 경제적인 능력이 있다. 경제적 자립이야말로 자유로운 삶의 전제 조건이 되는 것이다. 그들은 탐욕스럽지 않으니까 기본적인 생계를 해결할 만한 돈만 있으면 되는데, 재능이 다양해서 그 문제는 어렵지 않게 해결된다. 전시의 어려움 속에서도 선인장을 기르며 대가족을 거뜬히 부양한 류탄지처럼 취미와 잡job이 궁합이 맞은 케이스라고 할 수 있다.

세 번째 조건은 그들의 무욕함에 있다. 그들은 물욕도 명예욕도 없기 때문에 창고에서 뒹굴어도 불평이 없다. 그들은 라블레의 팡타그뤼엘처럼 '원하는 대로'의 삶을 향유하고 있지만, 라블레의 인물처럼 욕심이 많지 않다. 류탄지는 모든 소유와 집착에서 벗어나 자유와 평화를 누리려 했던 미국의 히피 같은 존재라고 할 수 있다. 그러니까 어떤 역경 속에서도 "현실의 어둠과 추함에는 눈도 주지 않고" 명랑하게 살 수 있는 것이다.

그들의 밝음은 상황의 어둠을 배경으로 할 때 더 빛을 발한다. 모리야스 마사후미는 「고영孤影의 문학」에서 1930년대의 시대적 어둠과 류탄지의 인기와의 함수관계를 지적한 일이 있다. 이 시기는 경제 공황말고도 전향문학과 신병대사건 등으로 인해 어수선하던 때여서 젊은이들은 발이 땅에 닿지 않은 듯한 불안에 휩싸여 있었다. 동북 지방의 냉해, 대흉작, 딸 팔아먹기, 걸식 아동의 참상 등이 보도되는 어두운 뉴스들이 휩쓸던 암담한 시대에 공황과 전향과 신병대 문제에까지 시달려야 했던 젊은이들…… "류탄지의 작품은, 그런 젊은이들에게 있어, 진실로 다시는 찾아 볼 수 없는 밝은구원이었다."[48]고 모리야스는 말하고 있다.

---

48 앞의 글 참조.

류탄지는 자신이 의도한 대로 대중에게 웃음을 제공하는 일에 성공을 거둔 셈이다. 그의 밝음은 개인적으로나 사회적으로 암담한 조건 속에서 조성된 밝음이다. 그래서 그것은 황야 한복판에 세워졌던 명치시대의 근대적 건축물인 녹명관처럼 고립성을 면하기 어려웠다.

하지만 히피적인 삶은 오래 지속되기 어렵다. 그들도 현실에 되돌아와 여피로 둔갑하게 되어 있는 것이 삶의 과정이다.「방랑시대」의 주인공은 로마행과 텐트 중에서 텐트 쪽을 택하는데, 다음번에는 아마 그런 선택을 하지 않을지도 모른다. 그에게도 정착할 땅이 필요해질 날이 오게 될 것이기 때문이다. 다행히도 류탄지 유는 재주가 많아서 원하는 일만 하면서 전시를 무난히 헤쳐 나가는 일이 가능했다. 그것은 그 한 사람에게 국한되는 행운이다. 나머지 사람들에게는 그것이 허락되지 않는다. 누구에게나 인생이 유희일 수는 없기 때문이다. 류탄지 유의 인물들은 유희적 삶의 가능성을 시사한다는 점에서 유니크하다. 하지만 그런 메르헨의 세계는 오래 지속되지는 못한다. 작가의 세계에서는 그것이 지속되었지만 독자들은 거기에 따라가기를 거부했기 때문이다.

② 여성인물들

류탄지 유는 동일형의 인물을 반복하여 그리는 타입의 작가다. 그래서 남자 주인공의 이름이 같은 이니셜로 처리되듯이 '마코물'의 히로인들은 모두 마코魔子라는 같은 이름을 가지고 있다. 처녀작인「방랑시대」에서 시작하여 1934년의「M코에의 유서」까지 거의 모든 작품의 히로인들이 마코이기 때문에 이 소설들을 '마코물'이라 부르게 되는 것이다. 히로인에게 역점이 주어지는 이런 명칭이 생긴 이유는 '마코물'에서 남자보다 여자의 존재가 더 비중 있게 그려지는 데 원인이 있다. 여기서 다루는 네 작품 이외에「열아홉의 여름」,「산의 마코」등에도 마코가 나온다. 게다가 '마코물' 이외의 작품의 히로인들도 마코와 유사하여 '마코족'이라는 말이 생길 정도니 류탄지의 작품에서 마코가 차지하는 자리는 아주 넓다고 할 수 있다.

여성인물이 이렇게 큰 비중을 차지하는 것은, 류탄지의 마코 묘사가 성공을 거두고 있다는 방증이 된다. 이 사실은 요코미쓰 리이치나 가와바타 야스나리처럼 그와 사이가 나쁜 문인들의 류탄지 평에서도 확인된다. 그들도 그의 여성인물 묘사만을 칭찬하고 있기 때문이다. 전술한 바와 같이 요코미쓰는 "「아파트의 여자들과 나와」는 제목 그대로 산만한 재료를 산만한 형식 속에 퍼 담은 것"이라면서 류탄지의 소설의 공적을 모던 걸의 형상화에 국한시키고 있으며, 가와바타도 같은 입장을 나타낸다. 그는 "류탄지의 재화才華에 때로는 구역질이 난다", "그는 구성을 잊고 있다", "문장은 좋지 않다"는 등 그의 문학을 폄하하는 말을 많이 하고 있지만,[49] 그가 '한 마리의 계집아이를 창조'한 공로만은 인정하여 다음과 같은 말을 하고 있다.

류탄지의 「방랑시대」는 내게는 미지에 가까운 생활이 그려져 있어서, 근래에는 보기 드물게 재미있게 읽었습니다. 특히 그 마코라는 아가씨 말입니다. 일종의 새로운 여자가 이 정도로 자연스럽게 아름답게 그려진 것은 드문 일입니다. …… 명랑하고 한가한 보헤미안 같은 생활은 자연스럽게 흘러가고 있고, 누선을 자극할 부분은 정확하게 억제하며 마음의 아름다움을 묘출하고 있다고 봅니다.[50]

---

49 龍膽寺評,「가와바타 야스나리에 의한 류탄지 평川端康成による龍膽寺評」,『全集』3, 월보 2, p.3.
50 위와 같음.

이 글 이외에 소화 3년 7월에 나온 「문예시평」(『창작월간』)에서도 그는 "류탄지 씨는, 이런 소녀들의 지체肢體와, 그 동작을 그릴 때에만 천래적인 재화를 나타낸다."라는 말을 하여 그의 여성인물 형상화의 탁월성을 인정하였다.

류탄지 유가 히어로보다 히로인의 묘사에 뛰어난 이유는 첫째로 시점에서 찾을 수 있다. 그의 '마코물'은 1인칭으로 쓰인 자전소설이기 때문이다. 1인칭 주인공을 화자로 한 모든 소설이 그런 것처럼 이 소설들에서 남자 화자들은 시점의 제한 때문에 자신을 객관적으로 그리는 일이 불가능하다. 얼굴이나 외양, 행동 등을 객관화시킬 앵글이 없으니까 인물 묘사가 추상화되고 단순화된다. 따라서 객관적 묘사가 가능한 여성인물의 형상화가 우위에 놓이게 되는 것이다.

두 번째 이유는 가와바타가 지적한 것처럼[51] 작자의 마코에 대한 사랑의 농도가 짙은 데 있다. 류탄지의 남자들은 대여성관계에서 갈등을 느끼는 일이 드물다. 갈등이 없기는 여자들도 마찬가지다. 그들은 로맨스의 인물들처럼 척 보면 양쪽에서 동시에 첫눈에 반하고, 어떤 역경에 놓이더라도 그 사랑에는 변동이 없다. 그의 양성관계에는 어긋남이 없는 것이다. 짝사랑이나 성격적인 차이에서 오는 갈등도 없고, 물론 권태기 같은 것도 없다. 그것은 메르헨의 세계에서나 가능한 완전 화합의 세계다.

류탄지의 남자들은 언제나 자기가 선택한 여성에게 전적으로 몰입한다. 그렇다고 상대방을 무조건 미화하는 맹목적인 이상화 현상이 나타나는 것도 아니다. 여자를 있는 그대로 모두 받아들이고, 그 결점까지도 조건 없이 긍정한다. 「황린과 칵테일」의 남자가 퇴폐적인 여류무용

---

51 위와 같음.

가의 모든 망녕을 다 받아주는 것처럼 「마코」의 남자도 여자의 모든 것을 다 받아준다. 그에게 있어 마코는 혈족처럼 분리가 불가능한 절대적 존재라 할 수 있다. 「기관차」의 마지막 장면을 보면 류탄지의 세계에서 여성이 차지하는 의미를 가늠할 자료가 나온다.

> 나는 녹슨 기관차의 화덕 머리에 나란히 엉덩이를 붙이고 앉은 잠옷 입은 마이玉와, 어쩌다 얼굴을 마주보고, 그 어깨에 팔을 감고 뺨과 뺨을 가볍게 누르자, 무언지 모를 밝은 희망에 심장을 두근거리며, 이 대도회의 여명 속에 신선한 사랑을 맹세하는 것이다. 그녀의 몸 앞쪽에 무언가 커다란 인간의 사회를— 모든 우리의 희망이 거기 파종되어 있는 인간의 사회를 느끼면서![52]

이 소설의 남자는 그녀와 노닥거리고 있으면, 어떤 힘든 문제도 홀연히 사라진다는 말을 하고 있는데, 그것은 다른 소설의 남자들에게도 들을 수 있는 말이다. 가족과 떨어져 사는 그들에게 있어 여자는 모든 인간관계의 기반이다. 사랑하는 여자를 통하여 남자들은 사회와 연결된다. 여자는 희망에 찬 사회를 여는 창구 역할도 하는 것이다.

이런 화합의 양성관계는 작가의 삶을 반영한다고 할 수 있다. 류탄지는 마코의 원형이 되는 여자와 사랑하여 동거하다가 결혼하고, 아이들을 낳아 기르면서 90대까지 화목하게 살다 갔기 때문이다. 작가의 세계에서 여자가 차지하는 비중이 컸던 사실이 자전적 작품에서 여성인물에게 묘사가 치중되는 것으로 반영된 것이라 할 수 있다.

세 번째 요인은 그녀들이 모던 걸이라는 점에 있다. 모던 보이보다

---

52 龍膽寺雄, 『全集』 2, p.48.

모던 걸이 독자의 이목을 더 끄는 사실은, 류탄지의 시대에도 모던 걸이 희소가치를 지니는 존재였다는 것을 입증한다. 봉건적인 여성경시사상의 잔재가 남아 있어 이 때에도 여성의 근대화는 남자들보다 훨씬 늦어졌다. 남자들은 명치시대부터 모던 보이일 수 있었지만, 마코 같은 모던 걸은 소화시대의 초기 작품 속에서도 나타난 일이 없었다. 대정 12년까지만 해도 여자는 "나가려야 나갈 수 없는 조롱의 새"에 비유되던 것이 일본의 현실이었다.[53]

그런데 불과 몇 년 만에 "백인의 아이처럼 자유롭고 경쾌한 소녀"(「열아홉의 여름」) 마코가 출현했으니 세인의 이목을 집중시킬 것은 자명한 일이다. 그녀는 '아름답다기보다는 일종의 분방한 성격에서 오는 야성적 매력을 다분히' 지니고 있다. 「열아홉의 여름」의 마코는 수영, 나무타기, 수영복 바람으로 남자들과 씨름하기 같은 것을 주저 없이 하고 있으며, 「방랑시대」의 마코는 히치하이킹으로 군인들의 배, 미국인들의 자동차 같은 것을 이용하면서 혼자서 여행하기도 하고, 밤에는 남자들과 같이 알몸으로 수영하기도 하며, 누드모델이 되기도 한다. 또한 그녀는 어려서부터 오빠, 오빠 친구 U짱과 셋이서 한 침대에서 잔다. 그리고 「마코」에서는 결혼도 안한 남자와 동거생활을 하면서 아기를 낳을 생각을 한다. 마코는 차림새, 행동거지, 사고방식 등 모든 면에서 기존의 규범에 대한 거리낌이 전혀 없이 과감하고 자유롭다. 당시의 일본에서는 찾아보기 어려운, 앞선 소녀상이라 할 수 있다.

하지만 류탄지에게 있어 마코는 현실의 여인이다. 그의 아내가 모델이 되고 있기 때문이다. 그의 아내 마사코正子는 마코 같은 소녀다.[54] 모

---

53 당시 일본에서는 〈조롱 속의 새籠の鳥〉라는 노래가 유행하기도 했다.
54 류탄지의 부인 마사코를 키요미즈 다츠오淸水達夫(「류탄지 댁의 추억」, 『全集』 2, 월보

델이 확실해서 류탄지의 마코는 실감을 자아낸다. 류탄지와 마사코는 기존의 규범에 의존해서 산 것이 아니라 당대 사회의 최첨단을 걷는 예외적인 삶을 살았고, 작가가 그런 자신의 삶을 재현해 놓은 것이 '마코물'이기 때문에, 그의 소설은 일반적인 현실과 거리가 있다. 가와바타가 "「방랑시대」는 내게는 미지에 가까운 생활이 그려져 있다."고 한 이유가 거기에 있다. '마코물'을 통하여 류탄지는 앞으로의 양성관계의 패턴을 예시한 것이라고도 할 수 있다.

그런 현실과의 거리에도 불구하고 가와바타의 지적대로 그 소녀상을 자연스럽게 그렸다는 것이 류탄지의 새로움이었다. 그는 일본에서 처음으로 모던 걸을 육화시킨 문인이다. 문학작품 속에 등장하는 명치시대의 연애의 대상은 기생이었고, 대정시대의 연애의 대상은 연극 배우였는데[55] 류탄지는 처음으로 모던 걸을 연애의 대상으로 등장시킨 것이다. 앞 시대의 연인들이 모두 프로페셔널한 여성들인데 반해 마코는 아마추어라는 점이 특이하다. 「아파트」의 도모에 자매와 마코를 구별하는 특징도 그 아마추어성에 있다. 보통 여자들도 남자들과 스미다가와隅田川의 난간에 나란히 서서 강물을 감상할 수 있는 때가 되어야 아폴리네르의 「미라보 다리」의 미학이 일본에서도 정착될 거라는 이소다의 말[56]에는 일리가 있다. 문학사에서 마코가 차지할 자리가 거기에 있기 때문이다.

따라서 류탄지의 작품 속에 구상화된 마코들과 전 시대의 히로인들과

_____

2)는 '마코'라고 부르고 있다. 스즈끼 겐지鈴木健次(「親子가 모델이 된 이야기」, 『全集』 10, 월보 9, p.6), 우에쿠사 게이노스케植草圭之介(「大鷲の風韻」, 『全集』 10, 월보 9, p.1), 요시유키 에이스케의 아들 요시유키 준노스케吉行淳之介(「신흥예술파와 나」, 『全集』 8, 월보 7, p.2) 등은 모두 '마코 부인'이라 부르고 있다.

55 磯田光一, 『昭和モダニズム-鹿鳴館の系譜, 講談社, 1991, pp.291-292 참조.

56 앞의 책, p.290.

의 차이를 조명하는 작업이 필요하다. 마코들의 특징은 첫째로 그들의 소녀성에서 찾을 수 있다. 그들은 남자들보다 나이가 거의 열 살 가까이 어리다. 「마코」의 주인공은 18세인데, 「방랑시대」의 주인공은 17세이다. 「아파트」의 도모에도 그 또래니까, 그들의 첫 번째 공통 특징은 10대의 소녀라는 데 있다. 가와바타에게도 류탄지와 유사한 소녀취미가 있기는 하다. 하지만 그들은 대부분이 프로들이고 요코미쓰의 자전적 소설에는 기혼자만 나오므로 10대의 모던 걸 취향은 류탄지만의 특징이라고 할 수 있다. 그는 평생을 두고 소녀취미를 버리지 않은 작가라고 해도 과언이 아닐 만큼[57] 많은 소설에서 10대의 소녀들을 다루고 있다. 그들은 거의 다 마코를 닮았다. 10대인 그의 마코들은 연령상 고등학교 학력 이상은 가질 수 없는 지적 한계를 지니며, 사회성이 결여되어 있다. 그들은 행동은 파격적이지만 페미니즘 같은 데에는 관심이 없다.

마코의 두 번째 특징은 그들이 모두 고아라는 사실에 있다. 이들은 고아이기 때문에 애초부터 정상적인 가정을 가져본 일이 없다. 남자들은 가정에서 뛰쳐나온 가출청년들인데 반하여 여자들은 떠나올 가정조차 없는 것이다. 그러니까 그들은 남자들보다 더 자유롭다. 무슨 짓을 하건 간섭할 어른이 없기 때문이다. 「아파트」의 도모에 자매에게는 언니가 있지만, 그녀는 기녀이고 언니의 기둥서방이 성적으로 괴롭혀서 언니 집을 뛰쳐나와 자립한다. 「방랑시대」의 마코는 오빠 외에는 피붙이가 없다는 점에서 도모에와 비슷하다. 「마코」의 히로인도 「방랑시

---

57 1984년에 발표한 자전적 소설 「화석곡의 세 노인化石谷の三老人」(『全集』 6)에는 83세의 노작가가 나오는 데, 상대는 죽은 친구의 딸인 16세의 소녀이다. 노작가는 이 소녀와 한 이불 속에서 뒹굴면서 그녀에게 연애와 성에 관한 이야기를 들려준다. 이로 미루어볼 때 류탄지의 소녀취미는 평생 계속된 것이라고 할 수 있다.

대」나 「아파트」의 여인들처럼 고아다. 그녀는 어려서 양친을 잃고 남자 주인공의 집에서 자라다가 그와 동거한다. 양친이 없다는 점은 「M코에 의 유서」의 여인도 처지가 같다.

하지만 마코들은 도모에와는 처지가 다르다. 도모에 자매는 생계를 스스로 책임져야 하기 때문에 장사를 하고 이따금 몸도 판다. 일반적으로 어리고 예쁜 여주인공이 고아로 설정되면, 그것은 어김없이 비극을 몰고 올 여건이 된다. 환경결정론의 원리에 따라 그녀들은 도모에처럼 타락의 길에 접어들게 되어 있는 것이다. 그런데 마코들은 그렇지 않다. 그들은 항상 보호와 사랑을 받으며 공주 같은 삶을 살고 있다. 그래서 그들은 비극을 모른다. 부모가 없다는 사실은 오직 자유를 만끽하는 여건으로만 작용할 뿐이다. 행복한 고아. '마코물'의 여인들은 모두 유복한 고아소녀들이다.

「아파트」의 의대생이 자라서 「마코」의 건축가가 되었다가 「M코에의 유서」의 작가도 되듯이, 「방랑시대」의 소녀는 자라서 남자와 동거하는 「마코」의 주인공이 되고 그 다음에는 작가의 아내인 M코가 된다. 이 일련의 마코들은 들판에 놓아먹인 짐승들처럼 자유분방하다. 잔소리를 할 부모도 없고 옆에 있는 남자들은 자유주의자니 그들의 자유에 브레이크를 걸 사람은 아무도 없다. 따라서 그들은 당시의 정상적인 가정에서 자란 보통 소녀들과는 비교가 안 될 만큼 자유롭게 살고 있다. 남자들보다 더 자유로운 삶이다.

마코들의 세 번째 특징은 미숙성에 있다. 「방랑시대」의 마코는 여고 3년생이다. 그녀는 소학교 때부터 오빠와 오빠의 친구인 U짱하고 같이 사는데, 그녀는 U짱을 남자로 생각할 만큼 어른이 되지 않았기 때문에, 추우면 그의 모포 속에 기어들어가 허벅지를 베고 자기도 하고 외로우면 강아지처럼 그의 품에 안기기도 하고, 캐러멜을 먹다가 그냥 잠드는 미숙성을 그대로 지니고 있다.

이런 미숙성은 「마코」에서도 나타난다. 이 소설은 마코가 임신 중절 수술을 하는 장면에서 시작된다. 「방랑시대」에서는 건강했던 마코가 여기에서는 폐병 때문에 아이를 낳을 수 없게 되어 중절 수술을 받는다. 그녀는 화자인 '나'와 14세 때부터 같은 침대에서 자다가 18세가 되어서야 겨우 임신하게 되는데, 아이를 낳고 싶어 하지만, 아이보다 먼저 결핵균을 품게 되어 출산이 불가능해진다.

문제는 아이를 낳고 싶어 할 나이가 되었는데도 불구하고 그녀의 정신적 미숙성은 사라지지 않는다는 데 있다. 입덧하는 모습을 보면 그것을 알 수 있다. 임신을 하자 그녀는 동물처럼 먹는 일에만 몰입하여, 몸을 가꾸는 것, 영화 보는 것 등을 모두 잊어버린다. 또한 음식을 남자와 나누어 먹는 법도 잊어버리고, 혼자 먹는 데만 열중한다. 그녀에게는 자의식 같은 것이 없으니까 먹는 일에 환장한 자신에게 자기혐오를 느끼거나 부끄러워하지도 않는다. 그녀는 아기를 임신했지만 정신적으로는 엄마가 될 만큼 성숙하지 못한 것이다. 임신한 그녀를 보고 남자가 "어린애 같은 오캅바 머리[58]가 뺨을 덮고 있는 그녀야말로 마마가 필요할 것 같은 동녀童女다."라고 생각한다. 그녀는 나이보다 더 어린 정신적인 미숙아인 셈이다.

그 점에서 마코는, 엄마가 되는 일의 의미를 모르는 채로 아기를 낳고 당황하는 가와바타 야스나리의 「금수禽獸」의 여주인공과 흡사하다. 그런데 마코는 그렇게 미숙하면서 열네 살부터 남자와 동거한다. 「기관차」의 마이도 비슷한 나이에 남자와 동거하고 있어, 가와바타는 이것을

---

58 오캅바 머리: 앞머리를 가지런히 자르고 양 옆을 단발처럼 자른, 소녀들의 일본식 헤어스타일.

"근대 도시 풍의 조숙성"[59]이라고 생각했다. 도모에게도 그 말이 해당된다. 하지만 마코의 경우에는 그것까지도 미숙성의 또 하나의 얼굴이라고 할 수 있다. 그녀에게는 남녀가 같이 방을 쓰는 일의 도덕적 의미에 대한 인식이 없기 때문에, 그들의 동거 생활은 「방랑시대」의 그것과 동질성을 띤다.

네번째 특징은 그들이 중성적 존재라는 데 있다. 마코의 신체적 특징이 상세하게 나오는 「마코」에서 보면, 그녀는 우선 여자라기보다는 사내애에 가깝다. 그녀는 머리를 기르는 법이 없다. 소학교에 들어가기 전 몇 달 동안은 더치 컷의 좀 긴 듯한 오캅바 머리를 하고 있었지만, 지금은 "뒷머리를 쳐 올린 스타일이어서 마치 밤톨송이 같다."고 묘사되어 있다. 단발머리 스타일은 류탄지의 여인들의 트레이드 마크다. 「바람에 관한 에피소드」의 마나코도 "단발한 목덜미를 예쁘게 면도"하고 있기 때문이다. 류탄지의 작품 속의 여인들은 거의 모두 단발머리나 오캅바 머리를 하는데, 현실에서도 그의 아내는 늙도록 오캅바 머리를 하고 있다. 스즈끼 겐지鈴木健次에 의하면 그녀는 중년 부인이 된 종전 후의 시기까지도 여전히 오캅바 머리를 했다고 한다.[60] 단발하는 머리형은 모던 걸의 심벌마크이다. 그래서 모던을 한자로 '毛斷'이라고 쓰기도 한다. 남자들의 경우처럼 여자의 머리 자르기도 탈봉건의 상징이었던 것이다.

마코의 사내애 같은 면은 헤어스타일에만 국한되는 것이 아니다. "피부가 거칠고 검어서 장난꾸러기 머슴애와 흡사"하고, 한술 더 떠서 온몸이 털북숭이다. 할 수 없이 '나'는 열흘에 한 번씩 그녀를 벗겨 목욕탕

---

59 川端康成, 「川端康成による龍膽寺評」, 『全集』 3, 월보 2, p.3.
60 鈴木健次, 「親子がモデルになつた話」, 『全集』 10, 월보 9, p.6.

에 집어넣고, 몸 구석구석에 탈모제를 발라주어야 한다. 또한 그녀는 아름답고, 큼직한 인상적인 눈을 가지고 있고, 속눈썹도 길지만, "마음도 몸도 아직 덜 성숙한 그녀의 눈에는, 여자다운 그 뜨거운 정열의 방사放射가 눈곱만큼도 없다."고「마코」의 남자는 술회하고 있다. 그녀는 몸도 마음도 아직 여자라고 할 수 없는 중성적인 존재인 것이다.「마코」의 화자인 '나'는 그것을 마코 개인의 특징으로 생각하지 않는다. 당대의 여자애들의 보편적인 특징이 사내애 같고 털북숭이인 데 있다고 보는 것이다. 마코는 그런 여자애들의 전형이다.[61] 따라서 마코의 중성성은 소화시대에 새로운 여인상인 모던 걸들의 공통 특징이다. 그것이 모던 걸의 요건이 되는 셈이다. 그러니까 류탄지의 문학을 에로티시즘과 연결시킨 재래의 평가법에는 문제가 있다. 전반적으로 그의 초기 문학에는 에로티시즘의 농밀함이 결여되어 있다. 뭔가 건조한 톤이 깔려 있어 점액성이 약화되는 것이다. 그 이유는 일차적으로 히로인의 선머슴 같은 미숙성에 있을 것이다. 하지만 남자 쪽에도 타니자키 준이치로의 인물들 같은 호색성은 나타나지 않는다.

미타 히데아키三田英彬는 류탄지의 에로티시즘이 점액질이 아닌 이유를 류탄지가 성을 과학적으로 다루고 있는 데서 찾고 있고,[62] 다카하시 마사오高橋昌夫는 마코에게 에로틱한 이미지를 부여하지 않은 것을 류탄지의 장점으로 보고 있다. 거기에서 마코의 청결한 에로티시즘이 생겨난다는 것이다.[63] 이런 평들은 그의 에로티시즘이 담박한 것임을 입증한다. 따라서 에로티시즘을 류탄지의 특성으로 못박는 것은 공정하지

---

61 중성적 이미지는 이 무렵의 여자 아이들의 공통 특징이라고 작자는 생각한다.

62 南博,「私のモダニズム體驗」,『全集』 4, 월보 3, p.3. 미타 히데아키三田英彬의 말.

63 高橋昌夫,「浪漫寺の雄」,『全集』 6, 월보 5, p.4. 다카하시 마사오高橋昌夫의 말. 高橋昌夫,「낡지 않는 靑春」,『全集』 10, 월보 9, p.4.

못하다.

다섯 번째 특징은 그녀의 불균형한 아름다움에 있다. 그녀는 선병질적 미인이었던 어머니를 닮아서 윤택한 머리와 아주 인상적이고 화려한 이목구비에 화사한 골격을 가지고 있다. 목도 허리도 애처로울 정도로 가늘다. 그런데 엉덩이는 아주 풍만해서 그녀의 동체는 마치 개미 같은 형상을 하고 있다. 가와바타의 말을 빌자면 마코는 '서양풍의 동안에 어른 같은 골반을 가진 반처녀半處女'다. 동안과 골반의 콘트라스트, 섬약한 상체와 풍요한 엉덩이의 콤비네이션 등에서 불균형한 아름다움이 생겨난다.

그뿐 아니다. 모든 아름다움이 거기에서는 소비적이다. 몰락한 가계의 말예末裔다운 덧없는 아름다움이 있다고 묘사되어 있는데, 사내애 같은 거친 피부와 상고머리, 털북숭이의 몸뚱이가 거기에 겹쳐져서 불균형한 아름다움에는 덧없다는 느낌보다는 이 시기에 유행한 그로테스크 취미를 연상시킨다. 불균형은 그로테스크의 또 하나의 얼굴이라고 할 수 있기 때문이다. 하지만 그 정도가 미약하여 괴기스럽기보다는 애교스럽다. 따라서 류탄지의 초기 소설은 그 시절의 유행인 '에로'나 '그로'에는 해당되지 않고, 오직 '난센스'성만 지니는 것이라는 결론이 나온다.

여섯 번째 특징은 마코가 생활인의 얼굴을 하고 있지 않다는 데 있다. 그녀는 남자와 4년이나 동거했지만 가정주부 같은 점이 하나도 없다. 그녀는 밥이나 국 같은 주식보다는 군것질에 역점을 두는 식생활을 하고 있기 때문이다. 그녀에게서는 살림 냄새만 나지 않는 것이 아니라 정상적인 시민으로서의 풍모도 찾아보기 어렵다. 그녀는 상식적인 계산법이나 율법 같은 것을 알지 못한다. 그녀의 가치체계는 자신의 욕망만을 축으로 하고 있어, 자기가 원하는 일만 하면서 자유롭게 살아간다. 남의 이목이나 도덕관에 구애를 받지 않는 것이다. 그런 비현실적인 점들이 그녀를 메르헨의 주인공처럼 보이게 하는 요인이다.

일본에서의 류탄지 평은 이상하게도 "도시의 소비면 묘사에 치중한다."는 것이 정설로 되어 있다. 그것은 모더니즘 소설 전반에 대한 평가이기도 하다. 그런데 류탄지의 초기 소설에는 「황린과 칵테일」, 「타지 않는 촛불」을 제외하면 그 말에 해당될 작품이 많지 않고, '마코물'에는 거의 그런 경향이 나타나지 않는다. '마코물'의 인물들은 부자가 아닌데다가 물욕이 없기 때문에 소비할 만한 금전적 여유를 가지고 있지 않고, 빚을 져가며 과소비를 하는 성향 같은 것도 나타나지 않는다. 그 이유는 그들이 내일의 안전을 위해 돈을 모으려고 기를 쓴다거나, 싼 물건을 사려고 버둥대는 소시민적 경제생활을 하지 않는 데 있다. 「방랑시대」의 인물들은 공유재산제를 채택하고 있다. 그들은 생계비를 책정해놓고 알뜰하게 살면서 남는 돈은 열심히 저금한다. 그런데 저축의 목적이 '바캉스 비용 마련'이다. 그런 점이 소비에 치중한다는 인상을 낳게하는 요인인지도 모른다. 그건 사치는 아니지만, 소득 비율로 보면 일종의 과소비라 할 수 있기 때문이다.

마코의 특성은 상식에 맞지 않는 생활을 한다는 데 있다. 그녀는 무욕하지만 자기가 하고 싶은 일은 꼭 하고 만다. 타인의 이목이나 도덕률 같은 것에 구애받지 않으면서 가능한 한 자기가 원하는 대로 살고 있다. 남자들에게는 두고 온 가족에 대한 거리낌이 남아 있고, 생활비 걱정도 있지만, 마코에게는 그것도 없다 그녀는 사랑하는 남자에게 전적으로 의존하면서 자유롭고 단순한 삶을 명랑하게 살아간다.

마코뿐 아니다. 류탄지의 대부분의 여인들은 비상식적이고 비일상적인 면모를 지니고 있는데, 쓰다 료이치津田亮一는 그 증거를 여자들의 이름에서 찾고 있다. 상식적인 이름 마사코正子를 마코魔子로 바꾸는 공식에 의해서 그의 여자들은 미도리翠(「황린과 칵테일」), 마이珥(「기관차」), 싱芯(「풍차가 달린 집의 로맨스」), 가스미幽, 상고珊瑚(「무지개와 갑충」) 등의 비상식적인 이름을 지닌다. "실재의 이름을 퇴하고 일상성을 거세한" 작명법에서 인물들의 비현실적인 면이 드러난다는 그의 주장에는 일리가 있다.

그녀들은 호모 사피엔스도 호모 릴리기우스homo religiosus도 아니다.[64] 유희적 삶을 즐기는 호모 루덴스homo ludens의 한 부류일 뿐이다. 그들에게는 뚜렷한 인권 의식도 없고, 페미니즘에 대한 자각도 없으며, 사회의식도 물론 없다. 또한 그들은 남성인물들처럼 창조적 재능도 지니고 있지 않으며, 자기 몫의 일을 가지겠다는 열망도 가지고 있지 않다. "귀여워 해줘요."라는 구시대적 대사나 읊조리며 남자에게 전적으로 의존하며 멋대로 살아가는 이 소녀들은, 발랄하고 귀엽기는 하지만 바람직한 신여성상은 물론 아니다. 따라서 '아메리카니즘에 물든 경박성'이라고 지탄을 받아도 할 말이 없다. 그들은 아메리카니즘에 현혹되어 있던 일본 모더니즘의 프리마돈나이기 때문이다. 구미의 현대 생활의 외양만 흉내낸 일본의 모더니즘이 그녀들을 통하여 시각화되어 있다. 그들은 경박하고 낙천적인 소화시대 초의 모던 걸의 전형이다.

가와바타 야스나리의 「아사쿠사 구레나이단」(1930)도 같은 무렵의 아사쿠사의 풍속도를 그리고 있다. 하지만 거기에서는 모던 걸 대신에 댄서들이 중요한 역할을 하고 있고, 요시유키 에이스케의 「여백화점女百貨店」이나 「신종족 노라」는 유부녀들이 주인공이다. 요코미쓰 리이치의 사소설들과 호리 다쓰오의 「전원의 우울」의 경우도 마찬가지다. 그러니 「방랑시대」나 「마코」처럼 도시의 풍속 속에서 모던 걸을 부각시킨 청춘소설을 쓴 것은 류탄지만의 특성이라 할 수 있다.

류탄지의 「난센스문학론」을 보면 난센스문학에 적합한 인물형이 제

---

64 津田亮一, 「かげろうの建築士―龍膽寺雄」, 『全集』 2, 월보 1, p.5.

시되는데, '마코물'의 남녀들은 그 전형이다. 그들은 "황금의 광휘나 명예 같은 것에 집착이 없고, 공리성에도 무관심하다." 그래서 그들은 담벼락을 넘나들며 부는 바람처럼 '자유롭다.' 현실의 어둡고 추한 면을 못 본 체하는 점도 난센스문학의 인물형에 부합한다. 작가에게 삶이 유희였듯이 작중 인물들에게도 삶은 역시 유희이다. 아직 어른의 성숙성을 터득하지 못한 이 젊은이들은 감각과 현대취미를 빼면 남을 것이 없다. 그래도 남자들의 경우에는 현대취미가 창조와 이어지는 면이 있다. 여자들에게는 그것조차 없다. 여자들에게서 모던취미의 경박성이 더 두드러지게 나타나는 것은, 그들이 남자보다 더 어리고 미숙하며 더 분방하고 비생산적이기 때문이다.

많은 사람들이 문단인으로서의 류탄지의 실수가 그의 평가에 악영향을 끼치고 있다는 데 동의하고 있는데, 그 말은 일리가 있다. 그가 문단의 터줏대감인 가와바타에게 정면으로 도전하면서 문단에서 푸대접을 받게 된 것이다. 하지만 그것만이 자신이 등단한 잡지사인 신조사의 『일본문학전집』에서까지 그가 차지할 자리가 없게 된 모든 이유는 아니라고 생각한다. 작품만 좋았다면 살아남을 방법이 있었을 것이다. 그러나 고뇌도 갈등도 모르는 그의 문학은 '양적인 크기, 질적인 무게'를 거부한 문학이었다. 세월의 저항을 견디기에는 '마코물'의 구조가 너무나 허약했던 것이다.

(3) 공간적 배경 – 모던한 메갈로폴리스

류탄지의 작품에 설정된 생활 공간도 그 인물들에게 걸맞게 비일상적이고, 비상식적이며, 첨단적이다. 「방랑시대」의 인물들이 사는 집은 택시 회사의 뒤채 2층에 있다. 원래 기름가게의 창고로 쓰였던 그 음산한

콘크리트 건물에서는 지금도 밖에서 들어올 때 '고풍한 머릿기름 냄새'
가 난다.

> 그들이 세 들어 있는 2층은 다다미 스무 장 정도의 넓이인데, 진재 때
> 의 상처를 대충 고친 낡은 콘크리트 벽이 노출되어 있고, 마루에는 오래
> 된 기름때가 둥글게 얼룩져 있으며, 천정의 칠은 벗겨졌고, 먼지를 뒤집
> 어 쓴 거미줄이 구석구석에 휘장을 치고 있다. 그래도 벽 옆에 놓인 혼숙
> 용混宿用 큰 침대라든가, 몇 개의 낡은 가구 같은 것들이, 살풍경하지만
> 사람이 사는 곳임에는 틀림없는 일종의 분위기를 만들어내고 있었다.[65]

살벌한 이 주거 공간에는 기상천외한 가구들이 놓여 있다. 고물상에
서 주워 모아 모양이 각각인 의자 3개와 서툴게 짠 큰 테이블이 하나,
왜건형 자동차의 타버린 철골에 자동차 쿠션을 펴놓은 침대 같은 것이
그들의 가구다. 거기에는 수도조차 들어와 있지 않다. 상식을 벗어난
주거 공간이다.

「마코」의 경우는 「방랑시대」보다는 월등하게 호화로운 편이지만, 상
식적인 주거 공간이 아닌 점에서는 「방랑시대」와 같다. 이 소설의 주인
공은 건축미술가여서, 몇 해 전에 긴자에 울트라 모던한 카페를 하나
설계해준 일이 있다. "로코코의 섬세함에 화염식 고딕의 환상을 가미한"
살롱이 있는 호화로운 카페다. 마코네는 주인의 배려로 '죽음의 가면'이
라는 괴이한 이름을 가진 그 카페의 지붕밑 방을 무료로 제공받아 거기
에서 살고 있다.

---

65 龍膽寺雄,「放浪時代」,『全集』1, p.46.

우리들의 지붕밑 방은 도회의 한 구석에 뚫린 공허처럼 조용하다. 연지빛 칠을 한 벽과 천정, 수상한 에뻬(三凌劍-불어)를 두 날 십자가처럼 건 벽난로, 살롱의 구리로 싼 원개圓蓋를 똑바로 올려다볼 수 있는 스테인드글라스의 커다란 원창……. 둘이 자기에는 작고 혼자 자기에는 큰 장의자 겸용의 접는 침대, 마코가 제멋대로 씨드볼이라 부르면서, 과일의 씨나 껍질을 침대에서 톡톡 뱉어 넣는 애벌구이의 도자기, 불투명한 황색유리의 샤포66를 쓴 양초 모양의 스탠드…….

도회의 상층을 흐르는 해양성 미풍이 창에서 창으로 불어가며, 서서히 창 가리개를 흔들고, 고층빌딩 사이에 반향反響하는 도심의 소음을 조수潮水의 울림처럼 이곳에 전해주는 것이다.67

탑처럼 공중에 떠 있는 이 기이한 주거 공간은 이상한 물건으로 채워져 있다. 자기네 두 사람의 우스꽝스러운 나체춤을 음화풍陰畵風으로 처리한 창 가리개, 유리 파편을 줄줄이 엮어 만든 샹들리에, 주인공의 침상에서의 생활을 친구가 희화화하여 그린 50호 정도의 탄페라의 액자……. 이런 파격적인 장치 속에서 고아 소녀와 가출 청년은 소꿉놀이 하듯이 살고 있다.

「방랑시대」의 세 남녀가 한 침대에서 뒹굴 듯이, 이 좁은 장의자에서 '나'는 14세의 소녀와 함께 자기 시작한 지 4년이 된다. 이런 상식을 벗어 난 양성관계는 「기관차」에도 나타난다. 13세의 소녀를 데리고 남자가 기관차에서 살림을 하고 있다. 자기 생각에도 그런 나이의 아이와 사랑의 도피 행각을 벌이는 것이 온당하지 못하다는 것을 알면서도 그

---

66 chapeau. 모자의 불어.
67 龍膽寺雄, 「魔子」, 『全集』 5, p.21.

런 일을 저지른 것은, 그녀가 너무나 탐이 났기 때문이라고 「기관차」의 남자는 말하고 있다.[68] 「마코」의 남자도 같은 말을 할 것 같다. 류탄지의 남자들에게 있어 여자는 언제나 절대적 존재다. 자유분방하고 비일상적인 어린 여자를, 있는 그대로 받아들여 조건 없이 사랑하는 것이 류탄지의 남자들의 사랑법이다. 그렇게 사랑하여 같이 살고 있으면서도 결혼을 하지 않은 것은 결혼을 진부한 구제도로 보는 결혼관 때문이다. 「타지 않는 촛불」의 센타泉太의 다음과 같은 말에서 이 작가의 결혼관이 드러난다.

　　흔해빠진 결혼 생활에는 취미가 없어. 무엇보다도 나는 살림살이라는 게 질색이야. 약혼자…… 허혼許婚한 동지끼리 서로 사랑하여 같은 집에 사는 것, 어때? 그게 내 이상이야.[69]

그래서 센타는 오래 연애하던 여자를 약혼자로서 새 집에 맞아들이고, 「마코」의 남녀는 아이가 생길 때까지 동거생활을 한다. 그들은 "남매 같기도 하고, 친구 같기도 하며, 연인이라고도 할 수 없는" 이상한 관계 속에서 두 사람만의 오붓한 생활을 즐기고 있다. 여자는 남자를 보고 "때로는 파파라 부르고, 때로는 오빠라 부르며, 좀 부끄러운 듯이 당신이라 부르고, 악몽을 꾼 때는……. 마마라고 크게 외치며, 열손가락 끝에 흡판이 달린 것처럼 나의 목에 숨막히게 매달리기도 한다."[70] 이들의 관계가 혈연관계 같은 양상이 짙고 성적인 면이 약세에 놓임은 그

---

z

68　龍膽寺雄,「機關車に巢喰う」,『全集』2, p.46.
69　龍膽寺雄,「燃えない臘燭」,『全集』10, p.84.
70　龍膽寺雄,『全集』9, p.16.

호칭에서도 유추할 수 있다.

「방랑시대」의 양성관계도 이와 유사하다. '나'는 마치 친오빠처럼 마코를 사랑하고 돌본다. 피를 통하지 않은 가족관계의 형성인데, 거기에 이성적 측면도 곁들여지면서 의사擬似 근친상간 같은 복잡한 느낌을 준다. 「아파트」의 '나'가 친구 S여사의 전 남편 로쿠로綠郎를 보고 "요컨대 상식은 그의 적이었다."는 평을 하고 있는데, 그 말은 류탄지의 모든 인물에게 해당된다. 그들은 모두 상식에서 일탈해 있는 인물들이어서, 공동사회의 기본율인 모럴에서도 일탈해 있다. 그 상식적이지 못한 생활 태도가 류탄지 유의 매력 포인트다.

「아파트」에는 가장 현대적 주거 공간인 아파트가 나온다는 점에서 주목을 끈다. 도모에네 아파트에 대한 묘사는 다음과 같다.

> 8조와 2조가 연이어져 있는 낡은 일본 방으로, 그 8조방의 절반에 그들은 깔개를 깔아서, 낮은 등탁자라든가 등의자 같은 것을 놓아 방을 두 가지로 나누어 쓰고 있었다. 도합 10개 정도밖에 방이 없는 규모가 작은 이 아파트는 …… 요도바시의 아파트라 불리고 있었다. …… 도모에네는 넝쿨터널 밑의 좁은 2조방에, 이불을 가득 깔아놓고, 그곳을 침실로 쓰고 있었다. 나는 그들이 집을 비우는 시간에 자주 그 아늑한 침실에 기어들어가서, 그들의 화장품 냄새가 밴 가이마키(옷 모양으로 만든 이불)을 뒤집어쓰고, 뻔뻔스러운 낮잠을 즐기곤 했고, 어떤 때는 두 여자 사이에 끼어 자기도 했다.[71]

주거 공간의 성격에 따라 생활의 패턴이 좌우된다. 이소다 코이치는

---

71 龍膽寺雄, 「アパート」, 『全集』 1, p.31.

아파트라는 신식 주거 공간의 출현과 개인주의를 연관시킨다. 그는 다다미와 마루로 이루어진 화실和室을 사소설에 적합한 주거 공간으로 보고 있다. 이런 전통적 주거 공간이 감소하는 것과 개인중심사상이 증가하는 것 사이에 함수관계가 있다는 것이다.[72] 그런데 류탄지의 작품의 주거 공간은 대체로 비전통적인 공간이다. 창고, 지붕 밑 방, 아파트, 탑…… 그중에서도 대표적인 것이 폐물이 된 기관차(「기관차에 둥지를 틀다」)다.

> 우리의 주거는 실은 운전대의 마루에 화구火口를 가지고 있는 화염실…… 화상火床의 흰 쇠창살 위에 마른 풀을 쌓고, 새 둥지처럼 낡은 모포로 구석구석을 갈무리하여…… 그래도 겨울의 서리 내리는 밤에는 철피鐵皮가 별에 얼어붙어서, 우리는 모포를 뒤집어 쓴 채로 몸을 밀착시키고 벗은 다리를 바짝 얽어 두 사람의 체온으로 샐 녘까지 추위를 견디는 것이다.[73]

이것은 「기관차」 속의 밤 풍경이다. 한 사람이 겨우 드나들 수 있는 운전대의 화구에 들어가면서 그들은 밤사이에 여자의 궁둥이가 커버려서 다시는 못 빠져 나올지도 모른다는 불안을 느끼기도 하며, 석탄을 훔쳐서 밥을 해 먹고, 목욕은 근처의 강에서 해결한다. 그렇게 13세의 신부와 '나'는 4년간 기관차에서 살고 있다. 하지만 류탄지의 인물답게 그들도 낙천가여서 자기들의 주거가 어떤 강풍에도 흔들리지 않는 데 대해 감사하고 있으며, 그 속에서 남자는 하구 건너편에 자신의 공장을 세울 꿈을 키우고, 여자는 프로펠러가 달린 모터보트에 반해서 "밝은

---

72 磯田光一, 앞의 책, p.274 참조.
73 龍膽寺雄, 「機關車に巢喰う」, 『全集』 2, p.41.

희망에 심장을 두근거리며" 즐겁게 살고 있다.

류탄지의 소설 속의 주거 공간은 기관차의 경우처럼 언제나 비일상적이고 비일본적이다. 나중에 작가 자신이 타마가와에 짓는 집이나 중앙임간中央林間의 선인장 농원의 경우에도 그랬던 것처럼, 작가의 비상식적 취향은 작품 속에서 상식을 벗어난 주거 공간으로 나타난다. 그래서 그의 소설에는 부엌과 세탁장 같은 것이 제대로 붙어 있는 집이 거의 없고, 있다고 해도 거기서 일하는 주부의 모습은 찾아보기 어렵다. 그의 소설 속의 주거 공간은 뜨내기들이 모여 잠만 자는 장소 같은 인상이 짙다.

그들의 주거 공간이 임시숙소처럼 자리가 잡혀 있지 않은 이유는 인물들의 성격과도 관련이 있지만, 그들의 활동 무대가 집 밖에 치중하여 있는 데서도 찾을 수 있다. 그중에서도 「방랑시대」와 「아파트」처럼 데뷔 초기의 작품일수록 인물들이 밖에서 보내는 시간이 많은데, 「마코」 이후의 소설에 가면 이러한 시간이 줄어든다. 작가가 한 여자와 정착생활을 시작했기 때문이다.

「방랑시대」의 경우에는 정착 공간보다 이동 공간이 주 무대가 되고 있다고 해도 과언이 아니다. '나'는 쇼윈도 장식일과 그림 그리기, 전시회 등의 일로 너무 바쁘고, 소가는 우에노 공원 근처에서 행인에게 망원경으로 천체를 관찰하게 하여 돈을 벌면서 책도 쓰고 천문학 공부도 해야 하니까 바쁘며, 여학교에 다니는 마코도 방과 후에 향수 광고지 돌리는 일을 하여 푼돈이라도 버느라고 역시 바쁘다.

이 소설은 길피란 라디오상회의 일을 끝내고 돈을 받은 '나'가 소가가 있는 우에노행 전차를 타는 데서 시작한다. 그리고 어머니의 전보를 받고 상경한 그가 소가 남매가 바캉스를 즐기고 있는 해변가로 돌아가는 데서 끝난다. 기동부대처럼 줄곧 외부 공간에서 이동하고 있는 것이다.

이들에게는 사유재산이 없다. 각자가 돈을 벌면 일정액을 용돈으로 균등하게 나누고, 나머지는 저금했다가 바캉스를 간다. 바캉스를 가는 것이 지상의 목표처럼 느껴지는 젊은이들의 세계이기 때문에 정착 공간의 중요성이 감소되는 것이다.

「아파트」도 역시 외부 공간으로서의 도시 자체가 크게 비중을 차지하는 소설이다. 직업을 가진 여자들이 밖에 나도는 것은 당연한 일이지만, 학생인 남자도 거의 집에 붙어 있지 않기 때문에 그에게서도 주거 공간은 무시되고 있다. 그는 거리에서 시간을 보내거나 도모에 자매의 베이비 숍과 아파트, M카페, 학교 등에서 시간을 보낸다. 그중에서도 그가 가장 많은 시간을 보내는 곳이 도모에네 아파트다. 가족에게서 소외되어 있는 그에게는 도모에 자매와 S상, 간_幹짱 등이 항상 반갑게 맞아주는 아파트가 오아시스 같기 때문이다. 그렇다고 해서 여자 중의 하나와 연애를 하는 것도 아니다. 그들은 말하자면 혈연을 통하지 않은 가족인 것이다.

혈연을 통한 가족보다도 더 진하게 얽혀 있는 비혈연적 유대의 강화야 말로 류탄지의 소설의 새로운 측면이다. 그의 인물들은 「방랑시대」처럼 혈연관계가 없는 사람들과 같이 사는 일이 많다. 남녀가 단 둘이 동거생활을 하는 「마코」의 경우에도, 고아인 여자아이에게 남자는 아빠, 오빠, 엄마를 합친 존재로 부각된다. 가족 관념도 남녀관계도 모두 전통적 의미에서 일탈해 있다.

「아파트」는 번화가의 길모퉁이에서 쇼윈도 안에 있는 자단_{紫檀}의 불감_{佛龕}을 보고 있는 '나'의 어깨를 친구들이 툭 치는 데서 시작된다. 「방랑시대」와 마찬가지로 길 한복판에서 시작되는 것이다. 그곳은 도모에네 베이비 숍이 있고, M카페가 있는 도심지이다. 자동차와 사람이 엉겨서 소용돌이치는 도시적 잡답의 한복판이다. 이렇게 도시 속에서도 가장 도시적인 장소가 주 무대가 되며, 종래에는 없었던 지붕밑 방, 아파트, 창고를 개조한 스튜디오, 기관차의 화실 등이 주거 공간으로 설정되고 있어, 류탄지는 전통 문화와 절연한 젊은 코즈모폴리턴들이 혼숙하는 울트라 모던한 새 풍속도를 보여준다.

산이나 강 같은 자연이 아니라 "인공적인 건물이 만들어내는 형태와 색채가 류탄지에 의해 처음으로 아름다운 풍경으로서 감수되기 시작했다."고 가와모토 사브로川本三郎는 말하고 있다.[74] 그 말은 옳다. 류탄지 유는 도시의 도시로서의 특성을 사랑한 작가다. 그래서 「기관차」의 경우처럼 홈리스가 되어 문명적 폐기물 속에 둥지를 틀고 살아도 거기에서 행복하다. 기관차에서 사는 남녀가 사랑하는 것은 모터보트와 강 너머의 공장지대다. 거기에 공장을 갖는 것이 남자의 꿈이고, 모터보트에서 깃발을 흔드는 것이 여자의 꿈이기 때문에, 자연으로서의 강의 아름다움은 관심 밖으로 밀려나 있다. 문명적, 인공적인 것에 대한 기호는 류탄지를 모더니스트이게 하는 기본항이다.

전술한 바와 같이 가와바타나 요코미쓰는 신감각파기에는 도시를 배경으로 하지 않았다. 신흥예술파기에 와야 그들도 도시소설을 쓰기 시작한다. 하지만 그들의 도시는 류탄지의 도시처럼 신기한 물건으로 가득 차 있는 아라비안나이트 속의 바그다드 같은 곳이 아니다. 그들의 도시에는 우선 인간관계의 갈등이 있다. 똑같은 스미타가와의 보트지만, 류탄지의 「기관차」의 여자는 거기에서 꿈을 보고 있다. 그런데 가와바타의 보트에는 깃발을 흔드는 기수가 되기를 꿈꾸는 소녀 대신에 언니를 버린 자에게 복수를 하기 위해 칼을 갈고 있는 여자가 타고 있다(「아사쿠사 구레나이단」). 요코미쓰의 「기계」도 이와 유사하다. 류탄지의 인

---

74 川本三郎, 「都市への視線」, 『全集』 5, 월보 4, p.3.

물처럼 동거인과 무조건적으로 화합하는 인간관계 대신에, 「기계」의 인물들은 갈등관계에 놓여 있다. 따라서 그들이 살고 있는 공장은 싸움터 같은 인상을 준다.

가와바타와 요코미쓰가 본 인생은 류탄지의 삶처럼 단순하지도 않고, 즐겁지도 않다. 「수정환상」, 「상해」의 경우도 마찬가지이다. 하지만 이 두 작가는 리얼리스트가 아니어서 그들의 도시도 일상적이고 상식적인 장소는 아니다. 아사쿠사 공원이나 「기계」의 공장은 모두 주택가와는 거리가 먼 곳에 있기 때문이다. 그 점에서는 류탄지의 공간과 근사하다. 그렇지만 그들의 작품에는 탑이나, 지붕밑 방, 아파트, 기관차, 창고 등이 주거 공간으로 나오는 일은 없다. 류탄지 쪽이 보통 주거 공간과 훨씬 더 많이 떨어져 있는 것이다.

공간적 배경의 철저한 도시성은 류탄지의 문학을 모더니즘과 연계시키는 세 번째 요인을 형성한다. 도시적인 주거 공간과, 도시가 낳은 새 인종인 모던 걸, 모던 보이들의 풍속을 그린 류탄지의 소설들은 인물과 배경 양면에서 어버니즘과 밀착되어 있다. 그에게서는 신감각파기의 요꼬미쓰처럼 과거나 이국으로 도피하는 시공간은 나타나지 않는다. 그는 어디까지나 자신이 살고 있는 '여기'를 중시했으며, 자신이 숨쉬고 있는 '지금'에 집착했다. 그의 시공간은 '지금-여기'의 리얼리스틱한 패턴에 몰려 있다. 이것이 신감각파기의 요코미쓰와 류탄지를 가르는 변별점이다.

(4) 문장에 나타난 신흥예술파의 특성 – 외래어의 남용

류탄지의 소설들이 어버니즘과 연결되는 또 하나의 요인은 작가와 인물들이 빈번하게 사용하는 외래어에 있다. 그의 소설은 새것 콤플렉스를 지닌 인물들의 이야기이기 때문에 외래어 사용 빈도가 아주 높다.

대화뿐 아니라 지문에서도 외래어가 많이 쓰이고 있어 외래어 범람 현상이 일어난다. 그가 사용하는 외래어의 성격을 규명하기 위하여 「아파트」에 나오는 외래어를 순서대로 나열하면 다음과 같다.

쇼윈도, 글라스, 페이브먼트, 모노마니아, 쿠션, 소셜리스트, 카페, 메스, 베이비 숍, 게르트, 시크라멘, 포플린, 마가렛, 택시, 샹들리에, 케인, 큐브 슈거, 프로인덴, 숍 걸, 펜네임, 아파트먼트, 패트론, 콘크리트, 자스몬드 향수, 피차, 샨, 칵테일 글라스, 버진, 테이블, 베일, 헤드라이트, 쁘띠 부르주아, 에고이즘, 블라인드, 포치, 네루, 도아, 아취, 홀, 빵키, 가스, 터널, 세루, 메린스, 에어쉽, 코코아, 빵, 나이트로젠 램프, 늄 주전자, 니켈 팔목 시계, 라사, 슬리퍼, 디반, 고딕식 건물, 파일럿 램프, 파라핀 종이, 코카인, 아드레날린, 그로키 시니아, 커튼, 마치, 시프레 향수, 베르못트 술병, 립튼 티, 포크……

외래어 사용의 이유를 살펴보면 압도적으로 다수를 차지하는 것이 물건을 따라 들어온 낱말들이다. 이 사실은 당시의 일본에 얼마나 많은 박래품이 들어왔으며, 젊은이들이 얼마나 박래품에 홀려 있었는가를 짐작하게 한다. 류탄지의 인물들의 기호를 알아보기 위해 「아파트」에 나오는 외래어들을 분류해보면 다음과 같다.

옷감과 옷: 네루, 메린스, 세루, 라사, 비로드, 포플린, 파자마, 가운, 베일
소지품 　: 담배 ― 스플랜디드, 에어쉽
　　　　　　향수 ― 자스몬드 향수, 시프레 향수
　　　　　　기타 ― 슬리퍼, 피챠, 케인

기호식품 : 코코아, 립튼 티, 커피, 칵테일, 빵, 아이스크림, 큐브 슈가

화초 : 시크라멘, 마가렛, 그로키시니아

약품 : 코카인, 아드레날린, 아스피린

건축관계 : 쇼윈도, 글라스, 페이브먼트, 베이비 숍, 아파트먼트, 콘크
리트, 블라인드, 포치, 도아, 아치, 홀, 터넬, 고딕 스타일,
뺑키

실내장식 : 샹들리에, 테이블, 디반, 커튼, 쿠션, 나이트로젠 램프

기타 : 모노마니아, 숍 걸, 펜네임, 패트론, 버진, 헤드라이트, 쁘띠
부르주아, 에고이즘, 가스, 늄, 니켈, 파일럿 램프, 파라핀
종이, 마치, 베르못트 술병, 포크, 메스

　　물건을 따라온 외래어가 압도적으로 많으며, 그중에서도 건축이나 건
물, 가구나 실내 장식과 관계된 외래어가 많다. '의생활'보다는 '주생활'
의 새로움에 작가가 매혹되어 있었던 사실을 확인할 수 있다. 다음이
기호식품이다. 주식보다는 기호식품에 관심이 많은 것도 이 작가의 특
징 중의 하나다. 그것은 그의 소설의 비일상성을 입증하기도 하지만,
그의 여인들이 소녀인 것과도 관련이 깊다. 그의 마코들은 군것질을 바
치는 편이다. 「방랑시대」에는 마코가 캠핑을 가서 과자를 혼자 먹다 들
키는 장면이 있으며, 「마코」에서는 입덧을 하는 마코가 과일을 남자에
게 주지 않으려고 프리미엄을 부쳐 판다고 떼쓰는 장면이 나오고, 「아
파트」의 도모에가 부엌에 가서 만드는 음식도 코코아나 오뎅이다. 그
밖에도 화초, 약품, 소지품 등과 대화에서 외래어가 고루 나온다. 생활
의 모든 면에서 박래품에 홀려 있는 모보, 모가[75]들의 새것 콤플렉스의

---

[75] 모던 보이와 모던 걸의 일본식 축약어.

증상이 심각했음을 이로 미루어 알 수 있다.

나라별로는 영어가 압도적으로 많지만, 겔트, 샨, 프로인덴 등의 독일어도 사용되고 있고, 디반, 살롱, 에뻬 같은 불어도 나온다. 류탄지의 남성인물들은 의과 전공이라 불어보다는 영어와 독일어를 많이 쓰는 편인데, 도모에처럼 고등교육을 제대로 받지 못한 것 같은 숍 걸도 독일어 단어를 사용하고 있는 것이 눈에 띈다. 어느 나라, 어느 시대에나 젊은이들은 외래어를 애용하는 경향이 두드러지지만, 류탄지의 인물들은 외래어를 너무 많이 쓰고 있다.

물건이 수입품인 경우에도 중국에서는 외래어를 자국어화하려는 노력을 많이 하는 데 반해 일본에서는 일반적으로 외래어를 그대로 애용하는 경향이 짙다. 그 시발점은 물론 녹명관 문화겠지만, 본격화된 것은 신흥예술파 시기라고 할 수 있다. 동경이 서구식 도시로 정비되고 박래품이 쏟아져 들어오던 소화시대 초기에, 젊은이들은 새 문물에 현혹되어서 외래어를 애용했고 그것을 반영한 것이 류탄지의 문학이다. 그는 일본어로 써도 무방한 것까지 외래어로 쓴다. 위의 외래어 중에서 일본어로 써도 무방한 단어들을 찾아보면 다음과 같다.

　　큐브 슈거-각사탕, 케인杖, 페이브멘트-鋪道, 테이블-탁자, 디반-장의
　　자, 나이트 로젠 램프-질소전등, 게르트-돈, 프로인덴-여자친구, 샨-미인,
　　숍 걸-여점원, 글라스-유리

그 밖에 한자로 써놓고 영어음으로 루비가나를 붙이는 경우도 많다. '扉'-ドア, '把柄'-ノブ, '綠天地'-オアシス, '中繼段'-ランヂィング 등이 그 예이다.

류탄지의 인물들은 이런 외래어 속에서 생활하고 있다. 「아파트」의

남자는 페이브먼트 위를 '스플랜디드'나 '에어쉽' 담배를 물고 걸어가다가, '자스몬드 향수'와 박래품 미약媚藥 같은 것을 파는 도모에네 '베이비숍'에 들르고 나서, '샹들리에'가 있는 카페에서 친구들과 만나 칵테일을 들면서 담소하고, '숍 걸'들이 사는 아파트에 놀러 간다. 그 아파트에는 '포치'와 '홀', '아치' 등이 있다.

그의 친구는 소셜리스트이면서 마약 중독자여서 그로 하여금 형네 병원에서 '코카인'을 훔쳐내게 만들고, 또 다른 친구는 하얀 '케인'을 들고 다닌다. 이 젊은이들은 '콘덴스 밀크', 코코아, 아이스크림, 초콜릿, 캐러멜, 위스키 봉봉 등으로 군것질을 하며, '메린스', '네루', '포플린', '세루' 등으로 만든 옷을 입고, '라사'의 '슬리퍼'를 신으며, '빌로드'의 소파에 앉는다. '마가렛', '시크라멘', '그로키시니야' 등이 그들이 사랑하는 꽃이고, 그들의 지붕밑 방에는 스테인드글라스의 원창이 있다. 의식주의 모든 면에서 이들의 세계에는 전통적인 일본을 연상시키는 것은 거의 없다고 해도 과언이 아니다. 대화의 화두 역시 전통과는 무관하다. 소셜리즘, 플레하노프의 예술관, 트리스탄과 이졸데, 아메바, 코카인 등이 그들의 관심거리이기 때문이다.

후진국들의 근대화는 초기에 자국의 전통에 대한 반발에서 시작하는 것이 공통된 특징이지만, 일본의 전통 거부의 자세는 좀 유별나다고 할 수 있다. 일본에서는 명치시대부터 성곽 때려 부수기 같은 전통 거부의 현상이 나타난다. 녹명관의 댄스파티는 그들의 서구취향의 극단적인 예를 보여준다. 황실의 의상까지 완전히 서구화되어 메이지 신궁 안에 있는 명치시대의 궁중사진을 보면 일본 옷을 입은 사람이 거의 나오지 않을 정도다. 이런 녹명관 취미가 소화 초기의 신흥예술파에 와서 절정에 달하는데, 그 다음에는 전통으로의 복귀 현상이 나타난다. 소화 10년대에 일어난 르네상스는 자국문화로의 귀소성과 맞물려 있다.

신흥예술파기는 외래문화 숭배의 절정기여서, 외래어 남용과 더불어 엑조티시즘, 코즈모폴리터니즘 등이 나타난다. 그것은 류탄지에게만 국한되는 특징은 아니다. 대정시대에 이미 사토 하루오는 「스페인 개의 집」(1917)에서 개의 이름을 프라테, 레오라고 짓는 엑조티시즘의 취향을 나타내며, 호리 다쓰오의 「가루이자와물輕井澤物」[76]도 같은 유형에 속한다. 그런 경향이 증폭되어 신흥예술파의 모던취미로 결실되는 것이다.

신흥예술파에서 류탄지보다 더 많은 외래어를 쓴 작가는 요시유키 에이스케다. 그의 「女백화점」에는 아예 '헬로'하고 전화를 받는 여자가 나온다. 그녀는 "화폐의 호사豪奢로 화장된 스카트에 회전창이 있는 여자"다. 이 소설에는 코르뷔지에 풍의 아파트까지 등장하며, 여주인공 미사코는 프랑스 유행품점의 대리점 주인이다. 그래서 그녀의 인간관계는 국제적으로 넓어지고 일상생활에 영어회화까지 끼어들면서 그녀의 세계에서는 외래어가 주조를 이룬다. 이 소설의 처음 다섯 페이지에 나오는 외래어를 추려보면 다음과 같다.

윙크, 에로티시즘, 스카트, 호텔, 노크, 캄인, 소파, 스타킹, 바르셀로나, 파리, 미모사꽃, 카키색 수표小切手, 핸드백, 그리브스한 웃음, 미이라, 져만 치즈의 썩은 내가 나는 입술, 히비야 파크, 금 보탄, 커튼, 샐러리맨, 타이 프라이터, 택시, 마담, 아스팔트, 중앙 스테이션.

「신종족 노라」의 경우는 더 심하다. 남양대학 문과 청강생인 19세의 혼혈아 노라는 다음과 같은 취미를 가지고 있다.

---

76 가루이자와輕井澤라는 휴양지를 배경으로 쓴 부르주아적 풍속물.

영화배우는 아돌프 만쥬와 크레타 가르보를 좋아함, 댄스는 트레블라, 그 시스템, 워크, 우회전, 좌회전, 프롬나드, 티로, 지나支那, 도박은 싫어하고 포커를 함, 담배는 레드반도를 피우고, 술은 럼주, 특히 네그릿타람에서 만드는 바카데 칵테일을 사랑함.

그녀는 의상 도락을 가지고 있어서 애프터눈 드레스만 30벌, 이브닝 드레스는 그녀의 나이 수만큼 있고, 빨간 뱀가죽 구두에 엷은 레이스 장갑을 끼고 있다. 오늘날의 기준으로 보아도 지나치게 모던한 여인이다. 그래서 류탄지의 경우보다 더 전문적인 외래어가 많다.

그 밖에도 호리 다쓰오, 이토 세이 등이 외래어를 많이 쓰는 편이지만, 류탄지나 요시유키처럼 과용하거나 남용하지는 않았다. 한편 신감각파의 요코미쓰 리이치와 가와바타 야스나리는 외래어를 잘 쓰지 않았으며, 아쿠다가와 류노스케芥川龍之介와 타니자키 준이치로 등도 마찬가지다. 신흥예술파와 그 주변의 사람들만 외래어를 남용했다. 일본의 모더니즘 문화는 서구문화에 심취한 모던 보이들이 주도했기 때문에 모든 분야에서 외래어와 박래품이 범람했고, 그것이 문학적으로 나타난 것이 류탄지 유의 소설이었다. 외래어는 일상어가 아니라는 점에서 추상적이며 비일상적이다.[77] 류탄지의 문학의 메르헨 같은 분위기를 조성하는 데 외래어들도 한 몫을 한다.

신감각파기의 요코미쓰의 언어들은 또 다른 의미에서 추상적이고 비일상적이다. 그는 외래어 대신에 고어를 애용했으며, 구어체 대신에 문어체를 사용했고, 일상적 사건 묘사에 난삽한 한자어들을 동원했다. 그 대표적인 예가 「나폴레온과 쇠버짐」에 나오는 벌레들의 생태에 대한

---

77 Majorie Boulton, *Anatomy of Prose*, Routledge & K. Paul, 1968. 2장 참조.

묘사 부분이다. "이 쇠버짐의 판도版圖는 경육촌徑六寸을 넘어 확장擴張되어 있었다."는 등, "쇠버짐의 군단軍團은, 편모鞭毛를 흔들면서 잡연雜然하게 종횡縱橫으로 겹쳐져서" 등의 한자어들은 외래어와 마찬가지로 비일상적이고 추상적이다. 군이 현실과의 거리를 측정하자면 류탄지의 언어들이 오히려 현실적이다. 일부 계층의 언어이기는 하지만 그 외래어들은 적어도 사람들이 일상생활을 하면서 쓰고 있는 언어인 것이다. 요코미쓰의 언어들은 그렇지 않다. 나가쓰카의 제자인 류탄지는 자기가 살고 있는 현실을 재현하려 한 데 반하여, 요코미쓰는 현실에서 멀리 떨어지기를 원했기 때문이다. 그래서 이 두 사람의 언어는 비일상성, 추상성 등에서만 공통된다.

지금까지 살펴보았듯이 전통적 가치관에서 이탈한 모던 보이와 모던 걸이 주동적 역할을 하고 있다는 것, 현대 도시의 도심이 무대가 되고 첨단적인 주거 공간이 나온다는 것, 외래어 및 외래문화의 추종 세력이 주동인물이라는 것 등은 류탄지 유의 문학이 어버니즘과 밀착되는 세 가지 요인이다.

4) 류탄지 유의 소설에 나타난 반모더니즘적 요소들

(1) 인과율의 답습과 무해결의 종결법

플롯 면에서 류탄지의 소설이 지니는 반모더니즘적 특성은 사건의 인과관계 해체의 징후가 나타나지 않는다는 것이다. 플롯의 인과관계 해체는 모든 나라의 모더니즘 소설이 지니는 가장 두드러진 특징이다. 일본에서도 요코미쓰의 「머리 그리고 배」에서 인과성 해체의 시도가 있었다. 이 소설에서는 아이의 머리띠와 노래, 신사의 배의 크기와 그의 선택, 기차의 고장, 승객들의 선택, 기차의 발차 사이에 인과관계가 전혀 없다. 작자가 의도적으로 인과관계의 파괴를 시도하고 있는 것이다. 이런 시도가 자연발생적인 것이 아니어서 겉돌다가 곧 소멸되기는 하지만, 요코미쓰의 경우에 그것을 시험해보려는 의도는 확실히 있었다. 이 점이 그를 모더니즘과 연결시키는 고리 중의 하나이다.

그런데 이보다 늦게 나온 류탄지에게는 그것이 없다. 그는 요코미쓰가 거부한 명치·대정시대의 자연주의자들의 기법을 답습하고 있기 때문이다. 요코미쓰가 플롯에서 인과성을 배제하고, 괴뢰를 만드는 작업에 열중하고 있었던 것과는 반대로, 류탄지는 자연주의자들처럼 가까운 거리에 있는 인물들을 있는 그대로 재현했고, 플롯 면에서도 인과의 법칙을 답습했다. 류탄지는 기법 면에서 실험정신을 가질 마음 자체가 없었기 때문에 아무 갈등 없이 자연주의자들의 뒤를 따랐던 것이다.

그가 자연주의 소설에서 배운 두 번째 기법은 무해결의 종결법이다. 쓰네가와가 「예술파 선언」에서, 프로문학파는 해결하지만 우리는 무해결을 선택한다고 말했을 때, 그의 뇌리에 자리 잡은 신흥예술파의 작품은 「방랑시대」나 「아파트」였을 가능성이 많다. 이 두 소설은 그 선언 이전에 나온 신흥예술파의 대표적인 작품이기 때문이다. 쓰네가와의 이 말을 류탄지는 그 후의 작품에서도 준수했다. 여성지에 실린 대중소설을 제외하면 그의 사소설들은 대부분이 무해결의 종결법을 채택하고 있다. 종결법뿐 아니라 발단 부위에서도 그는 삶의 한 토막을 수식 없이 제시하는 기법을 사용한다. 「방랑시대」는 길 한복판에서 시작되며, 「아파트」는 '오이!' 하면서 길에서 친구가 어깨를 치는 대목에서 시작한다. 평범한 일상의 아무데서나 소설은 시작되고, 아무데서나 끝난다. 클라이맥스 같은 것은 없다.

(2) 리얼리즘 수법으로의 복귀

앞에서 살펴본 바와 같이 류탄지가 그리는 인물과 배경과 언어들은 어버니즘적 특성을 지니고 있다. 그 자신이 어버니즘에 심취한 작가이기 때문이다. 그는 구미적 도시와 삶의 패턴에 일생동안 탐닉한 모더니스트여서 녹명관 문화의 직계에 속한다. 일본의 근대 작가들은 초기에는 서구문화에 대한 맹목에 가까운 숭배 속에서 작품 활동을 시작하지만, 마지막에는 전통 문화에 대한 심취로 유턴하는 경우가 많다. 「여수」의 작가 요코미쓰가 그 대표적인 예이다. 류탄지는 그렇지 않다. 그는 90세가 넘도록 장수하지만, 마지막까지 과학 문명의 첨단적 양상에 대한 사랑을 잃지 않으며, 생활 면에서도 모던취미에서 벗어나지 않는다. 노년의 그를 보고 "영원히 고담枯淡해지지 않는 인물"이라고 평한 사람이 있을 정도로 그는 일본적 전통과는 먼 곳에 서 있었다. 처녀작인 「방랑시대」에 나타난 모던취미가 일생 동안 지속되었다는 점에서 그는 예외적인 작가라고 할 수 있다.

하지만 대상을 재현하는 방법은 전혀 새롭지 않았다. 그에게는 새로운 표현 기법이나 양식을 모색하려는 아방가르드적 호기심이 거의 없었다. 요코미쓰식 "국어와의 불령을 극한 혈전기"를 그는 거치지 않은 것이다. 또한 그는 신감각파의 실험적 기법을 좋아하지 않았다. 그가 좋아한 표현 기법은 구시대의 잔재인 리얼리즘의 기법이다. 류탄지 유는 시골에 살면서 아버지의 친구인 나가쓰카 다카시長塚節(1879~1915)의 지도로 문학수업을 한다. 나가쓰카는 마사오카 시키正岡子規(1867~1902)에게 사사하면서 그에게서 배운 사생설寫生說을 극한까지 몰고 간 문인이다. 그는 세밀한 관찰을 통하여 대상을 있는 그대로 표현하는 수법으로 시골생활을 재현한 소설을 썼는데, 류탄지는 그에게서 리얼리즘 수법을 전

수 받았다. 그가 나가쓰카뿐 아니라 다른 사생주의자들도 좋아했다는 사실은 다음 인용문들을 통하여 확인할 수 있다.

나는 마사오카 시키를 아주 존경하고 있으며, 아라라기파의 가인歌人인 도야 분메이土屋文明를 단순한 가인으로서가 아니라, 단순한 문학가로서가 아니라, 일본의 모든 예술가 중에서 최고의 지위에 있는 사람으로 높이 평가하고 있다.[78]

나의 문학의 기조를 이루고 있는 것은, 순수한 사생주의의 정신으로, 나는 다만 나가쓰카 다카시가 그 사생의 대상을 전원과 전원생활에 둔 데 비하여, 나는 내 흥미가 당기는 대로, 대부분 도회와 도회생활을 대상으로 해왔다. …… 내가 흥미를 가지고 도회와 도회생활을 그릴 수 있는 것은 내가 시골사람이기 때문이다. 여자에게는 여자의 냄새가 감지되지 않는다. 여자의 매력을 진실로 맛보고, 이해할 수 있는 것은, 남자의 특권인 것과 같다.[79]

류탄지의 이 말들을 통하여 그가 의식적으로 리얼리즘의 수법을 채택하였으며, 그 수법이 그의 적성에 맞는 것이었다는 사실을 확인할 수 있다. 그는 신흥예술파 중에서도 가무라 이소타 같은 리얼리스트를 좋아한 작가다. 나가쓰카가 그에게 전수한 사생주의 정신은 평생 지속된다. 류탄지는 「인생유희파」에서 "나는 그에게서 배운 사생주의의 문장으로 주로 도시생활을 그렸다."고 말하고 있다. "'흙'의 작가 나가쓰카

---

78 久保田正文, 「生殘る條件」, 『全集』 9, 월보 8, p.4에서 재인용.
79 龍膽寺雄, 「M子への遺書」, 『全集』 12, p.29.

다카시와 나의 모더니즘 사이에는 사실은 그런 연관의 기미가 있는 것인데, 문예평론가 중에서 일찍이 그 기미를 알아차린 자가 하나도 없었다."[80]고 큰소리를 치고 있다. 따라서 그는 "우선 리얼리즘의 벽돌을 쌓아 올리지 않으면 안 된다."[81]는 확신에 차 있었다.

당대 문단의 병폐를 비판한 「M코에의 유서」에서 그는 문학이 현실에서 이탈해 있는 현상을 규탄한다. 가장 생활적이어야 할 프로문학도 생활에서 이탈해 있기는 마찬가지라는 것이 그의 의견이다. 그래서 그는 생활적인 이야기를 재현하려고 하였던 것이다. '생활적'이라는 말은 그의 경우에는 평범한 일상생활을 의미하는 것이라기보다는 '실제로 살고 있는 삶'을 가리킨다고 할 수 있다. 왜냐하면 그의 생활적 이야기는 소녀취미로 관통되어 있고 비일상적이어서, 성인남자의 세계가 주축이 되는 노벨보다는 메르헨에 가깝다는 평가를 받고 있기 때문이다.

하지만 상식적이지는 않더라도 일단 자신의 생활적인 이야기를 재현한 것만은 분명하고, 그 점을 류탄지는 자기 문학의 장점으로 간주하고 있다. 그것은 현실의 재현을 지향하는 리얼리스트로서의 자긍심이다. 따라서 그는 실험적 기법을 혐오한다. 그가 선호하는 문장의 유형을 확인하기 위하여 근대예술파의 다른 작가의 문장에 대한 그의 의견을 점검해 볼 필요가 있다.

① 잘 모르게 쓰는 표현유희 같은 것은, 이미 악취미보다는 악덕에 속하는 것이다. …… 유클리드 기하학의 공식에 즉하여, 표현은 단순하고

---

80 久保田正文, 앞의 글, 월보 8, p.4.
81 小玉武, 「作品 解說」, 『全集』 12, 昭和書院, 1986 참조. 류탄지 유가 나가쓰카 다카시長塚節의 영향을 지속적으로 받았다는 사실은, 80년대에 인터뷰한 이 글을 통해서도 알 수 있다.

직선이어야 한다. 모르는 것의 재미를 설득하는 요코미쓰 리이치의 의미는 안다. …… 하지만 표현 정신의 기조라는 것은 절대로 그런 곳에 있는 것은 아니다. …… 모른다는 것은, 인간 생활의 행복의 부문이 아니다. 이것도 만일에 행복이라면, 인간 문화를 오늘까지 건설한 일체의 과학은, 부정되지 않으면 안 된다. …… 요코미쓰 리이치의 문학은, 그의 면혼面魂이라기보다는 포즈 위에, 풀과 종이로 만들어 굳힌 메마른 가면이다.[82]

② 근대주의 문학도 요시유키 에이스케에서 막다른 골목에 다다랐다. 되돌아가지 않으면 안된다. 클래식 문학으로 되돌아오는 거다. 그 이상 나아가게 되면 독자들이 떠나간다.[83]

③ 주지적 경향이 너무 강렬하기 때문에, 감정이나 정서가 어디론가 가버리는 경향이 있다.[84]

①은 요코미쓰에 대한 비판이다. 이 말을 류탄지는 "문학이 본질을 잃고 허공에 헤매다가 황당무계하게 변천한" 예로써 제시하고 있다. 그는 표현의 목적이 과학과 마찬가지로 "단순하고 직선적이어야 한다."고 천명한다. 쉽고 명확하게 써야 한다는 것이다. 명료한 문장을 쓰기 위해 법조문을 외운 스탕달과 지향점이 같으며, 과학주의를 문학에서 실현하려 한 졸라와도 친족성을 지니는 발언이다. 그런 안목으로 보면, 리얼리즘을 탈피하기 위한 요코미쓰의 신감각파적 실험들은 모두 무의

---

82 久保田正文, 같은 글, 『全集』 9, 월보 8, p.4.
83 龍膽寺雄, 앞의 글, pp.33-34.
84 神谷忠孝, 「龍膽寺雄とエイスケ」, 『全集』 7, 월보 6, p.5.

미한 표현유희에 지나지 않는 것으로 보일 수밖에 없다. 그래서 그는 과감하게 그것을 악덕이라고 단정짓고, 요코미쓰의 문학을 가면으로 격하해버리는 것이다.

리얼리즘의 벽돌쌓기식 표현을 기반으로 하는 류탄지의 문학관은 반리얼리즘을 기조로 하는 신감각파의 모더니즘과는 정면에서 대척된다. 그는 프롤레타리아와의 싸움보다 더 열심히 리얼리즘 타도에 몰입했다. 신감각파의 요코미쓰 리이치는 리얼리즘의 당대성의 원리를 파기하기 위해서 시간적 배경을 상고시대로 설정하는 모험을 감행했고, 공간적 배경을 외국으로 설정했으며, 언문일치를 부정하고 "쓰는 것처럼 쓰는 문학"을 주장하는 아나크로닉한 실험까지 시도했으며, 줄거리의 인과성을 해체하는 실험도 한다. 리얼리즘에서 멀어지려는 필사적인 노력은 그의 신감각파기의 특징이며, 그것이 그의 문학의 새로움의 원천이었다. 하지만 그 소설들은 현실과의 거리가 너무 멀어져서 파탄을 일으켰다. 리얼리즘을 떠나면 노벨은 존속할 수 없기 때문에 요코미쓰도 결국 방향전환을 하게 된다. 그러나 그때는 이미 신감각파 시대는 끝난 후였다.

요코미쓰뿐 아니라 가와바타에 대해서도 류탄지는 유사한 평가를 하고 있다. "순수문학을, 생활의 유희라고 가정 한다면" 가와바타는 그 유희를 라이프워크로 삼은 문인이라는 것이 류탄지가 본 가와바타관이다.[85] 신감각파의 대표적 두 문인과 류탄지는 이와 같이 문학의 본질에 대한 견해차로 인해 갈등이 심화되는데, 결국 류탄지는 가와바타를 "나의 작가적 결함이나 작품의 결함만을 보다 많이 쳐들어서, 분명한 의식을 가지고, 콕콕 바늘로 찌르는 악마"[86]라고까지 혹평한다. 이런 극단적

---

85 龍膽寺雄, 앞의 글, p.34
86 神谷忠孝, 앞의 글, 월보 6, p.4.

인 발언으로 그는 한동안 문단을 떠날 수밖에 없었다. 류탄지 유는 그가 "가와바타의 가마쿠라 막부鎌倉幕府"라고 부른 문단 파벌에 돌을 던짐으로써 많은 불이익을 받게 된다. 그런데도 그들이 같은 근대예술파에 속한다는 것은 일본 모더니즘(광의의)의 맹점을 잘 보여주는 것이다. 더구나 가와바타는 신흥예술파의 멤버이기도 한 만큼, 경향이 다른 문인들이 모인 신흥예술파의 취약점이 노출되고 있다.

②는 류탄지가 요시유키 에이스케의 문제점을 지적한 것이다. 그 비판은 모든 실험적 문학에 대한 비판이라는 점에서 요코미쓰의 경우와 유사성을 지닌다. 또한 「에이스케를 평한다」를 보면 류탄지는 주지주의문학도 좋아하지 않았다는 것을 확인할 수 있다. 류탄지 유는 근본적으로 표현 기법의 실험을 거부하고 주지주의도 거부하는 기묘한 모더니스트다. 그에게는 모더니즘이 왜 새로운 형식을 모색하려 했는가라는 문제에 대한 이해 자체가 없다. 그래서 무심하게 모더니즘이 클래식 문학의 기법으로 되돌아와야 존속할 수 있다고 역설하는 것이다. 그 말은 현실적으로 맞아 들어가서 요코미쓰는 방향전환을 하게 되고, 요시유키는 독자들에게 버림을 받았다. 결국 류탄지의 「방랑시대」만이 아직도 살아남아 잔명을 유지하고 있는 셈이다. 쿠보타 마사후미는 「방랑시대」만이 살아남은 원인을 리얼리즘적 기법의 답습에서 찾고 있다. 하지만 삶의 의미가 변화되고, 그 바뀐 양상을 재현하기 위해 새로운 형식을 탐색하는 것이 아방가르드 정신이라면, 그것을 몰각하고 클래식한 형식만 답습하는 모더니즘은 이미 모더니즘이라 할 수 없다. 그래서 그의 모더니즘은 제 구실을 다하지 못하고 마는 것이다.

류탄지의 리얼리즘론은 요코미쓰의 기법상의 실험을 모두 무위로 돌아가게 만드는 방향으로 진행되었다. 그는 시계의 바늘을 거꾸로 돌려 아예 1900년대의 子規의 사생문의 세계로 퇴행한 것이다. 류탄지는 요코미쓰가 버린 것을 모두 원상 복귀했다. 당대의 현실을 재현함으로써 '지금-여기'의 크로노토포스를 복원했고, 언문일치로 귀환하였으며 플롯의 인과성도 중시했다. 순행적 플롯을 애용하면서 당대의 언어로 당대를 재현하는 반영의 문학을 만들어낸 것이다. 그의 새로움은 사생의 대상 자체가 지니는 제재의 새로움에 국한되어 있었기 때문에, 그가 재현해낸 새 세계 자체가 신기함을 상실하자 그의 문학도 신선도를 잃어갔다. 그리고 그와 더불어 신흥예술파도 소멸된다.

(3) 1인칭 사소설로의 복귀

그 다음의 문제는 시점이다. 구보다 마사후미의 지적대로 류탄지의 문학에는 "사소설 체질이 내재해 있다."[87] 그는 대부분의 작품에서 같은 유형의 모던 걸을 히로인으로 하고 있는데, 그 원형은 그의 아내 마사코다. 그의 여인들 중에서도 마코가 그녀와 가장 많이 닮아서 많은 비평가들은 그의 전기적 이야기를 쓸 때 마사코를 아예 '마코 부인'이라고 부르고 있다. '마코물' 중에서도 가장 직접적으로 작가가 노출되는 것이 「마코」와 「M코에의 유서」이다. 이 소설들은 사소설로서 작자가 자신의 이야기를 실명으로 쓴 것이다.

사소설을 쓴 것은 별로 문제가 되지 않는다. 20세기는 내면 탐색이 소설의 주조가 되는 시대이고 일본의 근대소설은 사소설이 주류가 되고 있어서, 요코미쓰처럼 사소설을 의식적으로 기피하던 작가도 사소설을 더러 쓰고 있기 때문이다. 문제는 시점이다. 일본에서는 자연주의 시대에도 사소설이 주도권을 쥐고 있었다. 하지만 시점은 외부적 시점을 썼

---

87 龍膽寺雄, 앞의 글 참조.

다. 3인칭으로 씀으로써 객관성을 확보하려고 노력한 것이다. 그런데 백화파는 그렇지 않다. 그들의 사소설은 내놓고 1인칭을 썼다. 백화파 작가들은 내부적 시점을 쓰면서 인간의 내면성 탐색에서 직접성을 확보하려 했다. 그러니까 일본의 자연주의와 신낭만주의는 장르에서가 아니라 시점에서 차이가 나타난다.

요코미쓰 리이치는 전 시대 문학의 장르와 시점 두 가지에 모두 반기를 든 작가다. 우선 장르 면에서 그는 사소설 탈피를 기도했다. 사소설에서 벗어나기 위해서 그는 '괴뢰 만들기'라는 용어를 만들어냈다. 그것은 허구성 중시 경향을 의미한다. 그는 비자전적인 허구적 소설을 쓰기 위해서 멀리 상고시대의 『위지왜인전』까지 가서 인물을 찾아내며(「해무리」), 먼 이국에서 나폴레옹을 불러오기도 하고(「나폴레온과 쇠버짐」), 주인공 없는 소설(「조용한 나열」)을 쓰기도 하며, 심지어 파리의 시점을 빌리는(「파리」) 무리까지 감행했다. 그는 사소설에 반기를 들고 처음 몇 년 동안은 되도록 사소설을 쓰지 않았다.

시점의 경우도 마찬가지다. 대정시대의 1인칭 사소설의 시점을 기피하기 위해 그는 '의안'과 '복안'이라는 용어를 창안해냈고, '병처 이야기'로 분류되는 자전적 소설을 쓰는 경우에도, 센티멘털리즘을 지양하고 객성을 확보하기 위해 3인칭 시점을 채택했다. 그는 또 시점의 다양화를 시도하여, '4인칭'이라는 사제私製 시점까지 만들어냈다.[88] 그의 이런 문학용어는 보편성을 획득하기에는 미흡한 측면을 지니고 있지만, 그가 새 기법을 모색하기 위해서 얼마나 혼신의 노력을 기울였는가를 입증하는 자료로서는 가치가 있다. 명치·대정문학을 장르와 시점 양면에서 거부하는 이런 행위는 전통에서 벗어나 새 기법을 창안하려는 그의 실

---

88 久保田正文, 「生殘る條件」, 『全集』 9, 월보 8, pp.3-4.

험정신에서 생겨났다는 점에서 의의를 지닌다.

류탄지에게는 전통적 소설작법에서 벗어나려는 요코미쓰적인 몸부림 같은 것은 없다. 그는 나가쓰카의 사생문을 쉽사리 받아들였듯이 대정기 사소설의 1인칭 시점도 이의 없이 받아들인다. 대정기의 사소설과 그의 사소설 사이에 다른 점이 있다면, 대정기의 사소설은 1인칭 대명사가 '와타쿠시私'인데, 류탄지의 경우는 '보쿠僕'나 '오레俺'라고 쓰는 것 뿐이다. 따라서 그의 '마코물'은 시점 면에서 요코미쓰가 결사적으로 탈피하려 했던 대정기의 사소설의 세계로 귀환한 것이다. 요시유키의 문체를 비판하면서 '클래식에의 귀환'을 역설한 류탄지는 명치문학의 사생문과 대정문학의 1인칭 사소설로 귀환함으로써 클래식에의 귀환도 성취했고, 쿠보타 마사후미의 말대로 그것이 그가 대중적인 인기를 지속시킬 수 있었던 비결이 된 것이다. 류탄지는 기법적 실험에는 관심이 없는 문인이다.

그러면 그의 새로움의 정체는 무엇인가 하는 문제가 남는다. 그것은 전술한 바와 같이 소재와 주제의 새로움으로 한정된다. 그는 모던한 취향을 가진 모던 보이었고, 현대문명의 첨단적인 면에 깊이 몰입한 과학자였기 때문에 그때까지는 없던 모던한 인물들을 창조해내는 일이 가능했다. 하지만 그것은 자신의 생활권 안에 있는 모델들을 재현한 것일 뿐 실험적 의도와는 무관하다. 그의 경우 실험적인 것은 그의 삶 그 자체이지 작품이 아니다.

물론 그의 문체는 자연주의자들의 문체처럼 지루하고 답답하지 않으며, 그의 주제는 자연주의들의 그것처럼 무겁고 암울하지 않다. 그의 삶의 방식이 그들과 달랐기 때문이다. 그는 항상 '아 라 모드à la mode'의 스피디한 삶을 살고 있었기 때문에, 그의 소설은 템포가 빠르고 대화가 참신하며 서두가 파격적이다.

하지만 서두의 파격성은 인물의 파격성이 반영된 것에 불과하고, 문체의 경쾌함은 인물의 젊음과 낙천성에서 유래한다. 그의 말대로 그것들은 그의 생활의 반영에 지나지 않는 것이다. 류탄지 유는 새로운 기법을 위해 진지하게 노력할 마음 자체가 없는 문인이다. 진지한 것은 그의 난센스 체질에 맞지 않는다. 난센스문학은 진지성에 대한 반발에서 생겨나기 때문이다. 그래서 거기에는 깊이도 넓이도 없다. 재즈음악 같이 가볍고 경쾌한 모던 보이의 세계가 중간소설적인 청춘소설의 계보를 창출한 것뿐이다. 이시하라 요지로石原洋次郎의 「젊은 사람若い人」은 「방랑시대」의 직계라고 할 수 있다.

　　그가 문학을 필생의 과업으로 선택한 문인이 아니라는 사실도 이 문제와 관련이 깊다고 할 수 있다. 그에게 있어 문학은 많은 인생유희 중의 하나에 불과했다. 하고 싶으면 하고, 하기 싫으면 그만둘 수 있는 취미생활 같은 것이었다고 해도 과언이 아니다. 그는 글 쓰는 일보다는 선인장을 기르는 데 더 열중해 있었다. 그래서 문학에 대한 조예도 깊지 않다. 그는 문학에 대한 문외한이다.

　　그의 문학의 매력은 그 아마추어적 시각에 있다. 경음악 같은 가벼운 리듬에서 오는 상쾌한 미감과, 울트라 모던한 비문학적 인물들의 파격적인 삶이 안겨주는 기분 전환이 그의 문학적 인력의 근간이 된다. 도덕에 대한 무관심, 감각주의, 정직성, 자기중심주의, 인성에 대한 관대함 등이 그의 미덕이고, 독자들은 새로운 발포성 음료를 마시듯 그것을 즐긴 것이다.

　　류탄지 유의 문학 교사는, 이바라기茨城의 시골에서 찾아낸, 시키의 사생문에 홀려 있던 나가쓰카 한 사람뿐이었다. 그는 평생을 두고 그의 교훈을 기조로 하여 사생문적인 문체로 현실을 재현한다. 그것은 기법면에서 명치문학을 답습하는 행위였다. 그의 소설이 도시 젊은이들의 생태를 그리는 풍속화의 범위를 벗어나지 못한 이유가 거기에 있다. 자기중심적인 모던 보이였던 류탄지는 재미삼아 자신의 이야기를 쓴 소설이 세상의 이목을 끌어 문단에 나오자 계속해서 1인칭으로 자전적 청춘소설을 쓴다. 그것은 그가 대정문학을 답습한 측면이다. 명치·대정문학의 묘사법과 시점을 답습했을 뿐 새로운 기법을 창안해 내지 못한 류탄지는, 근대화의 진행에 따라 소재의 새로움마저 상실되자 일단 문학에서 손을 뗀다.

그에게는 타니자키 준이치로 같은 농밀한 에로티시즘의 미학도 없고, 가와바타 야스나리 같은 투명한 서정성도 없으며, 요코미쓰 리이치 같은 치열한 실험정신도 없고, 가무라 이소타 식의 열등의식과 고뇌도 없다. 그에게 있는 것은 그가 「난센스문학론」에서 주장한 특징들뿐이다. 그것은 어떤 구속도 받지 않는 무정부적 자유와 물질도 명예도 대수롭지 않게 여기는 허무적 초탈과, 어떤 어려움 앞에서도 얼굴을 찡그릴 줄 모르는 낙천성이다. 그것이 류탄지 유의 새로움이며, 독자성의 전부이다.

5) 류탄지 유와 요코미쓰 리이치의 공통점과 차이점

(1) 공통점

이 두 작가는 일본 모더니즘의 두 파인 신감각파와 신흥예술파를 대표하고 있다. 따라서 그들의 문학적 특성을 비교하는 일은 일본 모더니즘의 특성을 규명하는 데 도움이 되고, 나아가서는 신감각파와 신흥예술파의 성격을 밝히는 데도 필요한 작업이다.

이 두 작가의 첫 번째 공통점은 반프로문학적 자세에 있다. 프로문학의 공리주의적 문학관에 대한 혐오는, 이들뿐 아니라 이토 세이까지 포함한 광의의 모더니스트들(근대예술파 작가들) 전체의 공통 특성이다. 프로문학의 편내용주의, 당성 중심의 몰개성한 인간관, 공리주의적 예술관, 고발에 치우치는 페시미스틱한 현실관과 독선 등을 신감각파와 신흥예술파, 신심리주의파는 모두 싫어했다. 신감각파와 신흥예술파의 유파 결성 동기가 프로문학과 대적하는 데 있었기 때문에, 요코미쓰는 일선에 서서 마르크시즘과 싸웠고[89] 신흥예술파는 프로문학을 자신들의 아름다운 꽃밭을 짓밟는 무뢰한 정도로 격하시켰다.[90] 이 두 그룹을 잇는 가장 강력한 고리는 반공산주의였고 그런 경향은 이 두 작가에 의해 대표된다.

두 번째 공통점은 두 유파가 광의의 모더니즘에 포함된다는 점에 있다. 그것은 반전통적 자세를 의미한다. 일본의 모더니즘 소설의 적자는 신감각파이고 신감각파는 요코미쓰 한 사람이 대표한다. 가와바타도 조직이나 이론 면에서는 신감각파를 대표하지만, 그에게는 신감각파적인 작품이 거의 없다. 그는 신감각파기에 「회장會葬의 명인名人」(1923), 「17세의 일기」(1925), 「이즈의 무희」(1926) 같은 실험적이지 않은 소설들을 쓴다. 류탄지도 가와바타처럼 요코미쓰적인 실험적 기법은 쓰지 않았다. 하지만 그는 삶을 향한 자세 자체가 모더니티 지향적이라는 점에서 가와바타와 구별된다.

요코미쓰는 반리얼리즘, 반사소설의 자세를 견지했다. 그런데 류탄지는 리얼리즘의 수법을 답습했고, 사소설도 썼다. 하지만 상식과 일상의

---

89 橫光利一, 「新感覺派とコンミニズム文學」, 『橫光利一全集』 11, pp.253-258.
90 橫光利一, 「唯物論的文學論について」, 『橫光利一全集』 11, pp.261-268.

세계에서 일탈했다는 것은 요코미쓰와 류탄지의 공통점이다. 요코미쓰의 인물들은 '지금-여기'의 시공간을 벗어나 있어 일상성을 지닐 수 없었고, 류탄지의 인물들은 소꿉장난 같은 세계에 머물고 있어 역시 비일상적이다. 그들은 시마자키 토손의 인물들과는 너무나 거리가 멀고, 그들의 생활무대 역시 토손적 세계와는 동떨어져 있다.

류탄지의 인물들은 인습에서 완전히 자유로울 뿐 아니라 생활의 때가 묻어 있지 않은 자유인들이다. 따라서「파계破戒」의 우시마쓰처럼 출생에 얽힌 열등의식으로 갈등을 겪는 일도 없고, 「이불蒲團」의 남자처럼 윤리에 구애를 받지도 않으며, 「가家」의 남자처럼 가족주의에 얽매여 고통스러운 나날을 보내지도 않는다. 그들에게는 전통적 윤리의식이 없기 때문에 토손의 인물들과는 공통성이 거의 없다.

그렇다고 요코미쓰의 인물들과 유사성을 나타내는 것도 아니다. 그들은 요코미쓰의 인물들보다 훨씬 더 자유롭고 감각주의적이며 도시적이고 모던하다. 또한 요코미쓰의 신감각기의 소설에는 작품마다 다른 인물형이 나타나지만 류탄지는 그렇지 않다. 요코미쓰의 '괴뢰 만들기'가 다양한 인물형을 양산한 데 비하면 류탄지의 인물들은 작가를 닮은 동일형의 반복이다. 류탄지는 요코미쓰보다 더 자전소설에 적합한 체질을 가지고 있었다고 할 수 있다.

류탄지는 반전통적인 면에서는 요코미쓰와 유사성을 나타낸다. 그러나 항목은 서로 다르다. 요코미쓰는 소설의 형식면에서 반전통성을 나타낸다. 리얼리즘과 사소설의 거부가 그것이다. 류탄지는 그렇지 않다. 그는 리얼리즘의 수법을 예찬하고 1인칭 사소설을 쓰고 있지만, 살아가는 방법이 전통과 무관하다. 전통에 맞서는 항목은 서로 다르지만 전통에서 일탈하려는 자세는 같은 것이다.

일상성과의 관계에서도 같은 현상이 나타난다. 일상성을 벗어나는 항목은 서로 다르지만, 비일상적 세계를 그리는 점에서는 일치되는 것이다. 도시에 대한 태도에서도 같은 모습이 나타난다. 요코미쓰도 신감각기가 지나면 도시풍속소설을 쓰게 된다. 그의 세계에도 과학적 발명을 거듭하는 인물이 있고, 주식 투자를 하는 인물도 있으며, 코르뷔지에 풍의 주택도 출현하여 류탄지의 모던취미와 유사한 부분이 있고, 난센스 문학적인 작풍도 더러 나타난다. 하지만 그는 청춘소설은 쓰지 않았다. 반전통성, 비일상성, 배경의 도시성, 난센스성 등이 이질적인 두 문인을 엮는 모더니즘의 항목들이다.

세 번째는 낙관주의이다. 인간의 해체를 문제 삼은 신감각파는 상실의 시대의 문인답게 비관적 포즈는 취하고 있지만, 실질적으로는 낙관적인 톤을 지니고 있다. 그들의 옵티미즘의 첫 번째 원천은 폐허가 된 땅에서 탄생하는 새 문화 창조에 가담하는 자들의 신명이다. 신감각파는 '진재문학震災文學'이기 때문에 새로운 도시문명의 태동과 궤를 같이 하는 것이다.

두 번째 원인은 전 시대에 대한 반발에 있다. 대정기는 세기말 풍조가 휩쓸던 시기여서 슬픔과 질병의 미학이 주도권을 가지고 있었다. 거기에 대한 반발이 모더니즘기의 낙천주의로 나타난 것이다. 요코미쓰의 '병처 이야기'의 제목만 보아도 그들의 낙천적 분위기를 가늠할 수 있다. 아내가 폐병으로 죽어가는 과정을 그린 사소설의 제목이 「봄은 마차를 타고」와 「화원의 사상」이다. 요코미쓰뿐 아니다. 가다오카는 인류 멸망설을 아주 즐겁게 선언하고 있는데, 그 이유는 낡은 공동체에서 벗어나 새 문학을 창조하는 기쁨에 있다고 이소가이 히데오磯具英夫는 말하고 있다.[91]

---

91 「新感覺派の登場」, 紅野敏郎 外篇, 『大正の文學』, 有斐閣, 1985, p.260 참조.

신감각파의 옵티미즘은 그대로 신흥예술파에 계승된다. 하지만 그것은 새로운 문화를 창조하는 자들의 신명이 아니라 그것을 누리는 자들의 신명이다. 카페, 재즈, 바캉스, 란데부 등을 즐기면서 신흥예술파의 모던 보이들은 자유로운 삶을 마음껏 누리고 있다. 그것은 처음으로 인습을 벗어 던진 세대의 자유이며, 삶을 즐기는 것을 죄악시하지 않는 이들의 자유이다. 그들의 옵티미즘은 불행도 밝게 채색하는 힘을 지니고 있다는 점에서 신감각파보다 한 발 앞서 있다. 요코미쓰와 류탄지는 폐병에 걸린 여자를 돌본다는 점에서 공통되지만, 류탄지의 '병처 이야기'는 요코미쓰의 그것보다 더 그늘이 없고 화창하다.

요코미쓰는 그 병으로 아내를 잃지만, 류탄지의 시대에는 이미 폐병은 난치의 병이 아니라는 점도 물론 원인 중의 하나겠지만, 그런 여건을 넘어서서 류탄지에게는 매사를 옵티미즘의 앵글에서 보는 체질적인 낙관주의가 내재하고 있다. 시대적 여건에 대한 반응도 마찬가지이다. 경제 공황과 지나 사변, 군국주의의 확대 등 자유인의 삶을 위협하는 재난들이 첩첩이 쌓여 있었던 시대였는데도 그는 여전히 웃으면서 살고 있기 때문이다. 항상 새것을 창조하고 새것을 누리는 기쁨이 엄청나서 류탄지는 그 기쁨을 종생토록 누린다. 그의 옵티미즘을 체질적인 것으로 간주하는 이유가 거기에 있다.

네 번째 공통점은 순행적 플롯을 애용하는 데 있다. 요코미쓰는 플롯에서 인과관계의 해체를 시도한 일이 있고 류탄지는 그렇지 않았지만, 순행적 플롯을 애용하는 점에서는 두 작가가 일치한다.

다섯 번째는 물질주의적 인간관이다. 요코미쓰와 류탄지는 모두 감각주의자들이다. 그들은 감정보다는 감각에 충실한 점에서 전 시대의 문인들과 구별된다. 요코미쓰가 공산주의자들에게 "당신네만 물질주의자인 게 아니라 신감각파도 물질주의를 선호한다."[92]고 한 말이 그것을 입증한다. 류탄지의 경우도 물질주의적 인간관은 동일하다. 그의 인물들은 도덕이나 윤리 같은 것과 무관하게 산다. 종교도 마찬가지다. 그의 초기소설에는 에로티시즘이나 과소비의 경향이 잘 나타나지 않는데도, 그가 도시인의 소비와 에로티시즘을 그리는 작가로 평가되는 것은, 관능적 욕구를 중심으로 하여 생활하는 인물들을 그린 데 원인이 있는 것 같다. 요코미쓰의 기법 상의 감각주의가 류탄지에게서는 관능적 욕구에 순응하는 쾌락주의적 생활철학으로 나타나고 있을 뿐이다.

여섯 번째 공통점은 유파가 형성되기 이전에 데뷔했다는 사실이다. 그들은 모두 작품이 유파보다 선행되었고, 그 작풍이 새 유파 형성의 지향점을 제시했다. 신감각파 이전에 요코미쓰는「해무리」,「파리」등의 실험적인 소설을 발표했고, 류탄지도 13인 구락부가 생기기 이전에「방랑시대」와「아파트」를 발표했다. 그 작품들이 새 유파의 지표가 되었기 때문에 그들은 그 유파의 대표적 작가가 된 것이다.

(2) 차이점

이런 공통성이 있는데도 불구하고 류탄지는 요코미쓰와 사이가 좋지 않았다. 문학에서의 지향점이 서로 다르기 때문이다. 류탄지와 요코미쓰가 대척되는 첫 항목은 리얼리즘이다. 요코미쓰는 리얼리즘을 정면에서 부정하고 있는데, 류탄지는 "나의 문학의 기조를 이루는 것은 순수한 사생주의 정신"이라고 단언한다. 리얼리즘적 수법으로 그려놓은 도시의 풍속도가 그의 본령이어서 사람들은 그것을 '도시풍속 묘사의 모

---

92 「신감각파와 콤뮤니즘 문학新感覺派とコンミニズム文學」에서 요코미쓰는 자신이 '유물적인 것'을 좋아한다는 것을 밝히고 있다. 하지만 그는 유물론은 좋아하지 않았다.

더니즘'이라 부른다. 리얼리즘에서 벗어나기 위해서 결사적인 노력을 한 신감각파기의 요코미쓰가 그를 좋아할 수 없는 것은 당연한 일이다.

이런 대척 관계는 시공간의 패턴에서부터 나타난다. 상고시대로 거슬러 올라가서 '고대-외국'의 크로노토포스를 애호한 요코미쓰와는 달리 류탄지는 리얼리즘의 정석대로 '지금-여기'의 크로노토포스에 정착한다. 신흥예술파기의 그의 소설의 무대는 자신의 당대인 1920년대 후반과 30년대 초반의 동경, 혹은 그 주변 도시로 한정된다. 그것은 작가 자신의 활동 무대와 동일하다. 따라서 그의 시공간은 작가의 삶과 궤를 같이 한다.

세 번째 변별 특징은 인물형에 있다. 요코미쓰는 고대의 여왕(「해무리」), 집단(「조용한 나열」), 곤충이나 동물(「파리」, 「신마」), 외국인(「나폴레온과 쇠버짐」) 등의 다양한 캐릭터를 창출했다. 그는 자신이 보증할 수 없는 낯선 인물들을 선택함으로써 사소설의 늪지대에서 벗어나려 한 것이다. 그 결과로 인물들은 추상화되었고, 이것은 그의 초기 소설들을 파탄에 몰고 가는 요인이 된다.

류탄지는 그런 모험을 하지 않는다. 진실을 사실로 오해하여 작가가 직접 검증할 수 없는 소설은 쓰지 않는 자연주의자들처럼, 류탄지는 자기가 잘 아는 인물들만 그리고 있다. 그래서 류탄지의 소설에서는 동일형의 인물들이 반복적으로 나타난다. 작가가 자전적 소설을 쓰고 있기 때문이다. 하지만 비자전적 소설에서도 인물형은 마코물과 유사성을 나타낸다. 작가가 자신이 모르는 유형은 다루려 하지 않았기 때문이다. 류탄지의 인물들은 실재한 인물이 모델이 되었다는 점에서 요코미쓰의 초기 소설의 인물들보다는 현실적이다.

플롯의 경우에도 차이성은 나타난다. 요코미쓰는 플롯의 인과성을 해체하려는 의도를 「머리 그리고 배」에서 노출시키고 있는데, 류탄지는 그런 실험에 무관심하다. 그의 문학과 토손의 문학과의 격차는 인물형과 배경에 국한된다고 해도 과언이 아닐 만큼 류탄지에게는 명치문학의 리얼리즘적인 기법이 그대로 남아 있어. 전통 문학에서 벗어나기 위해 몸부림치는 요코미쓰의 실험 정신을 돋보이게 만든다. 비약이나 복선이 없이 사건이 순행적 플롯에 따라 순탄하게 진행되는 것, 자연주의자들처럼 무해결의 종결법을 선호하는 것도 신흥예술파의 특성인 만큼 인물, 배경, 플롯이 모두 리얼리즘의 테두리를 벗어나지 않는다.

이들을 구분 짓는 또 하나의 차이점은 사소설과의 관계에서 나타난다. 요코미쓰는 대정기의 사소설에서 벗어나기 위해 안간힘을 쓴 작가다. 그는 '괴뢰 만들기'라는 말로써 사소설의 '배허구'의 관습에 도전하며, 백화파의 1인칭 시점에서 벗어나기 위해 '의안'이라 불리는 객관적 시점을 확보하려 노력했고, '복안', '4인칭' 등의 용어까지 고안해낸다. 그런데 류탄지는 서슴지 않고 1인칭 사소설을 쓰고 있다. 작가와 같은 이니셜을 가진 주인공의 이야기를 1인칭으로 써버리는 것이다.

그 다음 쟁점은 문체이다. 이 경우에도 요코미쓰는 언문일치를 부정하며 '쓰는 것처럼 쓰는' 비일상적 언어 사용법을 고집한다. 그것은 고문체나 직역체에 가까운 문체여서 그의 초기 소설을 노벨의 범주에서 이탈시키는 요인이 된다. 작가 자신도 그런 문체가 시대 상황에 맞지 않는다는 것을 감지하고 곧 문체를 바꾼다. 「해무리」계의 소설에 나타나는 수사학적 특징은 이 밖에도 짧은 문장과 반복법, 의인법의 활용, 전문용어의 과용, 시각적 이미지의 부각, 감각적 비유어 등으로 다양하게 나타난다.

류탄지는 문체 면에서도 다양성보다는 단일성이 눈에 띈다. 그의 수사학적 특징은 우선 외래어의 과잉 사용과 밀착되어 있다는 점에서 요코미쓰의 상고취미와 대척된다. 요코미쓰에게서는 난삽한 한자어의 과용 현상이 나타나고 있기 때문이다. 류탄지는 반영론을 주장하는 리얼리스트니까 그의 외래어의 과용은 당대의 일본 사회의 외래문화에 대한 열광을 반영한다고도 볼 수 있고, 그 자신의 서구취향의 발로라고 볼 수도 있다. 요코미쓰의 알카익한 문체와 류탄지의 외래어 투성이의 문체만큼 이들의 거리를 실감하게 하는 것도 없을 것이다. 류탄지가 모더니스트로 간주되는 요인이 문장에 있다고 해도 과언이 아닐 만큼 그의 문장에는 외래어가 많다.

그 밖에 류탄지의 문장의 특징으로 논의할 수 있는 것은 간결성 지향이다. 그 점은 요코미쓰의 초기 소설들과 공통된다. 요코미쓰도 심플 센텐스로 소설을 쓰기 시작했기 때문이다. 하지만 그의 간결한 표현은 고대어나 직역체의 문장으로 되어 있고, 비약이 많아서 난해성을 수반한다. 이에 반해 류탄지는 간결성과 명료성을 결부시킨다. 그가 원하는 문장은 우선 쉬워야 하고 분명해야 한다. 그래서 그의 안목으로 보면 요코미쓰는 알지 못하는 것을 쓰는 작가로 간주되는 것이다. 그가 요코미쓰의 실험정신을 존경하지 않는 이유가 거기에 있다. 청년들의 은어로 청년 문화를 쉽고 간결하게 재현한 것이 류탄지의 문장의 매력이다. 그의 문장의 새로움과 파격성은 작가의 세계의 새로움을 반영한다. 그는 대화로 시작하는 파격적 서두를 자주 사용하며(「아파트」), 주어와 술어의 거리를 띄워놓기도 하는데,[93] 그것은 자신의 세계를 간단명료하고 자연스럽게 표현하기 위한 것이어서, 작품마다 새 기법이 나타나거나 하는 일은 없다.

그에게는 새로운 표현을 위해 기법을 모색하는 실험정신도 없고, 인간 의식의 심층까지 파 내려가는 끈기도 없으며, 삶의 본질을 탐색하는

---

[93] 石原千秋, 「序頭の美學」, 『全集』 12, 월보 11, p.6 참조.

진지성도 없어 대체로 안이하다. 그는 삶에서 엄숙주의를 배제하고, 문학에서 의미를 배제하는 난센스문학을 지향하면서 전통이나 규범에 구애받지 않고 자유롭게 사는 새로운 삶의 모습을 제시했다. 그리고 그 당시의 일본의 젊은이들은 새롭게 나타난 모던한 동경의 여러 여건에 홀려 있었기 때문에, 류탄지의 모던한 인물들의 삶의 방식에 박수를 보냈다.

하지만 그 도시의 새로움이 퇴색해지자 독자들은 그에게서 멀어져 갔다. 거기에 「M코에의 유서」가 몰고 온 풍랑까지 몰아치자 류탄지의 취약한 배는 침몰하고 만다. 그래서 일본의 협의의 모더니즘문학은 모멸의 대상으로 전락하는 것이다. 신감각파를 리드했고, 신흥예술파의 도시문학, 난센스문학에도 참여하고 나서 신심리주의 시기에도 여전히 문제작을 쓴 요코미쓰 리이치가 '일본 모더니즘 소설의 적자'가 되는 이유가 거기에 있고, 신흥예술파가 요코미쓰의 십 분의 일도 못 된다는 혹평을 듣는 이유도 거기에 있다.

일본문학사에서 류탄지는 좋은 대접을 받지 못하고 있다. 일본처럼 군소작가의 자료까지 잘 정리되어 있는 나라에서, 류탄지에 관한 자료는 대학도서관에도 제대로 비치되어 있지 않으며, 일본문학전집에도 그를 위한 스페이스는 역시 없고, 그에 관한 연구논문집도 찾아보기 어렵다. 하지만 싫건 좋건 그는 일본 모더니즘의 대표 주자 중의 하나이기 때문에 그의 문학적 특징이 일본 모더니즘의 특징이 될 수밖에 없다는 사실은 부인할 수 없다.

3. 이토세이伊藤整와 신심리주의

일본의 모더니즘은 신감각파(1923~1927)를 거쳐 신흥예술파(1928~1931)로 옮겨간다. 그 다음에 오는 것이 주지주의파와 신심리주의파다. 신감각파의 오성 중시 경향을 계승 강화한 주지주의파와, 유럽의 심리적 리얼리즘계의 소설들에서 영향을 받은 신심리주의파가 신흥예술 파에서 파생한다. 이 두 유파는 『시와 시론』(1928년 창간), 『문학』(1929년 창간) 등의 잡지를 통하여 소개된 유럽의 신사조를 이론적으로 받아들여, 그것을 어느 정도 소화한 후에 나온 모더니즘이기 때문에, 일본에서는 이들을 '정통예술파'라 부르기도 한다.

그런데 주지주의파는 이론과 창작 양면에서 아베 도모지의 원맨쇼가 된다. 그뿐 아니라 이론주도형이어서 거의 문제가 될 만한 작품을 생산하지 못한다. 그에 비하면 신심리주의는 여러 작가들에게서 비중이 있는 작품들이 창작되어, 다른 유파에 비하면 창작 면이 풍성하다. 1930년에서 1932년 사이에 요코미쓰 리이치가 「기계」(1930)를, 호리 다쓰오가 「성가족聖家族」(1930)을, 가와바타 야스나리가 「수정환상」(1931)을 썼고, 이토 세이가 「생물제生物祭」(1932)와 「이카루스 실추」(1932) 등을 쓰며 참여하고 있기 때문이다.

신심리주의를 대표하는 작품들이 세 파의 대표 주자들에 의해 고루 쓰였을 뿐 아니라 수준도 높다. 그들은 유럽의 20세기를 대표하는 프루스트, 조이스, 라디게 등의 소설을 읽고 어느 정도 소화한 후에, 그들의 기법적 특징을 본받아 심리주의적 작품을 썼다. 신감각파와 신흥예술파는 풍문으로만 들은 유럽의 신문학을 모방했다고 해도 과언이 아니다. 아직 작품이 번역되지 않았던 시기였기 때문이다. 그러니 모더니즘의 세 유파 중에서 신심리주의파가 가장 유럽의 그것과 근사치를 지니며, 이론 면에서나 실작 면에서 가장 큰 성과를 나타낸 편에 속한다.

1) 이토 세이의 원맨쇼

상기한 바와 같이 신심리주의의 대표적인 작품들은 요코미쓰 리이치와 가와바타 야스나리, 호리 다쓰오 등이 창작했다. 그런데 그들은 신심리주의를 주장한 일이 없다. 뿐 아니라 요코미쓰와 가와바타는 심층 심리에 관심을 표명한 작품을 한 편씩만 쓰고 그만 둔다. 호리는 계속해서 「아름다운 마을美しい村」(1933), 「바람 일거니風立ちぬ」(1938) 등을 썼지만, 그는 이토처럼 신심리주의 기법을 극단화시키지 않았으며, 전통을 전면적으로 거부하려 하지도 않았고, 이론적인 주장 같은 것도 한 일이 없다.

그래서 신심리주의에는 '13인 구락부'나 '신흥예술파' 같은 집단이 없다. 물론 『문예시대』 같은 기관지도 없다. 그룹이 없기 때문에 신심리주의는 유파가 형성되지 못했다. 이토 세이 혼자서 창작, 번역, 비평을 전담한 것이다. 그는 서구의 심리주의 리얼리즘의 소개자이고, 이론가였으며, 작가였다. 그래서 신심리주의도 주지주의처럼 원맨쇼가 되어 버렸다. 모든 면에서 이토 세이의 독무대가 되고 마는 것이다. 주지주의와 다른 점은 양적으로나 질적으로 좀더 풍성하다는 데 있다. 다른 작가들의 참여가 있었다는 것, 그들의 작품이 질이 높다는 것, 그리고 이토가 아베보다 이론적으로 깊이가 있다는 것, 프루스트, 조이스, 울프, 로렌스 등의 작품을 직접 번역했다는 점 등이 이토의 강점이다.

신심리주의는 시기적으로는 1930년에서 1932년 사이에 집중되어 있다. 위에서 든 작가 중에서 이토 세이만 빼면 모두 이 시기에만 중요한 작품을 발표하고 있기 때문이다. 1933년에는 만주사변이 일어나고, 1935년부터 일본에서는 전통 회귀의 풍조가 풍미하며 모더니즘에 찬물을 끼얹는다. 그런 역경에 시달리면서도 이토 세이는 혼자 신심리주의의 끈을 놓지 않고, 지속적으로 「이시카리石狩」(1935), 「파도 소리 속에서」(1936), 「유귀의 도시」(1937)와 「유귀의 마을」(1938) 등을 쓰며, 뒤의 두 작품을 묶어 「도시와 마을」(1939)을 발표한다.

하지만 거기에서 이토의 신심리주의도 끝이 난다. 만주사변(1933)에 이어 1937년에는 중일전쟁까지 발발하여 시국이 더 경색되면서 모더니즘은 역풍을 맞는다. 1938년에는 히노 아시헤이火野葦平의 「보리와 병대兵隊」 같은 전시문학까지 나와서 모더니즘의 설 자리가 없어지는 것이다. 그러니까 이토의 「도시와 마을」은 모더니즘의 사후에 나오는 유품 같은 소설이라 할 수 있다. 신심리주의의 전성기는 1932년이기 때문이다. 1940년이 되면 이토 자신이 전통에 투항한다. 「도쿠노 고로得能五郎의 생애와 의견」은 이토 세이가 쓴 첫 사소설이다. 그것이 비록 대정기의 사소설과는 달리 외부적 현실까지 포괄하는 특성을 지녔다 하더라도, 사소설의 집필은 신심리주의의 포기를 의미하는 것이다. 이토는 다시는 신심리주의로 돌아가지 못한다. 그 후에도 지식인의 내면에 대한 관심은 평생 지속되고 있지만, 그것은 종래의 심경소설과 유사한 수준에 머물고 만다. 그래서 「도시와 마을」은 「해무리」로 시작된 일본의 광의의 모더니즘 전체의 마지막 작품이라고 할 수 있다. 신심리주의의 전성기를 1932년까지로 보면, 일본의 광의의 모더니즘은 지속된 기간이 10년이고 종말을 1939년으로 보아도 16년에 불과하다. 그 동안에 세 개의 유파가 부침浮沈했으니 성숙을 기할 여유는 어차피 없는 것이다.

신심리주의문학이 일본에서 부진해진 것은 전쟁 때문이라고 할 수 있지만, 또 하나의 이유는 사회적 여건이 모더니즘을 받아들일 단계에 와 있지 않은 데 있다. 근대의 상승기에 접어들던 당시의 일본 사회에서는, 산업혁명을 겪은 후의 자본주의의 말기 현상에서 나타나는 자아의 해체나 자아의 분열 같은 증상이 아직 일어나고 있지 않기 때문이다. 이토 세이가 별 갈등도 없이 『눈 밝은 길』의 전통적인 서정의 세계에서 신심리주의로 옮겨갔다가, 다시 전통적인 사소설의 세계로 귀환해 버리는 일이 가능했던 것도, 그의 신심리주의가 내적 필연성에서 발생한 것이 아니었기 때문에 가능했다고 할 수 있다. 거기에 전쟁으로 인한 경직된 분위기와 전통회귀의 열풍이 가세한다. 그것은 명치유신 이래로 팽배해 오던 맹목적인 서구 숭배의 물결을 가라앉히는 역할을 해서, 가뜩이나 부실한 모더니즘의 뿌리를 송두리째 흔들어버리는 것이다.

그것은 자연발생적인 것이 아니었기 때문에 피상적 모방이 되기가 쉬웠다. 이토 자신도 자기의 외래사조의 이해가 피상적이었음을 고백한 일이 있다.[1] 모더니스트 중에서 가장 깊이 있게 구미의 새 이론을 수용한 그의 한계가 고작 거기까지였음은, 신심리주의가 자생적인 것이 아

---

1 伊藤整, 『小說の方法』, 河出書房, 1955, p.30.

니라 '촉성재배적인 것'[2]에 불과했다는 것을 입증한다. 바람이 불어 비닐이 찢어져 나가자 촉성재배 작물들은 괴멸되고 만다. 그리하여 1930년대 말에 일본의 모더니즘 전체가 제대로 영글지도 못한 채 끝이 난다. 신감각파가 시작된 지 10여 년 만에 세 개의 유파가 명멸하다가 싱겁게 끝나고 마는 것이다.

2) 이론 면에서 본 이토 세이의 신심리주의

모더니즘의 세 유파 중에서 본격적으로 유럽의 현대 문학의 소개가 이루어진 후에 그쪽 유파의 기법을 본받아서 창작을 시도한 것은 신심리주의뿐이다. 『시와 시론』, 『문학』 같은 잡지가 나와서 유럽의 새 문학의 이론들을 소개하면서 작품도 번역하기 시작한 것은 신감각파기가 끝난 후의 일이며, 류탄지 유가 「아파트의 여자들과 나와」를 발표한 후의 일이기도 하기 때문이다. 신감각파는 풍문으로만 들은 유럽의 많은 신풍조들을 합성하여, 감각의 쇄신을 표방하는 유파를 만들었고, 류탄지는 문학 공부를 제대로 한 일이 없는 의학도여서 이론적인 뒷받침 같은 것은 가지고 있지 않았다. 그러니까 이 두 유파는 유럽에는 동류가 없는 일본풍의 모더니즘이었다. 신심리주의라는 용어도 역시 일본제이기는 마찬가지이다. 유럽에는 신심리주의라는 용어가 없기 때문이다.

1932년 『신조』사에서 열린 〈신심리주의문학에 대한 좌담〉에서 이토 세이는 "유럽에 신심리주의라는 문학운동이나 이론이 있는가?"라는 질

---

2 座談會, 「新しき文學の動向に就いて-新心理主義文學」, 『伊藤整・武田泰淳』, 有精堂, 1975, p.12.
伊藤整, 『新潮日本文學』 31, 1970, p.676 참조.

문을 받고 "없다."고 확실하게 대답한다. 제임스 조이스, 마르셀 프루스트 등 네댓 명의 작가들의 기법적 특징을 그 쪽에서는 '심리주의 리얼리즘'이라 부르고 있을 뿐이어서 '신심리주의'라는 용어는 일본에만 있는 것이다. "마치 신감각파 문학이 외국에는 없고 일본에만 있는 것과 같다."[3]는 것이 이토의 주장이다.

그래서 그의 신심리주의를 피상적인 것으로 보는 견해가 많다. 이토 세이는 고지식하고 성실한 문인이지만, 『눈 밝은 길』과 「제임스 조이스의 메소드method: 의식의 흐름에 대하여」 사이가 불과 3, 4년밖에 되지 않는다는 사실이 그의 신심리주의가 피상적인 것이 되지 않을 수 없는 여건을 형성한다고 보는 것이다. 그 자신도 그것을 인정한다. 그는 "토이 고지土居光知가 조이스를 일본에 소개한 것이 소화 4년(1929)이었고, 우리들이 1차 대전 후의 유럽의 작품과 문학론을 문단에 내보인 것은 소화 7, 8년(1932, 33)"이라고 말하고 나서 솔직하게 "조이스 작품의 발생 이유는 나에게 있어서는 불소화不消化였다."는 고백을 하고 있다.[4] 따라서 이타카키 다카호板垣鷹穂의 말대로 조이스나 프루스트의 작품에서 그저 '자극을 받을 정도'[5]에 불과하며, "그런 특징을 가진 작품이 그 쪽에 있으니까 그 특징을 이 쪽에서도 가져다가 거기 따라서 하나의 문학의 작법으로 하려 한 거죠?"라는 나카무라 무라오의 물음에 이토는 '그렇다.'고 대답을 한다.[6] 프로이트나 조이스, 프루스트에 대한 그의 지식 수준에 대하여 오쿠노 다케오奧野健男도 다음과 같이 말하고 있다.

---

3 座談會, 「新しき文學の動向に就いて-新心理主義文學」, 앞의 책, p.15.

4 앞의 글 참조.

5 앞의 글, p.12.

6 앞의 글, p.15.

입문서에 덤벼든 셈이겠지요……. 조이스나 프루스트, 20세기 초두의 문학이 프로이트가 말하는 무의식에 의해 지배된다는 데에 경이감과 신선함을 느꼈다고 생각합니다. 「감정세포의 단면」 같은 것은 대충 훑어 읽은 정신분석학의 간단한 응용 같다는 생각이 듭니다.[7]

니와 후미오丹羽文雄도 "이토는 조이스가 유행하면 조이스를 흉내내고, 프루스트가 유행하면 프루스트를 모방, 「도쿠노 고로의 생애와 의견」도 어느 외국 소설의 모방작일 것"[8]이라고 그의 문학을 폄하하는 발언을 한다. 거기 대하여 이토 세이는 다음과 같이 대답하고 있다.

조이스가 유행해서 이토가 흉내낸 것이 아니라 이토 세이가 조이스를 일본에 소개했고, 그리고 조이스 풍의 소설을 써서 조이스를 일본에 유행시켰다.[9] 조이스와 로렌스의 대표작을 처음으로 일본에 옮겨놓은 것은 나다. 그것은 무의의無意義한 일이었을까? 그 영향 없이 당대의 일본문학은 성립될 수 있었을까?[10]

이 두 상반되는 의견은 모두 나름대로 타당성을 지닌다. 이토는 니와와 오쿠노의 말대로 조이스, 로렌스, 프루스트, 스턴 등 외국 작가에게서 많은 부분을 빌려왔을 것이고, 자의적으로 마음에 드는 부분을 골라 모방했을 것이다. 일본에는 그와 유사한 작품이 없었기 때문이다, 그러나 그 모색 과정에서 이토는 자신이 취할 것을 찾아내서 '정통예술파'라

---

7 앞의 글, p.128.
8 伊藤整, 앞의 책, p.676.
9 앞의 책, p.676에서 재인용.
10 앞의 책, p.676.

불릴 가치가 있는 일본식 신심리주의를 만들어냈다.

그는 시골 출신의 모범생이어서 전혀 알지 못하는 것을 떠들고 다닐 허황한 타입은 아니다. 그것은 그의 성격을 보면 알 수 있다. 「유귀의 마을」에서 그가 주인공을 통하여 고백한 것처럼 그는 "어중간하게 생활하고, 어중간하게 생각하는"[11] 형의 보통 사람이며, 남이 싸움을 걸어와도 논쟁을 하는 법이 없는 평론가다. 사하쿠 쇼이치佐伯彰一의 말대로 그는 "신중세심한 보행자"여서 "모험심에 찬 과감한 실험가는 절대로 될 수 없다."[12] '지방의 평범한 가정에서 자란 모범생' 그것이 이토 세이의 모습이다. 그 사실은 그의 신심리주의의 크레딧을 높여준다.

신감각파와 신심리주의파는 외래사조의 수용 정도에 있어서 현격한 차이를 가지고 있다. 요코미쓰가 신감각파에 영향을 준 외국 유파에 대하여, '미래파, 입체파, 표현파, 다다이즘, 상징파, 구성파, 여실파의 일부'[13]라고 나열할 때, 그것은 거의 풍문의 수준을 넘지 못한다. 아직 서구의 작품이 번역되어 있지 않았기 때문이다. 이토의 신심리주의는 그것과는 차원이 다르다. 그는 상과대학을 다녔지만, 대학에서 나이토内藤濯 교수의 프랑스 문예사조 강의를 들은 일이 있고, 동인지 『문예레뷰』를 내면서 열심히 조이스를 읽고 프로이트 전집을 섭렵하고, 그들을 소개하는 평론을 쓰는 한편 번역도 했다.

1930년이 되면 이토는 신심리주의 쪽으로 창작과 비평의 방향을 확정하여, 5월에 「감정세포의 단면」을, 6월에 「제임스 조이스의 메소드: 의식의 흐름에 대하여」를 발표하고, 8월에 「아카시아의 향기에 대하여」

---

11 伊藤整, 「幽鬼の村」, 『伊藤整全集』 3(이하 『全集』), 新潮社, 1972, p.27.

12 佐伯彰一, 「作品 解説」, 『新潮日本文學』 31, 伊藤整 篇, 新潮社, 1975, p.669.

13 橫光利一, 「新感覺論」, 『橫光利一全集』 11, 河出書房, 1961, p.219.

를, 9월에 「잠재의식의 궤도」를, 11월에 「몽우리 속의 키리코」를 연거푸 발표하고, 1931년에는 「부노아의 발견」(1월), 「프루스트와 조이스의 문학방법에 대하여」(4월)를 발표하며, 「M백화점」(5월), 「바다의 초상」(7월), 「순환」(10월) 등의 실험적인 작품을 많이 써서 신심리주의의 기반을 다지는 것이다.[14]

　이토 세이는 원래 시인으로 출발한 시골 출신 문인이다. 1926년에 그는『눈 밝은 길雪明の道』이라는 시집을 출판한다. 신감각파기에 나온 그의 첫 시집은 쉬운 문체로 북해도의 자연을 그린 전통적인 서정시를 보여준다. 명치시대 시인들에 심취해서 쓴 시집을 자비로 출판해서 1928년에 동경으로 올라온 그는, 거기에서 20세기 유럽의 새 문학과 만난다. 세계 문학의 새로운 동향이 자신의 문학 세계와 너무나 판이하다는 사실에 그는 우선 경악했고, 그 놀라움 속에서 혼신의 힘을 다해 새로운 방법을 찾는 오랜 모색의 과정으로 들어선다.

　그가 상경한 것은 1928년 4월인데, 조이스를 처음 안 것은 1929년 2월『개조改造』에 실린 토이 고지土居光知의 「조이스의『율리시즈』」에 의해서였다. 조이스를 읽으면서 이토는 프로이트도 읽기 시작한다. 그해 5월부터 춘양당에서 나온『프로이트의 정신분석학전집』과 아르스의『정신분석학대계』등을 탐독하며 이토는 심층심리의 세계에 몰입해가는 것이다. 그 영향이 그의 문학에 나타나기 시작하는 것이 소설에서는 「감정세포의 단면」이고 평론에서는 「제임스 조이스의 메소드: 의식의 흐름에 대하여」이다. 이토 세이는 약 1년간의 발효 기간을 거친 후 이론과 창작 양 면에서 작품을 발표하기 시작한 것이다.

　일반적으로 그의 처녀작으로 간주되는 소설은 「비약의 형」(1929)이다.

---

　14 伊藤整,『新潮日本文學』31, 伊藤整 篇, 연보 참조.

그는 1928년 4월에 상경한 후 그 여름부터 시를 버리고 소설로 장르를 전환한다. 그래서 1929년 6월에 자신이 참여한 동인지 『문예레뷰』에 발표한 첫 소설이 「비약의 형」이고, 그 다음이 「앵무」(『일교문예─橋文藝』, 7월호)이다. 이 소설들은 신심리주의와 무관하다. "신감각파적 문체의 영향이 노골적"이며, 내용은 신흥예술파적 퇴폐적 작품과 이어져 경박한 인상을 주며, 내면적 깊이도 없다.[15] 그는 동경에 와서 당시 문단을 휩쓸던 선행한 두 유파의 영향부터 받은 것이다.

하지만 다음 해인 1930년이 되면 이토 세이는 신심리주의로 가닥을 잡는다. 5월에 「감정세포의 단면」을 6월에 「제임스 조이스의 메소드: 의식의 흐름에 대하여」를 발표하며, 8월에는 「아카시아의 향기에 대하여」를, 9월에는 「잠재의식의 궤도」, 11월에는 「몽우리 속의 키리코」를 내놓는 것이다. 이토는 이런 실험적인 소설들을 통하여 신심리주의의 기반을 잡으려 한다.

이 중에서 프로이트주의가 가장 노골적으로 나타나는 소설이 「감정 세포의 단면」이다. 시인이던 이토는 시를 버리고 「감정세포의 단면」의 세계로 전환한 것이다. "「감정세포의 단면」 같은 것은 대충 훑어 읽은 정신분석학의 간단한 응용같다는 생각이 든다."는 오쿠노 다케오의 말 그대로 이 소설에는 프로이트의 영향으로 보이는 심리분석의 생경한 실험이 노출되어 있다.

이 소설에는 친구의 행동과 심리를 관찰하고 분석한 노트가 등장한다. 나루미鳴海의 책상 위에는 친구인 미즈카미水上가 보낸 편지와 노트가 놓여 있다. 무의식 속에서 자기 아내에게 관심을 가지고 있는 나루미의 내면세계를 관찰하고 분석한 그 노트를 통하여, 한 인물의 심층의

---

15 佐佐木冬流, 『伊藤整研究: 新心理主義文學の顚末』, 双文社, 1995, p.129.

식의 파노라마를 보여주려는 것이 작가의 의도다. 어색한 실험으로 점철되어 있는 이 소설은 임상일지 같은 두 개의 노트로 거의 지면이 채워져 있어, 형상화되기 이전의 정신분석의 자료모음 같다. 인물의 심리분석 역시 제대로 이루어져 있지 않았다. 소설이라고 부르기에 함량이 모자라는 작품이다.

평가도 찬반 양면으로 나타난다. 세누마 시게키는 「감정세포의 단면」뿐 아니라 정신분석을 노출시킨 이 시기의 이토의 소설들에 대하여 ① 제재의 고정, ② 수법의 오용, ③ 의지의 결락缺落 등의 결점을 지적하고 있다. 대단히 시야가 좁아서 "연애심리의 일면적 분석" 이외에 다른 것은 취급하지 않아 제재가 고정되고, 정신분석학의 수법을 오용하여 "연상을 기술한 것"일 뿐 "연상을 지배하는 내적 의미를 표현하고 있지 않다."는 것이 세누마의 의견이다.[16] 그런데 가와바타 야스나리는 그 생경한 분석의 기법을 '새로움'으로 받아들여, 다음과 같이 칭찬하고 있다.

　　이 작품은 많은 부분이 심리분석의 일기로 되어 있다. 그 부분은 가타가나로 씌어져 있다. 따라서 감정적인 묘사가 아니고, 의사의 임상일기와 비슷하다. 숫자적인 계산이다. 분석표다. …… 그 분석표에 작자의 예술이 있다고나 할까.[17]

가와바타뿐 아니라 쓰가와 히로시早川雅之도 「이토 세이론」에서 "스스로의 에고의 내오內奧의 암흑면, 의식하의 세계에도 빛을 비추어"라는 찬사를 보내고 있고,[18] 작가 자신도 그 이전의 작품들을 부정하면서 이

16　瀬沼茂樹,「再び心理小說に就いて」,『伊藤整・無田泰淳』, p.21.

17　川端康成,「新人才華」,『新潮』, 1930. 6.

소설을 '자신의 처녀작'으로 간주한다는 말을 한다.[19]

오쿠노의 말대로 "대강 훑어 읽은 정신분석학의 간단한 응용"에 불과한 소설일 가능성이 높지만, 정신분석학 그 자체가 그 당시에는 경이로운 새 세계를 표증하는 것이었기 때문에, 그 방법을 적용한 소설의 등장은 1930년대 초의 일본 문단에서는 이목을 집중시킬 놀라운 일이었던 것이다. 그것은 문학사에 처음으로 등장한 임상일기 같은 소설이며, "에고의 내오의 암흑면"을 조명한 소설이었기 때문에, 가와바타의 말대로 새 기법의 출현으로 각광을 받을 자격도 있었다.

「감정세포의 단면」은 이토 세이가 상경한 후, 오랜 모색의 과정 끝에 찾아낸 것이 프로이트의 세계였음을 보여준다. 무의식의 탐색을 통하여 이토 세이의 소설은 심리주의적 리얼리즘의 문턱에 다다른 것이다. 하지만 그가 프로이트에 심취한 기간은 길지 않다. 실험적 작품의 실패도 원인이기는 하겠지만, 그것보다는 그의 관심이 조이스의 '의식의 흐름' 쪽으로 기울어졌기 때문이다. 「문학 영역의 이동」(1930. 6)에서 프로이트주의에 의거하면서 심리의 직접 묘사에서 새 문학의 존재 가치를 보려는 태도를 보인 이토 세이는, 반 달 늦게 나온 「제임스 조이스의 메소드」에서는 조이스 예찬으로 기울어진다. 조이스는 서구의 심리주의계 작가 중에서 이토에게 가장 많은 영향을 준 작가라고 할 수 있다. 하지만 다음 해인 1931년에 나온 「신심리주의는 어떻게 하여 가능한가」(『신조』, 7월)에서 프로이트는 '의식의 흐름'과 병용되는 것으로써 부활한다.[20]

---

18 早川雅之,「伊藤整論」,『伊藤整硏究: 新心理主義文學の顚末』, 双文社, 1995, p.129 참조.

19 佐佐木冬流,「『祝福』の自作覺書」, 앞의 책, p.128 참조.

20 앞의 책, p.132.

이토 세이가 「감정세포의 단면」을 낸 다음 해에 만주사변이 일어나 그의 새 방법론이 서리를 맞기 시작한다. 하지만 그는 계속해서 「생물제」와 「이카루스 실추」를 썼지만, 그의 실험적 시도는 먹혀들어가지 않았다. 새로운 방법론이 환영을 받지 못한 것은 전쟁에만 원인이 있었던 것은 아니다. 나카무라 신이치로中村眞一郎의 말대로 일본은 원래 새로운 메소드에 대한 관심이 없는 나라다. 일본 사람들은 논리적, 방법적 사고방식을 좋아하지 않기 때문에 방법론에 대한 관심 자체가 없으며, 방법론이 눈에 띄는 것을 오히려 경멸하고 기피하는 경향까지 있다.[21] 이토 세이의 작품 중에서도 방법론의 노출도가 약화된 「생물제」, 「말 거간꾼의 종막終幕」, 「이시카리」 같은 작품이, 관념적인 「이카루스 실추」나 「유귀의 도시」보다 좋은 평을 듣는 것은 그 때문이다.

하지만 이토 세이는 여론에 굴하지 않고 계속 신심리주의를 밀고 나간다. 1931년에는 「프루스트와 조이스의 문학방법에 대하여」를 『사상』 4월호에 발표하고, 연말에는 『율리시즈』 상권을 번역하여 출판하며, 1932년에는 평론집 『신심리주의문학』을 출판하고, 1934년에는 『문예』에 평론 「버지니아 울프」를 발표한다. 가와바타의 「설국雪國」이 나온 1935년부터는 전쟁으로 인해 복고풍이 거세져서 모더니즘이 타격을 더 받는 분위기였지만, 그 속에서도 이토는 로렌스의 「채털리 부인의 연인」을 번역한다. 서구의 심리주의문학의 주역들에 대한 소개를 고수하고 있는 것이다.

1932년 『신조』의 〈신심리주의문학에 대한 좌담〉에서 이토는 자신이 수립한 일본식 신심리주의의 기법적 특징을 다음과 같이 요약하고 있다.

---

21 中村眞一郎, 『現代小說の世界』, 講談社現代新書, 1969, 서문 참조.

ⅰ) 보다 현실에 즉한 스타일: 새로운 현실 파악의 방법

ⅱ) 내면심리의 영토 확인: 의식의 흐름 수법 채택

ⅲ) 스타일에 대한 관심

ⅳ) 내성적 주관적 의미의 분석적 방법

그의 신심리주의 소설들은 이런 주장들의 육화를 위한 노력을 보여준다.

3) 작품에 나타난 이토 세이의 신심리주의

(1) 「생물제」

이토 세이는 「자작 안내」[22]에서 자신의 소설을 세 가지로 분류했다. 제1계통은 배경을 북국으로 한 일종의 야성의 냄새가 짙은 강한 인간의 성격을 묘사한 작품, 제2계통은 일종의 도회적인 심리적 풍속묘사의 작품이라고 분류하고 나서, 제3계통에 대하여는 다음과 같이 쓰고 있다.

> 「생물제」는 시골의 풍경이 많이 들어 있기 때문에 어쩌면 제1계통에 넣을 수 있을지도 모르지만, 작자로서는 배경보다는 감각적 또는 관념적 요소에 마음이 쓰이고 있으므로, 이것은 확실히 일종의 관념소설이어서, 관념 그 자체가 노골적으로 표면에 나와 있는 「이카루스 실추」와 같은 종류에 속하는 것이라 생각한다. 이 계통의 소설은 내가 제일 쓰고 싶어 하는 작품이며, 제일 고백적인 소설로 되어 있다. 전기의 제1과 제2의 계

---

22 伊藤整, 「自作案內」, 『文藝』 1938. 7. 佐佐木冬流, 앞의 글, p.173 재인용.

통에서 자기 표백을 할 만한 흥미와 용기는 내게는 없다. 이따금 그런 작품도 썼지만 나는 정직하지 못해서인지, 그 객관적인 고백면에 어울릴 정도의 냉엄함을, 자신에 대해서는 몰라도, 작중에 언급되는 타인에 대하여 유지할 수 없기 때문에, 언제나 실패했다.

위의 글에 의하면 제3계통은 「생물제」와 「이카루스 실추」이며, 이 소설들은 '관념소설'이고 '고백소설'이라는 뜻이 된다. 이토 세이는 종래의 리얼리즘 작가들은 "현상을 있는 그대로 콘크리트한, 움직일 수 없는 것으로 받아들이는 형의 작가"인데 "나 같은 형의 인간은 현상을 감각과 관념으로 분리시켜, 그 양자에 걸쳐 서서 말을 한다."고 말한 후 다음과 같이 보충 설명을 하고 있다.

하나였던 현상이 감각적인 것과 이지적인 것으로 나뉜 것뿐이다. 그리고 나 같은 사람에게는 그 분열된 채로인 현상이 진짜 인생인 것이다. ……「생물제」라는 작품은 현상에 충실히 따르는 것처럼 보이나 실은 이미 이런 분열이 충분히 되어 있다. 그렇기 때문에 서술은 현상에 즉해 있으면서, 인상은 보다 다른 것이 되어 있다. 이 작품을 나는, 조이스의 기교적 영향에서 벗어나지 못하여 가장 괴로워했던 무렵에, 별 생각 없이 『신문예시대』라는 친구의 잡지의 창간호를 위해 썼다. 이틀 만에 30장 정도 아무 힘들이지 않고 썼다.[23]

그의 분류법에서 제3계통으로 분류된 소설은 신심리주의적 소설이다. 그것은 반전통적 현상관에서 노출된다. 그에게 있어 현상은 콘크리

---

23 佐佐木冬流, 앞의 글, p.173.

트한 것이 아니라 분열된 것이다. 감각적인 것과 이지적인 것으로 "분열된 채로인 현상"이 '진짜 현상'이라고 이토 세이는 말한다. 현상을 분열로 보며 쓴 소설을 그는 관념소설이라고 명명하고 있다. 거울처럼 현상을 있는 그대로 반영하는 소설이 아니라 작자의 관념에 의해 인위적인 조작이 가해진 것이라는 뜻이며, 방법론이 노출되는 소설이라는 뜻일 것이다.

그 다음에 주목을 끄는 것은 "이 계통의 소설은 내가 제일 쓰고 싶어 하는 작품이며, 제일 고백적인 소설"이라는 말이다. 그가 "제일 쓰고 싶어 하는 작품은" 신심리주의적 기법을 적용한 '관념소설'이라는 사실은 이미 밝혀진 것이지만, 그것이 가장 '고백적'이라는 것은 주목할 가치가 있다. 작가의 체험이 고백된다는 뜻이니까 자전적 소설이라는 뜻도 되며, 그 다음에 오는 말로 미루어 보아 이 작가는 자신의 내면을 관념적, 고백적으로 그리는 소설을 제일 쓰고 싶어한다는 것을 확인할 수 있다. 여기에서 '관념적'인 측면만 빼면 대정기의 사소설과 상통한다. 신심리주의기가 끝난 후 이토 세이가 쉽사리 사소설로 옮겨 앉을 수 있었던 요인이 여기에 있으며, 그의 제3계통의 소설들의 내용이 서로 조응할 수밖에 없었던 요인도 체험의 제한성에서 생겨나는 것이다.

그 다음에 흥미를 끄는 것은 '쉽게 쓰였다'는 말이다. 이 말은 「이카루스 실추」에 대하여 "그런 작품은 1년에 하나쯤밖에 쓰지 못한다. 사생寫生이 아니니까 그런 종류의 관념이 심내心内에 퇴적하지 않으면 전연 쓸 가망이 없는 것이다."[24]라고 말한 부분과 대비된다. 쉽게 쓰인 이유를 「생물제」가 작가의 본질과 닿아 있어 자연발생적으로 나오는 소설이라는 뜻으로 본다면, 「이카루스 실추」는 작가가 인위적인 관념 조작

---

24 앞의 글, p.173.

에 의하여 만들어내는 소설이며, 그것은 작가의 본질과 닿아 있지 않는 작품이라는 뜻이 된다.

「생물제」를 "이토의 본질적인 아름다움을 나타내는" 작품으로 평가하는 세누마 시게키의 견해는 타당성을 지니고 있다. 「생물제」는 세누마의 말대로 이토의 "가장 좋은 품질稟質이 나타난" 작품이다. 생물들과 인간의 교응 관계를 통하여 생명의 실체로 다가가는 작품은 「생물제」에서 시작하여 「이시카리」, 「유귀의 마을」 등으로 이어진다. 「생물제」에서는 인간의 죽음이 앵무새의 노쇠와 조응하고 있고, 자두꽃의 훈향이 간호사의 젊은 육체와 조응하고 있으며, 아버지의 죽음과 축제를 벌이는 북국의 봄 풍경이 대비되면서 유기적인 짜임새를 만들어내고 있다. 이 작가의 '가장 좋은 품질'은 세누마가 지적한 것처럼 이 작품이 가지고 있는 시적 감수성과 풍부하게 드러나는 '작가의 정조, 소위 심경적 맛에서 우러난다.'[25] 사실 이 소설은 잘 쓰인 한 편의 심경소설 같은 측면을 가지고 있는 것이다.

『눈 밝은 길』의 서정적인 세계로 이어지는 이런 특징은 작가 자신도 인정한다. 「말 거간꾼의 종막」의 해제에서 "초기 작품의 하나로 감각적 서정의 색채가 짙어 작자의 일면을 대표하는 것이다."[26]라고 말한 후 "제3계통의 관념적이면서 시적인 작품을 나는 쓰고 싶다고 말했지만, 소설을 쓰기까지 시만 쓰고 읽은 나는 그런 경향을 가지고 있었을 것이다."[27]라고 자신의 시적 경향을 긍정하는 것이다. 『눈 밝은 길』의 "내공하는 자의식은 굴절하면서도 확실히 후의 신심리주의에 이어지는 것이

---

25 瀨沼茂樹, 앞의 글, p.21.
26 伊藤整, 앞의 글 참조.
27 앞의 글 참조.

다.” 내공하는 자의식은 「생물제」에서는 “존재의 아픔으로 나타난다. 그가 독자의 신심리주의 문학을 수립하기 위해서는 자기 본래의 원점으로 돌아갈 필요가 있었던 것이다.”[28]라고 사사키 도류佐佐木冬流는 말한다. 『눈 밝은 길』의 서정성이 신심리주의의 관념성을 보완하여 이토식 심리주의의 패턴을 형성시킨 것이다. 조이스의 모방에 애로를 느낀 이토는 실험적 방법의 은폐가 오히려 효과적인 것을 감지하여 서정적인 것을 거기에 가미한 것인지도 모른다.

그 사실을 세누마는 ‘현실과의 타협’으로 보고 있다. 독자들이 실험 정신의 과도한 노출을 싫어하니까 그것을 절제하였다는 뜻이 될 것이다. 실험정신의 노출도 여부와 관계없이 『눈 밝은 길』의 세계는 이토 세이 문학의 본질이며, 기본항이라 할 수 있다. 그의 신심리주의기의 소설에는 동경보다는 북해도가 압도적으로 많이 나온다. 도시를 배경으로 한 것은 「이카루스 실추」와 「유귀의 도시」 정도밖에 없는 사실도 이토의 신심리주의와 『눈 밝은 길』의 유대를 시사하고 있다.

그런데도 작가는 여전히 관념성이 노출되는 소설에 대한 집착을 버리지 못하고 있다. 그래서 「생물제」 다음에는 「이카루스 실추」가 나온다. 이 소설에 대하여 작가는 “일반의 눈으로 보면 이상하게 생각될 것 같은 그런 작품을 썼을 때, 처음으로 ‘말을 한 것’ 같은 만족감을 얻는다.”[29]고 고백하고 있다. 「이카루스 실추」쪽이 「생물제」보다 쓰기도 어렵고, 만족도도 높다는 이야기가 된다. 그것은 「이카루스 실추」가 보다 실험성이 강한 관념적인 소설이라는 뜻이 되는 것이다.

「생물제」 이전에 이토 세이는 프로이트주의의 노출되는 소설을 쓰다

---

28 佐佐木冬流, 앞의 글, 앞의 책, p.173.
29 伊藤整, 앞의 글 참조.

가 조이스의 의식의 흐름으로 옮아가서 「아카시아의 향기에 대하여」, 「몽오리 속의 키리코」 등을 썼지만, 성공을 거두지 못하였다. 그래서 조이스의 방법에서 비켜서면서도 새로움을 잃지 않는 소설을 쓰는 쪽으로 실험성을 조절하지 않을 수 없었고, 그래서 나온 것이 「생물제」다. 1932년 1월에 나온 「생물제」는 부자연스러운 실험적 기법 대신에 친숙한 세계에 대한 정감 어린 내면의 지도를 보여준다. 그것을 새로운 내면분석의 수법으로 형상화하는 데 성공을 거둔 것이다. 「이카루스 실추」처럼 납득하기 어려운 설정과 현학취미 같은 것도 거기에는 없다. 작가의 말대로 관념성이 노출되지 않고 육화되어 있는 것이다. 세누마가 「생물제」를 일본 신심리주의 문학의 랜드마크로 인정한 이유가 거기에 있다.

앞에서도 언급한 것처럼 이토의 작품 중에서 높이 평가되고 있는 작품들은 방법론이 노출되는 것보다는 『눈 밝은 길』의 세계와 연결되는 정서적 따뜻함과 감성의 민감함을 드러내는 시적 작품들이다. 「생물제」, 「이시카리」, 「파도 소리 속에서」, 「유귀의 마을」 등이 거기에 속한다.

이들 시적인 소설의 지리적 배경은 모두 고향 근처인 북해도의 자연이다. 거기에는 아카시아 꽃이나 자두꽃이 흐드러지게 피고, 낙엽송의 새순이 아기의 속눈썹처럼 돋아나는 봄이 있고, 한대성 수목들이 위협적으로 밀집해 있는 검은 숲이 있으며, 사구砂丘 위에 엉경퀴 꽃이 피어 있는 황량한 해변이 있다. 거기에서는 꾀꼬리와 한고조閑古鳥가 운다. 이런 서정적인 분위기의 자연 속에 들어가면 귀신들까지도 정겨워진다. 도시의 유귀들보다 마을의 유귀들이 살갑게 그려져 있는 것은 그 때문이다.

시간적 배경은 작가의 청춘기다. 아버지의 죽음을 겪었던 23세(1928) 이전의 청년기가 앞의 작품들에서 반복적으로 그려진다. 이토 세이는 북해도 출신의 문인이다. 북해도라는 비일본적인 풍토 속에서 자란 그는, 평생을 두고 고향 주변의 풍토적 배경에서 벗어나지 못한다. 그는 시호타니무라塩谷村에서 살다가 오타루小樽에 가서 공부를 하고, 교편도 잡는다. 그러다가 동경으로 나가는데, 그의 신심리주의기의 시적 소설에는 동경보다는 북해도가 압도적으로 많이 나온다. 그가 이 소설들에서 자신의 청년기의 내면을 분석하는 '고백적' 수법을 선호했기 때문에 자신의 고향에서 벗어나지 못한 것이다.

하지만 이 소설들은 목가적인 서정성과는 무관하다. 주제에서 나타나는 "존재의 아픔과 삶에 대한 두려움" 때문이다. 이토 세이는 『눈 밝은 길』 시절부터 사는 일을 두려워하고 삶에 대하여 늘 불안을 느꼈다. 일본 모더니즘의 중요한 특성을 이루어 오던 옵티미즘이 완전히 자취를 감추는 것이다. 그런 아픔과 고뇌는 일차적으로 그의 민감성에 원인이 있다. 그의 감성의 레이더에 너무나 많은 것들이 잡히기 때문이다. 그의 삶이 고달프고 불안해지는 또 하나의 이유는 그의 비사교적인 성격에 있다. 그것은 누구도 사랑하지 않고, 자아의 내면에서 움츠리고 살았던 비사교적인 아버지가 그에게 남겨 준 불행한 유산이다.

> 아버지는 실직實直한, 극명克明한, 속임수를 모르는 인간이지만 남과 어울리는 일만은 영 안 되었던 모양이다. …… 술을 같이 마시고, 추함이나 교활함이나, 음모 같은 것을 서로 보여줘 가면서 속내를 털어놓거나 서로 이용할 줄 아는 사람들의 행복이 아버지에게는 얼마나 크게 보였을 것인가. …… 어머니에 대해서도 그랬던 것 같다.[30]

---

30 伊藤整, 「石狩」, 『全集』 1, p.553.

마을 전체가 가족같이 엉겨 사는 시골의 인정으로 얽힌 세계에 휩싸이지 못하고, 심지어 아내하고도 정을 나누지 못하던 아버지의 유산인 그 비사교성이, 이토의 작품을 관통하는 고독과 불안과 악몽의 원천이 된다. 늘 옆에 있는 사람들을 버거워하고 밀어내려 하니까 친구나 여자도 가까이에 없는 것이다. 「감정세포의 단면」의 경우나 「이카루스 실추」의 경우가 그렇고, 「유귀의 도시」에서 엄습해 오는 귀신들도 대부분이 친구가 아니면 한때 사귀었던 여자들이다.

「생물제」는 그런 그의 청춘의 민감성과 고립성을 함께 그려 성과를 거둔 첫 작품이다. 그것을 선행하는 소설로는 1930년에 나온 「아카시아의 향기에 대하여」가 있다. 의식의 흐름 수법을 실험한 것 같은 이 소설도 「생물제」처럼 『눈 밝은 길』적인 배경 안에 놓여 있는 작가의 서정적인 한 시기를 그린 것이다.

> 「생물제」는 그 의식의 흐름에 있어서 인간심리의 수학적 분석을 통하여 무의식 심리를 병리학적으로 전달하여, 조이스적 방법을 보여주었다.[31]

세누마 시게키는 「생물제」를 이처럼 높이 평가한다. 그래서 이 소설이 '이 나라 문학 70년의 전통에 대한 담대한 반역'이라고 보고 있는 것이다. 그 이유는 기법의 참신성에서 찾고 있다. 프루스트적 영향을 보이는 호리의 「서투른 천사」가 새로운 감각에도 불구하고 무언가 고풍스러운 맛이 나는 데 비해 「생물제」의 수법은 참신하다는 것이다. 「생물제」의 방법론적 특성에 대하여 야마타 아키오山田昭夫는 좀더 구체적

---

31 瀨沼茂樹, 앞의 글, p.19.

인 지적을 한다.

> 「생물제」는 요소적으로는 여러 가지 대위법의 조합에 의해 이루어진 작품으로 보인다. 즉 계절은 북해도의 봄의 전성기인 6월, 장소는 고향인 시호타니무라지만 죽음과 삶, 현실과 환상, 인사人事와 풍물, 혹은 옥내와 호외戶外, 현재와 과거, 낮과 밤, 정靜과 동動이라는 식으로.[32]

그런 대위법이 "서사적 묘사와 서정적 술회述懷에 의해 뒷받침되어 있는" 점이 이 소설의 성공 요인이 된다. 서사적 묘사의 적합성이 그의 본령인 서정성과 조화를 이루고, 관념성이 은폐되어 있으면서도 심리분석의 철저함, 수법의 새로움 등을 수반하여 기법 면에서도 참신성을 확보한 것이 「생물제」가 중요시되는 이유를 형성하는 것이다.

(2) 「이카루스 실추」

이토 세이는 이 작품을 「생물제」와 같은 계열이지만 「생물제」보다 "관념 그 자체가 노골적으로 표면에 나와 있는"[33] 작품이라고 말하고 있다. 신심리주의의적 경향이 더 노출되는 소설이라는 뜻이다.

> 나로서는 그런, 일반의 눈으로 보면 이상하게 생각될 것 같은 작품을 썼을 때 처음으로 '말을 한 것 같은' 만족감을 얻는 것이다. 이상한 일이지만, 그런 종류의 작품은, 1년에 한 편 정도밖에 쓰지 못한다. 사생이

---

32 佐佐木冬流, 앞의 글, p.171
33 伊藤整, 「自作案內」, 『文藝』 1938. 7. 주 22 참조.

아니니까, 그런 종류의 관념이 심내에 퇴적되지 않으면 전연 쓸 가망이 없어지는 것이다.[34]

작자 자신의 이 코멘트를 통하여 부각되는 것은 우선 관념이 노골적으로 드러난 작품은 일반이 보기에는 이상하지만, 작가가 가장 만족하는 작품이라는 것과, 그런 것은 쓰기 어렵다는 사실이다. 이런 점은「생물제」와 비교할 때 그 의미가 명확하게 드러난다.「생물제」는 신심리주의의 후퇴로 간주될 정도로 관념이 은폐되어 있어 무리를 한 흔적이 적고, 사실적인 묘사의 비중이 무거워서 독자들의 이해를 쉽게 한다. 그런데 작가는「생물제」를 아주 쉽게 썼다고 고백하고 있다. 관념이 덜 들어 있기 때문일 것이다.「이카루스 실추」는 그 반동으로 의도적으로 관념을 노출시킨 작품인 것이다.

그 점에서 이 소설은「감정세포의 단면」과 이어지는 측면을 가지고 있다. 친구 간의 내면적 갈등이 노트나 편지를 통하여 노출된다는 점이 우선 비슷하다. 그뿐 아니라 인물의 유형과 고뇌의 내용에도 유사성이 있고, 배경이 도시라는 점에서도 공통성이 드러난다. 이 소설은 1930년에서 1938년 사이에 쓰인 일련의 소설 중에서「유귀의 도시」와 함께 배경이 도시로 설정된 희귀한 케이스다.

배경이 도시가 되면 악몽의 내역도 달라진다. 청소년기와 가족관계가 제외되면서『눈 밝은 길』의 연장선상에 있는 서정적인 측면도 소멸된다. 그리고 숲이나 과수원 대신에 가로수와 식물원이 나타난다. "수목 속에 사유가 있다."는 말로 시작되고 있지만, 식물원의 콘크리트 담 너머로 보이는 느릅나무의 거목이 있을 뿐 근처에는 그를 쉬게 하던 자연

---

34 앞의 글 참조.

은 없다. 그러면서 숲속에서 벌어지던 자연과의 정감어린 교감도 사라진다. 식물원에는 인간이 키운 나무밖에 없다. 인공의 자연밖에 없는 것이다. 식물원의 녹색의 공간이 냉혹하게 느껴지는 이유가 거기에 있다. 배경이 도시가 되면 인물도 사변적이고 현학적이 되면서, 외래어와 관념어가 범람한다. 「감정세포의 단면」에서 '안테리남' 같은 생소한 서양 꽃 이름이 빈번하게 나오는 것과 같은 경향이다.

그 다음에는 인간관계의 어려움이 부각된다. 친구 사이의 증오와 갈등이 주축이 되고, 끝없이 이어지는 내적 독백의 요설이 작가의 말대로 '회삽晦澁'하게 이어진다. 「감정세포의 단면」의 그것과 유사한 인물의 자의식 과잉의 내면이 끝없는 독백으로 펼쳐지면, 현재와 과거 사이로 시간은 넘나들고, 의식의 표면에서 지워졌던 기억들이 죄의식을 동반하면서 떠오르고 사라진다. 작가의 말대로 이 소설은 '회삽'하고 난해하다. 이런 난해성은 제목에서부터 나타난다. 이 소설에는 제목이 되고 있는 '이카루스 실추'의 이야기가 여러 번 나온다.

자기 두뇌가 구름이 일면으로 몰려와 비껴 흘러서 정체하여, 바람이 심한데도 미동도 하지 않는 그 유백乳白의 천후天候와 닮아 있다. 이카루스는 그런 구름을 관통하여 바다로 떨어졌음에 틀림이 없다. 하지만 구름은 다시 이카루스 위에 덮여지고, 해면도 이카루스 위에 닫혀버린다.[35]

앞에서도 언급한 것처럼 이 소설은 "수목 속에는 사유가 있다."는 돌연하고도 난해한 구절로 시작된다. 그러면서 한적한 콘크리트의 긴 벽옆을 걷는 인물 앞에 갑자기 배 한 척 없는 아드리아 바다와, 공중에

---

35 伊藤整, 「イカルス失墜」, 『全集』 1, p.423.

낙하하다 말고 정지해 있는 이카루스의 영상이 떠오르는 것이다. 그것은 인물의 내면의 투사일 가능성이 많다. 이카루스가 갇혀 있던 "희끄무레한 수면과 구름 사이의 정지된 공간을 자신의 이미지로 가지고 있는 것만을 겨우 견디고 있다."고 주인공이 말하고 있기 때문이다. 지금 그에게는 "아무 목적이 없다." 그리고 그는 이유 없는 불안에 휩싸여 끝없이 서성거리고 있다. "왠지 오늘 내 정신은 무언가에 쫓기고 있어 약간의 평안조차 느낄 수 없다. 절대로 없다."고 그는 말한다. 자신이 정신적으로 불안정한 상태라는 것을 거듭 강조하고 있는 것이다. 그러다가 후반부에서 다시 이카루스의 이야기가 나온다.

> 친구가 이미 알고 있는 이카루스의 이야기를 설명을 해주고 있는 동안, 나는 기쁘다고 할까, 우스꽝스럽다고 할까, 감동하여 잠자코 있을 수 없어져서, 그거야말로 너 자체라고 고함치고 싶은 것을 겨우 참고 있었던 것이다. 물론 이카루스의 모티프는 육친의 비극에 있다. 하지만 네 경우처럼 이카루스가 우스갯거리가 된 일은 없다. 이카루스는 장난의 실패다. 하지만 너의 것은 장난의 장난의 장난의 파멸이다. …… 그래서 이카루스가 회색의 바다에 떨어진 이미지가 시작된 것이다. …… 그런데 그가 나를 아프게 하려고 쓴 이카루스의 삽화만은 기묘하게 나에게 추파를 보내는 것이다.[36]

이 글은 내용을 종잡을 수가 없다. 하지만 한 가닥 잡히는 부분은 있다. 그것은 전반부에서 '나'가 이카루스의 이야기를 상기한 이유가 친구의 편지에 기인한다는 사실과, 친구가 자기를 보고 이카루스 같다고 했

---

36 위의 글, p.429.

다는 사실, 그리고 거기에서 '이카루스가 젖빛 바다에 떨어지는 이미지가 시작되었다는 것' 등이다. 그런데 주인공이 친구에게 "그거야 말로 너 자체다."라고 하는 것은 무슨 뜻일까? 또 거기에서 왜 "물론 이카루스의 모티프는 육친의 비극에 있다."는 말이 나오는가? "이카루스는 장난의 실패다. 하지만 너의 것은 장난의 장난의 장난의 파멸이다."라는 부분은 또 무엇을 의미하는가? 이런 의혹들로 모처럼 가닥이 잡혀가던 이카루스와 '나'와의 동질성이 훼손되어, 이카루스의 실추의 상징성이 애매해진다. 제목의 의미에 혼선이 생기고 불투명하게 되는 것이다.

「생물제」 계통의 작품들은 그렇지 않다. 「이시카리」, 「파도 소리 속에서」, 「유귀의 마을」 같은 제목들은 혼선을 불러오지 않는다. 리얼리스틱한 소설인 「말 거간꾼의 종막」의 경우는 차치하고라도 다른 소설들에서는 제목에서 의미의 혼선이 일어나지 않는다. 제목의 애매성은 주제의 애매성을 수반한다.

그런 애매함은 서두의 첫 문장에도 적용된다. 연상할 아무런 끈도 없는데 돌연하게 그 구절이 나오고, 그것이 무슨 중요한 의미라도 있는 듯이 되풀이되고 있다. 무의식 속에서라도 그 말이 무언가와 이어져야 의식의 흐름이건 연상이건 이루어질 것인데, 이 구절은 완전히 고립되어 있다. 사사키는 그것이 식물원 장면에 계승된다고 하는데 거기에서도 '수목'과 사유는 이어질 자료를 보여주지 않는다.

그러나 소녀의 이미지는 그렇지 않다. 주인공이 혼자 걸어가고 있는 식물원 담 옆을 한 소녀가 스쳐 지나간다. 스쳐 지나가는 소녀를 보면서 의식의 밑바닥에 가라앉아 있던 과거의 소녀가 떠오르고, 그녀에게 자신이 저지른 죄가 떠오른다. 그러면서 소녀를 갈가리 찢어 학살하고 싶은 까닭 모를 광포한 충동이 일어나 마음이 찢기운다. 부자연스럽게 나타나는 외래어 'massacre(학살)'와 'Viscera(내장)' 등의 말이 시사하는 충동들도 굳이 끌어 붙이려면 붙여질 연관성이 있어 보이는데, 앞에 든 두 가지는 그런 연관성을 가지고 있지 않다.

어쨌든 그런 "불안정한 존재감, 존재에의 불심감不審感"[37] 속에서 '나'는 하늘에서 날아다니다가 아드리아 바다에 추락하고 마는 이카루스의 이미지를 떠올리고, 그것과 자신을 오버랩시킨 것이니까 「이카루스 실추」와 '나'의 멘털리티 사이에는 아날로지가 생겨날 수가 있다. 그런데 후반에 가면 그의 형이상학적으로 보이던 불안과 초조는 전혀 형이상적이지 않은 곳에서 온 것임이 밝혀진다. 그 불안정한 심리상태는 육친의 비극에서 온 것이 아니라 친구와의 기괴한 반목과 질시의 관계에서 온 것이기 때문이다. "모든 이런 지겨운 관념, 참학惨虐한 사고는, 오늘 아침에 받은 한통의 편지에서 시작되었던 것이다."라는 말에 의해 '나'의 불안과 자기혐오와 고뇌의 출처가 명백하게 드러난다. 그렇다면 '나'는 비상을 꿈꾼 이카루스와 이어질 여건이 미비하다. 이것은 비상을 꿈꾸는 것과는 무관한 분쟁이다. 그건 '존재의 불안정성이나 삶의 불심성'과 이어질 성질의 갈등도 아니다. 친구와의 갈등은 사실은 '나'의 새디스틱한 학대에서 촉발된 것임을 다음 인용문을 통하여 확인할 수 있기 때문이다. "별과 소년 이외에는 아무것도 쓸 줄 모르는 동화 작가"인 친구는 "남의 면전에서는 자기를 표백하지 못하는 주변머리 없는 퇴영인退嬰人"에 불과하다고 '나'는 생각한다.

끊임없이 나에게 푹 찔리우고, 조소를 받고, 자신이 하는 일이 쓸모없는 것임을 지적 받고, 그 존재 이유를 부인 받기 위해 그는 내 차에 설탕을 집어주고, 하인처럼 내 표정을 살핀다. 그의 얼굴을 보자마자 나는 일

---

37 佐佐木冬流, 앞의 글, p.188.

을 던져버리고, 육감적인 기쁨을 가지고 그를 상처지게 하는 일을 시작한
다.[38]

그러면 그는 그저 "손을 비비고 눈을 내리깔고, 애원하는 개의 그것
같은 눈"을 하고 있다가 일어나 가버린다. 하지만 곧 되돌아와서 또 내
곁에 달라붙어 성가시게 군다. 그런 세월이 오래 계속되던 어느 날, 느
닷없이 녀석이 여행지에서 반격해온다. "처절하게 나를 찌르고 저미는
말로 가득 찬 편지"를 보내온 것이다.

> 니가 아무리 저 잘난 맛에 들떠 있는 놈이라도 말이다, 언젠가는 어떤
> 서슬에, 내가 튀어올라 탁자를 두드리며, 니가 얼마나 파렴치한 사내인가,
> 악덕한인가, 노회한 인간인가를 여러 사람의 면전에서 떠벌려서, 너의 점
> 잖은 체하는 낯짝의 가죽을 찢어 발기는 것 같은 짓을 내가 해낼지도 모
> 른다는 것쯤은 짐작할 수 있었을 테지.[39]

친구를 무시하고 그를 못살게 구는 재미로 살던 '나'는 그 병신 같은
놈의 예기치 않던 반격에 너무나 큰 충격을 받는다. 그래서 흐린 바다
위의 "공중에 매달려 추락하는 일까지 정지 당한" 이카루스의 이미지
에 사로잡힌다. 그에게 뒤통수를 얻어맞은 일로 '나'는 자존심이 상해
서 견딜 수가 없는 것이다. 그래서 "자기 모습을 정시할 수도 없"는 상
태가 되며, 그 "회색의 바다와 흐린 하늘의 이미지는 내 머리에 걷잡을
수 없이 정체하고 확산되어 나에게 페이탈"[40]한 막다른 느낌을 느끼게

---

38 伊藤整, 앞의 글, pp.427-428.
39 앞의 글, p.429.

한다.

하지만 문제는 거기에서 끝나지 않는다. 그 망막한 좌절감은 의식의 밑바닥에 가라앉아 있던 유년기부터의 온갖 불유쾌한 기억의 무거리들을 불러일으키는 작용을 한다. 건너편 쇼윈도에서 자기를 응시하고 있는 남자를 발견하면, 여자에게 버림받고 정거장에 쭈그리고 앉아 있다가 수상하게 여긴 경찰관의 불심검문을 받았던 지난 일을 회상하는 식으로 궂은 기억들이 꼬리를 물고 환기된다. 그것들은 "주변에 밀려오는 더러운 표류물처럼" '나'를 엄습한다. '나'는 가슴까지, 입언저리까지 그 더러운 오물에 젖어 있다. 그러다가 갑자기 그 편지를 어디 두었는지 신경이 쓰여서 안절부절 못한다. 그래서 심하게 흔들리는 전차의 동요 속에서 "이소泥沼 같은 정신의 소모"를 느끼는 것이다.

이 두 남자의 지저분한 공방은 사사키의 말대로 괴기하기까지 해서[41] 비상을 꿈꾸다 좌절한 이카루스의 비극과는 유사성을 찾을 수 없게 된다. 이 작품의 난해성의 핵심은 이런 인간관계를 아드리아 해에서의 인간추락의 비극과 연결시키려 한 무리한 시도에서 나타난다. 하지만 그것만이 아니다. 그것을 묘사하는 문장의 생경함에도 문제가 있다.

① 심상心象의 지나친 나형裸形, 절대로 은폐하는 일이 안 되는 추형醜形, 얼굴 근육의 하나의 수축은, 나 자신이 자기의 의지를 깨닫기 전에, 기하학적인 정당함에 의해서……. [42]

---

40 앞의 글, p.432.

41 佐佐木冬流, 앞의 글, p.182.

42 伊藤整, 앞의 글, p.425.

② 이 참담한, 육체나 애련의 풍부함에 의해서 고통까지도 감격스러운 것으로 만들 수 없는, 수목 같은 불감수적不感受的인 연령으로, 불행은 그저 그것의 기계적인 중압으로 그녀를 짓부수고 있는 소녀의 얼굴은…….[43]

자연스러운 구어체의 감성적 언어로 「생물제」를 쓴 작가가, 같은 해에 새 기법으로 "세상을 놀라게 해서 창작의 기쁨을 느끼기 위해"(「자작안내」) 이런 관념어 투성이의 줄거리도 닿지 않는 생경한 문장을 쓰고 있는 것은 놀라운 일이다. 소녀의 얼굴을 수식하는 그런 어색하고 장황한 문장을 억지로 만들어내기 위해, 그는 1년은 걸려야 이런 종류의 소설을 한 편 쓸 수 있었던 것일까?

신심리주의는 서정시인 출신의 이 작가를 너무나 힘들게 하는 버거운 과제였음을 이런 문장을 통하여 확인할 수 있다. 그가 조이스나 프루스트를 소개한 공로는 인정하지만 "그에게 어떤 필연성이 있었는지, 분명히 말하자면 이토 씨는 시골 사람이고…… 신심리주의를 자신의 소설에 응용할 필연성은 별로 없었다고 생각된다."[44]는 오쿠노 다케오의 말이 맞는 것 같다. 신심리주의에서 완전히 벗어난 1940년대 후반에 이토 세이 붐이 일어나는 것, 객관적 리얼리즘의 수법으로 쓴 「말거간꾼의 종말」이 가장 인기 있는 소설이었다는 것 등으로 미루어 볼 때, 이토 세이의 신심리주의는 그의 적성에도 맞지 않았을 뿐 아니라, 그 당시의 일본에서는 수용하기 어려운 무리한 과제였다는 것을 다시 확인하게 된다.

---

43 앞의 글, p.426.
44 「講談會: 昭和の文學-伊藤整」, 『伊藤整 · 武田泰淳』 p.131.

(3) 「말 거간꾼의 종막終幕」

신심리주의의 실험적 기법으로 인해 사방에서 비난을 받던 이토 세이는 1935년대의 복고적인 풍토 속에서 드디어 손을 들고 리얼리즘으로 일단 복귀한다. 인간의 심층만을 묘사하는 문학을 잠시 벗어버리고, 외부적 현실을 객관적으로 묘사하는 「말 거간꾼의 종막」을 쓰게 되는 것이다. 작가는 이 계통의 소설에 대하여 "배경을 북국에 취하고 '일종의 야성의 냄새가 강한 인간의 성격 묘사'의 작품"이라는 정의를 내리고 있다.(「자작 안내」) 배경과 인물형에 대한 이야기만 하고 있는 것이다. 하지만 가장 큰 변화는 묘사방법에 있다. 외부적 현실을 객관적 시점으로 그리고 있기 때문이다. 이것은 내면만 그려온 이토에게는 엄청난 변화다.

이토 세이는 일본에서 객관적 리얼리즘이 자리를 잡지 못해 본격소설이 성장하지 못한 것을 크게 개탄한 평론가이다.[45] 이토는 그 이유를 과학주의와 합리주의의 미숙성에서 찾고 있다. 리얼리즘이 나타나면 일본의 우키요에浮世畵는 발판이 무너진다고 그는 본다.[46] 소설의 경우도 마찬가지이다. 그래서 일본에서는 자아의 내면을 고백하는 사소설이 서사문학의 주류가 되고 있다는 것이다. 문단이 하나의 길드가 되어 사소설을 양성해온 문학 풍토 속에서, 객관적 리얼리즘을 지향한 작가들과 새로운 방법론에 관심이 있는 작가들은 언제나 국외자였고 방계傍系였다고 그는 지적한다.[47] 방법론에 관심을 가졌다는 점에서 신심리주의도 역시 방계에 속한다.

---

45 伊藤整, 「日本の場合」, 『小說の方法』, 河出書房, 1955, pp.70-79 참조.

46 우키요에는 객관적 리얼리즘에 의거하지 않았기 때문이다.

47 일본에서는 사소설, 고백소설 외의 소설은 모두 방계에 속한다. 이토 세이의 신심리주의처럼 방법론 혁신을 기도하는 작가는 물론 방계이다.

그런 풍토 속에서 그는 객관적 리얼리즘의 수법으로 북국의 작은 커뮤니티 안에 살고 있는 성인 남자 하나를 그리는 데 성공한다.[48] 그 작품은 평이 좋았으니까 혹평만 받아오던 작가에게는 경하할 일이라고 할 수 있다. 그런데 이토는 그 경하를 받고 싶어 하지 않는다. 「말 거간꾼의 종막」은 그가 써도 기쁨을 느끼지 못하는 계열에 속하는 작품이기 때문이다. 신심리주의에 들려 있던 이 무렵의 이토 세이는 객관적 시점으로 사회 속의 인간을 그리는 일을 곧 그만둔다. 그리고 다시 신심리주의로 돌아가서 「이시카리」, 「파도 소리 속에서」를 쓰고 나서 「도시와 마을」을 써서 심리주의의 마지막을 장식한다. 그러니까 「말 거간꾼의 종막」은 작가 측에서 보면 일종의 외도인 셈이다.

① 작품의 배경

이 소설의 배경은 북해도의 오시요로 근처의 어촌이다. 배경을 북국에 취한 소설이다. 배경을 북국에 취한 소설은 이 밖에도 많다. 그가 제3계통의 작품으로 분류한 「생물제」 계열의 소설들—「이시카리」, 「파도 소리 속에서」, 「도시와 마을」은 모두 배경을 북해도로 하고 있다. 그곳이 그의 고향이기 때문이다. 그러니까 그것은 제1계통의 소설만의 특징이 될 수 없다.

하지만 같은 북해도라 해도 이 소설의 배경은 「생물제」의 배경처럼 서정적인 공간이 아니다. 인물이 서 있는 장소가 다른 것이다. 숲이나 과수원처럼 인적이 드문 곳이 아니라 시정의 한복판이 무대여서, 거기에는 요리점이 있고 정거장이 있으며 잡화상도 있고 어장도 있다. 사람

---

48 루카치는 노벨을 성숙한 남성이 주동인물이 되는 장르라고 주장한다.
"The novel is the art-form of virile maturity.", George Lukacks, *The Theory of The Novel*, M. I. T. Press, 1971, p.71.

들이 모여서 격투를 벌이는 큰 거리가 있고, 밤의 바다가 짐승처럼 포효하는 해안길이 있으며, 북풍이 부는 겨울날에는 어느 배도 해안에 접근할 수 없게 만드는 험한 바다가 있다.

그래서 이 소설의 배경은 노벨에 적합하다. 돈과 성과 완력이 지배하는 커뮤니티의 한복판이기 때문이다. 그곳은 사람들이 먹고, 마시고, 잠자며 생활을 엮어 나가는 일상의 공간이다. 거기에서 사람들은 산보를 하는 대신에 노동을 하며, 자아의 내면을 찾아 방황하는 대신에 돈을 챙기고, 소녀를 짝사랑하는 대신에 여자의 몸을 주무르며, 편지를 쓰는 대신에 어망을 손질한다.이런 현실적인 배경은 이전의 소설에는 없었다. 이토 세이의 신심리주의계 소설에는 커뮤니티가 그려져 있지 않고, 인간들의 다각적인 교섭도 역시 그려져 있지 않다. 프루스트의 심리탐색의 소설은 타인과의 관계에서 시작하여, 사교계의 인간관계까지 포괄한다. 조이스도 마찬가지다. 「젊은 시인의 초상」은 아버지의 응접실에서 벌어지는 정치 문제에 대한 토론 장면으로 시작된다.

이토 세이에게는 그것이 없다. 그는 자기와 비슷한 인물의 내면탐색에만 전념하고 있다. 타인의 내면을 객관적으로 분석하는 일은 "흥미도 없지만 용기도 없어서" 안 하기 때문에 그의 심리분석의 관념적 소설들은 언제나 고백적이 된다고 작가는 말한다.[49] 그가 고백적인 세계에서 벗어나 타인의 내면을 그려서 성공을 거두는 「불새火の鳥」는 1953년에야 나오는 것이다.

그래서 신심리주의계의 소설들은 작품 세계가 너무 편협하다는 평을 받는다. 흥미의 초점이 자신으로 집중되어 있기 때문이다. 그는 타인의 내면에 대한 관심이 없다. 그와 관련되는 타인은 아버지, 여자 친구, 남

---

49 伊藤整, 「自作案內」, 『文藝』 1938. 7. 주 22 참조.

자 친구의 세 유형밖에 없는데, 그 모든 사람과의 관계가 지극히 소원하다. 그는 아버지와도 사랑을 나눈 기억이 없다. 아버지도 그에게 사랑을 보여준 일이 없고, 자기도 아버지를 사랑한 일이 없다고 그는 생각한다.(「생물제」) 이토는 아버지에게서 물려받은 자신의 비사교적 자질을 지겨워하며, 아버지의 좌절을 물려받을 앞날도 두려워한다.

여자들과의 관계도 마찬가지이다. 그는 한 여자에게 목숨을 건 사랑을 할 타입이 아니다.[50] 많은 여자관계가 나오지만, 그에게는 사랑에 대한 탐닉이 없다. 그가 여자에게 깊은 상처를 받은 것은 「이시카리」에 나오는 오요와의 경우뿐이다. 별 큰 열정도 없이 여자들과 어울리다가, 특별한 이유도 없이 헤어지는 것이 그의 여성편력의 패턴이다. 그의 작품에 나오는 여성관계는 현재진행형이 아니라 언제나 과거형이며, 사랑에 대한 아름다운 추억이 아니라, 버리고 온 데 대한 죄의식으로 점철되어 있다. 친구와의 관계는 더 나쁘다. 「이카루스의 실추」가 그 전형이라고 할 수 있다.

일반적으로 '나'를 주축으로 하는 고백적 이야기가 흥미가 있으려면, 고백하는 사람의 퍼스낼러티가 흥미로운 특색을 가져야 한다. 그래서 일본의 사소설 작가 중에는 이야기를 자극적으로 만들기 위해 인생 자체를 극단화하다가 몸을 망치는 경우까지 나타난다.[51] 그런데 이토 세이의 고백적 관념소설들을 관통하는 인물의 유형은 '고지식한 시골학교의 모범생형'뿐이다. 소심하고 신중한 내성적 인물로 고정되어 있는 것

50　十返一, 「伊藤氏について」, 『伊藤整・武田泰淳』, p.33 참조.
51　이토는 『소설의 방법』에서 사소설이 일본 소설의 주류를 형성하고 있기 때문에 체험 내용의 진부함을 탈피하기 위해 삶의 방법 자체를 자기 파괴적인 것으로 만드는 경우가 있다며, 나가이 가후처럼 창녀의 유형 연구에 몰두하는 작가를 예로 들었다.
　　　　　　　　　　　　　　伊藤整, 『小說の方法』, pp.195-214 참조.

이다. 그래서 그들의 의식의 내면에는 독자의 흥미를 유발한 자극적인 요인이 적다. 그런 인물의 한정된 체험을 끝없이 되풀이하여 그리니까, 지루하고 답답하여 독자가 붙지 않는 것이다. 그래서 「말 거간꾼의 종막」이 주목을 끈다. 거기에서는 북국의 혹독한 자연 속에서 영위되는 험난한 삶의 현장을 보여주기 때문이다.

그 다음에 이 소설의 배경이 지니는 변별 특징은 시간적 배경에 있다. 「말 거간꾼의 종막」은 북해도의 '겨울'을 배경으로 하고 있고, 설상가상으로 2장과 4장은 심야의 시간대에 일어나는 일을 다루고 있다. "바다가 괴물처럼 포효하는" 바닷가의 해안선 길이 아니면, 북쪽에서 불어오는 폭풍에 눈보라까지 합세하여, 어느 배도 기슭에 닿을 수 없게 만드는 자연의 횡포가 그려져 있다. 자두꽃 향기가 숨 막히게 퍼져 나가는 「생물제」나 낙엽송이 아기 속눈썹 같은 새순을 달고 있는 「유귀의 마을」의 배경과는 천양지차가 있는 혹독한 계절이 배경으로 설정되어 있는 것이다.

「생물제」는 북해도의 봄의 절정인 6월을 무대로 하고 있다. 혹한이 지나간 후여서 더 큰 감동을 자아내는 것이 북해도의 봄이다. "사람을 환장하게 만들 것 같은 봄의 생물들의 화려한 혼란"(「생물제」) 속에서 작품은 진행된다. 「유귀의 마을」도 마찬가지이며, 「이시카리」나 「파도 소리 속에서」의 경우도 역시 춥지 않은 계절이 배경으로 되고 있다. 엄동설한의 절정기가 그려지는 것은 이 작품밖에 없다. 그 냉혹한 추위 속에서 치열한 생존의 싸움이 벌어지는 장소가 시골의 작은 요릿집 앞길로 설정되어 있는 것이다.

② 인물

자의식 과잉의 내성적인 인텔리 청년의 내면만 그려오던 이토 세이는 이 소설에서 그들과는 정반대 축에 있는 인물을 그렸다. 항상 자신과 유사한 인물들만 그리던 작가가 자기와는 비슷한 점이 전혀 없는 밑바닥의 망나니를 그렸다는 것은 천지가 다시 개벽을 하는 것 같은 큰 변화다. 이 소설의 주인공인 누마다 준페이沼田準平를 「생물제」의 인물과 비교해보면 그들 사이에 공통성이 전혀 없음이 일목요연하게 드러난다.

「생물제」에는 20대 초반의 대학생이 나온다. 그는 보통 체구에 섬세한 감성을 지닌 내성적인 인물이다. 행동보다는 사색에 적합한 인텔리 청년인 것이다. 그런데 「말 거간꾼의 종막」에는 중년의 무식한 망나니가 나온다. 그는 우선 어른이다. 그때까지의 이토 세이의 작품에는 나와 본 일이 없는 '어른 남자'다. 그뿐 아니라 그는 돈도 직업도 없이 밑바닥 인생을 살고 있으며, 체격도 빈약하다. 하지만 배짱만은 두둑하다. 그는 싸움을 시작하면 목숨을 거는 타입이다. 상대방을 죽이거나 항복을 받을 때까지 포기하지 않는다. 그 끈기가 체력의 빈약함을 커버하고도 남는다. 이 소설은 네 장면으로 나뉘어져 있는데, 그 하나하나가 준페이의 한 가지 특색만을 부각시켜 독자가 종합하게 특이한 방법을 취하고 있다. 「생물제」의 경우처럼 작품 전체가 군더더기 없이 깔끔하게 마무리된 것도 호평을 얻을 수 있는 여건을 형성한다고 할 수 있다.

이 소설은 "준페이는 스즈키 산타鈴木三太에 의해 큰 거리의 진흙밭에 내동댕이쳐졌다."로 시작된다. 정거장 근처에 있는 작은 요릿집 쓰다야 앞 큰 길에는 내린 눈이 녹아 만들어진 진흙탕이 '물엿처럼 빛을 발하고 있다. 점잖은 중개상인인 스즈키가, 동네 아이를 까닭 없이 밀쳐서 울게 만든 데 화가 나서 준페이를 집어서 그 진흙탕 속에 던져버린 것이다. 그런데 그 진흙탕 한복판에 주저앉은 준페이는 뜻밖에도 취기가 싹 가시면서 마음이 차분히 가라앉는 걸 느낀다. 그건 그가 "끝까지 해보기로 작정할 때" 일어나는 증상이다. 그 상태가 되면 그에게는 "무서운 것이 없어지는" 것이다.

이렇게 하여 작가는 마을 전체를 괴롭히는 망나니 하나를 소개한다. 본토에서 사방을 굴러다니다가 마지막으로 이 마을에까지 흘러들어온 그는 본래 말 거간꾼이었는데 이제는 조랑말 한 마리 가진 것이 없는 빈털터리여서, 겨울 바다에 임시 어부로 나가 겨우 입에 풀칠을 하는 극빈자다. 그 주제에 성질만은 불같아서 마을 사람들을 두루 괴롭히고 다닌다. 김동인의 「붉은 산」에 나오는 '삵'과 같은 유형이다. "살인 같은 것은 일로도 여기지 않는다."는 소문까지 퍼져 있어, 사람들은 모두 그와 대거리를 하는 것을 피하려 애를 쓴다. 그래서 스즈키는 체력이 그보다 월등하게 큰 데도 불구하고, 어둑한 곳에서 손에 칼을 쥐고 있는 그와 마주치자 결국 그에게 사과를 하게 된다.

두 번째 장면에서는 이성 관계가 부각된다. 그는 아내가 맥을 못 추게 만들 정도로 정력이 센 사나이인데, 사촌 처형인 잡화상의 안방마님 오소노ぉ園에게 눈독을 들이고 있다. 오소노는 그가 자기에게 눈독을 들인다는 것의 의미를 깨닫자 몸서리를 친다. 그것은 그냥 머릿속에서 일어나는 일이 아니라 "단숨에 덤벼드는 동물의 본능" 같은 것으로 단행하는 실력 행사일 것이리라는 사실을 감지하였기 때문이다.

이 장면은 겨울의 거친 바다가 괴물처럼 짖어대는 해안을 지나, 준페이와 오소노가 단둘이서 심야의 산길로 접어드는 데서 시작된다. 마을 사람들과 함께 문상을 갔다 돌아오는 길인데, 우연히 이 산길에서 두 사람만 남은 것이다. 그런데 준페이는 이상하게도 아무 짓도 하지 않고 조용히 앞에서 걸어만 간다. 오히려 방어 태세를 잡고 긴장해 있던 오소노가 안정을 잃고 허둥대게 되는 것이다. 그러다가 오소노의 집 앞에 다다라 그녀가 이미 초인종을 누른 후의 그 짧은 시간에, 준페이는 느닷없이 기습하여 그녀의 옷 속에 손을 넣어 삽시간에 맨살을 한바탕 휘

젓는다.

세 번째 장면에서는 말 거간꾼으로서의 그의 능란한 솜씨가 제시된다. 슬쩍 던진 행수의 한 마디 말을 빌미 삼아 그가 예고 없이 말 한 필을 끌고 나타난다. 그는 행수에게 거절할 시간적 여유를 주지 않고, 대뜸 말에게 마차를 매고 무거운 짐을 잔뜩 싣는다. 모처럼 말에 대한 열정을 되찾은 준페이는 '일종의 도취' 속에서 마차가 움직이지 못하게 바퀴 사이에 가로로 통나무까지 질러놓는다. 그리고는 느닷없이 말에게 채찍을 퍼붓기 시작한다. 그 불가능한 여건 속에서 말이 미쳐서 달리는 극적인 묘기를 연출하기 위해서다.

> 그는 이제 무아의 경지에 들어가 있었다. 그저 자신의 흥분에 몰입하여, 말의 호흡을 본능적으로 감지해서 숨돌릴 겨를을 주지 않고 말을 몰아치는 것, 말을 자기와 같은 열광으로 몰입시키는 것, 말을 그 집 담장까지 몰고 갈 것만을 생각했다. …… 평생 인간이 한 번이나 두 번밖에 보여 줄 수 없을 것 같은 정근精根을 다한 표정이 준페이의 얼굴에 퍼져 있었다. …… 말은 눈뜨기 시작한 야성의 깊은 본능에 따라 바퀴가 돌지 않는 마차를 끌고 광분하고 있는 것이다.[52]

그런 비상수단을 써서 그는 뜨악해하는 행수에게 말을 강매하는 데 성공한다. 마지막 장면에는 폭풍우 속의 밤바다가 나온다. 바다는 미쳐 날뛰고, 지척을 분간할 수 없는 칠흑의 어둠 앞에서 사람들은 손을 내저으며 울부짖고 있다. 폭풍을 동반한 북국의 바다가 초자연적인 맹위를 떨치면서 배를 해안에 닿지 못하게 방해하기 때문이다. 배들이 바위

---

52 伊藤整,「말 거간꾼의 종막馬喰の果」,『全集』1, p.534.

에 부딪쳐 산산이 부서진다. 그 재난 속에서 기적적으로 준페이만 살아남는다. 폭풍이 북쪽에서 불어오면 어느 배도 접안이 안 되는 어항에 눈보라까지 휘몰아치는 밤인데, 수영도 할 줄 모르고 바다 일에는 경험이 전혀 없는 준페이가, 베테랑 어부들을 모두 젖히고 혼자 살아남는 것이다. 그는 난파된 배에 온몸을 꽁꽁 묶어 구조 받을 때까지 목숨을 부지한다. 그리하여 준페이는 어떤 악조건 속에서도 살아남는 불사의 이미지를 획득한다.

이참에 그가 죽어 주기만을 고대하던 오소노가 그의 기백에 그만 백기를 들고 만다. "이제부터는 일이 단순하게 풀려 나가지 않을 것을 각오해야 할 것 같다."고 그녀가 혼자 독백 하는 데서 이 소설은 끝난다. 오소노의 독백으로 준페이의 인물상이 완성되는 것이다.

「말 거간꾼의 종막」은 이토 세이의 작품 중에서 문단적으로 가장 호평을 받은 작품이다. 이유는 그가 처음으로 "산 인간을 그렸다는 데 있다." 작자도 "이 작품의 중점은 육체적인 것을 심리적인 것에 대응시켜서 인간성의 전체를 파악하려 한 데 있다."[53]고 말한다. 이 말을 뒤집으면 그의 여태까지의 작품에는 '산 인간'이 그려지지 않았으며, '인간성 전체'가 그려지지 않았다는 이야기가 된다는 것이 도가에리 하지메十返一의 의견이다. "'육체적인 것을 심리적인 것에 대응'시키지 않고 '심리적인 것'만을 그린 심리주의문학은 '인간성'을 그리지 않았다."[54]는 의미가 된다는 도가에리의 주장에는 타당성이 있다.

하지만 이 소설은 단순히 인간을 그렸다는 데서 끝나는 것이 아니다. 이토 세이에게서는 찾아보기 어려운 '남성적 성숙성'을 가진 남자를 그

---

53 十返一, 앞의 글, p.28에서 재인용.
54 앞의 글, pp.29-30.

렸다는 점이 더 주목을 끈다. 이 소설의 주동인물은 신심리주의계뿐 아니라 이토 세이의 다른 소설의 주인공들과 비교해도 너무나 현격한 차이가 나타난다. 이토 세이는 싫은 줄도 모르고 내성적인 의지박약형의 인물만 그려왔다. 그들의 자의식과 내면의 복잡한 의식의 흐름을 추적하는 일에만 골몰해온 것이다. 어느 비평가가 『눈 밝은 길』에서 시작하여 마지막 작품인 「발굴發掘」까지 이토 세이는 일관되게 인간의 내면과 심리의 세계만을 추구해왔다고 말한 일이 있다. 신심리주의기에는 다만 심리의 심층까지 분석하려는 노력을 한 점만 다를 뿐, 그는 후기의 3인칭 소설에서도 자신과 유사한 인물들의 내면탐색을 계속했다는 것이다.

말 거간꾼 준페이는 그들과는 거리가 먼 인간형이다. 작가의 말대로 '야성의 냄새가 강렬한' 북해도의 사나이인 것이다. 하지만 누마다 준페이는 죽었다 살아나도 서부극에 나오는 존 웨인 같은 멋있는 영웅은 될 수 없다. 그는 너무 빈약하고, 너무 무식하고, 너무 늙었다. 그런데 그는 이토 세이뿐 아니라 일본문학 전체에서 보아도, 유례를 찾기 어려운 새로운 유형의 남성상을 보여준다. 일본의 근대소설은 사소설을 주축으로 하며, 작가의 내면에만 포커스를 두었기 때문에 문약文弱에 흐르는 남자들이 주류를 이루어왔던 것이다. 이토 세이는 이 소설에서 여태까지 받아 보지 못한 호평을 받는다. 「생물제」의 경우처럼 작품 전체가 군더더기 없이 깔끔하게 마무리된 것도 호평을 얻을 수 있는 여건을 형성한다고 할 수 있다. 그 후 이토 세이는 종전 후에야 다시 호평을 받는 객관적 소설들을 쓴다.

사소설 문단의 주류에 인정받지 못하였던 방계의 문학자가 패전을 거치고, 전후의 해방적 분위기 속에서 처음으로 개화했다. 나는 이토 세이도 역시 거기 들어간다고 생각한다.[55]

오쿠노 유키히로의 평이다. 이토 세이는 신심리주의 아닌 곳에서 언제나 인기를 얻는다. 그 사실은 그의 적성이 신심리주의에 있지 않았음을 입증한다.

(4) 「이시카리石狩」

1932년에 「생물제」와 「이카루스 실추」를 발표한 이토 세이는 3년간의 공백기를 겪은 후에 처음으로 '감각적, 관념적'인 신심리주의계의 소설을 발표한다. 「이시카리」다. 그동안도 물론 쉰 것은 아니지만 제2계열의 '도시풍속소설'인 「쓰다듬어진 얼굴」(1934)과 제1계열에 속하는 「말 거간꾼의 종막」(1935)을 발표하였을 뿐 신심리주의계의 소설은 쓰지 않았다.

「이시카리」는 「말 거간꾼의 종막」이 나온 다음 달에 발표된다. 「이카루스 실추」를 쓴 지 삼 년 만에 나온 「말 거간꾼의 종막」이 전작들보다 오히려 호평을 받은 데 대한 반동으로 「이시카리」에서는 '감각적·관념적'인 소설을 쓰려 한 것이다. 「생물제」가 나온 후에 「이카루스 실추」에서 관념성이 강조되었던 것과 비슷하다. 이 소설에 대하여 작가는 다음과 같은 말을 하고 있다.

이것은 장면은 북해도지만, 주제의 취급 방법은 약간 지적이어서 나의

---

55 〈좌담회: 소화의 문학–이토 세이講談會: 昭和の文學-伊藤整〉에서 오쿠노 다케오奧野健男가 한 말. 『伊藤整·武田泰淳』, 有精堂, 1975, p.143. 「火鳥」를 중심으로 한 이토 세이론에서 우스이 요시미臼井吉見도 "패전 후에 진보한 작가라고 생각한다. 전쟁에 지고 나서 재미있어진 것은 이토 세이라든가 사카구치 안고坂口安吾라든가"라는 말을 하고 있다. 앞의 책, p.71.

상기의 세 계통의 모든 것의 냄새나 색깔을 조금씩 띠고 있어, 어떤 의미에서는 가장 나다운 작품일지도 모르겠다.[56]

작가가 가장 쓰고 싶어한 '감각적 · 관념적'인 소설은 「생물제」, 「이카루스 실추」를 거쳐 「이시카리」에 다다랐고, 그 뒤를 「파도 소리 속에서」(1936)와 「유귀의 도시」(1937), 「유귀의 마을」(1938)이 잇는다. 「이시카리」는 3년 만에 나온 '감각적 · 관념적' 소설이라는 점에서도 중요성을 띠지만, 오랜 시간에 걸쳐 모색되어 오던 작가의 존재에 대한 인식이 하나의 도달점을 보여준다는 측면에서도 주목할 만한 작품이다.

구성상의 특징으로 보면 「이시카리」는 「이카루스 실추」처럼 전반부와 후반부가 서로 다르다. 전반부는 "주인공을 자극하는 인물을 차례차례로 등장시켜, 거기 따르는 주인공의 의식의 변화를 따라가고, 후반은 사위四圍의 풍경의 인상에 따라 변화하는 의식의 추이를 따르고 있기"[57] 때문이다. 「생물제」는 '부친 위독'의 전보를 받고 내려온 주인공이 누나에게 똑같은 전보를 치기까지의 며칠간의 이야기인데, 이 소설은 부친 사망 후의 휴학기간을 다루고 있다. 말하자면 「생물제」의 속편과 같은 작품이라고 할 수 있다. 따라서 이 소설에서는 작고한 부친에 대한 이야기의 비중이 높아지고 남은 가족과의 관계도 본격적으로 다루어지고 있다. 부친과의 관계는 자신의 삶의 방향 설정과 관련이 된다. 그래서 「생물제」에서도 여러 번 나오고, 「이카루스 실추」에서도 "이카루스의 비극은 부자간의 문제다." 같은 말이 튀어나온다. 하지만 「이시카리」에서처럼 본격적으로 다루어지지는 않았다.

---

56 伊藤整, 「自作案內」, 『文藝』 1938. 7. 주 22 참조.
57 佐佐木冬流, 앞의 글, p.194.

나는 이 마을에서 살아가기 위해서 자기에게 무엇이 결핍되어 있는가를 잘 알고 있다. 담소하는 동안에 스스로의 설 자리를 잡는다는, 모든 사람이 하고 있는 방법이 나한테는 안 되는 것이다.[58]

우몽과 고로 같은 자기 또래의 청년들은 색 바랜 것이기는 해도 '안온한 평화'를 누리며 살고 있는데, 왜 나한테는 그게 안 될까 하고 생각하다가 주인공은 그것이 아버지에게서 물려받은 비사교적인 성격 때문임을 알게 된다. '실직한, 극명한, 속임수를 모르는' 인품인 아버지는 타인과 융합하는 방법을 몰랐다. 흉금을 터놓고 남과 사귈 줄 몰랐던 아버지는, 죽어가는 데도 "눈물을 흘리면서 후사를 의논할 친구가 하나도 없었다. 어머니에 대해서도 그랬던 것" 같았다.

그것을 아들은 아버지의 최대의 불행이라고 생각했다. 하지만 그것은 아버지만의 불행이 아니었다. 자기도 그것을 물려받고 있었기 때문이다. 자기도 아버지처럼 사람들과 어울리는 방법을 몰랐고, 현실의 척도를 몰랐으며, 모범생의 딱지 때문에 여자들이나 친구들과 노닥거리며 즐겁게 노는 방법도 터득하지 못했다. 사람들과 '가슴을 열고 접할 수 없어' 이 마을에 살기에 부적합하다면 다른 장소에서도 살기가 어렵다는 이야기가 된다. 그래서 세상과의 불화와 위화감에서 오는 불안과 고독은 이토 세이의 주인공들의 공통된 특징을 이룬다. 그런 결함은 사람의 존재를 고독하게 만들고, 사는 일을 두렵게 만드는 요인이기 때문에 그의 인물들은 삶이 두렵고 항상 불안한 것이다.

아버지와의 관계가 언급되는 두 번째 항목은 자유주의적 교육 방법이다. '나'는 친구 집에서 자거나 말없이 여행을 다녀도 부모에게서 야단

---

58 伊藤整, 「石狩」, 『全集』 1, p.553.

을 맞은 일이 없었다.

내가 하는 일에는 그럴 만한 이유가 있을 것이라는 것 같은 아버지의 이상한 유약한 점이 거기 있었다. 부모의 이런 자유주의는 나를 철저한 고독에 빠뜨려 넣었다. 나는 자신을 지탱해 줄 반응을 어떤 것에서도 발견할 수 없어 내 안에 비쳐지는 것의 확실성을 믿는 일이 불가능했다. 그래서 나는 감각에만 들려^憑버려 현실의 척도를 이해하지 못하는 청년이 되었다.[59]

보통 가정과는 다른 방임주의적 교육에서 생겨난 '현실의 척도'에 대한 몰이해는 『눈 밝은 길』에서부터 시작된 작가의 특성을 이룬다. 그것이 '고백적 소설'의 인물들에게 전이되어 이 소설에서처럼 주인공의 고독을 심화시키고, 객관적 안목을 흔들리게 하여, 자신을 가질 수 없는 우유부단한 청년으로 만든다. 주인공의 주아주의적 경향 역시 그런 방임주의적 교육의 결과라 할 수 있다. 부모의 조건 없는 신뢰는 또 터무니없는 자기 과신과도 이어져, '자신 없는 자의 오만'으로 인해 인간관계를 더 어렵게 만들었을 가능성도 있다. 그는 자신에 관한 것은 확실히 알지만[60] 타인을 모르며, 누구도 사랑할 수 없고, 심지어 자기 자신마저 사랑할 수 없는 인물로 성장하게 되는 것이다.

그런데 「이시카리」에서는 처음으로 타인에 대한 관심이 나타난다. 그것은 우선 가족에 대한 것으로 표명되며, 그 첫 대상은 아버지다. 주인공은 어두워오는 정원에서 문득 아버지의 기척을 느낀다. "정원석의

---

59 앞의 글, p.557.
60 앞의 글.

배치 방법에 아버지의 성격이 사죽은 얼굴[死面]처럼 노출되고 있다. 사람의 기척이 없는 구석구석에 아버지의 입김이 서려 있다."[61]는 것을 실감하는 것이다. 비사교적인 성격 때문에 자식에 대한 사랑도 표현할 줄 모르던 아버지에 대한 그리움이 비로소 싹이 튼다. 그리고 처음으로 아버지가 없어진 집에 남은 어머니와 형제들의 '의지할 데 없는' 분위기가 감싸고 있는 집 주변에서, 그들을 위한 불안에 휩싸인다.

그렇게 촉발된 정감은 기차 속에서 엉터리 설교사의 설교를 들으면서 느닷없이 울음보를 터뜨리는 행위로 나타난다. "한 집안이라는 것은 모두가 조금씩 부자유로우면서 누구에게도 불편함이 없도록 하는 약속을 지켜야 하는 것"이라든가 "자기의 의지를 버리는 것"이 효도의 시작이라는 설교사의 말 같은 것이, 그의 모습과 말투를 혐오하고 있는 데도 불구하고 '나'의 내면을 휘저어놓는 것이다.

사자死者와 남아 있는 자들과의 눈에 보이지 않는 격렬한 연관이 갑자기 자신의 일이었음을 확실하게 깨달은 것이다. 그러자 아까 정원의 나무의 술렁거림 속에서 느꼈던 아버지의 기억이 물을 뿌린 것처럼 신선한 것이 되고 "저예요, 저만이 그 정원 일을 압니다."라는 아버지를 향한 부르짖음이 입 근처까지 북받쳐 올라오는 것이었다. 아버지의 병, 죽음, 장례식으로 이어지는 어수선함 속에서, 한 번도 확실하게 파악되지 않던 아버지와 나의 관련이 선명하게 소생되어왔다.[62]

그 복받치는 감정이 눈물이 되어 쏟아진 것이다. "눈물이 넘쳐흘렀

---

61 앞의 글, pp.556-557.
62 앞의 글, p.560.

다……. 자신이 울었다는 것이 신기했다. 새롭게 자신이 환생한 것 같은 기분이었다."[63] 그것은 너무나 낯설어서 자기 자신도 당황하게 만드는 슬픔이었다. 그때까지 그는 자기 아닌 사람 생각을 하지 않으며 살아왔다. 자신의 감각에만 몰입하며 살아온 주아주의자여서 타인을 위하여 울어본 일이 없었던 것이다.

그에게 혈육의 의미가 알려지고, 가족이라는 타인에 대한 사랑과 배려가 움이 튼다. 그것은 여행 가는 짐을 마당에 감추는 행위에서도 이미 예고된 것이다. 어머니가 걱정할 것 같아서 그는 트렁크를 정원에 감춰두고 외출한다. 이때 그는 어머니의 걱정을 어떤 '반응'으로 달갑게 받아들인다. 처음으로 현실에서 어떤 '반응'을 느낀 것이다. 이런 변화는 그의 가족관계의 개선을 의미한다. "새롭게 자신이 환생한 것 같은 기분이" 든 것은 그 유대감이 주는 따뜻함 때문이다.

두 번째 인간관계의 축은 여자들이다. 이 소설에는 두 여자가 나타난다. 주인공이 그녀의 육체에 대한 집착 때문에 몸부림치는 육감적인 여자 오요오와, 그에 대한 기억을 황량한 삶의 '등불처럼' 간직하였을 소꿉친구 우다코歌子다. 사람과 어울리는 법을 몰랐던 그는 여자와 사귀는 방법도 역시 몰라서, '정감을 느끼고 있는' 여자가 앉아 있는 다이빙대에 감히 기어 올라갈 생각을 못 하고, 그 아래를 '개구리처럼' 볼썽사납게 헤엄쳐 다니기만 한다.

'나'는 오요오에게 오랫동안 연정을 품어왔지만, 모범생이라는 틀에 갇혀서 자신의 사랑을 고백할 엄두를 내지 못한다. '우울하고 우유부단한 얼굴'을 하고 친구들이 여자들과 노닥거리는 걸 구경만 하는 '나'를 오요오를 위시한 여자들이 이따금 가만히 들여다보는 일이 있다. 그것

---

63 위와 같음.

은 "때로는 장난이고 때로는 도전이며, 때로는 연민이고 때로는 조소"인 것을 '나'는 알지만, 그렇다고 틀을 깨고 과감하게 여자들에게 다가가 지분대는 것만은 자신에게 허용할 수 없다. 그러면서 오요오가 다른 남자와 도망갔다는 말을 들었을 때는 현기증을 느꼈다. "띵 하니 골속의 심이 마비"되는 것 같은 타격을 받는 것이다. 그는 오요오의 육체에 "몇 년 동안 자신의 정감을 키워온" 처지지만, 그것은 마음속에서 일어난 일일 뿐 현실적으로 그녀와 "깊은 관계가 있었던 것은 아니"었는데도 상실감이 엄청났다.

> 오요오는 살찐 허리와 어깨를 흐느적흐느적 흔들며 걷는 것이었다. 눈이 커서 표정도 크게 움직였다. 살이 쪄서 턱이 겹쳐지려고 봉긋하게 부풀은 턱밑의 하얀 부분을 보면, 나는 자신의 감각이 그 한 점에서 극에 달하는 것 같은 기쁨의 정점까지 다다르는 것을 맛보는 것이다.[64]

이토의 작품에서 여자의 육체와 그것에 대한 주인공의 집착이 이렇게 정밀하게 그려진 예는 전에는 없었다. 여자의 육체는 언제나 추상적이거나 관념적으로만 그려져왔을 뿐이다. 그런데 여기에서는 육체의 각 부분이 감각적으로 묘사되어 육감을 자아낸다. 다이빙 대에 올라갈 때의 수영복 아래에서 드러나는 "계란 껍대기 같은 광택이 있는" 다리와 허벅지라든가, 옷매무새가 느슨해서 걸을 때 걸핏하면 드러나는 "하얗고 실팍한 정갱이", 항상 옷을 느슨하게 입어 노출되는 목덜미 같은 ─ 색정을 도발하는 육체의 부분들이 과감하게 묘사되어 있고, 그것들이 주인공을 못살게 괴롭히고 있는 것이 표면화되어 있다. 그녀는 팜므 파

---

[64] 앞의 글, p.553.

탈famme fatale의 모습으로 그의 앞에 서서, 날마다 온 동네 남자들에게 수영복 입은 모습을 과시하고 있다. 그런 오요오에 대한 집착은 순전히 육체적인 것인데, 한때는 "생식기를 가지고 있는 것이 자기 혼자인 것처럼 낯을 붉히던"[65] 이토 세이의 인물이 자신의 육욕을 긍정할 만큼 어른이 된 것이다.

그런데도 그는 아직도 그녀에게 다가가는 방법을 찾지 못하고 있다. 그러면서 그녀의 머릿속에 각인되어 있는 '우울한 얌전한 청년'으로서의 자신의 이미지를 깨는 것도 너무나 두려워하고 있다. 그런데도 그녀가 '남자를 겪고 온 경험'만은 절대로 용서할 수 없을 것 같아 번민하게 된다.

그것은 마치 바닥 모를 깊은 상흔이 오요오의 하얀 피부를 찢어버린 것처럼 오요오를 완전히 다른 생물로 생각하게 하는 것이다.[66]

그것을 참을 수 없어서 그는 집에서 떠나기로 마음을 먹는다. 그것은 일종의 도피 행위다. 그런데 세상의 끝처럼 황량한 이시카리를 행선지로 정하게 한 '악마'는 또 하나의 여자 우다코다. 고아였던 우다코는 그의 소꿉친구일 뿐인데, 그녀 쪽에서는 그에게 집착이 있어 보였다. 한번은 실성한 그녀가 그의 집 우물에서 물을 마시는 것을 훔쳐보면서 아름답다고 생각한 일이 있다. 그것뿐이다. 그는 우다코가 팔려간 유곽 근처에 선뜻 다가갈 숫기도 없고 갈 마음도 없어, 그저 지나는 길에 그 애의 얼굴이라도 잠깐 보았으면 하는 가벼운 마음이었을 뿐이었다. 실제로 그는 그녀의 목소리조차 기억하지 못하는 처지다. 우다코는 그만

65 伊藤整, 「파도 소리 속에서(浪の響のなかで)」, 『全集』 1, p.165.
66 伊藤整, 「石狩」, 앞의 책, p.551.

큼 비현실적인 먼 자리에서 있었던 대상이다. 그런데도 여행의 행선지를 정하게 한 것은 그녀였다. 오요오를 잊으면 "자기는 무엇을 목표로 하루하루를 보낼지 몰라서" 떠나기로 작정을 한 건데 "예상하지 않았던 행복한 암시"처럼 우다코가 있다는 이시카리가 생각났다. 이시카리 행은 오요오에 대한 "현실적 절박감에서, 우다코에 대한 비현실적 거리감으로 도피하는"[67] 행동이었던 것이다.

이 소설에 나타난 여성 관계의 또 하나의 변화는 여자에 대한 집착의 절박함에 있다. 이때까지의 이토 세이에게는 그런 것이 없었다. 1년 후에 나온 「파도 소리 속에서」도 마찬가지다. "파도 사이에 여자의 시체가 떠 있는 것을 보고 있는 것이다. 그것은 내가 아는 여자였다."[68] 정도의 표현밖에 안 나오는 것이 그의 여성 묘사의 관례이다. 「이카루스 실추」에서는 소녀를 학살하는 이미지가 잠재의식 속에서 떠오르는데, 막상 소녀의 영상은 선명하지 않다. 「생물제」의 경우도 마찬가지다. 거기에는 여자의 육체는 있는데, 아는 여자의 것은 아니다. 병원에서 본 간호원들의 것이기 때문이다.

이토 세이가 여자의 육체에 대해서 '몇 년간 정감을 키워온' 구체적이며 특별한 대상은 오요오밖에 없다. 그런데 그는 자기 아버지가 어머니와도 흉금을 털어놓는 관계를 못 맺은 것처럼 자신도 여자와의 관계가 소원하다. 지금도 마찬가지다. 현실적으로 '나'는 오요오의 모습을 먼 데서 바라보고 있을 뿐이다. 오직 내면에서만 격렬한 집착이 소용돌이치고 있다. 비로소 여자를 여자로 직시하고 '정감을 키우는' 내면적 성숙은 이루어졌는데, 아직 접근 방법까지 터득하지는 못한 상태라고 할

---

67 佐佐木冬流, 앞의 글, p.198.

68 伊藤整, 「파도 소리 속에서-浪の響のなかで」, 앞의 책, p.162.

수 있다. 그런 양면성은 우다코와의 관계에서도 나타난다. 우다코 생각을 하니 "예상하지 않았던 행복의 암시" 같은 것이 느껴져 이시카리 행을 단행하지만, 그는 자기가 그녀가 있는 유곽에 가지 못할 것을 알고 있었다. 그렇더라도 여자의 모습이 구체화된 것은 이토 세이 문학에서는 하나의 성과라고 할 수 있다.

세 번째 인간관계는 타인과의 관계이다. 그 첫 대상은 친구인 우몽右門이다. 떠나는 것을 알리기 위해 모처럼 바닷가까지 찾아가는데, 가보니 그는 빙수집 좌판에 앉아 장기를 두고 있었다. 장기 말을 옮기는 일에 열중한 그는 아주 즐거워 보였다. "그것이 나에게 이 마을에서의 나날의 생활을 생각하게 했다." 비슷한 날들이 비슷한 사람들 사이를 지속적으로 흘러가는 그 "빛은 바랬지만 안온한 행복"에 젖어 있는 우몽을 보니 자기와의 거리가 실감되었다. 자기는 남자를 경험한 오요오 때문에, 이 비린내 나는 해수욕장 마을에서 도저히 살아 갈 수 없을 것 같아 무언가를 저지르려고 하고 있는데, 우몽은 아무렇지도 않게 그런 오요오와 어울려 예전처럼 노닥거린다. 어쩌면 그가 오요오의 다음 남자가 될지도 모른다는 생각을 하니 딴 사람의 경우보다 더 고통스러울 것 같아 '나'는 외로웠다.

그 다음에 만난 남자는 유리 장사를 하는 30대의 이웃이다. 언젠가 상중에 금기시되는 생선초밥을 먹다 그에게 들킨 적이 있어 불편하게 느끼는 사람이다. '나'는 아무데서나 싱글거리는 그의 웃음이 딱 질색이다. 남에게 불편해 할 질문만 해대는 그를 피해 '나'는 다른 칸에 탄다. 그런데 공교롭게도 옆자리에 천리교의 설교사가 앉아 있었다. 그는 맞은편에 앉은 남자에게 열심히 설교를 하는 중이었다. 별 볼일 없는 유치한 설교였다. 그런데 옆에서 얻어 듣던 '나'가 엉뚱하게 울음을 터뜨린다. 눈물이 한없이 흘러내리자 설교사가 잘난 체를 한다. '나'는 무안해져서 그에게 욕설을 퍼붓고는 다른 칸으로 도망을 간다. 그러면서 그런 "비참한 광대짓이 자기의 심_心"이라는 자괴감에 빠진다. 하지만 여기에서도 하나의 진전이 생긴다. 그것은 "그 상처를 안아들여, 불쌍한 나를 보듬어 안는 수밖에 없다."는 자기 연민의 감정이다. 자기혐오가 자기 연민으로 바뀐 것이다.

위에 나온 사람들은 누구도 '나'와 마음이 통하는 인물이 아니다. 마을의 지루한 질서 안에서 희희낙락하는 우몽에 대한 경멸감, 남의 싫어하는 점만 지적하고 다니는 유리집 주인에 대한 혐오감, 엉터리 설교를 하는 주제에 자기 설교가 대단한 것인 줄 아는 같잖은 설교사에 대한 미움 같은 것이 '나'를 세상에서 고립시킨다. 그에게는 그들과 더불어 살 자신이 없다.

그래서 밤기차로 고향을 떠나 다음날 드디어 아는 얼굴이 하나도 없는 이시카리에 닿는다. 그런데 막상 와 보니 그곳은 "빈약하고 쓸쓸한 고장이어서 자기가 도망쳐온 고향과 아무런 차이도 없어" 보였다. 아는 사람이 없다는 것만이 '나'를 편안하게 하는 유일한 조건이었다.

우다코 생각을 하니 "새롭고 상쾌한, 그러면서 눈물이 솟아나올 것 같은 정감이" 느껴졌다. 하지만 성격상 혼자 술을 먹으러 갈 용기도 없고, 유곽에 있을 그녀를 찾아 헤맬 엄두를 낼 인품도 못 된다는 것을 아는 '나'는 지나치다가 우연히 그녀의 얼굴이나 볼 수 있었으면 좋겠다는 생각을 하고 이곳에 왔다. "그저 그녀가 장사를 하고 있는 거리를 걷고 있다는 것만으로도 나의 이번 여행에는 어떤 만족이 있었던" 것이다.

그리고 보니 가야 할 곳도 없고, 별로 할 일도 없어 자유로웠다. 그래서 발 닿는 대로 걷다가 모래사장으로 나간다. 그곳은 황량하기 그지없는 살풍경한 곳이었다. 하지만 드디어 누구의 눈에도 띄지 않는 완전한 외톨이가 된 것이 좋아 '나'는 사구의 움푹 들어간 부분에 가방을 베고 드러눕는다.

> 모든 인간에게서 벗어나, 그들의 눈이 닿지 않는 세상 끝에 와서, 그저
> 한 줌의 육체가 되어 드러누워 있는 것을 나는 느꼈다, 이것은 새로운 느
> 낌이었다. …… 자신을 알고 자기를 비판하는 자들의 눈에서 숨는 것이.
> 내가 가장 바라던 일이었다.[69]

'나'는 한동안 그 자유를 만끽했다. 그런데 머지않아 허탈감이 왔다.
막상 "그런 계루係累가 몸에 정말로 없어지고 보니, 나는 얼마나 보잘
것 없는 존재였던가"[70] 하는 생각이 들었던 것이다. 인간관계의 끈에서
완전히 벗어나 누구도 볼 수 없는 모래톱에 혼자 있으려니까 그 자유는
너무나 공허하게 느껴졌고, 자신의 존재가 초라해보였던 것이다.
  그러다가 비록 몸은 여기에 와 있지만 자신의 살이나 감각은 "고향마
을의 친구나 여자나 가족들에 끈적끈적하게 달라붙어 그곳에 남아 있
다."는 것을 알게 된다.

> 나라는 인간의 존재 방법은 마치 다이너마이트로 폭발된 인간의 살이
> 나 피부가 주변의 벽이나 인간에게 달라붙어 늘어져 있는 것과 같다.
> …… 지렁이가 기어 다닌 곳에 남기는 그 은색의 점액 같은 것을 나는
> 우몽이나 고로나 유리집 남자나 그 밖의 가지가지 사람들 위에 가로세로
> 로 짓이겨 발라놓았음이 틀림없다. 그리고 오요오 같은 경우에는 실로 내
> 살점들이 질척하게 처발라져 있을 것이다. …… 그들이 없이 오직 혼자

---

69 伊藤整, 「石狩」, 앞의 책, p.566.
70 앞과 같음.

있는 나는 바람이 불면 훌훌 날아 사라지는 민들레의 면모 같은 것에 불과하다.[71]

이 말을 「이카루스 실추」에 나오는 다음 부분과 비교해보면 그 차이가 분명해진다.

내 속으로 흘러 들어오는 외계의, 예를 들자면 상자라든가, 놋으로 된 손잡이라든가 이발사의 흰 옷이라든가, 개, 가로수, 음향, 비명…… 또 나의 과거랑 언어랑, 표정의 버릇, 애매한 성격, 오만함 같은 것을 모조리 알고 있어서 또 되풀이하고 있군 하는 표정을 짓는 친구의 얼굴이라든가, 내가 은밀히 사악한 생각을 할 때마다 또 시작하네 하는 표정으로 다가오는 얼굴이라든가, 그것들은 내 주변으로 밀려오는 표류물 같은 것이다. …… 그런 일체의 풍경이나 인간의 육체나 안면은 왜 여과하기 위해 내 성격의 왜곡을 필요로 하는가.[72]

여기에서는 외계의 사물은 모두 오물이며, 타인들도 모두 오물이어서 그것을 여과하느라고 자신의 성격이 이지러지는 것으로 되어 있다. 자신에게는 잘못이 하나도 없다고 생각한 것이다. 그러던 것이 3년 후에 "그들이 없이 오직 혼자 있는 나는 바람에 날아가는 민들레 씨앗 같은 것에 지나지 않는다."는 인식으로 바뀐 것이다. 타인과의 유대의 필요성에 대한 이런 깨달음은 이토 세이의 인물들이 다다른 경이로운 귀착점이다. 가족관계가 "모두가 조금씩 부자유로우면서 누구에게도 불편함

---

71 앞의 글, pp.566-557.
72 伊藤整, 「イカルス失墜」, 『全集』 1, p.433.

이 없도록 하는 약속을 지켜야 하는 것"임을 터득했듯이 타인과의 관계도 그들의 불완전함을 참아가며 상대방에 대해 배려를 하면서 공존해야 하는 것이 '현실의 척도'임을 깨닫고, 혼자서는 살 수 없다는 결론에 다다른다.

게다가 「이시카리」에서는 자신의 잘못에 대한 인식도 노출된다. 모든 인간관계가 흉금을 터놓고 접근해야 성공하는 것인데 자기나 부친은 그걸 하지 않았다는 것을 인정한 것이다. 주인공은 드디어 '감각에 들려' 세상의 척도 밖에 서 있던 고독하고 불안한 자리를 벗어나, 타인에게 다가가는 존재양식을 채택한다. 그 다음에 오는 변화가 인간에 대해 관대해진 태도이다. 그 율법은 자신에게도 해당된다. 자신의 불완전함을 견디지 못해 오랫동안 자기혐오에 휩싸여 있던 그는, 자신에 대해서도 스스로의 결점을 안아 들여 "불쌍한 나를 보듬어 안는 수밖에 없다."는 자기 연민에 다다른다. 그것은 「이카루스 실추」에서 나타나는 유아독존적 사고와 자기혐오를 벗어난 어른 남자의 인식세계다. 자기와 타인의 불완전함을 긍정하며 포용하는 행위이기 때문이다.

이토 세이는 이 소설에 자신의 세 계통의 작풍 냄새가 고루 배어 있다고 말하고 있다. 그의 말대로 인물 묘사나 자연 묘사에서는 「말 거간꾼의 종막」 같은 객관적 리얼리즘이 나타난다. 오요오의 형상화가 그런 특징을 대표한다. 우다코에 대한 감상적 회억回憶과 아버지의 정원 장면에서는 『눈 밝은 길』적인 서정세계가 노출되며, 마을 전체의 묘사에서는 풍속소설적인 측면도 드러난다.

그렇다면 "주제의 취급 방법이 지적"이라는 말과의 함수관계를 생각하지 않을 수 없다. 작자의 말대로 그것은 그냥 지적인 것이 아니라 약간 지적이다. 다른 계열의 작풍이 들어온 자리만큼 신심리주의가 양보할 수밖에 없기 때문이다. 지적인 측면은 작품의 구성법에서 나타난다.

전반부에서 가족, 여자, 주변 인물들과의 관계에서 주인공의 의식의 내용과 그 변이 과정을 점검하고, 후반부에서는 외부세계의 변이를 따라 바뀌는 의식 세계를 추적하는 관념적 구도이기 때문이다. 더구나 전반부에서는 가족과의 관계를, 그 다음에는 자아와의 관계를 추적한 후, 후반부에서는 인간 전반에 대한 것으로 대상을 확산시키며, 끝에 가서는 그 모든 것을 포괄하여 보편적 존재 양식의 당위성을 제시한다. "용의 주도한 복선이 집약되며, 잠재의식이 표면화되고, 내심의 상처가 해명"[73]되는 과정이 수미일관하게 조응하고 있다. 그 대신 내적 독백이나 난해한 문체 같은 실험적 시도는 약화되고 문장도 「이카루스 실추」보다 훨씬 쉽다. 의도적인 실험성이 나타나지 않기 때문이다.

(5) 「파도 소리 속에서」

이토 세이는 「이시카리」를 쓴 다음 해에 「파도 소리 속에서」를 쓴다. 이 소설은 번호가 붙어 있는 단저장短章 17개로 이루어져 있고, 각 장마다 자신의 일면을 부각시킨 산문시에 가까운 소설이다. 어떤 장은 다섯 줄밖에 안 되는 것도 있다. 모두 자신의 내면에 대한 분석일 뿐 「이시카리」에 나오던 외부적 현실에 대한 묘사는 배제되어 있다.

1장은 "오늘밤도 파도 소리가 요란해서 눈을 떴다. 눈을 떴다기보다는 파도 소리만 듣고 있고 몸의 다른 부분은 잠자고 있는 거다."라는 말로 시작된다. 갓난아이 때부터 듣던 '파도 소리'와 비몽사몽 간의 '몽현의 상태'의 두 조건이 이 작품의 큰 흐름을 좌우한다. '파도 소리'는 그 동안 살아오면서 쌓인 의식의 밑바닥을 휘저어 두서없이 오래된 기

---

73 佐佐木冬流, 앞의 글, p.200.

억들을 환기시키는 촉매가 되며, '몽현의 상태'는 그가 비몽사몽 간에서 더듬는 무의식의 세계의 이야기들과 연계된다. 2장에서 14장까지의 이야기들은 잠재의식 속의 영상들의 구체적 내용을 보여준다.

그 첫 번째가 2장에 나오는 환상적 이야기다. 거기에서 '나'는 갈매기가 되어 바다 위를 날고 있다. "녹색의 탁한 바다 위에 여자의 시체가 떠 있다." 자기가 아는 여자다. 바다 위에 죽어서 떠 있는 여자의 시체는 『눈 밝은 길』에 나오는 「악몽」에 근원을 두고 있다. 거기에도 '탁하고 거품이 일고 있는' 쓸쓸한 바다 위에 여자의 시체가 떠 있고, 자기는 갈매기가 되어 비탄에 젖어 있다. 같은 영상이 「유귀의 마을」 종장에도 나온다. 그리고 그런 영상의 원천이 밝혀진다. 철없던 소년 시절에 여자와 둘이 바다에서 동반자살을 기도했는데, 자기만 살아남은 사건이 바탕이 되어 있는 것이다. 그 일에 대한 죄의식은 그의 문학의 시발점인 『눈 밝은 길』에서 시작되어, 신심리주의계 소설의 마지막 장면에까지 지속적으로 나타난다. 이토 세이의 여자에 대한 죄의식의 원형이라고 할 수 있다.

3장에서는 그것이 '해묵은 정서'로 돌아오고 싶어 하는 의식의 귀소적 습성에 불과하며, "바보새 같은 망연한 치매적 슬픔"의 반추에 지나지 않음을 알면서도 이유 없는 "비분을 짓씹는" 버릇에 뿌리를 둔 행동임을 자각한다. 이제 파도 위에는 아무것도 없고, 지금은 자기만 혼자 남아 있다. "날개는 거칠어지고, 젊은데도 노년의 얼굴을 하고 있으며, 가슴은 여자들의 손톱에 뜯기어 비루먹은 매처럼 피 묻은 살점을 너덜너덜한 깃털 사이로 드러내 보이는"[74] 것이 자신의 현재의 모습이다. 이 장에서는 「이카루스 실추」의 전반부를 연상시키는 자기분석의 회삽晦澁

---

[74] 伊藤整, 「浪の響のなかで」, 앞의 책, p.162.

한 수법과 함께, 「도시와 마을」에 나타나는 것 같은 자기혐오와 비탄이 노출된다. "예전의 소녀들은 귀신처럼 돼 가지고 냄비를 씻고 있"는 환멸의 자리에 서서 낡은 정서를 반추하는 자기의 흉한 모습을 자신이 그리고 있는 것이다.

4장은 열 줄밖에 안 된다. 여기에서는 『동야冬夜』에 나오는 「바다의 기아棄兒」의 영상이 되풀이되고 있다. 갈매기와 시체의 경우처럼 같은 영상의 되풀이는 이 작가의 특성 중의 하나여서 이 장면도 「유귀의 마을」의 마지막에 또 나온다.

그 다음은 인간관계 속의 자기 모습이다. 남들이 하지 않는 실험적인 문학을 시도하다가 낭패를 당하는 자화상의 점묘화인 것이다. 여자들도 문학가들도 다 자기보다 분별이 없어 보이는 한심한 세상에서, 주인공은 "댄스하는 모습으로 걸어 보여서" 사람들에게 조롱을 당한다. 그런 우스꽝스러운 제스처로 인해 겨우 눈에 띄는 존재가 되기는 하지만, 그건 빛나는 성과가 아니었다. 그래서 낭패하여 다시 고향으로 돌아와 연애편지만 쓰며 시간을 보낸다.

6장에서 9장까지에서는 자신의 시 세계가 분석된다. "나의 시는 언제나 그랬으면 하는 나다."라는 말 뒤에, 자신의 시에 나타난 아름다움에 대한 동경에 끌려서 찾아온 여자에게 시 세계를 보여주는 대신 육체를 요구하고 나서 자기혐오 때문에 더 이상 시를 쓸 수 없게 된 사정이 표출된다. "나는 내 시를, 허위의 거품에 비치는 그 미려한 무지개를 사랑하고 있었던 거다. 그러다가 그 거품 그늘에서 갑자기 여자의 신체를 발견하고 넘어졌다."고 그는 술회한다. 시라는 무지개와 여자의 육체라는 현실의 갈등 속에서 시를 상실해가는 자신의 내면 풍경을 묘사한 것이다. 그 무렵에 주인공은 세상에서 "생식기를 가진 것이 자기만"인 것처럼 스스로의 육신이 창피해서 여자와 시와 자신의 문학을 모두 용서

할 수 없는 기분이 되는 것이다.

10장에서는 그런 고뇌에 시달려 철면피해지는 자신을 느끼며, 11장
에서는 아름다운 것, 정의로운 것에 대한 사랑이 자신의 약점이었음을
깨닫고 나서, 그 반동으로 모든 것에서 더러움을 발견하는 일에 골몰하
게 되고, 결국은 "하마처럼 탐식가가 되고, 원숭이처럼 사팔눈이 된" 추
악한 자신의 모습이 그려진다.

그래서 12장에 가서는 자기와 같은 오욕을 겪은 일이 있다고 말하는
노인을 두들겨 패게 된다. 그건 미래의 자신의 추악한 모습이었기 때문
이다. 그런 일들은 "고층건물의 뒷골목의 쓰레기장 근처를 맴돌면서 보
낸" 도시에서의 누추한 일상 속에서 일어난다. 그리고 그런 아픔을 치
유해주는 장소로서의 고향의 의미가 되새겨진다. "파도 소리와 어둠과
수목만 있는" 고향의 언덕은 안식의 장소로 제시되어 도시적 삶의 고달
픔을 위무해 준다. 자기는 자신의 몸이 하늘을 향하여 수런거리며 서
있는 "나무나 풀과 같은 것일 때가 가장 자연스럽다."는 생각을 하게 되
는 것이다.

그런데 다음 장에서는 다시 갈등이 드러난다. 추락하는 아버지 위에
서 있는 자신, 자신을 내리 누르는 아버지의 영상, 그리고 '아버지를 차
버리지' 않고는 살아남을 수 없는 자기의 위치에 대한 공포와 죄의식이
노출 된다.

마지막 3장에서는 잠과 깨어남의 문제가 제시된다. 현실 속에서 주인
공은 자기 자신일 수가 없다. "타인의 총화總和에 닮아가는 공포"가 그
를 엄습한다. 스스로 자기를 알아보고 싶은 내적 요구가 말살될 것 같
은 데서 오는 공포다. 주인공은 자신의 소리를 듣고 싶다. 매를 맞으며
내지르던 노인의 것처럼 절박한 자신의 비명을 듣고 싶은 것이다. "자
기에게 비명을 지르게 할 장치를 구하기 위해서라면, 당천축唐天竺은커

녕 지옥에라도 가보고 싶다."고 그는 생각한다. 「도시와 마을」의 지옥행이 예고되는 부분이다.

하지만 지금은 아니다. 지금은 그저 "언제까지나 전신을 마비시키는 것 같은 파도 소리 속에서 잠자고 싶다."는 소망이 이 소설의 에필로그다. 이 부분에서 파도 소리와 잠은 자신이 가장 자기다울 수 있는 기본 여건으로 나타난다. 잠에도 여러 가지가 있어서 "지금의 자기로 깰 때도 있고, 몇 년 전의 자기로 깨어나는" 경우도 있지만, 그 비몽사몽간의 몽현의 세계에만 안식이 있고, 자신의 목소리가 있다. 거기에서는 댄스를 하다 망신을 당하는 일도 없고, 노인을 때려야 하는 자기혐오도 없다. 문제는 그 안식이 이미 날개가 찢어져버린 회색 갈매기의 안식, 이미 시를 상실한 자의 잠정적인 숨골 트기에 불과하다는 자각에 있다. 해묵은 정서에의 귀환이 의미가 없더라도, 잠시 쉬고 싶다는 바람은 자아 회복을 위한 시간의 필요성을 환기시킨다. 자신을 위무하는 원초적 풍경의 배경 음악으로서의 파도 소리와, 자아 찾기의 몽현의 상태를 얻기 위해 주인공은 "예전에 이미 의미를 상실한" 세계로 돌아오지 않을 수 없었던 것이다. 「유귀의 도시」와 「유귀의 마을」은 그런 귀소성의 연장선상에 서 있다. 그것들은 잃어버린 시간 찾기의 여정인 것이다. 하지만 "예전에 이미 의미를 상실한" 삶의 원점으로의 귀환이어서 주인공은 거기에서 유귀들밖에 만나지 못하게 된다.

『눈 밝은 길』의 자의식 이래로, 이토 세이는 자아와 존재에의 불심감不審感을 추구하면서 「이카루스의 실추」에 이르렀고, 인간의 존재양식의 파악에 있어서는 「이시카리」에서 일단 결론을 보았다. 불가피한 상호 작용에 의해서만 성립이 되는 인간관계, 그 뿌리는 깊은 곳에 잠재화되어 있다. 그래서 「파도 소리 속에서」의 주인공은 좀더, 좀더 과거에 소급해서,

자기의 근원에 거슬러 올라가지 않으면 안 된다. "무의미한 회한과 감동"의 출처를 천착해가면서, 자신의 정체를 다시 더 깊게 탐색하기 위해서 보다 깊고 넓은 과거를 파헤치지 않을 수 없는 것이다.[75]

사사키 도류의 이 말에는 타당성이 있다. 같은 테마를 비슷한 방법으로 추구해온 이토 세이는 그것을 심화시키는 마지막 작품에 이르기 위해 이 자리에 서 있다. 그의 신심리주의는「생물제」에서 시작하여「이시카리」와「파도 소리 속에서」에서 정리되었고, 마지막으로「도시와 마을」에서 집대성된다.「도시와 마을」에서는 유아기와 유년기까지 나온다. 그것이 소년기와 청년기와 합쳐져서 신심리주의기의 전부를 아우르게 되는 것이다.「파도 소리 속에서」는『눈 밝은 길』적인 서정성을 드러내는 작품이어서「도시」보다는「마을」과 근접성을 나타낸다.

(6)「도시와 마을」

「유귀의 도시」는「파도 소리 속에서」가 나온 다음 해인 1937년에 『문예』에 발표되었다. 이토 세이는 1938년에 쓴「자작 안내」에서 "이 작품은 심리적으로는 고백으로 되어 있지만, 현상적으로는 결코 나의 자전이 아니다. 그러나 자전으로 간주되어도 할 수 없는 것이다."라는 말을 하고 있고, 광문사판『이토 세이 전집』1의 후기에서도 "꽤 어두운, 죄의 의식 같은 것을 중심으로 하여, 향리의 도시 오타루를 그린 것으로, 내용적으로는 픽션의 부분이 많다.「젊은 시인의 초상」쪽이 자전적으로 정확하다."고 서술하고 있으며, "「유귀의 도시」는 사실과 줄

---

75 佐佐木冬流, 앞의 글, p.219.

거리가 픽션이고, 분위기에 있어서는 리얼리즘을 의도하고 있으므로, 그 점에서 「젊은 시인의 초상」과 관계가 있다.”[76]고도 말한다. 이상의 말들을 종합해보면 자전과 허구가 혼합되어 있다는 것을 알 수 있다.

하지만 기본 골격에 있어서 주인공은 작가와 유사성이 너무 많다. 우선 이력이 같다. 그는 오타루 중학을 졸업했고, 고등상업학교를 나와 교사를 했으며, 영어를 잘 했고, 통학열차에서 만난 여자들 사이에서 방황하며, 시를 쓰고 번역을 하다 소설가가 된 인물이다. 대인관계도 마찬가지다. 그의 소설에 단골로 나오는 여자들의 유형이 비슷하고, 초출의 작품에서는 주인공이 만나는 문인들의 이름이 본명 그대로 고바야시 다키지, 아쿠다가와 류노스케로 되어 있으며, 주인공의 이름도 이토 히토시로 되어 있다.[77]

작가가 자전적으로 정확하다고 말한 「젊은 시인의 초상」과 이 소설 사이에는 공통점이 많다. 그 소설도 「유귀의 도시」처럼 “바다가 보이는 도시”가 배경이고, 거기에서도 주인공은 고바야시 다키지의 후배이기 때문이다. “자전으로 간주되어도 할 수 없는” 이유가 거기에 있다. 작가의 말대로 ‘사실과 줄거리’에는 픽션이 가미되어 있겠지만, 기본 골격에서 작가가 노출되고 있다. 그 점에서는 「유귀의 마을」도 마찬가지다.

이토 세이는 자신의 제3계열로 분류한 신심리주의소설의 특징을 ‘감각성’, ‘관념성’과 ‘고백성’으로 못 박은 일이 있다. 그의 신심리주의 계열의 소설에는 이 세 가지가 유착되어 있다. 작가의 말에 의하면 제3계통의 소설들은 ‘가장 고백적인 소설들’인 것이다. 작가 자신의 청소년기

---

76 伊藤整, 『伊藤整作品集』 9, 光文社, 1958, 후기 참조. 佐佐木冬流, 앞의 글, p.221에서 재인용.

77 佐佐木冬流, 앞의 글, p.232.

의 체험의 반복과 그것의 관념적 조립 과정이 그의 신심리주의의 핵심을 이룬다. 그의 신심리주의는 자아의 내면 탐색의 테두리를 벗어나지 못하는 것이다.

하지만 '고백성'은 신심리주의를 벗어난 작품에서도 역시 되풀이된다. 「유귀의 도시」 이후에 이토 세이는 계속해서 사소설을 썼다. "모양模樣적인 묘사법을 집어치우고 자신의 주변의 일을 자기류로 그린다는 것"[78]이 신심리주의 이후의 그의 궤도이다. 그는 「도쿠노 고로의 생애와 의견」(1941), 「나루미 센키치鳴海仙吉」 시리즈(1946~1948) 같은 사소설을 쓴 40년대를 지나서 1950년대에도 다시 청년기의 이야기를 쓴 「젊은 시인의 초상」(1955)을 내놓았다. 그러니까 그는 쉰 살이 넘도록 청소년기의 자전적 이야기를 주축으로 하여 '고백적' 소설을 쓴 작가라고 할 수 있다. 이토 세이는 오랜 실험문학의 시기를 거쳐서 결국 대정문학의 상징인 사소설로 귀환하고 말았다. '고백적' 요소만은 지속적으로 가지고 있었던 것이다. 고백적 요소는 1951년에 쓴 「불새」에 가서야 타인의 내면 묘사로 전환된다. 그러고 보면 고백적, 자전적 요소는 그의 대부분의 소설을 관통하는 특성인데, 제3계열의 소설들은 그것이 더 강조된 "제일 고백적인 소설"인 것뿐이다.

자신의 소설이 고백적으로 되는 이유를 이토 세이는, 인간의 내면 중에서 자신의 내면만큼 자세히 아는 것이 없고, 자신에 대하여서만 냉엄한 분석의 칼을 들이댈 수 있기 때문이라고 말한다. 타인을 다룬 소설에서 "자기 표백을 할 만한 흥미와 용기는 내게는 없다."[79]는 것이 그의 「자작 안내」에서의 변이다.

---

78 伊藤整, 「自作案內」, 『文藝』, 1938. 7. 주 22 참조.
79 위의 글 참조.

따라서 신심리주의 소설의 고유성은 '자전성'보다는 '감각성', '관념성'에 의존한다. 신심리주의의 시기가 지난 후에 나온 1940년대의 사소설들이나 「젊은 시인의 초상」에는 작가의 말대로 '모양적인 묘사법'도 없고, 회삽하고 관념적인 문장이나 의도적인 실험성의 노출이 없다. 그러니까 그의 사소설과 신심리주의 소설의 변별 특징은 관념적 조작의 유무에서 나타난다. 심리분석에 인위성을 가미하고, 인상확대법 같은 과장적인 묘사법을 사용하며, 주제의 육화 과정에서 사건들을 의도적으로 대비시켜 배열한다거나, 선행 작품과의 조응관계의 노출, 시간과 공간을 해체하여 뒤섞는 플롯의 설정 같은 곳에 그의 관념적 기법의 특징이 있다. 내용은 대부분 자전적 체험이 바탕이 되니까 이런 관념적 기법의 유무에 역점이 주어진다.

「도시와 마을」은 그의 관념적, 고백적 소설의 마지막을 장식하는 작품인 동시에 그의 관념적인 기법들을 집대성한 작품이라는 점에서, 신심리주의계 소설의 정점이자 피날레임을 의미한다. 그의 신심리주의의 종착역이 되는 것이다.

이 작품의 성공에서 유념해야 할 여건 중의 하나는 작품의 부피이다. 이 소설은 연작으로 되어 있다. 1937년에 나온 「유귀의 도시」가 1부이고 1938년에 나온 「유귀의 마을」이 2부이다. 이토 세이는 그 다음 해인 1939년에 이 둘을 합쳐서 『도시와 마을』이라는 단행본을 발간한다.

그 동안의 이토 세이의 신심리주의계의 소설들은 모두 길이가 아주 짧은 단편소설들이었다. 그런 짧은 소설에서 심층심리를 천착하려니까 무리가 생겼다. 그릇이 작아서 단편적으로밖에 그릴 수 없으니, 그의 잃어버린 시간 찾기 작업은 산문시처럼 되거나 수필처럼 되고 마는 것이다. 그 점에서 「도시와 마을」은 유리하다. 다른 작품들에 비하면 길이가 엄청나게 길기 때문이다.[80] 심리분석의 장이 그만큼 넓어졌고, 자연주소설 같은 디테일의 정밀묘사의 병행이 가능했던 것도 지면의 폭 때문이다. 이 연작소설을 쓰고 나서 이토 세이는 신심리주의와 결별한다. 「도시와 마을」이 신심리주의에서 중요시되는 이유가 거기에 있다.

① 「유귀幽鬼의 도시」

「유귀의 도시」는 주인공이 10여 년 전에 몇 년간 살았던 오타루라는 소도시를 찾아가 보내는 하루 동안의 시공간이 배경으로 설정되어 있다. 고향의 일부이기도 한 오타루라는 공간적 배경은 현실의 장소이기 때문에, 작가는 주인공이 하루 동안에 다닌 오타루 시의 지도를 작품에 첨부하는 일이 가능했다. 순차적 순서에 따라 이토 세이는 주인공의 탐방의 자취를 동선으로 그리고 있다.[81] 중간에 공중으로 날아오르거나 갑빠河童[82]의 나라로 나들이를 가는 장면이 있기는 하지만, 비상하는 지점과 내리는 지점이 현실의 지명으로 명시되어 있어서, 현실에서의 일탈이 카무플라주되고 있다.

그런데 시간적 배경은 그렇게 단순하지 않다. 시간적 배경도 하루로 제한되어 있지만, 이 소설에서 시간은 이중의 구조를 지니고 있다. 외면적 시계시간과 내면적, 주관적 시간이 함께 다루어져 있기 때문이다. 외면적 시간은 불가항력적인 선적 시간linear time이어서 10시 다음에는 11시가 올 수밖에 없다. 그런데 내면적 시간은 그렇지 않다. 그것은 주

---

80 이전에 발표했던 단편소설의 6배 가량 되는 분량이다.

81 「소화의 작가들昭和の作家達」(英宝社, 1955, p.95)에는 세누마 시게키가 정리한 프롬나드의 역정이 나온다.

82 갑빠는 강이나 육지에 산다는 상상의 동물. 몸은 아이 같고 전신은 푸른 기가 도는 누런색이라 한다. 손발에 물갈퀴가 있으며, 머리 위에 물을 담은 접시가 있다. 久松潛 감수, 『講談社國語辭典』, 1966, p.183. 아쿠다가와 류노스케는 갑빠를 즐겨 그렸고 「갑빠」라는 소설을 쓰기도 했다.

관적 시간이어서 주인공 쓰도무가 중학교에 입학하던 12세 때부터 23
세에 동경으로 가기까지의 10여 년의 세월 속을 자유롭게 오락가락 할
수 있다. 거기에서는 시계시간의 불가역성이 통하지 않는다. 공간적 배
경과 시계시간의 한정성, 그리고 내적 시간의 신축성과 환상 공간의 유
연성 등이 함께 다루어지고 있다는 점에서 이 소설은『율리시즈』의 시
공간의 구조와 유사성을 보여준다. 조이스의 영향이라고 할 수 있다.
그러면서 한편에서는 잃어버린 시간 찾기 작업을 하니까 프루스트의 영
향도 엿보인다. 어쨌든 이토 세이는 전통적 시공간의 틀을 넘어서서 새
로운 각도에서 소설 속의 시공간을 정립하고 있는 것이다.

가) 프롬나드promenade(산책)의 과정에서 나타나는 현실적인 풍물들

이 소설은 오타루 역전의 바다 쪽으로 내려가는 넓은 언덕길에서 시
작되어, 도심에 있는 밤의 환락가에서 끝난다. 그 하루 동안에 주인공
쓰도무는 오타루 시 구석구석을 두루 편력하는데, 그의 발길을 따라가
보면 이네호마치稻穗町에서 하나조노마치花園町의 큰길로 서진西進하여 건
널목을 넘어, 수천궁水天宮이 있고 항구가 내려다보이는 작은 산에 오르
고, 거기에서 야마타마치山田町라는 중고 옷가게 거리가 계속되고 있는,
방금 지나온 하나조노마치 큰길을 역행하여 역으로 돌아가 묘켄가와妙
見川를 따라, 왼쪽으로 고상통高商通에 올라가, 이네호 소학교로 나온다.
(강연장) 거기에서 제일 방화선防火線을 통하여 항구에 내려가, 다키지가
다니던 타쿠쇼쿠拓植은행쪽으로 나가다가, 은행 못 미쳐서 왼쪽으로 꺾
어 마굴로 들어간다.[83]

그가 거쳐 가는 풍물도 호쿠요北洋호텔, 타쿠쇼쿠은행, 텐쿠야마天狗山,

---

[83] 세누마가 정리한 순서에 의거한다. 주 80 참조.

니혼은행, 공중변소, 삿포로 쪽으로 가는 지선열차 정거장, 시장, 공원관, 이네호 소학교, 묘켄가가와, 데미야手宮공원, 삿포로비루 직영의 비어홀 등의 순으로 나타난다. 오타루 시의 이러한 풍물과 경관을 그리는 묘사법은 구체적이며 현실적이다. 모든 사물이 외면화되어 그려져서 리얼리스틱하다. 날씨, 건물의 외관, 거리의 구석구석의 저마다 다른 특징 등이 디테일까지 상세하게 재현되어 있기 때문에, 거리 전체의 모습과 분위기가 시각화되는 것이다.

그런데 주인공은 예전에 몇 년간 살았던 그 고장의 풍물에 대해서 아무런 감흥도 느끼지 못하는 자신을 발견한다. 하지만 그 무심한 풍물들 하나하나는 과거의 기억을 환기시키는 매개물로서 중요성을 띤다. 마치 홍차와 마들레느과자가 프루스트에게 잃어버린 어느 순간을 불러내는 촉매 역할을 하는 것처럼, 오타루 시의 풍물에서 과거가 뭉턱뭉턱 묻어 나온다. 시의 유일한 양풍호텔인 호쿠요호텔에서 그의 옛 여자가 기어 나오는 것처럼 모든 사물에서 과거가 환기되는 것이다.

과거의 인물 중에는 죽은 자가 많다. 유귀들이 많은 것이다. 그들이 나타남으로써 공간도 현실에서 이탈하는 경우가 생긴다. 인물들이 공중을 날아다니게 되면 자연히 지상의 지번도 의미를 상실하는 부분이 생기는 것이다. 하지만 이 소설에서는 공간 이탈의 비중이 크지 않다. 잠시 하늘에 날아올랐다가도 다시 현실 안으로 돌아온다. 그래서 적어도 인물이 디디고 서 있는 자리는 현실적 공간이 되는 것이다.

나) 현실적인 시간 속에서의 유귀들과의 만남

이 거리에서 주인공이 만나는 인물은 여자들과 문우들, 그리고 친구들로 나뉜다. 그런데 이 소설의 작가는 그 어느 그룹과도 원만한 관계를 맺지 못하는 비사교적 인물이기 때문에, 그의 자전적 소설의 인물들과의 대인관계는 대체로 악몽으로 나타난다. 「유귀의 도시」의 경우에는 그것이 더 확대되고 과장된다. 인상확대의 기법이다. 여기에서 주인공은 〈도망자〉라는 드라마에 나오는 데이비드 얀센처럼 줄곧 쫓기고 있다. 그것도 수도 없이 많은 유귀들에게 쫓기고 있는 것이다. "사람에 관한 이야기는, 왜 이렇게도 슬픔이나 부끄러움이나 한탄만을 일깨워가는 것일까"[84]라는 작가의 말 그대로 수치심과 한탄만을 환기시키는 불편한 인간관계가 이 소설의 악몽을 낳는 모체다.

'죄의 의식'을 중심으로 하여 쓴 것[85]이라는 작가의 말 그대로 이 소설에는 가해의식에서 오는 죄책감이 두드러지게 나타나는데, 그 대상은 대개 여자들이다. 친구나 문인들과의 관계에서는 「이카루스 실추」에서처럼 사도-마조키스틱한 복합적 가학·피학 관계가 나타나는데, 양쪽이 모두 악몽 유발의 여건을 형성한다. 이런 현상은 이토 세이의 신심리주의계의 소설의 공통 특징이지만, 「유귀의 도시」에서 그것이 더 극대화되어 있다. 여기 나오는 모든 타인은 유귀의 영상으로 표출된다. "다정한 손과 정다운 마음"으로 서로를 감싸 주는 인간관계는 없고, 유귀들과의 실랑이만 일면적으로 나타난다. 그 지나친 과장이 작품의 성과를 해친다. 모범 청년의 여성행각의 지나친 복잡함과 추악함, 친구 사이의 갈등관계의 험악함이 너무 과장되어 현실성을 획득하지 못하기 때문에, 이 소설은 그 후편인 「유귀의 마을」보다 좋은 평을 받지 못하고 있다. 개연성을 확보하지 못한 데 원인이 있는 것이다.

이토 세이의 소설에는 이루지 못한 사랑의 후유증으로 악랄해진 여자들이 많이 나온다. 이 소설에서는 그런 경향의 극단적 양상이 나타난

---

84 伊藤整, 「『街と村』序文」, 『全集』 3, p.8.
85 伊藤整, 『伊藤整作品集』 9, 후기 참조. 佐佐木冬流, 앞의 글, p.221에서 재인용.

다. 그에게는 로미오와 줄리엣처럼 갈등 없이 열렬히 사랑하는 아름다운 사랑의 이야기가 거의 없다. 류탄지 유 같은 여성에 대한 몰입도 역시 없다. 그의 세계에서는 사랑이 언제나 어긋나는 쪽으로만 그려지고 있다. 낙태하고 버림받은 여자, 정사情死를 하려다가 자기만 죽은 여자가 아니면, 숫기가 없어 접근하지 못하고 만 여자들뿐이니까, 남자와 여자의 관계가 악몽이 되지 않을 수 없는 것이다. 주인공의 남녀관계의 진상을 규명하기 위해서 이 소설에 나오는 여자들을 개별적으로 고찰하면 다음과 같은 유형이 드러난다.

ⅰ) 히사에久枝[삽화 1), 2)]: 고상高商 학생인 주인공의 시에 반해 그를 사랑함. 임신하고 낙태하다 몸이 망가진 채 버림받아 러시아에서 망명 온 우라디미르에게 구제받지만, 그 남자와 함께 밑바닥 인생을 살고 있음.

ⅱ) 공중변소에서 나타난 망령[삽화 4)]: 낙태한 아이를 공중변소에 버리고 죽었다는 여자의 망령. 주인공은 그 이름도 기억하지 못함.

ⅲ) 유리코[삽화 5)]: 고교 시절에 기차에서 만나 동경하던 여자. 주인공은 그녀를 좋아하면서도 숫기가 없어 접근할 엄두를 못 냈는데, 여자 쪽에서는 자신이 손가락 하나가 불구여서 사랑을 고백하지 못했다고 말한다. 폐가 나빠 각혈을 함.

에이코: 유리코를 사랑하면서 접근하지 못하고 대타로 사귄 여자(이름만 나옴).

ⅳ) 뚱뚱한 중년여인

ⅴ) 아기를 데리고 있는 여윈 여인[삽화 6)]: 다섯 살쯤 된 여자 아이와 갓난아기를 데리고 있음. 여자 아이가 주인공을 닮았다면서 돈을 요구하고, 액수가 적자 아이를 두들겨 패며 행패를 부림.

이 중에서 가장 비중이 무거운 여자는 ⅰ)히사에다. 그녀는 유령이 아니다. 호쿠요호텔에서 걸어 나오는 산 사람이다. 호텔에서 나오다가 쓰도무를 만난 히사에는 그를 끌고 호텔 안에 다시 들어가서, 자기가 낙태한 현장을 보여 준다. 외제니까 괜찮을 거라는 그의 말을 곧이듣고, 시키는 대로 비누로 낙태를 시도하다가 몸을 버려서, 그녀는 두 달이나 병원에 입원한다. 그런데 남자는 병원 사람들에게 얼굴이 알려지는 것도 두렵고, 돈도 마련할 방법이 없자 한 번도 문병을 가지 않고 그녀에게서 멀어진다.

히사에는 할 수 없이 자신을 쫓아다니던 망명한 러시아인 우라디미르의 여자가 되어 밑바닥 인생을 살고 있다. 그녀의 입원비 때문에 유일한 재산인 카페를 처분한 우라디미르는 돌팔이 권투선수가 되어 여기저기 떠돌고, 히사에도 그를 따라 떠돌이 생활을 하고 있다. 그녀는 초출 원고에서는 도모에百枝로 나오는데, 「청춘」에도 도모에와 우라디미르가 나온다. 하지만 「청춘」의 도모에는 히사에처럼 그악스럽지 않다. 히사에는 낙태하고 버림받아 악랄해지는 여자들의 원형이다. 공중변소에서 나타난 ⅱ)의 망령과 ⅴ)의 여윈 여자는 모두 그녀의 분신이자 동류들이다.

이토 세이의 소설에 나오는 두번째 유형의 여자는 수줍어서 접근하지도 못하고 만 ⅲ)유리코이다. 「이시카리」의 오요오는 그녀의 분신이라고 할 수 있다.

세 번째가 아이를 낳은 여윈 여자다. 신심리주의계의 소설에는 나오지 않지만 이토 세이의 다른 계열의 소설에는, 예전의 여자가 아이를 낳아서 결혼 후에 문제가 생기는 이야기가 자주 나온다. 그가 후기에 쓴 「범람」, 「발굴」, 「변용」 등에도 감춰진 사생아의 모티프가 되풀이되어 나온다.

'낙태한 아이'의 경우와 마찬가지로 '숨겨져 있던 아이' 문제도 주동인물들의 성적 강박관념의 요인이 되고 있다. 낳은 아이나 낙태한 아이나 임신시킨 책임은 모면할 수 없으니까 '여읜 여자'도 히사에의 동류라고 할 수 있다. 문제는 주인공이 ⅱ)와 ⅲ)의 여자 중 하나는 이름도 기억해 내지 못한다는 데 있다. 그러니까 오래간만에 고향에 온 주인공은 이름도 모르는 유귀들에게까지 시달려야 하는 것이다.

여기 나오는 여자들은 산 여자건 죽은 여자건 간에 모두 악에 받쳐 있고 그악스럽다. 히사에는 자신이 낙태할 때 쓴 것과 같은 세숫대야를 세탁장의 타일 바닥에 내동댕이치며 패악을 부리고, 우라디미르가 있는 곳까지 그를 질질 끌고 간다. 공중변소에서 만난 여자도 그의 옷자락을 바짝 거머쥐고 위협을 가하는 악랄함을 보이고 있으며, 심지어 그가 동경했던 유리코까지도 자신의 불행을 그의 탓으로 돌리며, 각혈한 피가 묻은 손수건을 펴 보이는 엽기적인 행동을 한다. 아이를 데리고 있는 여자는 그중에서도 가장 심하게 악에 받쳐 있다.

아이 문제에 얽혀 있는 이런 그악스러운 타입의 여자들은 신심리주의의 다른 작품에는 나오지 않는다. 자살하여 바다에 시신이 떠 있는 여자(「파도 소리 속에서」, 「유귀의 마을」 등)나 육감적인 불량소녀 오요오, 미쳤지만 천진한 우다코(「이시카리」) 같은 여자만 나올 뿐 아이 문제를 가진 여자는 나오지 않는 것이다. 그 점은 「젊은 시인의 초상」도 마찬가지다. 앞서 쓴 작품이나 후기의 자전소설에서는 여자가 유귀까지는 되지 않는데, 이 소설에서만 모든 여자들이 야차같이 되어 주인공을 위협한다. 그래서 그의 갑작스러운 인물의 '유귀화' 현상은 납득이 잘 가지 않는다. 주조 유리코中條百合子가 그의 유귀들을 '장난감 유귀'라고 야유한 것[86]은 그

---

86 「文藝時評(5)」, 『中外商業新聞』, 1937. 8. 4. 『伊藤整・武田泰淳』, p.22에서 재인용.

의 '유귀화' 현상이 개연성을 구비하지 못한데다가 부자연스러울 정도로 과장된 데 기인한다고 할 수 있다.

첫째 삽화인 히사에의 이야기 다음에 나오는 것이 프로문학의 기수인 오바야시 다키지大林龍次(초출: 고바야시 다키지)라는 유귀이다. 그는 지리가와 다쓰노스케塵川辰之介(초출: 아쿠다가와 류노스케)와 함께 당대 문단의 두 그룹을 대표한다. 이런 선배 문인들에 관한 것이 작품에 등장하는 것은 이 소설이 처음이다. 다른 인물들이 그의 선행 작품 구석구석에서 모인 것이라면, 이들은 여기서 시작하여 「젊은 시인의 초상」으로 이어지는 존재다. 역시 작가의 체험에 기반을 둔 인물들인데, 이들이 등장하는 것은 그의 작품세계의 진폭이 가족과 성 문제에서 문학이나 사회문제로 확대되었음을 의미한다.

여자들이 주축이 되는 전반부에, 히사에 다음으로 나오는 오바야시 다키지는 히사에처럼 비중이 무겁게 다루어져 있다. 그는 쓰도무의 고등상업학교 선배로서 친분은 없었지만, 개인적으로나 문학적으로 항상 신경을 곤두서게 하는 어려운 선배이자 라이벌이다. 그래서 쓰도무는 늘 그를 만나면 할 이야기가 많다고 생각했다. 그런데 실제로는 그를 만나자 한마디도 못하고 듣기만 한다. 그는 모더니즘의 적수인 프로문학파의 대표적 문인의 하나였고, 지명도도 자기보다 훨씬 앞서 있는 고향 선배인데다가, 은행원으로도 너무 유능하여, 좌익 활동을 하는 것을 알면서도 파직당하지 않는 형이어서, 여러 면에서 신경을 긁던 존재였으니까, 그 도시에서 두 번째로 그가 나타나는 것은 타당한 처사다.

일본의 모더니즘의 세 파는 애초부터 프로문학에 대항하기 위해서 태동한다. 신감각파와 신흥예술파, 신심리주의파 등 근대예술파의 세 그룹을 이어주는 확실한 공통 특징이 있다면 그것은 반프로문학적 자세이다. 그것이 그들의 결속의 가장 절실한 목적이라고 해도 과언이 아닐 정도로 모더니즘의 세 파는 모두 프로문학과 적대적이었다. 프로문학이 물질주의, 결정론 등을 중시하는 유물론에 입각해 있고, 편내용주의적 자세를 고집하는 데 대한 반발이 모더니즘을 출발시킨 계기가 되었기 때문이다. 그래서 모더니스트들은 인간의 내면과 감각을 중시했고, 결정론에 저항했으며, 형식 존중의 경향으로 치달았다. 이 소설에 나오는 두 문인 유귀들은 대척되는 두 사조를 대표한다. 아쿠다가와 류노스케는 모더니스트는 아니지만, 그의 강연은 문학에 있어서의 형식의 중요성을 역설하는 내용으로 일관되는 데 반하여, 고바야시 다키지는 프로문학의 전사로서 유물론을 설득하고 있다. 이토 세이도 다른 모더니스트와 입장이 같아서, 반프로문학의 자세가 확고하다. 그래서 그의 신심리주의는 프로문학가들에게서 혹심하게 공격을 당한다. 주조 유리코는 「유귀의 도시」를 다음과 같이 혹평하고 있다.

> 「유귀의 도시」는, 작자로서는 단테의 「신곡」, 지옥편을 은근히 뇌리에 떠올리고 쓴 건지는 모르겠지만, 거기에 지옥도 천착하여 묘출할 수 있는 인간 정신의 태세, 비판은 없고, 작자 그 자신이 자기도 하나의 유귀인 것을 고백하고 있다. …… 오타루 시의 현실적인 지도 같은 것을 소설 속에 삽입하는 작자의 사람을 얕보는 태도는 타기할 것이다.[87]

> 그 유귀들이 그라는 존재와의 접촉에 있어서 예전의 현실의 사정 때문에 완성되지 못한 일의 경위에 망집하여 방황하고, '나'라고 하는 한 인물은 그런 환상의 유귀들에 쫓겨 다니다가 마지막에는 갈매기로 변하면서 자조自嘲에 몸을 비튼다.[88]

---

[87] 앞의 글 참조.

이런 비판에 대하여 이토 세이는 "왜 그들은 육체의 미로에는 신경을 쓰면서 관념의 미로에는 주목하지 않는가"[89]라고 항의하면서 주조에게 다음과 같은 폭언을 퍼붓는다.

　　당신은 예술의 영역에서 이탈된 곳에 있다. 그리고 예술을 사회악이라 고밖에 볼 수 없는 편협함 속에, 누구와도 관계없이 살고 있다. 당신에게 스탈린 같은 권력을 부여하면, 예술이 당신이 바라는 것 같은 정치적 목 적을 가지고 있지 않다는 이유로, 현대의 예술을 모두 불살라 말살하고, 당신 자신의 책까지 불사르지 않을 수 없게 될 것이다.[90]

프로문학에 대한 이런 혐오감은 작품 속에서 고바야시의 분신인 오바야시를 그리는 데 그대로 투영된다. 고등상업학교 시절로 돌아가 오바야시를 만난 쓰도무는 그가 시체처럼 말할 수 없이 구린 냄새를 풍기며, 흰색 낡은 유카다를 허름하게 걸치고 있는 것을 발견한다. 그가 살고 있다는 덴쿠야마 너머에 있는 하늘에는 마르크스의 초상이 걸려 있고, 그는 시취가 물씬 풍기는 목소리로 쓰도무에게 공산주의를 주입하려 기를 쓴다. 작자는 『신유태자본론』의 저자인 '새로운 구세주'를 성서의 천지창조에 대비시키고, 다키지를 천사 가브리엘로 비유하면서, 유물론에 대한 희화를 그리고 있다. 부지불식간에 하늘로 치솟은 다키지는 계속 유물교를 설득하면서, 옷자락을 날개처럼 펄럭여서 하늘을 오르락내리락 하지만, 주인공은 "유물교에 있어서의 최후의 심판"이 그 독일인에

---

88 宮本百合子,「觀念性と抒情性: 伊藤整氏の『街と村』について」,『伊藤整・武田泰淳』, p.26.

89 앞의 책, p.31.

90 伊藤整,「中條百合子に與ふ-4日附本欄『文藝時評』への抗議」, 앞의 책, p.23.

의해 내려지는 것을 보고서도 다키지의 설득에 넘어가지 않는다. 결국 다키지는 쓰도무가 설득이 불가능한 인간인 것을 깨닫고 그를 포기하여 땅에 내려놓고 떠나버린다.

> 십수 년 이전의 나의 상급생, 사람은 영혼만으로 사는 존재가 아니라는 유물교의 환생한 사도, 다키지, 오바야시는, 내가 보는 앞에서 사람의 형상을 한 채로 낡은 유카다 자락을 흔들면서 지상에서 비상했다.[91]

주인공은 위와 같이 말한다. 망령이 된 다키지의 이런 희화화는 당연하게도 프로문학 측의 반발을 사서 다음과 같은 반박문이 나온다.

> 이토 씨가 건전한 인간적 작가라는 야망을 지닌, 현대 청년의 심적 사실의 대변자라면, 오타루의 시가지 위를 옷자락을 날개 삼아 오르락내리락하는 희화화된 고바야시의 조잡한 묘사로, 역사적 중요성이 요구하고 있는 비판을 하고 있다고는 스스로도 승인하지는 못할 것이다.[92]

그들의 말대로 유령 다키지의 모습이 캐리커처가 된 것은 이토 세이의 그에 대한 인간으로서, 문인으로서의 콤플렉스와 관계가 있다고 할 수 있다.

다키지의 삽화는 11장에 나오는 지리가와 다쓰노스케와의 만남과 쌍벽을 이룬다. 전자가 프로문학파의 유물론의 이론을 대표하고 있는데 반하여, 다쓰노스케의 강연 요지는 미의식을 지상의 가치로 여기는 심

---

91 伊藤整, 「幽鬼の街」, 『全集』 3, p.24.
92 中條百合子, 「數言の補足」, 『伊藤整・武田泰淳』, p.24.

미파의 문학론을 대표하고 있다. 전자가 구린내를 풍기는 유령으로 그의 앞에 나타난 것은 현실이 아니지만, 다쓰노스케의 삽화는 실제로 예전에 작자가 들은 아쿠다가와 류노스케의 강연의 기억을 재현해 놓은 것이다. 다쓰노스케의 강연 요지는 예술의 가치는 "주제가 아니라 '미적 정서'에 의해 결정된다."는 심미주의적 예술론이다. 다키지의 변증법적 리얼리즘론과는 대척되는 예술론이 펼쳐지는 것이다. 하지만 이 소설에서는 다쓰노스케와의 만남도 후반에 가면 환상으로 바뀐다. 영화가 끝난 후 다쓰노스케가 갑자기 머리칼을 얼굴에 뒤집어쓰고, 꽥꽥거리기 시작하더니 "나는 갑빠河童다"라고 선언하는 것이다. 그래서 갑빠의 문학 심판이 벌어진다. "무얼 쓰느냐"가 아니라 "어떻게 아름답게 쓰느냐" 하는 것이 갑빠국의 심판기준이다. 그 기준에 따라 다쓰노스케가 내린 예술가에 대한 순열이 드러난다.

이 두 이야기는 소화문단의 양극을 대표한다. 다키지처럼 다쓰노스케도 단정한 옷차림이 아니며, 다쓰노스케는 유령은 아니지만 유령처럼 창백한 얼굴을 하고 있고, 마르크스의 심판과 갑빠의 심판이 쌍벽을 이루면서 당대 문단의 두 흐름이 극명하게 부각되는 것이다. 이토 자신도 그것을 의식하고 있어 「도시와 마을」에 대한 비난이 쏟아지자 다음과 같은 말을 하고 있다.

> 고바야시 다키지적인 것에 대하여, 아쿠다가와 류노스케적인 것에 대한 현대 청년의 비판과 반응을, 그 작품만큼 명확하게 제출한 것은 근래에는 없다고 나는 생각한다.[93]

---

93 伊藤整, 「中條百合子に與ふ」, 위의 책, p.23.

작가는 이 두 사람을 통해서 소화 문단의 최대 쟁점 두 개를 자기 나름대로 정리해본 것이다. 문제는 거기에 있는 것이 아니라 왜 사람들을 모조리 유귀로 만들어야 하느냐 하는 데 있고, 지나치게 노출된 괴기취미에 있다. 이 두 이야기에서는 자주 느닷없이 현실이 환상으로 바뀌며, 사람들이 날아다니면서 지옥도를 보거나, 갑빠가 되어 꽥꽥거리며 다니는 등의 괴기취미가 나타난다. 이 삽화들뿐 아니다. 여자들의 이야기에서도 역시 괴기취미가 나타난다. 아이의 머리에서 이를 잡아 질겅질겅 씹어 먹는 여자, 뒷간에서 손만 쑥 벽 사이를 빠져나와 남자의 옷깃을 거머쥐는 유령, 각혈한 피를 남자에게 보여주는 여자 등이 그것이다.

괴기취미의 절정은 마지막 장면에 나타난다. 거기에서 주인공은 자기가 유귀가 되어 형체가 보이지 않게 되고, 그래서 친구들이 자신의 하루 행적을 왜곡해서 헐뜯는 험담을 들으며 참아야 한다. 가슴이 답답하고 사는 일이 너무나 공허해진 주인공은 옛날 친구와 새 친구들의 냉소적인 험담에서 자기를 위로하고 어루만져 줄 "요람처럼 부드러운 손"을 갈구한다. 그러다가 환락가의 골목에서 소꿉친구였던 요시코를 만나 사창가에 끌려들어간다. 그녀의 방에서 그는 "두부頭部가 둥글고 긴 꼬리를 흔들며 헤엄쳐 다니는 정체불명의 동물"에 둘러싸인다. "그것들은 모두 뼈가 없는 흐물흐물한 신체로 달팽이 같은 점액질의 액체를 끌고 헤엄을 치며, 그때부터는 은빛의 인광을 발했다." 그것들을 피해 밖으로 나왔는데 그 괴물들은 모두 유귀가 되어 그를 휩싸고 "나를 몰라?", "나를 모른다구!" 하면서 아우성을 친다. '나'는 절체절명이 되어 필사적으로 그 "세 쪽으로 찢어진 입을 가진, 이빨도 없는 괴물들"을 헤치면서 필사적으로 돌진한다. 그는 자신의 "손톱에 그들의 피부가 찢어져서 내장이 물컹물컹 흘러나오는 것을 느낀다."94 그 감당하기 어려운 현실에서 작품의 주제가 드러난다. "살아야 한다. 여기를 어떻게 해서든지 벗어나 살아야 한다."는 생존을 향한 강렬한 의지가 표명되는 것이다. 유리코의 입을 통해서 작가는 "다시 살아 볼 수 없는"게 인생임을 천명하고, 삶이 "슬픔과 수치와 한탄"의 퇴적임도 인정하면서, 그래도 그 오욕의 현실을 뚫고 나가 살아야 하는 것을 삶의 실질로 받아들이고 있는 것이다.

② 「유귀의 마을」

「유귀의 마을」(이하 「마을」로, 『문학계』 1939. 8)은 「유귀의 도시」(이하 「도시」로)와 마찬가지로 잃어버린 시간 속으로 돌아가서 과거에 만났던 인물들(태반이 유령임)과 만나는 과정을 그린 작품이다. 연이어 나온 「도시」와 「마을」은 나중에 하나로 묶여 「도시와 마을」이 된다. 하나로 묶일 만한 기본적인 공통성을 가지고 있기 때문이다. 하지만 공통성만 있는 것은 아니다. 따라서 그 요인들을 점검할 필요가 생긴다.

가) 「도시」와 「마을」의 공통분모

a. 첫 항목은 귀향담이라는 점에 있다. 「도시」와 「마을」은 모두 공간적 배경이 고향이다. "나의 고향은 오타루 시에서 서西로 2리, 다카시마와 오시요로忍路 사이의 시호타니무라塩谷村다."라고 작가는 『눈 밝은 길』의 초판 서문에서 말하고 있다.[95] 그의 말에 의하면 「마을」의 배경이 진짜 고향임을 알 수 있다. 이토 세이는 시호타니무라에서 유년기를 보냈고, 거기에 살면서 「도시」의 배경인 오타루 시의 학교에 통학하다가 나중에는 그곳으로 옮겨가 살게 된다.

---

94 伊藤整, 「幽鬼の街」, 『全集』 3, p.56.

95 伊藤整, 『雪明りの路』, 椎の木社, 1926, 서문 참조.

오타루 시는 시호타니무라에서 2리밖에 떨어져 있지 않다. 시호타니무라는 오타루 시의 근교라고 할 수 있는 거리다. 그래서 지금은 오타루 시에 편입되어 있다. 그만큼 가까운 거리에 있는 도시와 마을이기 때문에 두 곳이 모두 고향의 범주에 들어가는 것이다. 이 두 고장은 작가가 성인이 되어 동경으로 나가 정착하기 이전에 살던 곳이어서 정서적인 면에서도 역시 동질성을 지닌다. 두 소설이 모두 귀향담이 되는 것은 그 때문이다.

b. 시간적 배경도 그에 따라 한정된다. 태어나서 동경으로 갈 때까지가 대상이 되는 것이다.

c. 세 번째 공통점은 풍물 묘사에서 나타나는 리얼리즘적 수법이다. 「도시」의 경우나 「마을」의 경우를 막론하고, 주변의 풍물에 대한 묘사는 디테일까지 극명하게 재현하는 리얼리즘의 원칙을 따르고 있다. 외면적 현실을 외면화수법으로 재현한 것이다. 이런 수법은 「생물제」나 「이시카리」에서도 나타난다. 풍물 묘사에서 나타나는 사실적 수법은 신심리주의기의 이토 세이의 일관된 특징이다. 인간의 내면을 그리는 부분에서만 신심리주의의 관념적 조작이 이루어지는 것이다.

d. 그 다음은 시공간의 다층성이다. 표면적인 시공간의 경우에는 리얼리즘의 법칙에서 일탈하지 않는 '지금'과 '여기'의 유형이 유지된다. 각각 하루 동안을 대상으로 하고 있는데, 시계시간의 순서에는 차질이 없어, 불가역적 시간 체계가 자리잡고 있다. 그러면서 실질적으로는 내면적, 주관적 시간이 주축이 되어 사건이 전개된다. 주인공이 현실의 시간 속에서 과거의 시간대로 신축자재하게 넘나들면서 시계시간에서 이탈하는 것이다. 지지적地誌的 정보 역시 기본적인 것은 현실에서 일탈하지 않는다. 하지만 시간의 축에 신축성이 생기면 공간도 그에 호응하여 변한다. 지옥도 나타나며, 공중으로 비상하는 장면도 나오고, 심지어

갈매기로 환생하는 변신metamorphose의 현상까지 일어나, 현실이 아닌 가공의 공간이 나타난다. 현실의 시공간과 비현실적 시공간이 다층구조를 이루면서 허구적, 환상적인 세계로 이행하는 것이다.

e. 과거의 인물들이 대부분 유귀가 되어 나타나며, 이따금 주인공까지 유귀가 되어 형체를 감추는 일이 일어나는 점도 같다. 「도시」에서는 카페에서 그런 일이 일어나며, 「마을」에서는 유귀가 된 가네코네 할배가 주인공을 못 알아보는 장면에서 나타난다. 현실과 환상의 경계가 허물어지는 일이 자주 일어나는데, 환상의 공간에서는 이를 잡아먹는다거나 괴물을 삼키고, 사람이 갑빠나 갈매기로 변하는 것 같은 괴기한 사건들이 다반사로 일어난다.

f. 유귀들과의 만남의 절차도 비슷하다. 유귀들은 언제나 풍물에 의해 환기되고, 그 출현이 촉발된다. 현실의 풍물이 과거를 불러내는 촉매 역할을 하는 것이다.

g. 등장인물의 겹침 현상이 나타난다. 「도시」에서 공중변소에 나타났던 유령이 마을에서도 나타난다. 치야코도 마찬가지이다. 유리코와 동류인 아름다운 소녀, 뚱뚱한 여자와 동류인 오겡 같은 인물들도 두 작품에 고루 얼굴을 내민다.

h. 주제에 나타나는 현세 긍정의 양상도 상통한다. 「도시」의 종말부에서 "여기를 지나 살지 않으면 안 된다."고 하던 염원이, 「마을」의 현세 긍정으로 이어지는 것이다.

나) 「마을」의 변별특징

이렇게 많은 공통성이 있는데도 불구하고 이 두 소설 사이에는 다음과 같은 차이점이 나타난다.

(ㄱ) 자연에 대한 사랑

「도시」에서는 주인공이 자기가 전에 오래 살았던 곳에 돌아왔는데 "마음이 편해진다"는 느낌이 올 뿐, 그 도시의 경관이나 풍물에 대한 애정은 나타나지 않는다. 십여 년 만에 돌아왔지만 오타루의 풍물에 대한 그리움이 없는 것이다. 그래서 "별로 어떤 감흥도 이들 풍물에 대하여 느끼고 있지 않다."고 그는 고백하고 있다. 다만 "그 풍물들에는 모두 과거의 추억이 매달려 있어서" 가는 곳마다 과거의 영상이 묻어 나온다.그러니까 과거를 환기하는 매체로서만 풍물은 의미를 지닌다. 관심이 없기는 자연도 마찬가지다. 오타루에도 산이 있고, 바다가 있다. 그런데 「도시」에는 자연에 대한 사랑이 나타나 있지 않다.

「마을」에서는 그렇지 않다. 유귀들이 나타나기도 전에 고향의 자연이 먼저 환상적인 모습으로 클로즈업된다. 여기에서도 주인공은 사람들이 모여 사는 마을 쪽보다는 자연에 집착을 나타낸다. 고향의 자연에 대한 사랑은 『눈 밝은 길』에서 「생물제」로 이어졌던 것의 연장선상에 놓여 있다. 자연과의 교감, 자연에 대한 찬탄은 그 디테일까지 「생물제」와 흡사하다. 두 작품의 자연묘사를 보면 그 유사성이 드러난다.

> 길 양쪽에는 유월이어서 자두나무 꽃이 강한 향내를 풍기면서 피어 있었다. 덤불 속에서 자두나무의 무성한 가지는, 자잘한 종잇조각을 모아놓은 것 같은 새하얀 꽃을 달고, 바람도 없는 햇빛 속에 조용히 피어 있었다. 그 향내가 머리를 무겁게 했다. 이다도리의 잎이 막 벌어진 그 신선한 색깔로 바람에 흔들렸다. 언덕 밑인가 쪽에서, 개가 짖었다. 바닷가까지 이어져 있는 그 긴 길에는 인적이 없었다.[96]

---

96 伊藤整, 「生物祭」, 『新潮日本文學 31: 伊藤整 篇』, p.652.

적토赤土의 언덕 위에는 규칙적으로 심어진 낙엽송의 숲이 계속되고 있다. 낙엽송은 유아의 속눈썹 같은 투명한 연둣빛 섬세한 잎을 가지마다 수없이 달고 있다. 숲 가장자리에는 네댓 자나 자란 동구이虎杖가 덤불을 이루고 있다. …… 나는 이 길을 알고 있다. 이건 우리 마을로 가는 길이다.[97]

숲과 덤불의 차이가 있고, 낙엽송과 자두나무의 차이가 있으며, '동구이'의 명칭이 다르게 나오고 있지만, 자연의 풍경도 비슷하고, 새로 돋아나는 잎새들에 대한 주인공의 감흥도 흡사하다. 인적이 없는 길이 양쪽에 고루 나타나는 것이다. 그 길에서 주인공은 옛날에 그곳을 지나다니던 사람들을 회상한다. 비료나 목탄을 잔뜩 싣고 다니던 마차, 말 궁둥이에 가로로 올라타서 노랫가락을 흥얼대던 마부, 무명 보자기에 도시락과 책을 싸들고 학교까지 걸어 다니던 소학생들, 그 소학생에서 빠져 나온 "완장頑丈하고, 아욕我慾과 의지가 강한 청년들, 햇볕에 그을까봐 머리 수건을 쓰고도 양산을 받쳐 들고 다니던 여자들, 무거운 참외 바구니를 짊어지고 가던 중년의 부부……. 이런 사람들의 모습이 떠오르는 것이다. 그들은 「도시」의 종장에 나오는 괴상한 미물들처럼 징그럽거나 그악스럽지 않고, 그에게 자기를 아느냐고 악다구니를 벌이지도 않는다. 평화롭고 조용한 시골 풍경과 그것을 닮은 인물들이어서 주인공에게 고향의 이미지를 되새기게 하는 데 기여하고 있을 뿐이다.

하지만 자연은 그렇게 무심한 대상이 아니다. 길옆에 있는 숲에는 주인공이 사랑하던 북국의 수목들이 무성하다. 지금 거기에서는 아무도 눈여겨보지 않는데, 자연의 현란한 향연이 벌어지고 있다. 자연은 자연

---

97 伊藤整, 「幽鬼の街」, 앞의 책, p.56.

그 자체로써 주인공을 완전히 매료하고 있다.

> 이 녹색의 아름다움은 누구를 위하여, 무엇을 위하여 존재하는 것일까. 자연은 소리도 내지 않고, 누구에게도 보이지도 않으면서 기가 막힌 낭비를 하고 있다. 나 하나 지금 여기에 다다라서, 도저히 혼자서는 이 아름다움을 감당해내지 못할 것 같다.[98]

그는 거기 있는 낙엽송들이 아름다움을 감상하기 위해 심어진 관상목이 아니라, 목재로 팔기 위해 심은 실용적 수목임을 알고 있다. 그래서 그에게는 해마다 낙엽송이 '아기 속눈썹 같은' 예쁜 잎을 다는 것이 '소용 없는 낭비'처럼 안타깝게 느껴진다. 그 길을 지나다니는 마을 사람들도 나무의 아름다움 같은 것에는 별 관심이 없다. 그렇다면 이 아름다움은 왜 있는 것일까 하는 대답 없는 질문을 하면서, 자신만이 혼자 그 아름다움을 느끼고 있는 일을 그는 난감해 하고 있다.

(ㄴ) 『눈 밝은 길』로의 귀환 - 서정성의 회복

자연에 대한 교감과 찬탄은 그에게 서정시를 쓰게 한 원동력이다. 그것은 『눈 밝은 길』적인 시적 감성의 바탕에서 생겨난다. 『토손시집藤村詩集』을 읽으면서 함양된 작자의 처녀시집에 나타난, 심미적이며 낭만적 정조의 세계와 「마을」의 서정성은 동질의 것이다. 「유귀의 마을」에 「노가 되다」, 「능금원의 유월」, 「능금원의 달」, 「우리히메爪姬」, 「악몽」, 「바다의 기아」 등 『눈 밝은 길』과 『동야』 두 시집에 실렸던 여섯 편의 시가 실려 있는 것이 그것을 입증한다.

---

98 앞의 글, p.57.

자연이 만들어낸 아름다움에 대한 찬탄과, 그것을 감지하는 유일한 존재로서의 자신의 고독한 운명에 대한 자각, 자연에 대한 미안한 마음 같은 것이 담겨 있는 시들인데, 그 서정시의 세계가 「마을」에서 재현되고 있다. 이것은 「도시」에는 없던 요소다. '정서의 시스템에 의해 살아가는' 작가의 문학적 기반인 서정적인 세계가 「생물제」를 지나 「마을」에 와서 결실을 맺고 있다고 할 수 있다.

자연에 의해서 유발된 그 서정적 톤은 다음에 나오는 능금원 장면으로 이어진다. 주인이 사라져버려 황폐해진 과수원의 풀숲에 누워 주인공은 "그 옛날의 정서가 홍수처럼 주변에 흘러넘치는" 것을 경험한다. 거기에서 그는 14세의 철없던 소녀와 18세의 피부가 해맑았던 처녀를 그리워하며 몸부림치던, 지난날의 자신의 고통과 만난다. 그리고 이미 저승으로 간 사람들의 유귀들도 만난다. 죽은 나무를 톱질하여 장작을 만드는 가네코네 할아버지의 유령과 만난 그는 옛날의 능금원 주인집의 이야기를 그와 나누면서 그 이야기 속의 시간으로 돌아간다. 과수원의 뚱뚱한 오스테 아줌마의 영상이 거기에서 묻어 나온다. 관서지방의 사투리를 쓰며, 양복을 입어 이방인의 분위기를 가지고 있던 오스테 아줌마는 예수쟁이였다. 밤나무 아래에 하얀 등의자를 놓고 앉아 언제나 누가복음을 읽었다. 예수님이 사람에게 들린 마귀 '레기온'을 몰아내는 대목이었다.

그 집에서는 또 자기 어머니를 닮아 엑조틱한 분위기를 가졌던 치야코가, 밤에 혼자서 하던 슬프고 간절했던 고해의 기도소리도 들려온다. 그가 진심으로 사랑했던 소녀였는데, 그녀의 참회의 속에서 그는 "나쁜 영혼을 가진 남자"로 각인되어 있었다. 게공장의 직공과 못된 짓을 했다는 소문 때문에, 그녀에게서 절교 선언을 받았던 때의 마음의 상처가 되살아난다. 거기에서 주인공은, 그 시절의 사랑이 최상의 것이었는지도 모르는데, 자기는 그 "최상의 것을 가상假像으로밖에 보지 않아서" 모든 것을 잃었다는 사실을 깨닫고 깊은 상실감에 빠진다. 이토 세이에게는 이루어지는 복된 사랑의 이야기가 거의 없다. 사랑은 언제나 어긋나는 관계로서만 나타나고 이로 인해 피해의식과 가해의식의 복잡한 세계가 드러난다. 그의 죄의식은 언제나 도가 지나치다. 인상확대법의 증상이다.

(ㄷ) 시간의 복층화와 유소년기로의 회귀

「도시」는 공간적 배경이 주인공이 학교에 다니고 교편을 잡았던 오타루 시이고, 시간적으로도 중학교에 입학한 13세부터 그 도시를 떠나던 23세까지가 대상이 되어 있지만, 거기에서는 고등학교 시절부터가 주축이 되어 있어 중학생인 시절은 한 번밖에 나오지 않는다. 청년기가 주된 배경이 되고 있다. 「마을」은 그렇지 않다. 시 「바다의 기아」[99]에 나오는 아기 때부터 시작해서, 어머니의 동화를 듣던 유년기, 오겡에게 성희롱을 당하고 도둑으로 몰려 쫓겨 다니던 15세 무렵, 여자와 첫사랑을 하던 사춘기 등이 주로 나온다. 신심리주의기의 '관념적, 고백적' 소설에서 이토 세이는 대체로 사춘기 이후를 즐겨 그렸다. 타인과의 얽힘에서 문제가 생기는 사춘기 이후의 시기에, 여자들이나 친구들과의 어긋남이 그의 고뇌의 핵심을 이루었던 것이다. 「생물제」, 「이시카리」 등 선행 작품에서는 아버지의 죽음 전후가 다루어져 있다. 그가 교사를 그만두고 동경으로 나가던 시기다. 「이카루스 실추」도 역시 동경이 무대다. 「도시」도 청년기를 다룬 소설이다. 유아기를 그린 작품은 「마을」밖에 없다.

---

99 伊藤整, 「冬夜」, 『全集』 3.

또한 「마을」에서는 시간의 층위 이동이 더 빈번하다. 오타루에서의 청년기만 그린 「도시」에 비하면, 「마을」의 시간구조는 훨씬 복잡하다. 시간의 층이 복층화되어 뒤섞여 있는데 주인공은 그 모든 시간층을 자유롭게 넘나들기 때문이다. 삽화 1)에서는 현재가 나오다가 2)에서는 사춘기가 나오고, 3)에서는 15세 전후가 나오다가, 7)의 우리히메 이야기나 8)의 쥐 이야기에서는 유년기로 돌아간다. 하지만 종장에서는 다시 바다에 죽은 연인의 시체가 뜨는 시기가 나타나며, 마지막 부분은 「바다의 기아」로 가서 유아기로 끝이 난다. 그런 시간 구조의 복잡함이 이 작품의 기법적 새로움으로 간주되기도 한다.

(ㄹ) 원형적 세계-민담과 샤머니즘과 어머니

이 소설은 삽화 3)에서 8)까지 거의 절반이 민담이나 샤머니즘적 세계로 채워져 있다. 불교와 샤머니즘이 혼합된 지옥도까지 합친다면 민화적 세계의 비중은 더 커질 것이다. 신심리주의기의 이토 세이의 작품에서 유년기가 나오는 것이 「마을」밖에 없듯이 민간설화나 샤머니즘과 관계되는 이야기가 나오는 것도 「마을」밖에 없다. 이 소설에서는 이토 세이에게서는 보기 드문 원형적, 종교적 세계에 대한 관심이 노출된다.

어머니 역시 그때까지의 소설에서는 잘 언급되지 않던 존재였다. 「생물제」나 「이시카리」에는 어머니가 나타나지만 비중이 아주 가볍다. 아버지는 그렇지 않다. 그 두 작품 외에 이카루스의 이야기에서도 아버지의 존재가 드러나며, 「마을」에서도 아버지는 유귀가 되어 나타나 아들의 결함을 준열하게 꾸짖는 심판자로서 우뚝 서 있다. 아버지는 작가의 또 하나의 얼굴, 작가의 슈퍼 에고super-ego이고, 작가의 이성이며 그의 비사교적인 성격의 원천이기도 했다. 그것은 서정적인 주인공과는 잘 맞지 않는 세계다. 그는 사회와 적응하지 못하고 여자나 친구들과 융합이 안 되듯이, 아버지와도 불편한 관계[100]였기 때문에 아버지의 존재는 오히려 클로즈업된다.

그런데 「마을」에서는 아버지가 아니라 어머니에게 포커스가 맞춰진다. 아버지가 그의 불안과 고독의 원인이 되는 대인관계의 어려움을 계승시킨 장본인이라면, 어머니는 그의 평화의 원천이 되는 존재다. 유년기, 민화 등과 이어지는 어머니적인 요소는 파토스적인 것이어서 그의 시세계의 모태가 되기도 한다. "정서를 붙잡고 살아가는 유형"인 이토 세이는 어머니에게서 구원을 발견한다. 우리히메를 잡아먹으면서 느낀 자기혐오와 절망과 불안을, 어머니의 목소리가 금방 가라앉혀 주는 것이다. 아버지가 주인공의 결함을 힐난하는 심판자라면, 어머니는 그의 아픔을 쓰다듬어 주고 죄의식을 가라앉혀 주는 치유사이다. 어머니는 그의 문학의 원천이기도 하다. 다음 인용문을 통하여 이 소설에서 중추적 역할을 하는 민화의 전수자가 바로 어머니임을 확인할 수 있다.

대여섯 개의 옛날이야기들은 동생들이 어렸을 때 되풀이해서 들려주는 것을 옆에서 싫은 줄 모르고 듣던 것들이다. 거의 일류의 이야기 솜씨였다……. 그중 몇 개를 거의 그대로 나는 「도시와 마을」이라는 소설에서 이용하고 있다. 이 소박한, 학문도 모르고, 문학이 무언지도 모르는 여인인 어머니 속에, 일본의 민간설화의 방법의 에센스 같은 것이 살아 있어서 나는 자신이 그것을 계승한 사실을 훨씬 후, 서른이 넘을 무렵에야 감지했다.[101]

---

100 伊藤整, 「生物祭」, 앞의 책 참조.
101 伊藤整, 「母の事」, 『伊藤整論全集』, p.60.

작가 자신이 이 소설에서 어머니를 통하여 알게 된 민간설화를 다루고 있다는 것을 밝힌 대목이다. 민화적 세계가 중요하다는 것과 그것이 어머니와 이어져 있다는 것을 늦게 깨닫게 되면서, 「마을」에서 처음으로 민화적 세계가 나타나게 된다. 민화적 세계는 원형과 이어지는 세계이며 서정시와 이어지는 세계여서, 어머니가 그의 문학의 모태가 되고 있음을 작가 자신도 "서른이 넘을 무렵에야 감지"하고 있는 것이다.

「마을」에 나오는 민간설화나 샤머니즘과 관계되는 삽화를 추려보면 다음과 같다.

삽화 4) : 진오귀굿과 망령 불러내기
삽화 5) : 사토리 이야기
삽화 7) : 우리히메 이야기
삽화 8) : 쥐의 정토淨土 이야기
삽화 10) : 도쿠노得能 스님이 들려주는 지옥의 영상
삽화 11) : 환생담

이 중에서 우리히메 이야기는 어머니를 통해서 들은 민간설화임이 명시된다. 하지만 민화적 세계는 그보다 범위가 훨씬 넓어서 삽화 4)에 나오는 가와바타 할매의 진오귀굿에서 이미 시작된다. 주인공은 도둑 누명을 쓰고 도망가다가 우연히 들른 굿당에서 무당인 가와바타 할매를 보는 것이다. 그녀는 세 명의 남자를 앞에 앉혀놓고, 요령을 흔들며 유귀들을 부르려 주문을 외우고 있다. 처음에 나오는 것은 요오코洋子의 할아버지다. 그는 요오코의 일로 주인공을 비난하고 경계하는 말을 한다. 그 나쁜 놈이 마을에 돌아왔으니, 눈에 띄면 뼈도 못 추리게 혼내서 내쫓으라는 말을 할아버지는 아들들에게 당부하는 것이다.

실상 요오코와 그와는 서로 감정적으로 끌린 일조차 없는 평범한 사이인데, 그런 부당한 비방을 받게 된다. 하지만 그 말을 통해서 그는 요오코가 이 마을에 와 있다는 중요한 정보를 얻는다. 그 다음에는 자기에게 억울하게 의심을 받았던 어린 날의 친구 고이치五一가 나오고, 마지막에 나오는 망령은 그의 아버지다. 아버지는 그에게 "너 같은 놈을 정애걸인情愛乞人이라고 하는 거야. 정애는 너에게 주면 모두 썩어버려."라는 모진 말을 한다.

「도시」에서는 낯익은 장소에 가면 유귀들이 아무데서나 홀연히 나타나는 데 반해, 「마을」에서는 굿을 통해서 망령들이 불려나온다. 그러나 굿 장면에 나오는 망령들도 「도시」의 유귀들처럼 그를 죄인 취급하며 힐난하고 있어, 그의 두 귀향담은 유귀들과의 실랑이로 시종된다.

고백적 소설에 나오는 여러 유귀들의 이런 비난은 작가의 자의식 과잉이 유발하는 과도한 자기비판의 반영이라고 할 수 있다. 자의식이 강한 이토 세이는 자신의 이드id적인 면을 스스로의 슈퍼-에고에 의해 냉혹하게 비판한다. 때로는 그 비판이 지나치게 과장되어 위악적인 양상까지 드러낸다. 그런 경향은 여자들과의 관계에서 더욱 두드러진다. 사실 주인공은 자신에게 씌워진 모범생의 레테르에서, 죽어도 벗어나지 못하는 심약한 인품인데,[102] 그의 소설 속의 대부분의 남자들은 아무 여자나 사귀다가 버리는 탕아처럼 그려져 있다. 그에게서 피해를 입은 여남은 명의 여자들이 등장하는 것은, 어쩌면 작가의 과대망상증인지도 모른다. 그런 결벽증과 과민성, 자의식 과잉 등이 그의 삶을 힘들게 하고 불안하게 만드는 여건을 형성한다. 고향 마을에서 유귀들에게 쫓겨다니는 주인공의 처참한 회상의 밑바닥에도 같은 것이 도사리고 있다.

---

102 伊藤整, 「石狩」, 앞의 책, p.553 참조.

진오귀굿 다음에 나오는 것이 우리히메의 이야기다.[103] 어렸을 때 아마노자쿠天邪鬼[104]가 우리히메를 잡아먹는 이야기를 어머니에게서 들은 주인공은, 기절했다 깨어보니 자신이 걸신이 들려 허덕이는 아마노자쿠가 되어 있는 것을 발견한다. 그는 너무나 허기가 져서 우리히메를 속여 집 안으로 들어가고, 도마 위에 그녀의 머리를 풀게 하고는 구더기처럼 솟아나는 이를 잡아 질경질경 씹어 먹는 괴기한 행동을 한다. 30대의 주인공은 민화 속으로 들어가 아마노자쿠가 되어 우리히메를 잡아먹고 있는 것이다.

자신이 저지른 일에 겁을 먹고 막 달아나고 있는데, 어디에선가 어머니의 목소리가 들려온다. "애야. 그건 네가 한 일이 아니야. 내가 해준 옛날이야기에서 일어나는 일이라구". 주인공은 그 말을 듣자 구원을 받은 기분이 되어 "물고기처럼 어머니의 목소리의 살가운 흐름 속에 떠 있는" 것 같은 평화를 누린다. 옆에서는 동생들이 계모 이야기를 해달라고 조르는 소리가 들려온다. 주인공은 유년기로 돌아가 있고, 어머니로 인해 무거운 죄의 짐을 벗어놓게 되는 것이다.

삽화 8)에서는 쥐 이야기가 나온다. 그런데 이번에도 주인공은 이야기 속에 들어가 고양이 울음소리를 내서 쥐들의 재물을 탈취하는 나쁜 인물이 된다. 욕심껏 금은보화를 긁어모아 가마니에 잔뜩 넣어 짊어지고 그는 절 쪽으로 걸어 올라간다. 올라가는 도중에 지장존地藏尊[105]이 여러 개 놓여 있는데, 그 하나하나를 지날 때마다 짐이 갑자기 무거워

---

103 『눈 밝은 길雪明りの路』에는 시 「우리히메爪姬」 이야기가 있다. 이 이야기는 민화를 토대로 한다.

104 天邪鬼: 1) 남의 말에 역으로 어깃장을 놓고, 제고집만 부리는 사람. 2) 불교에서의 이왕二王. 비사문천毘沙門天이 밟고 있는 소귀小鬼. 3) 옛 이야기에 나오는 악한.
　　　　　　　　　　　　九松潛 감수, 『講談社國語辭典』, 1983.

105 지장보살을 가리키는 것으로 추측된다.

져서 나중에는 '이건 업이다. 이건 벌이다'라고 생각하게 된다. 하지만 물욕은 끈질기게 달라붙어 그것들을 버리지 못하게 한다. 그래도 결국은 무게를 못 이겨 보물을 버리고 또 버리고 하다가, 마지막에는 황금의 지장존 하나만 남는 상태가 된다. 주인공은 그 부처를 안고 가면서 "이제는 그 하나의 지장존은 재보財寶 같은 것이 아니고 악업을 뚫고 빠져나온 나에게 능화能化의 존체尊體"라는 종교적 깨달음에 다다르게 된다.

그 다음에 나오는 것이 가쿠타角田 선생에게서 들은 사토리 이야기다. "뭐든지 남이 생각하는 것을 금방 알아내서 방해하는" 동물이 사토리다.[106] 사토리가 그에게 말한다. "너의 생활은 환등 같은 것이야. 좀더 생활이 있는 쪽으로 가보지 않을래?" 그는 자의식을 의미하기도 하는 사토리와 첫사랑에 대한 대화를 나눈다. 사토리에게 그는 "사람은 모두 타인에게서 살아갈 근거를 찾아내고 있다. 그러면서 그 상대와는 격리되어 있다. 이런 고독은 두려운 것이다."라고 사랑의 아픔과 고뇌를 이야기한다.

위에서 나온 민화들의 특성을 사사키 도류는 다음과 같이 요약하고 있다.

사토리의 이야기는 지적 측면이 강하고, 말하자면 언행에 관한 에고이즘을 그리고, 우리히메 이야기는 표면적으로는 식욕, 은유적으로는 성욕의 문제, 쥐 이야기는 금전 즉 물욕의 문제이며, 제3 삽화의 악의 매력을 받아서, 각각 인간의 불가피한 욕망의 문제로서 상징적으로 이야기 되고

---

106 사토리さとり는 일본말로 깨달음悟, 覺을 뜻하며, 민화에서는 뭐든지 알아채는 요괴를 말한다.

있다.[107]

　사토리에 대한 것은 자기 내면에 대한 비판력과 타인에 대한 성찰력
이라는 양면성을 가지고 있고 애매한 부분도 있어 좀더 복합적인 뉘앙
스를 지니고 있지만, 그 밖의 것에서는 그의 요약은 타당하다. 민화의
세계는 "광휘에 찬 불가사의한 매력이 있는 악의 세계"[108]를 동경하다
봉변을 당하는 삽화 3)을 도화선으로 하여, 도쿠노 스님의 지옥도 설명
에까지 파급되어 범위가 아주 넓다. 스님의 설교에 나오는 지옥도는 불
교와 샤머니즘이 유착되어 만들어낸 것이기 때문에 민화와의 거리가 멀
지 않은 것이다.

　절에서 설교를 듣다가 잠이 든 주인공은 행려병자로 처리되어 화장장
으로 보내진다. 그를 배송하는 것은 옛날에 그를 사랑했던 화찬대和讚
隊[109]의 여자와 고향의 수목들뿐이다. 그 장면에서 자두나무가 망인의
이력을 요약한다. "살다. 사랑하다. 썼다."로 축약된 스탕달의 묘비명을
인용하면서 "사는 일도, 사랑하는 일도, 쓰는 일도 믿지 못했던 사나이
라고나 묘비에 써야 할" 인물이라고 나무는 그의 삶을 평가한다. 여기
에서도 작가의 자기평가의 가혹함이 드러난다. 이런 자의식 과잉은 그
의 모든 작품을 관통하는 특징으로, 그것은 그의 내면에 세상에 대한
두려움을 쌓이게 해, 삶을 불안으로 보는 문학이 생성된다. 「유귀의 도
시」는 그 극을 이루는 작품이라고 할 수 있다.

---

107 佐佐木冬流, 앞의 글, p.248.
108 「유귀의 마을」의 삽화 3)에서 우에타네 집에서 자기 또래의 악동을 만났을 때 받는
　　　악의 유혹을 말한다.
109 화찬和讚이란 불교에서 금양체今樣体를 이어 붙인 찬가로서, 한찬漢讚, 범찬梵讚과 같은
　　　뜻이다.　　　　　　　　　　　　　　　　　　　　　　　　　　『講談社國語辭典』.

화장장에서 화장을 당한 그는 저승에 가서 심판자를 만난다. 이번에도 그 자신이 설교 속의 지옥으로 들어가 지옥 순례를 시작하는 것이다. 저승에서 그는 심판자에게 "선이란 무엇입니까?"라고 묻자 "타인에 대한 배려"라는 간단하고 명료한 대답이 나온다. 그가 타인에 대하여 배려하는 일이 인간들의 비속함 때문에 어렵다는 것을 설명하려 들자, 심판자는 서슴지 않고 "그렇다면 너는 동물로 환생하라"고 말한다. 그때 주인공은 비로소 자신이 살아온 인간으로서의 삶의 아름다움에 눈을 뜬다. 그래서 간곡하게 탄원한다.

한 번 더 사람으로 살고 싶습니다. 전생의 그냥 그대로여도 좋습니다. 돈이 없는 것도 사람에게서 사랑을 받지 못하는 것도 불평하지 않겠습니다. 인간의 생활은 아름다운 것이었습니다. 나는 행복했습니다.[110]

이 부분이 「도시」와 「마을」을 관통하는 주제이다. 「도시」의 종말부에서 벌레 같은 잡귀들에게 물어뜯기면서 "여기를 지나 살지 않으면 안 된다."고 염원하던 그 생각이, 그대로 이어져 인간으로 환생하고 싶다는 절실한 소원으로 응결되는 것이다. 그것은 능금원에서 "최상의 것을 가상의 것으로" 착각한 잘못을 깨닫는 장면과도 이어지며, 사토리가 "좀더 생활이 있는 쪽으로 가보지 않을래?"하고 권하는 부분과도 연결된다. 그것은 타인과 얽혀 사는 삶이 소중한 것이라는 「이시카리」의 결론으로 돌아가서, 인간으로서의 삶을 그대로 받아들이려는 자세로 발전하는 것이다. 있는 그대로의 현실을 긍정하며 타인에 대한 배려의 소중함을 깨달음으로써 이토 세이는 고뇌와 방황에서 구제되지만, 그의 청춘은 거

---

110 伊藤整, 「幽鬼の村」, 앞의 책, p.110.

기에서 종말을 고한다. 그것은 신심리주의의 종말을 의미하기도 한다.

신심리주의는 이토 세이의 말대로 남들이 걷고 있는데, 자신은 댄스를 하는 것을 택하는 것[111]과 같은 비일상적 세계를 추구하는 것이며, 묘사에 모양을 넣는[112] 행위이고, 관념적이고 유희적인 인위성의 추구이다. 동시에 그것은 온갖 비난을 무릅쓰면서 인간의 육체를 소홀히 다루고 오직 심리의 심층에만 렌즈를 대는 자기 고집의 독선적인 자세를 의미하기도 한다.

그런 자세 뒤에는 에고이즘과 우월의식이 도사리고 있다. 이토 세이의 신심리주의는 오직 자신의 내면에만 관심을 집중시키려는 주장이고, 자신의 고뇌에만 집착하는 자아중심주의, 타인에 대한 '배려'가 비집고 들어설 자리가 없는 절대자아의 세계인 것이다. 그것은 타인의 고통에 대한 배려가 비집고 들어오면 와해될 수밖에 없다. 줄곧 댄스 스텝만 밟으며 사는 일이 불가능하듯, 줄곧 자신의 내면만 파헤치며 사는 일도 불가능하다는 깨달음이 있는 그대로의 현실을 긍정하는 행위로 나타나게 되면, 신심리주의도 끝나게 되는 것이다.

하지만 인간이 되고 싶다는 그의 소원은 받아들여지지 않고, 「이카루스 실추」나 「이시카리」에서 되풀이되어 오던 환생의 모티프가 다시 나타난다. 주인공은 갈매기가 되어 더러운 바다에 떠 있는 연인의 시체를 굽어보다가, 「바다의 기아」의 세계로 귀착하여 스스로를 바다에 버려진 아이로 생각하면서 이 소설은 끝난다. 동반자살을 기도했다가 여자만 죽게 되었던 원죄의 바다 위를 떠도는 갈매기와, 바다에 버려진 아이의

---

111 伊藤整, 「浪の響のなかで」, 앞의 책, p.163.
112 이토 세이는 자신의 신심리주의기의 문장을 '모양模様을 넣은 것'으로 본 견해를 밝혔다.
　　　　　　　　　　　　　　　　伊藤整, 『伊藤整・武田泰淳』, p.35.

모티프는, 『동야』에 나오는 시 「악몽」과 『눈 밝은 길』에 나오는 시 「바다의 기아」의 세계를 재현한 것으로, 「이카루스 실추」, 「파도 소리 속에서」에도 나오는 이토 세이의 단골 모티프이다.

(ㅁ) 유귀의 패턴 변화

앞에서 이미 살펴본 것처럼 「도시」에서는 주인공을 둘러쌌던 인물들이 다른 작품보다 포악하고 거세다. 여자들도 마찬가지이다. 호텔의 세탁실로 주인공을 끌고 간 히사에는 대야를 바닥에 동댕이치며 패악을 부리고, 공중변소에 나타난 유령은 느닷없이 그의 팔을 거머잡고 흔들면서 힐난의 말들을 쏟아 붓는다. 그런데 똑같은 공중변소의 유령이 「마을」에서는 화찬和讚을 읊으며 조용히 순례하는 경건한 신도가 되어 있다. 그녀는 죽은 아이의 영혼을 위해, 절로 걸어가며 불경을 합송한다. 그녀의 권유를 받아 주인공도 그 무리에 합류하며, 절에 가서 같이 설법을 듣는다. 그러다가 그가 죽자, 여자는 조용히 장지까지 따라온다. 「도시」에 나오던 메두사 같은 공포의 유령은, 여기에서는 조용히 영혼의 구제를 추구하는 여자가 되어, 화찬을 노래하고 있는 것이다.

이런 변화는 다른 여자에게서도 나타난다. 치야코가 그것이다. 「도시」에서는 그냥 이름만 나타나던 치야코는 「마을」에서는 능금원의 딸로 나온다. 빨간 꽃무늬가 있는 옷을 입고 목책에 기대 서 있는 치야코는 외지풍을 풍기는 아름다운 소녀로 구체화되어 있다. 그녀는 자신을 배신하고 여공과 놀아난 남자와의 갈등을, 욕설이나 폭행으로 푸는 대신에 고해하는 기도 형식으로 조용히 표백한다. 밤에 그녀의 방에서 들려오던 절절한 독백을 통하여 그녀의 사랑의 아픔이 주인공에게 전달된다. 능금원을 배경으로 하여 들려오는 그 독백 소리의 정감적인 세계는, 한 소녀의 사랑의 아픔에 대한 작가의 공감과 이해의 소산이라고 할 수 있다. 타인의 고통에 이렇게 비중이 주어지는 것도 이토 세이에게는 없던 요소다. 그때까지의 그의 '관념적·고백적' 소설에는 주동인물의 내면적 아픔밖에 나오지 않았기 때문이다.

또한 여기에는 오스테 아줌마 같은 경건한 크리스찬도 있으며, 자애의 화신 같은 어머니도 등장한다. 목소리만 듣고도 삶에 대한 공포와 불안이 해소되는 어머니상은 거의 아니마anima적 이미지를 지니고 있는데, 다른 여인들도 그와 유사한 색채로 물들어 있다. 악귀였던 여성인물들이 종교적 색채를 띠어가며, 아니마적 여성상으로 변모하는 것은 「마을」만의 유니크한 특징이다.

여자뿐 아니다. 남자 유귀 중에도 가네코네 할배처럼 착하고 친근한 유귀도 있다. 진오귀굿에 나오는 유령들과, 그에게 도둑 누명을 씌우는 데이스케定助 같은 짓궂은 유귀들도 있기는 하지만 전체적으로 유귀들은 유순하고 정감적이다. 앞에서도 지적한 것처럼 유귀의 포악성이 작가 자신의 자아비판의 가열성을 의미한 것이라면, 유귀들의 온순화 현상은 작가의 자기비판 수위의 완화를 의미한다. 동시에 그것은 타인의 개성에 대한 긍정을 나타내며, 타인에 대한 배려의 증가를 의미하기도 한다.

「마을」에서는 나무들의 의인화도 이루어지고 있다. 그의 장례 행렬을 배송하는 것은 나무들이다. 수목들은 자기들을 사랑했던 한 청년을 기억하고 있어서, 인물평이 「도시」의 친구들의 그것처럼 가혹하지 않다. 나무들은 그의 진정한 친구이기 때문이다. 나무들이 의인화되는 반면에 주인공은 식물이 되기를 원한다. 그의 시 「노가 되다」의 세계가 이 소설에서도 재현되고 있다. 식물과 인간의 상호교환적 공감대가 이루어지는 애니미즘적 세계라 할 수 있다.

(ㅂ) 판타지의 비율

「도시」에도 현실을 이탈하여 공중으로 날아오르는 광경이 나타난다. 다키지의 유령과 함께 공중으로 날아오르는 장면이 그것이다. 하지만 도로 내려오는 곳은 타쿠쇼쿠은행 오타루 지점이며, 시간도 길지 않다. 현실 이탈의 장면이 많지 않은 것이다. 그런데 「마을」에서는 환상적 공간이 차지하는 비율이 훨씬 커진다. 진오귀굿 장면에서 시작하여 우리히메를 잡아먹는 이야기, 지옥 풍경, 환생의 바다 등 이야기의 태반이 비현실적인 이야기로 되어 있다. 작가 자신이 '판타스틱한 작품'이라고 명명[113]한 이유가 거기에 있다.

「마을」은 여러 가지 측면에서, 로맨스적 특징을 가지고 있다. 우선 공간적 배경이 로맨스에 적합하다. 노벨은 코뮤니티의 한복판을 그리는 것인 반면에, 로맨스는 사막이나 산속, 숲 등 커뮤니티와 떨어져 있는 지역을 선호한다. 「도시」는 도심의 인구 밀집지역을 그리고 있다. 일단 공중으로 날아 올라갔다가도 내려앉는 지점은 도심 속이다. 그에 반하여 「마을」은 마을 변두리를 주로 그리고 있다.

「마을」은 마을에서 떨어져 있는 호젓한 숲에서 시작된다. 그 다음에는 버려져서 피폐해진 황량한 능금원이 나온다. 폐허가 된 능금원이야말로 전형적인 로맨스의 배경이라고 할 수 있다. 거기에서는 예전에 사람이 살고 있을 때에도, 타처에서 온 여인이 이방의 종교를 믿고 있었고, 엑조틱한 소녀가 밤에 길고 절절한 독백을 하고 있었다. 마을과는 다른 비일상적 분위기를 지녔던 것이다. 이 소설에는 능금원 말고도 폐가가 또 하나 나온다. 우리히메가 사는 집이다. 그 다음에 마을의 가장자리에 있는 우에타植田네 가게가 나타나고 무당집, 텅 빈 학교, 개천가

---

113 伊藤整, 「生活經驗の表現」, 『帝國大學新聞』, 1938. 11.

의 세탁장(쥐 이야기), 절, 화장장, 무덤 등이 줄줄이 나온다. 과수원인 요오네 집만 빼면「생물제」에 나오는 것 같은 정상적인 살림집은 거의 나오지 않는다. 작가가 '판타스틱한 작품'이라고 부른 비현실적 소설다운 배경이다.

사건도 비현실적이기는 마찬가지다. 어른이 어린 시절에 들은 민담 속으로 들어가 우리히메를 잡아먹고 있고, 이야기 속의 쥐들이 모아놓은 재물을 주인공이 훔쳐 달아나며, 지옥 나들이가 끝나면, 환생의 절차가 마련되어 있다. 지옥을 돌다가 갈매기로 변신하여 바다 위를 떠도는 사람의 이야기인 것이다. 거기에 수목들의 의인화까지 곁들여져 있다. 인물은 더 말할 필요가 없다. 주인공까지 포함하여 그들은 대부분이 유귀이다. '말 거간꾼' 같은 중년의 생활인은 거의 나오지 않고, 아이가 아니면 노인이 주축을 이룬다.

소설의 구조만 그런 것이 아니다. 자연에 대한 사랑을 읊은 6편의 서정시가 거기에 첨가되며, 민담과 샤머니즘에 대한 경도傾倒, 아니마적 여성상의 출현, 유귀가 출몰하는 환상적 세계 등이 모두 낭만적 속성인데다가, 괴기취미 역시 낭만주의의 미학과 밀착되어 있어서[114] 낭만적이며 서정적인 세계가 이루어지는 것이다.

독자들은 그 낭만적, 서정적 특성에 손을 들어준다.「마을」은 신심리주의 이전의 낭만적인 문학과 상통되는 점을 가지고 있는 작품인데, 그것이 독자들의 호응을 얻는 요인이 되는 것이다. 후쿠다 쓰네아리福田恆存는 "일본의 문학가는 모두 센티멘털리스트"[115]라는 말을 하고 있는데, 그 이유가 일본의 독자들이 그것을 선호하는 데 있다. 이 사실은 1930

---

114 괴기취미는 그 불균형성 때문에 고전주의에는 발붙일 수 없었다.
115 福田恆存,「鳴海仙吉へのてがみ」,『伊藤整・武田泰淳』, p. 47.

년대의 일본문학이 아직도 낭만적인 것에 대한 심취에서 벗어나지 않았다는 것을 증명한다. 그리고 그것은 아직 일본에는 신심리주의문학이 자생할 여건이 구비되지 않았다는 방증도 된다. 이토 세이의 소설 중에서 「마을」 이전에도 「생물제」, 「말 거간꾼의 종막」, 「마을」 등 신심리주의적 요소가 적게 나오는 작품들이 번번이 독자들의 호응을 얻는 것이 그 증거이다.

이 사실은 이토 세이의 주가가 전후에 가서야 상승한다는 점에서도 입증된다.[116] 신심리주의기가 지난 지 20년의 세월이 흐른 후, 일본에도 미국식 자유주의가 들어와 개인의 내면에 대한 평가가 달라지며, 전쟁으로 인한 가치관의 붕괴가 독자들의 내면을 갈등과 혼란으로 몰아넣게 된 여건 속에서, 비로소 인간 내면의 복잡한 투시도를 그리려 한 신심리주의적인 내관內觀의 미학이 받아들여지게 되었고, 이토 자신도 고백체를 벗어나 타인의 내면까지 천착하기 시작하여 그의 주가가 올라간 것으로 볼 수 있다.

「마을」이 「도시」보다 독자의 호응을 얻고 있는 또 하나의 요인은 유귀들의 패턴 변화를 통하여 검증할 수 있는 인물의 현실화 경향이다. 이 소설에서는 인물들이 「도시」처럼 극단화되어 있지 않다. 유귀의 경우에도 같은 경향이 나타난다. 시골에 살았음직한 평범하고 따뜻한 인물들이 그려져 있어, 개연성을 확보한 것이 이 소설의 인기의 또 하나의 요인이 되었던 것이다.

하지만 서정적, 낭만적 세계로의 귀환과, 기법면에서 현실과의 유사성vrai-semblance을 확보하는 것은 신심리주의와는 무관한 세계다. 거기에 현실 긍정의 주제가 첨가된다. 그것은 「도시와 마을」에 공통되는 주제

---

116 「講談會: 昭和の文學—伊藤整」, 앞의 책, p.143.

이며, 그의 신심리주의적 소설들을 관통하는 일관된 주제라고 할 수 있다. 「마을」에서 그 마무리 작업이 완성되는 것뿐이다.

현실 긍정의 주제는 신심리주의의 종말을 의미한다. 그것은 중용만 받아들이는 사회[117]에 대한 적응의 자세이며, 상식으로의 귀환을 의미하기 때문이다. "상식적=세속적이 아닌 것을 짜내기 위한 상식성·세속성이었을 텐데, 그 결론이 '타인에 대한 배려'와 '선의'라니 얼마나 상식적인 것인가"[118]라고 후쿠다는 반문한다. 그것이 "가정적=인정적=봉건적 에고이즘"[119]과 무엇이 다르냐는 것이 후쿠다의 물음이다.

신심리주의는 이토 세이의 말대로 걷기 대신에 댄스를 하는 것과 같은 비상식적 세계의 추구이며, 현실에 '모양'을 넣어 변화시키려는 것이고, 관념적으로 인위성을 만들어내는 구도이다. 서정적 낭만적 세계로의 귀환과, 기법 면에서의 현실과의 유사성 확보는 그것들과 무관하다. 그래서 「유귀의 마을」은 신심리주의의 마지막 작품이 되는 것이다.

(ㅅ) 「유귀의 마을」과 신심리주의적 기법

이토 세이는 신심리주의를 정열적으로 주장하고, 작품 속에서 그것을 구현하려고 갖은 노력을 다했는데도 불구하고, 아이러니컬하게도 언제나 실험성을 낮춘 작품만 환영을 받았다. 처음으로 호평을 받은 「생물제」부터가 「감정세포의 단면」 같은 실험적 작품이 실패한 후, 한 걸음 후퇴하여 "마음의 상처 테마에 조이스의 방법 삽입 응용하여 본래의 서정성을 해방"[120]한 작품이기 때문이다. 그 반동으로 다음에는 「이카루

---

117 伊藤整, 「幽鬼の街」, 앞의 책, p.41.

118 福田恆存, 앞의 글, p.45.

119 佐佐木冬流, 앞의 글, p.155.

120 十返一, 앞의 글, p.30.

스 실추」 같은 난해한 작품을 내놓는데, 역시 반향이 없자 아예 리얼리즘적인 기법으로 「말거간꾼의 종막」을 써버린다.

그러자 찬사가 쏟아졌다. 그래도 굽히지 않고 그는 다시 「이시카리」와 「파도 소리 속에서」를 쓰고 「유귀의 도시」를 발표한다. 그리고 나서 다시 한발 후퇴하여 『눈 밝은 길』의 세계로 돌아간 「유귀의 마을」을 쓴다. 그러자 다시 호평을 받는다. 이 사실은 그의 신심리주의가 일본에서 끝내 받아들여지지 않았다는 것을 입증한다. 그래서 이토 세이는 결국 신심리주의 자체를 일단 접고 사소설로 회귀하고 만다. 사소설에서도 지식인의 내면을 분석하는 자세는 지속되지만, 그것은 이미 '댄스'가 아니라 그냥 '걷기'의 범주였다. 그렇다면 신심리주의의 마지막 작품인 「마을」에 남아 있는 신심리주의적 기법은 어떤 것인가를 살펴볼 필요가 있다.

a. 시간과 공간의 다층적 구조

시간의 다층적 구조는 시간의 내면화 현상에서 생겨난다. 그것은 모더니즘의 두드러진 특징인 시간의 주관화 경향과 관련이 있는 것으로, 모든 나라의 모더니즘의 공통특징이기도 하다. 공간의 경우도 마찬가지여서 「도시와 마을」에는 공중과 지하세계가 나타난다. 그것은 도가에리 하지메의 말대로 새로운 기법임에 틀림이 없다. 하지만 그 타당성에 대하여 도가에리는 다음과 같이 반문한다.

조이스를 의식했는지 안 했는지는 차치하고, 이 소설의 기술적 시도인 '시간과 공간'의 관념의 조작법이, 어느 정도 우리를 이 소설에 끌어당겨 주는 것일까?[121]

도가에리는 그의 시공간의 다층구조가 실험적 기법인 것은 인정하되, 그 기법의 성과에는 의심을 품고 있다. 그의 말이 맞다. 시공간의 다층적 구조는 신심리주의만의 특색이 아니기 때문이다. 그래서 이 새로운 기법의 효과는 획기적인 새로움으로 효과를 나타내지 못한다.

b. 다른 작품과의 조응관계

사사키 도류는 이토 세이의 "신심리주의 문학의 특징은 우선 방법에 있어 현저하다. 그 첫 항목이 다른 작품과의 조응관계"[122]라고 말하여, 다른 작품과의 조응관계를 그의 새로운 기법의 두드러진 특징으로 간주하고 있다. 조이스를 의식한 발언일 것이다. "조이스가 「율리시즈」의 선구적 작품으로 「젊은 예술가의 초상」을 준비한 것과 같은 유형이다."[123]라고 그는 보는 것이다. 그는 선행 작품과의 제재나 주제, 기법 등이 서로 같은 것을 이토 세이의 신심리주의의 특징 중 제일 중요한 것으로 간주하고 있다. 사사키는 이것을 조이스의 영향으로 간주하면서 이토의 작품의 조응관계를 다음과 같이 요약해 놓았다.

ⅰ) 제재에 나타난 조응관계

a. 『눈 밝은 길』:「마을」에서 다섯 편의 시를 인용.

b. 「생물제」: 삽화 1), 2)의 자연묘사와 그것에 대한 주인공의 반응 삽화 11)의 초목들이 주인공을 고발하는 장면.

c. 「생물제」는 이미지 상의 문제로 「이카루스 실추」에 도입됨.

---

121 佐佐木冬流, 앞의 책, p.220.

122 앞의 책, p.221.

123 위의 책, pp.220-255 참조.

d. 「이카루스 실추」: 테마와 방법에 의해 「이시카리」에 계승됨.

e. 「이시카리」: 「생물제」의 후일담임.

ii) 방법 면에서 나타나는 조응관계

a. 「생물제」: 대립적 사상의 조응의 나열.

b. 「이카루스 실추」: 전반과 후반의 조응.

c. 「이시카리」: 전반과 후반에서 각각 의도된 의식의 흐름의 평명한 응용과 조응이 두드러짐.

d. 「도시와 마을」과 「이카루스 실추」, 「이시카리」의 관련: 「도시」의 삽화 5)에서 개천물의 흐름에 각양각색으로 흘러가는 사람들을 설명 없이 나열한 부분.

"이 세 편은 예고편이라 할 수 있는 「파도 소리 속에서」를 거쳐 몽땅 「도시와 마을」에 유입된 것을 알 수 있다."고 그는 결론을 내리고 있다.

iii) 테마의 일관성: 마음의 상처, 존재의 아픔, 삶의 불안과 공포에서 현실 긍정으로 가는 것.

그 밖에도 인물의 겹침 현상이 나타난다는 것이 사사키가 본 조응관계의 실상이다.[124]

그런데 문제는 다른 작품과의 조응관계가 신심리주의만의 기법적 특징이 아니라는 점에 있다. 작가에 따라서는 같은 체험 내용을 끝없이 되풀이하여 추적하는 경우가 많다. 자전적, 고백적 소설의 경우에 그런 현상이 나타난다. 시마자키 토손의 경우에도 그런 현상이 나타나며, 한국에서도 박완서를 위시한 많은 70년대 작가들이, 6·25 체험을 반복적으로 다루고 있다. 따라서 그것을 신심리주의의 특정한 기법으로 한정

---

124 佐佐木, 앞의 글, pp.220-226 참조.

짓는 데는 무리가 있다. 차라리 플롯에 대한 관념적인 조작이나 감각적인 표현을 위한 의도적인 노력 같은 데서 그 특성을 찾는 것이 타당성을 지닐 것이다. 그래서 필자는 도가에리 하지메가 그의 기법상의 실험을 인정하지 않는 발언을 한 것에 찬의를 표하고 싶다.

> 「유귀의 도시」와 「유귀의 마을」은 일단 재미있다. 하지만 거기에 떠돌며 개재하는 작자의 심정이 재미있는 것으로, 그에 비하면 '유귀'라는 존재나 수법 상의 문제는 훨씬 비중이 가벼운 것은 부정할 수 없다. 하지만 심정만이고 그것이 육체를 수반하지 않기 때문에 작품이 소설로서 불구가 되었다.[125]

도가에리의 이 말은 「도시와 마을」에서 기법적 실험이 차지하는 비중이 무겁지 않다는 것을 지적하고 있다. 그 말은 이토 세이의 작품의 좋은 점은 신심리주의적 실험과 별 관계가 없다는 의미가 된다. 이 사실은 이토 세이가 신심리주의문학을 하면서, 언제나 덜 심리주의적인 작품을 내놓을 때만 평판이 좋았다는 사실에 의해 입증된다. 그 극단적인 예가 「말 거간꾼의 종막」이다. 거기에는 도가에리가 좋아하는 '육체'가 그려져 있다. 작가의 말대로 '육체와 심리'가 함께 그려져 있는 것이다. 그런데 작가는 이러한 호평에 기뻐하지 않았다. 이토 세이는 자기가 제일 싫어하는 작품으로 「말 거간꾼의 종막」 계열을 들고 있다.[126] 이 시기는 이토의 신심리주의기여서 이토 세이가 그리고 싶었던 것은 '육체'가 아니라 '심리'만이었던 것이다. 도가에리는 그에게 "심정만 있

---

125 十返一, 앞의 글, p.31.
126 伊藤整, 「自作案內」, 『文藝』 1938. 7. 주 22 참조.

고 육체가 없음"을 비판하고 있지만 이토 세이는 심정만 그리고 싶었지 육체까지 그리고 싶지 않아서, 할 수 있는데도 안 한 것임을 「말 거간꾼의 종막」이 입증한다. 쓰면 성공을 거둘 수 있는데도 의식적으로 '육체' 묘사를 기피한 것은 그의 문학론의 존재 의의가 새로운 '심리 묘사'에 있었던 데 기인한다. 그래서 그는 다음 해에 다시 심정만 그린 「파도 소리 속에서」를 발표하고, 또 이어 「도시와 마을」을 썼다

하지만 그도 결국은 손을 든다. "독자라는 것은 인생의 실질을 작품에 요구한다. 그리고 인생의 실질이란, 먹고, 보고, 말하고, 즐기고, 걱정하고, 잠자고 하는 육체의 일이 많"[127]다는 것을 터득했기 때문이다. 그래서 그는 자기가 싫어하던 육체적인 것이 노출되는 「청춘」을 쓰고, 「도시와 마을」을 끝낸 후에는 신변잡기적인 사소설로 돌아가고 만다.

4) 이토 세이와 요코미쓰 리이치, 류탄지 유의 차이점

(1) 실험의 다양성과 일관성 – 요코미쓰와 이토

요코미쓰와 이토는 실험적인 방법으로 기법의 혁신을 시도한 면에서 공통된다. 그런데 요코미쓰는 작품마다 작품을 달리하는 새 실험을 거듭하여, 다양하나 깊이가 부족하고 작품에 일관성이 없다. 이에 반하여 이토는 시종일관 한 우물만 파는 형이다. 서정시로 글쓰기를 시작한 이토는, 신심리주의를 포기한 만년의 소설에 이르기까지 지속적으로 인간의 내면에 대한 관심을 표명한다. 그는 "내면심리의 영토를 확인"하고

---

127 十返一, 앞의 글, p.31.

"내성적 주관적 의미의 분석적 방법"을 적용한 글을 쓰는 것으로 관철되는 삶을 살았다. 중간에 낀 신심리주의계의 소설들에서는 심리분석의 강도를 더 높이고, 관념성을 강화하여 '모양을 좀 가미한 것뿐이다.

요코미쓰의 실험정신은, 이토의 그것보다 스케일이 크고 다양하며 치열하다. 그는 모든 면에서 사소설의 요소들을 부정하였으며, 언어와 문장의 개혁에 전력투구했다. 그의 개혁은 너무 넓고 다양하여 결실을 거두기 어려웠지만, 그 치열한 실험정신은 묵은 틀을 깨는 데 크게 기여한다. 이토에게는 그런 치열함과 다양성이 없다. 하지만 그는 꾸준히 한 우물을 파는 성실성을 통하여, 일본의 근대소설에 깊이를 부여한다. 인간의 내면의 어둠에 대한 그의 집요한 관심은 만년에 가서야 보상을 받는다. 종전 후에 그의 인기가 치솟는 현상이 일어나는 것이다. 그는 만년에 국수주의에 빠져, 초기의 코즈모폴리턴적 이미지를 훼손하고, 전후에는 위궤양에 걸릴 정도로 패전을 가슴 아파한 요코미쓰와는 다른 행보를 보여 준다.

(2) 낙관주의와 비관주의 – 요코미쓰, 류탄지와 이토

요코미쓰와 류탄지는 둘 다 옵티미스트였다. 그런데 이토는 페시미스트다. 시대적 상황으로 보면 앞의 두 사람도 태평연월을 누린 것은 아니다. 신감각파가 시작되던 1923년은 관동 지방에서 지진이 일어나 13만 명이 사망한 재난의 해였다. 지진이 일어나 불타고 파괴되는 아비규환의 동경 거리에서는 조선인 헌팅이 시작되었고, 반정부 인사의 불법처형이 자행되었으며, 이재민들의 울부짖음이 하늘을 덮었다.

그 암담한 시기에 신감각파 문인들은 밝은 톤으로 문학을 시작한다. 그것은 순전히 낡은 것이 일시에 없어진 데서 오는 홀가분함 때문이다.

새 것에 대한 열망이 너무나 커서 억제할 수 없을 정도로 그들을 흥분시켰고, 그들은 그 기쁨을 감출 수가 없었다. 낡은 건물이 일시에 사라지고 난 후에 동경은, 갑자기 근대 도시로 업그레이드된다. 그 새 터전은 모더니즘의 무대로 제공되었고, 이것이 신감각파의 옵티미즘의 근거였다.

류탄지의 시대는 더 암담했다. 프로문학파가 검거 선풍에 휘말리고, 흉년이 들었으며, 만주사변이 배태되고, 경제 공황까지 덧붙여진 시기였던 것이다. 하지만 도시는 확실히 업그레이드되어 세계적 수준에 도달했고 삶을 즐겁게 하는 박래품이 넘쳐나고 있어서, 신흥예술파의 모던 보이들은 그저 즐겁기만 했다. 가볍고 경쾌하게 어버니즘의 과실을 즐기는 류탄지의 난센스문학은 현실의 어둠을 외면한다. 현실이 암담한데 문학까지 거기에 참여할 필요는 없다는 것이 그의 문학관이기 때문이다. "나는 독자를 즐겁게 하기 위해 글을 쓴다."고 그는 큰소리를 친다. 그래서 높고 맑은 목소리로 즐거운 노래를 부르는 것이다. 그는 새로 탄생한 도시에 어버니즘이 정착된 것을 너무나 경축하고 싶었던 것이다.

그런데 이토는 영 즐겁지 않다. 물론 그의 출발 시기에는 정세가 더 악화된 것이 사실이다. 전쟁이 일어나며, 파시즘이 문학계를 강타한다. 하지만 지진 이후로 일본은 편한 날이 없었기 때문에 상황의 변화만이 그의 페시미즘의 모든 이유는 될 수 없다. 모더니스트의 공통성이 현실주의에서 벗어나는 데 있는 만큼, 외부적 현실이 그의 페시미즘과 직결되지는 않는다. 그에게 있어 모든 문제는 자신의 내면에서 생겨나기 때문이다. '고백적' 자전소설을 쓴 점에서 이토는 류탄지와 공통되지만, 그의 고백적 이야기는 류탄지의 그것처럼 가볍지도 않고 즐겁지도 않다. 그의 내면에 아픔이 도사리고 있었기 때문이다. 이토는 자의식이 강하며 결벽증을 가진 청년이어서, 스스로의 내면적 더러움을 용납하지 못했다. 그에게는 자신이 성기를 가지고 있다는 것, 남들처럼 타인과 어울릴 방법을 모른다는 것, 세상을 잴 척도를 가지고 있지 않다는 것 등이 모두 악몽으로 다가온다.

그 자신의 성격에도 문제가 있었을 것이고, 그가 자라난 가정과 북국의 풍토에도 책임이 있을 것이며, 내면의 상처를 조명하는 서구의 심리주의 문학의 영향도 작용했을 것이다. 어쨌든 그의 눈은 내시경처럼 스스로의 내면만 향해 있었고, 그는 거기에서 아픔과 어둠만 발견한다. 이토는 그것을 좀 과장해서 표현했다. 신심리주의기의 그의 소설들에서는 자기비판과 자기성찰이 위악적이라 할 정도로 과장되어 있다. 인상확대법이다. 하지만 그의 세계에서 그것이 사라지면 신심리주의도 없어진다.

(3) 서정성 – 이토

그 다음에 지적하고 싶은 것은 『눈 밝은 길』의 서정성이다. 감각에만 몰입되어 있는 위의 두 작가에 비하면, 이토는 서정적이다. 서정시가 그의 본령이기 때문이다. 그의 자기혐오의 기저에 깔려 있는 것은 서정시인의 민감성이다. 그 서정성은 북국의 자연이 키워 준 것이다. 그것이 그의 바탕이기 때문에 신심리주의계의 소설에서도 서정성이 드러나는 작품들이 호평을 받는다. 작가의 본령과 닿아 있을 뿐 아니라 일본 독자들의 주정적인 기호에도 맞기 때문이다. 그 서정성이 신심리주의의 관념성을 보완한다. 그것은 요코미쓰나 류탄지에게는 없는 요소다.

(4) 어버니즘에 대한 예찬과 혐오

세 번째 변별 특징은 자연에 대한 친화감이다. 『눈 밝은 길』의 세계는 자연과 인간의 깊은 유대감 위에 세워져 있다. 「생물제」나 「이시카리」, 「유귀의 마을」 등은 모두 『눈 밝은 길』의 세계와 이어져 있다. 자연 속에 파묻혀 있을 때 이토는 비로소 안식을 얻는다. 도시에서의 생활이 오래 지속되었는데도 그는 여전히 「생물제」적인 세계만을 사랑한다. 그는 어버니즘의 인공성을 전혀 즐기지 못한 것이다. 이런 자연친화적인 경향은 서정성과 밀착되어 이토의 반어버니즘을 형성한다. 낡은 것이 무너진 데서 오던 감격도 10년이 지나 이미 색이 바래버렸고, 류탄지 식의 경박한 어버니즘은 그의 구미에는 맞지 않았다. 그는 자기 안의 흠결을 찾아 후벼 파는 형의 인간이기 때문에 류탄지의 동류는 절대로 될 수 없었다.

그는 아마도 자의식으로 인해 고뇌하는 일본 최초의 근대적 문인인지도 모른다. 그가 전쟁이 끝난 후에 비로소 인기가 높아지는 이유가 거기에 있다. 그는 타니자키의 주인공처럼 스스로 눈을 멀게 하고 감각으로만 미를 즐기는 것 같은 일은 할 수 없었다. 프로이트의 제자였기 때문이다. 반전통성, 상대주의, 즉시성, 내재성, 주관적 시간 개념 등을 모더니즘의 특성으로 정의한다면, 이토는 일본에서 가장 많은 공약수를 외국의 모더니즘과 가진 작가일 것이고, 그 다음이 요코미쓰일 것이다.

감각과

도시와

심리의

시연장試演場

이상에서 살펴본 바와 같이 일본의 모더니즘 운동은 신감각파와 신흥예술파 신심리주의파의 세 그룹으로 나뉘어져 진행되었으며, 각 그룹은 대표적인 한 사람의 문인에 의해 주도되었다. 요코미쓰 리이치가 신감각파를 대표하듯이, 류탄지 유는 신흥예술파를 대표하고, 신심리주의는 이토 세이에 의해 대표된다. 그래서 일본의 모더니즘은 요코미쓰 리이치의 감각의 새로움, 류탄지 유의 도시풍속 묘사의 파격성, 이토 세이의 내면심리 분석의 집요함을 합산해 추출할 수 있다. 따라서 결론에서는 그 세 그룹의 공통분모라고 할 수 있는 것을 집약해보기로 한다.

1. 反전통의 자세

모더니즘은 모든 나라에서 반전통의 깃발을 들고 등장했다. 전 시대의 것을 거부하는 경향은 물론 모더니즘에서 시작된 것은 아니다. 전통과의 싸움은 과거에도 수없이 되풀이되어왔기 때문이다. 하지만 모더니즘처럼 반전통의 자세가 철저했던 일은 일찍이 없었다. 과거에 존재했던 모든 것을 무조건 전부 때려 부수려 한 다다이즘이 그런 경향의 한 극을 대표한다. 설사 다다이스트들처럼 맹목적 파괴를 일삼지 않았다 하더라도, 모더니즘은 언제 어디서나 격렬한 반전통의 자세를 노출시키고 있다.

일본의 경우도 마찬가지였다. 그것은 우선 대정문학에 대한 거부에서 시작되었다. 모더니스트들의 반전통의 자세가 얼마나 철저했는가 하는 것은, 선두 주자인 신감각파가 대정문학을 쳐부수는 면에서만은 반대 진영인 프로문학파와 공동보조를 취한 데서도 나타난다. 모더니즘의 세 유파는 서로 지향하는 바가 달라서, 엄청난 격차를 가지고 있고 서로 닮은 곳이 적지만 반전통의 자세만은 한결 같았다. 하지만 전통 안에서 무엇을 거부하는가 하는 문제에서는 전혀 공통성이 없었다. 그들은 전통 안의 제각기 다른 측면을 거부했기 때문이다.

1) 요코미쓰 리이치의 경우

모더니즘의 첫 주자인 요코미쓰 리이치는, 세 사람 중에서 가장 철저하게 전통을 파괴한 아방가르드였다. 그는 1923년에서 1927년 사이에 새로운 스타일의 실험적인 소설들을 계속 발표하면서 신감각파를 리드해갔다. 신감각파 계열로 분류되는 7편의 소설에서, 그는 다각적인 실험으로 자신의 소설을 대정기의 사소설과는 판이한 것으로 만들려고 혈전을 벌인다. 작품마다 새로운 실험을 시도할 만큼 그의 개혁 의도는 과열되어 있었던 것이다.

(1) 반反사소설적 기법

① 인물의 괴뢰화

요코미쓰 리이치는 명치 이래로 일본소설의 전통이 되어버린 사소설의 구호, '배허구'에 극단적인 방법으로 맞선다. 그중의 하나가 인물의 괴뢰화다. '나는 괴뢰를 만든다'는 것이 그의 모더니즘의 첫 구호였다. 그것은 허구적 인물의 설정을 의미한다. 따라서 자전적이 아닌 인물의 채택이 표면화된다. 요코미쓰는 상고시대에서 히미코(「해무리」)를 데려오고, 파리의 시점을 빌기도 하며(「파리」), 주인공 없는 소설을 쓰기도 하고(「조용한 나열」), 외국인을 주동인물로 삼기도 하는(「나폴레온과 쇠버짐」) 일련의 '괴뢰 만들기' 작업을 전개한다.

그 지나친 극단성과 현실 이탈이 인물들을 추상화시켜, 그들을 진짜 괴뢰로 만들어버리면서 그의 소설은 실패한다. '풍속과 습관과 정서는 애초부터 말살하려 하였기 때문에 요코미쓰의 감각적 소설들은 여실성을 상실한다. 그 결과로 인간이 벌레가 되는 이야기에서도 환기되는 독자와의 공감대가 거기에서는 형성되지 못한다. 하지만 그 추상적 구도 자체가 그의 새로움의 정체였다고 할 수 있다. 의도적인 현실 무시가 사소설의 지나친 현실 집착에 대한 변별 특징이 되고 있는 것이다. 문제는 그것이 파괴에서 끝나고 말아 새로운 스타일로 정착하지 못한 데 있다.

② 시점의 객관화

인물의 '괴뢰화' 다음에 나타나는 반사소설적 자세는 '시점의 객관화'로 표출된다. 그는 '의안', '복안' 등의 용어까지 창안해내며, 사소설의 1인칭 시점 거부에 전력투구한다.

③ 시공간의 현실 이탈

사소설의 '지금-여기'의 시공간의 패턴을 버리고, 요코미쓰는 상고시대, 외국 등의 시공간을 채택한다. 옥외 공간의 애용도 역시 반전통의 항목에 해당된다. 일본의 근대소설은 시마자키 토손 이래로 줄곧 '옥내 공간'에 집착해왔기 때문이다.

④ 플롯의 인과성 해체

플롯의 인과성이 해체된 경우로는 「머리 그리고 배」가 대표적이다. 서두의 파격성 때문에 신감각파가 스포트라이트를 받게 만든 이 소설에서는, 한낮이라는 시간, 열차의 속도, 머슴애의 방약무인함, 신사의 큰 배와의 사이에 아무런 유기적인 연결 관계가 없다. 작자는 플롯의 여러 요인들 사이의 인과성의 파괴를 의도적으로 시행하고 있는 것이다.

(2) 문장 면에 나타난 실험들

요코미쓰 리이치는 1918년 무렵부터 1926년까지를 자신의 '국어와의 불령을 극한 혈전 시대'로 보고 있다. 그의 신감각적 기법에서 언어·문장 혁신이 중요시되는 이유가 거기에 있다. 그는 신감각을 촉발시키는 대상으로 ① 행문의 어휘와 시의 리듬, ② 테마의 굴절 각도, ③ 행과 행 사이의 비약의 정도, ④ 플롯의 진행 추이의 역송, 반복, 속력 등^{「신감}각론」을 들고 있는데, 그중에서 절반이 소설 구성의 혁신에 해당되고, 나머지는 언어와 문체에 관한 것이다. '국어와의 혈전'을 통하여 언어와 문체 면에 나타난 그의 혁신적 실험은 다음과 같다.

① 문어체의 애용
요코미쓰는 근대문학 초창기에서부터 지속되어 오던 언문일치 지향에 대한 반발로 '쓰는 듯이 쓰는 문장'론을 펼친다. 그는 한자와 전문용어가 잔뜩 섞인 난삽한 문어체로 「해무리」, 「나폴레옹과 쇠버짐」 등을 썼다. 문어체의 문장과 난삽한 한문 어휘의 남용 등도 인물의 괴뢰화와 마찬가지로 작품을 추상화시켜, 그의 작품들을 소설의 기본권에서 이탈하게 만드는 요건이 된다. 또한 그것은 문장의 근대화의 기본 원칙에도 저촉된다. 그의 복고풍의 문체는 낯설게 하기에는 성공하지만 무리한 실험이어서 성과를 거두지는 못 하였다.

② 단문과 반복법

신감각파기가 끝난 후인 1930년에 나온 「기계」는 장문으로 되어 있다. 그때까지 그는 단문을 애용했다. 대정기의 사소설의 만연체 문장에 대한 반발이다. 긴 문장이 길어지면 신감각기가 끝나는 징조로 볼 정도로 짧은 문장은 그의 신감각기의 특징으로 간주된다. 디테일을 생략한 지나친 단문과 반복법의 과용도 소설의 기본 여건을 저해하는 요인이 되어 그의 소설을 시적인 데로 접근시킨다.

③ 개별성과 개연성이 무시된 인물들의 어법

「해무리」에서는 작품 속의 인물들이 남녀노소가 같은 어투로 말을 하고 있으며, 지방에 따른 차별성도 나타나지 않는다. 언어의 개별성이 사라지고, 개연성도 폐기되고 있는 것이다.

④ 의인법의 과용

말, 파리 등이 주동인물로 나오는 소설이 있을 정도로 의인법이 과용된다.

⑤ 비약적 연결법과 비유어의 파격성

이토는 군사용어가 부스럼의 묘사에 동원되는 것 같은 비약적 연결법을 사용하고 있으며, 비유어가 파격적이다. 「머리 그리고 배」의 참신성도 비유의 파격성에서 생겨난다.

⑥ 이미지의 시각화

이런 특징들은 신감각을 촉발하는 요인들이어서, 요코미쓰는 어법의 혁신과 언어의 감각화에 기여한다. 그중에서도 의인법, 비약적 연결법,

이미지의 시각화 등은 문체 혁신에 긍정적으로 기여한 요인들이다. 「봄은 마차를 타고」 같은 사소설이 신감각파의 문학으로 분류되는 것은 주인공의 감각에 초점을 둔 묘사법과, 언어의 감각화 때문이다. 그의 '국어와의 혈전'은 '괴뢰 만들기'의 기법과 더불어 신감각파의 특성을 형성하는 기본 요인이 되고 있다.

'괴뢰 만들기'와 '국어 뜯어 고치기' 등의 탈대정문학의 구호들은 모더니즘문학이 대정문학에서 벗어나는 데는 확실히 기여한다. 그것들은 대정문학에는 없던 기법이기 때문에 차이화에는 성공을 거두고 있는 것이다. 하지만 그의 '괴뢰 만들기'는 인물의 괴뢰화로 이어졌고, 시점의 객관화는 20세기 소설의 심층심리 탐색의 흐름을 외면한 것이며, 시공간의 현실 일탈은 소설의 현실 일탈로 연결되고, 플롯의 해체는 「머리 그리고 배」에서 끝나, 일회적 이벤트가 되고 만다.

언어 실험도 긍정적인 면만 있는 것은 아니다. 역시 전 시대와의 차별화 확보에는 성공하지만, 문어체로의 귀환, 한자어의 남용, 디테일 묘사의 생략 등은 소설 자체를 파탄시키는 요인이 되고 있기 때문이다. 다다이즘이 무조건적인 파괴에 열중하여 결실을 거두지 못한 것처럼 요코미쓰는 무조건적인 '탈대정문학'에 열중하여 개혁의 육화를 위한 건설적 측면에는 소홀했다고 볼 수 있다. 신감각파가 '모더니즘의 적자'인데도 불구하고 문학사에서 모더니즘의 성가를 높이는 데 기여하지 못하는 이유가 거기에 있다.

하지만 그의 실험은 일본 근대문학에서 나타난 가장 대폭적인 실험이어서 그 나름대로의 의의를 확보한다. 아무도 요코미쓰처럼 치열하게 '국어와의 혈전'을 벌이지 않았고 소설 구성에 변혁을 일으키지 못했다. 인물, 시점, 시공간, 플롯뿐 아니라 어휘와 리듬, 테마, 비유법 등에 대해 요코미쓰처럼 고루 관심을 기울이면서 변혁을 시도한 문인은 없기 때문이다. 요코미쓰의 반전통주의는 주로 기법 혁명에 치중되어 있다. 형식주의적인 어프로치로 문학의 형식을 개신하는 데 집중되어 있는 것이다. 그리고 그의 실험은 그의 유파의 명칭 그대로 감각의 혁신에 크게 기여한다.

"자연의 외상을 박탈하여 물 자체에 뛰어드는 주관의 직관적 촉발물"로서의 신감각의 미학은, '오성에 의해 내적 직관이 상징화'되는 노력으로 결실을 본 것이다. 그것은 이토 세이의 말대로 "논리를 감각의 질서로 치환하여 본다는 파괴적 방법"[1]이기는 했지만, 기본적으로 감각 쇄신만 허용되어온 일본의 예술적 전통에도 닿아 있는 것이다. 그레이브스는 모더니즘의 특성을 ① 전통에서부터의 적극적 일탈, ② 난해성, ③ 실험성 등으로 요약했다. 요코미쓰 리이치는 그 모든 사항에 해당된다. 그가 일본 모더니즘의 '적자' 대접을 받는 이유가 거기에 있다.

2) 류탄지 유의 경우

(1) 친親사소설의 모더니즘

① '농샬랑'한 생활 패턴의 창출

일본 모더니즘 소설의 두 번째 유형을 만들어낸 류탄지 유도 반전통의 자세는 확고하다. 하지만 그의 반전통주의는 요코미쓰의 그것과는 거의 상관이 없다. 그는 요코미쓰의 괴뢰 만들기나 글쓰기의 혁신 같은 데는 관심이 없다. 류탄지는 문학 지망생이 아니라 과학도여서, 기법적

---

1 伊藤整, 『小說の方法』, p.213.

실험에는 관심이 없다. 그의 새로운 문체는 달라진 현실을 그대로 반영한 데서 자연스럽게 파생한 것일 뿐, 혁신 의도를 가지고 인위적으로 만들어낸 것이 아니다. 그래서 류탄지의 모더니즘은 요코미쓰의 기법적 실험을 모조리 무효화시키는 엉뚱한 방향으로 전개된다.

그가 바꾼 것은 문학의 기법이 아니라 생활의 패턴이다. 그는 전통적인 가치관과 무관하게 태어나서 자란―탯줄이 없는 것 같은 예외적인 작가다. 따라서 그의 새로운 라이프 스타일도 문체의 경우처럼 의도적으로 만든 것이 아니라, 자연발생적으로 생겨난 것이다. 일본의 근대문학을 관통 하는 '家'의 문제나 '가부장제도'와의 갈등 같은 것이 그의 세계에는 없다. 전쟁, 경제 공황 같은 것도 역시 그의 관심권 밖에 있다. 전통적 사회를 지배하던 모든 가치들이 그에게서는 의미를 상실한다.

그는 아무것에도 구애를 받지 않는 자유주의적 윤리에 의거해 살고 있다. 최첨단의 과학 문명을 사랑하면서 그것들을 활용하여 남들이 미처 터득하지 못한 도시적인 삶을 고루 즐기면서 사는 것이 그의 '난센스 문학'의 기본항이다. 감각이 시키는 대로 바람처럼 자유롭게 사는 것, 물욕도 명예욕도 없이 '농샬랑'한 삶을 사는 것이 그가 대정문화에서 벗어나는 방법이었다. 그것은 당시의 일본에서는 상상도 하기 어려운 새로운 삶의 패턴이었던 만큼, 그런 삶을 꿈꾸던 젊은 독자들이 환호성을 올렸다. 류탄지 유의 인물들은 1920년대 말에 일본에 출현한 외계인들이었다.

② 모사론을 답습한 난센스문학

요코미쓰적인 형식 개신에는 관심조차 없는 류탄지는, 전통적 사소설의 사생주의와 모사론을 조건 없이 받아들인다. 그는 '지금-여기'의 시공간을 채택하며, 인물을 유형화하고, 가능한 한 정확하게 자신이 살고 있는 현실을 재현하려고 노력한다. "나의 문학의 기조를 이루는 것은, 순수한 사생주의 정신으로, 나는 다만 나가쓰카 다카시가 그 사생의 대상을 전원과 전원 생활에 둔 데 반하여 대부분 도회와 도회 생활을 대상으로 해왔다."고 류탄지는 말하고 있다. 명치시대의 리얼리스트인 나가쓰카와 류탄지의 차이점은, 그리는 대상이 도시라는 점밖에 없었던 것이다. 시점이나 장르에 있어서도 그는 역시 전통을 따른다. 전통적인 문인들처럼 그도 사소설을 많이 쓴다. 기법적인 면에서 보면 그의 문학은 분명한 명치시대로의 퇴행이다.

하지만 그는 명치·대정문학과는 다른 새로운 문학을 창안해냈다. 경음악처럼 가볍고 커피처럼 자극적인 난센스문학이 그것이다. 그는 전통적인 낭만주의자들처럼 정서적이지도 않고, 사회주의자들처럼 삶을 진지하게 보지도 않았다. 그에게는 무의식의 세계에 대한 이토 식의 집요한 관심 같은 것도 없다. 삶에서 진지함과 갈등을 모두 밀어내버린 '난센스문학론'의 필자답게 그는 공리성이나 명예욕 같은 것이 의미를 상실하는, 자유롭고 경쾌한 세계를 그린다. 현실의 조화 사이에 살짝 인공적 파탄을 만들어내서 웃음을 자아내게 만드는 난센스문학은, 인생의 의미 빼기 작업을 지향하기 때문에, 거기에서는 삶의 어두운 면은 일단 제외된다. 경제 공황이 닥쳐오고, 전쟁이 무르익어가는 절박한 상황에서도 그의 낙관적인 웃음의 미학은 지속된다. 독자에게 웃음을 선물하는 것이 그의 창작목표이기 때문이다. 그의 관심은 어버니즘의 생활화에만 집중되어 있고, 그것은 그에게는 현실이기 때문에, 21세기에나 있을 법한 울트라 모던한 삶을 형상화하는 데 성공을 거두고 있다. 박래품과 외래어가 범람하는 세계가 류탄지에 의해 작품화된다. 거기에 그의 새로움의 알파와 오메가가 있다.

그러나 그의 사생주의는 '있는 그대로'의 보편적 현실을 재현한 것이 아니다. 독자들이 '있었으면' 하고 바라는 꿈의 세계를 형상화한 것이다. 예외적으로 첨단화된 삶을 사는 일이 가능했던 작가 자신에게는 그것이 현실일 수 있는데, 독자에게는 아직 현실이 되지 못한 세계를 그린 것이 류탄지의 도시소설들이다. "긴자의 풍습은 우리가 만들어냈다."는 말이 그것을 입증한다. 눈앞의 현실을 재현한 것이 아니라 새로운 풍속을 창출하는 것이 자신의 창작 행위였음을 드러내는 말이기 때문이다. 독자들을 즐겁게 하기 위해 보편적 현실을 왜곡한 이런 난센스성으로 인해 류탄지 유는 '메르헨의 작가'가 되면서 동시에 통속작가의 길로도 접어들게 된다.

(2) 새로운 인물형의 창조

류탄지 유가 그린 것은 당시의 일본에서 등장하기 시작하던 모던 보이와 모던 걸들이다. 그의 소설의 남자들은 대부분이 20대이며, 고아이거나 가출한 사람들이어서 가족의 간섭을 받지 않는다. 그들은 바람처럼 자유로운 대신에 자신의 생활은 자력으로 해결한다. 유능한 보헤미안들인 것이다. 류탄지 유는 당시의 다른 문인들과는 달리 의학을 전공한 과학도이다. 그는 작가이면서 동시에 선인장 전문가이기도 한 예외적인 인물이다. 그의 주인공들도 작자와 유사하다. 그들은 르네상스기의 예술가들처럼 재능이 다양하다. 「M코에의 유서」의 주인공은 무선전화 연구에 몰두하기도 하고, 부유 발전기를 만들어 특허를 신청하기도 하며, 오케스트라를 지휘하고, 기계 제도도 수준급으로 하는데다가 선인장 연구의 전문가이기도 하다. 다른 인물들도 이에 준한다. 인습의 치외 법권 지대에서 사는 것 같은 모던 보이들이 풍력 발전기를 단 집에서 감자로 곤약을 만들어 먹으면서 과학과 예술을 결합시킨 첨단적인 일들을 하고 있다. 21세기에나 가능할 것 같은 생활을 영위하고 있는 것이다.

그런 다재함과 유능함, 과학과 예술의 어울림, 무욕함 등에 있어 그의 인물들은 대정기의 사소설의 주인공들과 확연히 구별된다. 현대를 살며 현대적 삶에 적응하는 능력을 가진 류탄지의 모던 보이들은, 수입원이 원고료밖에 없고, 온갖 갈등 속에서 몸부림치는 대정기의 사소설의 주인공들보다는 훨씬 젊고 발랄하고 자유롭다. 감각적인 동시에 논리적인 이 경박한 일군의 모던 보이들은 일본문학사에서 처음으로 등장한 새로운 인종이다.

그리고 그 옆에는 머슴애 같기도 하고 어린애 같기도 한 오캅바 머리의 모던 걸들이 앉아 있다. '마코'로서 상징화된 그의 모던 걸들은, 남자들보다 더 어려서 아직 10대를 벗어나지 않았다. 남자와 동거하면서도, 캐러멜을 먹다가 그냥 잠이 드는 식의 어린티를 여전히 간직하고 있는 미숙한 고아 소녀들. 그들은 예외 없이 중성적이며, 불균형한 아름다움을 지니고 있고, 상식이 없으며, 감각에만 의존하는 유희적인 삶을 살고 있다. 그녀들에게는 야망도 갈등도 없다. 결혼도 안한 남자들의 절대적인 사랑과 완벽한 보호를 받으며, 군것질이나 하면서 무위도식하는 이 모던 걸들은, 감각과 현대취미를 빼면 남는 것이 없는 경박한 여성들이다.

하지만 그녀들은 남자들보다 오히려 인기가 있다. 가와바타 야스나리 같이 류탄지를 별로 좋아하지 않는 작가도 일종의 새로운 여자가 이 정도로 자연스럽게 아름답게 그려진 것은 드문 일이라고 칭찬하고 있다. 류탄지의 마코들은 그 당시로서는 상상을 할 수 없을 정도로 첨단적이며, 유니크하고 발랄하다. 그녀들이 남성인물보다 유명세를 타는 것은, 모던 남자보다는 모던 여자가 아직 희소가치를 지니고 있었던 시대적 상황에 기인한다. 류탄지의 공적은 전례가 없는 모던 걸을 육화한 데 있다고 할 수 있다. 그의 마코들은 문학사에 처음으로 등장한 모던 걸의 선두 주자이기 때문이다.

이런 유형의 모보·모가 커플이 혼전에 동거하는 곳은, 탑이나 지붕 밑 방, 아파트, 버려진 기관차 같은 비일상적인 장소다. 그런 비현실적이고 유희적인 삶의 묘사, 그들의 '농샬랑'한 생활 태도 같은 것이 소화 초기의 서구 문명에 홀려 있던 청년층의 관심을 끌어당겼던 것이 그의 인기의 비결이다.

하지만 류탄지가 작품 활동을 시작하던 1920년대 말은 전 세계를 경제 공황이 휩쓸고, 일본에서는 만주사변이 무르익어가던 시기였다. 그런 암담한 시기에, 새로운 기법에 대한 진지한 모색도 없고, 새로운 철학을 향한 갈망도 없이, 터무니없는 낙천주의만 팽배해 있는 류탄지 유의 난센스적인 도시소설들은 좋은 평가를 받을 수 없었다. 그래서 '퇴폐한 도시주의와 외면적 풍속소설로 타락함으로써 문학적 에네르기는 쇠약하다는 것이 그가 받은 점수이다. 문학적 성과가 신감각파의 십 분의 일도 못 된다는 것도 이제는 정설로 굳어져버렸다.

류탄지 유는 당대 문단의 맹주이던 가와바타 야스나리와 요코미쓰 리이치를 정면에서 비판하는 「M코에의 유서」를 1934년에 발표한 일로 인해 문단에서 떠나야 했다. 그 후 20여 년간을 그는 선인장 연구가로 살다가 만년에야 다시 소설을 쓰게 된다. 「M코에의 유서」가 그의 문학에 대한 평가에 나쁜 영향을 미쳤을 것은 부정하기 어렵다. 하지만 그것만이 이유가 아니다. 그의 문학 세계 자체가 가지고 있는 경박함과 현실의 왜곡이 오늘날 그를 문학전집에도 실리지 못하는 잊힌 작가로 전락하게 만들었다. 그로 인해 모더니즘의 평점도 동반하여 하락하게 된다. 암담한 시대에 잠깐 나타나서 즐거운 인간형을 보여 준 것, 도시 풍속의 정착화에 기여한 것 — 그것이 류탄지 유의 공적의 전부다.

3) 이토 세이의 경우

이토 세이에게 있어서 대정문학에 대한 안티테제로 나타나는 것은 심층심리의 세계이다. 서 있는 지점은 류탄지와 같고, 서술하는 시점도 같은 1인칭인데, 그는 류탄지처럼 유희를 하는 대신에 무의식의 세계로 하강하여, 인간의 내면 깊은 곳에 포커스를 맞춤으로써, 심리분석에 깊이를 확보했고, 그것으로써 대정문학의 안이한 사소설들과 맞서게 된다.

그때까지의 일본의 모더니즘은 구미의 그것과는 유사성이 적은 모더니즘이었다. 요코미쓰는 풍문으로 들은 유럽 모더니즘의 여러 유파의 특징을 뒤섞어서 「신감각론」을 만들어냈고, 류탄지 유는 자기류의 「난센스문학론」에 입각해서 모던한 풍속소설을 창안해냈다. 하지만 이토 세이는 그렇지 않다. 그는 유럽의 신사조를 본격적으로 공부했고, 그 자신이 직접 작품을 번역한 전신자轉信者였다. 그는 유럽의 심리주의적 리얼리즘에 대한 지식을 어느 정도 쌓은 후에 창작으로 들어 간 '준비된 작가'였으며, 그 작업을 지속적으로 전개해 나간 유일한 문인이다. 이론과 실작 양 면에서 이토 세이는 신심리주의의 대표인 것이다.

하지만 이토 세이가 요코미쓰 리이치보다 유럽의 신사조에 대한 이해도가 높은 것은 그 한 사람만의 공로는 아니다. 신감각파가 모더니즘을 시작한 후에 십년의 세월이 흘렀다. 그 동안에 『시와 시론』, 『문학』 등의 잡지가 나와서 유럽의 신사조를 본격적으로 소개했고, 『프로이트 전집』, 『율리시즈』 등이 번역, 출판되었다. 신감각파 식의 암중모색의 시기가 지나고, 맹목적인 전통 파괴의 시기도 지났다. 무너진 자리에 오두막이라도 세워야 하는 재건의 시기가 온 것이다. 이토가 한 일이 그 것이다. 그는 프로이트와 프루스트를 읽었고, 조이스, 로렌스, 버지니아 울프 등을 번역하면서 「제임스 조이스의 메소드」, 「조이스와 프루스트의 문학 방법에 대하여」 등으로 신심리주의에 대한 자기 나름의 이론 정립 과정을 겪은 후에 작품을 발표한다. 이토 세이는 자신의 신심리주의의 기법적 특징을 다음과 같이 요약했다.

    ⅰ) 보다 현실에 즉한 스타일: 새로운 현실 파악의 방법

    ⅱ) 내면심리의 영토 확인: 의식의 흐름 수법 채택

    ⅲ) 스타일에 대한 관심

    ⅳ) 내성적 주관적 의미의 분석적 방법의 적용

그는 초기에 프로이트의 영향을 노출시킨 「감정세포의 단면」을 썼는데, 반응이 좋지 않았다. 의식의 흐름의 첫 작품인 「몽오리 속의 키리코」도 예정해 놓은 결구結構 속에서 그런 트릭을 자의적으로 희롱하고 있다는 혹평을 받는다. 그래서 프로이트나 조이스의 방법에서 한발 비껴 서면서도 새로움을 잃지 않는 쪽으로 실험의 정도를 조절하지 않을 수 없었다. 그렇게 하여 생겨난 것이 「생물제」이고, 이 작품을 통하여 작가로서 인정받기 시작한다. 『눈 밝은 길』의 서정성으로 신심리주의의 관념성을 보완하여 이토가 만들어낸 '관념적·고백적' 소설들은 실험적 방법이 조정을 거친 후에 나온 것들이다. '보다 현실에 즉한 새로운 현실 파악의 방법'으로 '내면심리의 영토를 확인하고 '의식의 흐름 수법을 가미하여' '내성적 주관적 의미의 분석적 방법'을 시도한 것이 이토식 심리주의의 기법이다. '스타일에 대한 관심'을 강조한 이토 세이는 여러 가지 지적 관념적 조작을 시험한다. 대비법과 조응관계 등을 활용하여 인공적으로 구조를 조작하는 것이다. 그러나 관념적인 조작은 그의 본령인 『눈 밝은 길』의 서정적인 세계의 뒷받침으로 성공을 거둔다.

「생물제」에서 작자는 "이왕의 소박했던 현상을 감각과 관념으로 분열

시켜, 그 양자에 걸쳐 서서 말을 하고 있다."고 말하고 있다. 작가는 자신의 말대로 감각과 관념을 활용하여 고백적 세계를 재현한 새로운 소설작법을 정착시킨 것이다. 거기에『눈 밝은 길』의 서정성이 가미되어「생물제」를 낳는다. 그 뒤를「이시카리」,「유귀의 마을」등이 잇는다. 그것들은「이카루스 실추」,「유귀의 도시」등 관념성이 노출되는 작품들과 번갈아 나타나면서 신심리주의 계열의 소설군을 형성한다.

프로이트와 심층심리의 문제, 자동기술법, 의식의 흐름 수법, 내적 독백 등 20세기 소설에서 심층심리의 영역은 메인 토픽에 속하는 기법들을 양산해내는데, 일본에서 그것을 연구하여 지속적으로 작품에 적용하려 노력한 문인은 이토 세이 하나밖에 없다. 호리 다쓰오도 심리주의 소설을 썼지만, 그는 이토처럼 전통을 거부하지는 않았고, 가와바타나 요코미쓰는 한 편씩 쓰고 그만두기 때문이다. 일본에서 그를 "정통예술파"로 부르는 이유가 거기에 있다.

류탄지 유가 현실보다 앞선 도시풍속을 작품화했듯이 이토 세이도 시대보다 앞서서 심층심리의 세계에 몰입했다. 그래서 독자의 호응을 얻지 못한 것이다. 그가 인텔리의 내면을 탐색한 소설들은 종전 후에 와서야 비로소 인기가 높아진다. 세 전쟁을 겪고 원자탄의 세례를 받은 후에야 그의 심리탐색 작업이 각광을 받을 토양이 일본에도 조성되는 것이다.

이상에서 보아온 바와 같이 모더니즘의 세 리더는 제각기 다른 방면에서 전통과의 싸움을 벌인다. 요코미쓰는 소설작법의 쇄신과 언어 혁신을, 류탄지는 모던한 풍속 묘사를, 이토는 심층심리의 탐색을 통하여 3인 3색의 전통과의 싸움을 벌인 것이다.

2. 반프롤레타리아 문학

반전통의 자세 외에 모더니즘의 세 파에 공통되는 두 번째 특징은 좌파문학에 대한 대척적 자세이다. 전술한 바와 같이 일본의 모더니즘은 프로문학의 편내용주의의 위협에 대한 위기의식에서 탄생한다. 당시의 일본에서는 프로문학의 세력이 막강했다. 그들이 『문예전선』(1924)을 만들자 우파문인들이 위기의식을 느껴서 만든 잡지가 『문예시대』(1924. 10~1927. 5)이다. 이 잡지에는 14인의 동인이 모였는데 반전통주의와 반프로문학의 자세를 빼면 공통성이 없는 사람들이어서 결속력이 약했으며, 곧 이탈자가 생겨나서 오래 계속되지 못한다. 핵심 멤버들이 프로문학 진영으로 옮겨가기 때문이다.

프로문학의 내용중심주의에 대한 신감각파의 반발은 요코미쓰의 다음과 같은 말에서 단적으로 드러난다. "그는 나의 문학적 생애의 반생을 괴롭히고 또 괴롭히던 존재였다. 열아홉 살 때부터 서른한 살까지, 12년간을 마르크스는 내 머리에서 떠나 본 일이 없었다."[2]는 요코미쓰의 고백은 다른 모더니스트들에게도 그대로 적용된다고 할 수 있다. 그들은 예술파이며, 형식존중주의자들이어서 마르크시즘과는 상극이었던 것이다.

그래서 신감각파가 싱겁게 와해되자, 프로문학의 위협에 맞서기 위해 또 하나의 반공문학 그룹이 생겨난다. 신흥예술파다. 신흥예술파를 태동시킨 13인 구락부의 중심인물인 나카무라 무라오는 신감각파보다 훨씬 강력하게 좌익문학 타도에 나선다. "바쇼芭蕉 같은 하이쿠 작가는 기생충이다."라는 말이 공공연하게 나도는 상태에서 나카무라는 「누구냐? 꽃밭을 망쳐놓는 자가-이즘의 문학에서 개성의 문학으로」를 쓰는 것이다. 그 뒤를 쓰네카와 히로시의 「예술파 선언」이 잇는다. 프로문학파의 정치주의의 승리가 문학을 학살하는 것을 막기 위해 자기는 이 선언을 하게 되었다는 것이 쓰네카와의 변이다. 신감각파보다 좌익 공격의 수위가 훨씬 높은 것은 좌파문학의 융성 때문이다. 하지만 곧 좌익 검거 선풍이 불어 프로문학의 세력이 약화되자 신흥예술파도 힘을 잃는다. 적군이 사라져갔기 때문에 전의를 상실한 것이다.

반프로문학의 자세는 이토 세이에게도 계승된다. 요코미쓰의 경우처럼 그의 반생도 마르크스와의 싸움으로 점철되었다고 할 수 있다. 그는 프로문학파에서 주조 유리코中条百合子, 미야모토 유리코宮本百合子 등의 공격을 받고, 몇 차례에 걸쳐 논쟁을 하기도 한다. 그들의 공리주의적 문학관, 정치주의, 몰개성주의 등에 대한 혐오에 있어 그는 다른 모더니스트들과 비등하다. 「유귀의 도시」에서도 이토 세이는 좌파의 고바야시 다키지를 썩은 냄새를 풍기는 시체로 그려 희화화하고 있으며, 그가 결국 자신을 교화시키는 데 실패한 것을 확인시켜, 자기의 사상적 좌표를 명시한다. 고바야시 콤플렉스는 이토 세이의 신심리주의문학에 편재하고 있다. 전통주의에 대한 자세는 각양각색이었지만, 프로문학에 대

---

2 橫光利一, 「詩と小說」, 『橫光利一全集』 12, 河出書房, 1961, p.9.

해서는 세 사람이 동일한 자세를 취하고 있다. 프로문학에 대한 혐오가 모더니즘의 결속 요인이 되고 있는 것이다.

3. 현실 이탈 현상

모더니스트 그룹을 잇는 또 하나의 공통점은 현실과의 거리에 있다. 요코미쓰 리이치는 '괴뢰 만들기'라는 구호를 내걸고, 상고시대나 외국 같은 무대에 히미코나 나폴레온 같은 인물들을 등장시켜 현실에서 의도적으로 이탈해갔다. 그것은 전통적인 사소설의 현실과의 유착을 떨쳐버리기 위한 의식적인 몸부림이었다. 심지어 '병처물' 같은 자전적 소설에서도 그는 '생활'을 그리지 않았다. 현실과의 거리를 좁히지 않은 것이다.

류탄지 유는 모사론을 채택했지만, 역시 보편적 현실을 그린 것은 아니다. 그것은 '보통사람'들의 생활이 아니라, 너무나 예외적인 인물의 현실이어서 개연성을 확보하지 못한다. 1920, 30년대의 일본에서는 찾아보기 어려운 대상을 작품화했기 때문에 현실이 반영되어 있지 않는 것이다. 그의 소설에 나오는 인물들은 영원히 어른이 될 가망이 없는 유희인간들이고, 그들이 사는 곳도 지붕밑 방이거나 버려진 기관차 같은 곳이어서, '보통 사람들의 일상사'와는 관계가 없다. 어버니즘에 대한 환상 속에서 꽃이 핀 현대의 메르헨이 그의 작품세계다.

이토 세이의 모더니즘은 도가에리 하지메의 말대로 인간의 육체를 그리기를 회피한다. 신심리주의기에 그가 인간의 육체를 그린 작품은 「말 거간꾼의 종막」밖에 없는데, 이토는 그것을 가장 쓰고 싶지 않았던 작품이라고 공언한다. 그는 의도적으로 인간의 심리에만 집착하였기 때문에 현실이 반영될 수 없었다. 그러다가 그가 인간의 육체와 일상사를 그리기 시작하면 신심리주의는 끝난다. 게다가 그의 말 거간꾼은 인텔리가 아니다. '고백적' 소설이 아닌 것이다. 이토 세이는 "관념적, 감각적인 소설은 고백적인 것이어야 한다."고 생각한 작가다(「자작 안내」). 그래서 신심리주의기의 그의 인물들은 심장만 있고, 다른 장기는 없는 유령 같은 인텔리들이다. 이 점은 요코미쓰도 유사하다. 그도 현실에서 유리된 인텔리들의 내면을 그리는 소설들을 많이 썼으며, 이토처럼 일상다반사를 받아들이자 모더니즘기가 끝나고 신문연재소설로 접근해가는 것이다. 그들의 모더니즘이 부르주아문학으로 매도되는 이유가 거기에 있다.

요코미쓰 리이치와 류탄지 유의 모더니즘은 옵티미즘으로 물들어 있다. 그런데 이토 세이는 페시미스트다. 그렇게 대척적인 관점으로 삶을 보고 있는데도, 그들은 외면적 현실을 재현하지 않은 점에서는 공통된다. 그 이유는 그들이 버리고 싶었던 전통이 현실과 유착되어 있는 사소설이었기 때문이다.

요코미쓰나 이토는 현실을 그릴 줄 모르는 작가들이 아니다. 전자는 모더니즘기에도 독자의 호응도가 높은 사소설들을 썼고, 후자는 리얼리스틱한 「말 거간꾼의 종막」을 써서 호평을 받았다. 그런데도 불구하고 이 작가들이 현실에서 이탈한 것은 의도적이며 계획된 것이다. 그들은 모더니즘에 충실하려는 노력 때문에 현실을 이탈한다. 소설의 최저 공약수인 형식적 리얼리즘formal realism까지도 저버리고 독자를 획득하지 못한 그들의 실험에서 일본 모더니즘의 관념성과 모방성이 드러난다.

4. 감각주의

그 다음에 지적하고 싶은 것은 감각의 쇄신 작업이다. 모더니즘에서도 감각 묘사의 쇄신에 열중한 신감각파의 비중이 무거웠지만, 같은 경향이 신흥예술파나 신심리주의파에서도 감지되고 있다.

일본에서는 모더니즘이 푸대접을 받고 있다. 그 일차적인 책임은 류탄지 유에게 있다. 협의의 모더니즘이 신흥예술파를 가리키고 있는데, 류탄지의 모더니즘이 경박한 '난센스문학'이었기 때문이다. 하지만 일본에서는 광의의 모더니즘도 푸대접을 받고 있다. 물론 모더니스트들이 작품 수준이 낮고, 운동 자체가 지리멸렬했으며, 아직 모더니즘을 받아들일 여건이 조성되지 않았다는 데도 이유가 있을 것이다. 하지만 그보다 더 중요한 이유는 "논리에 눈을 감고 감각으로만 사는 일이 일본의 예술가의 '예藝'를 보지保持 하는 방법"이었던 데 있다고 볼 수 있다. 그래서 모더니즘에서도 감각 묘사의 쇄신의 풍조가 공통적으로 일고 있다. 일본에서 새로운 방법을 모색할 수 있는 통로가 감각의 쇄신밖에 없다는 이토의 말에는 타당성이 있다. "논리를 왜곡하고 감각적인 것만

호흡을 허용하는 봉건 사회의 존재양식에서 생겨난 필연적인 왜곡"의 결과로 모더니즘의 지적, 관념적 측면이 제대로 수용되지 못한 것이다.

그 사실은 일본 모더니즘 중에서 감각 묘사의 쇄신에 집중한 신감각파의 비중이 무거워지는 것과도 관계가 있다. 타인에 의해 신감각파라고 불림으로써, 일본의 모더니즘의 최초의 유형은 감각의 새로움의 측면으로만 집중되었다고 평자들이 말하고 있다. 하지만 요코미쓰의 경우 사소설들도 감각 묘사에만 치중하고 있는 만큼 신감각파가 모더니즘의 적자로 대접받는 이유는, 새로운 방법을 모색할 수 있는 통로가 감각의 쇄신밖에 없는 일본의 풍토에 맞는 작업을 한 결과라고 할 수 있다.

그 증거로 일본의 모더니즘의 세 유파에 공통되는 것이 감각 쇄신의 흐름이라는 것을 지적하고 싶다. 요코미쓰는 더 말할 필요가 없지만, 신감각파에 속하면서도 실험적인 것을 기피하던 가와바타도 『감정장식』에 나오는 장편소설들에서 신감각파적 특징이 나타나는 인공적 문체를 시도하고 있으며, 프로문학파에도 감각 쇄신을 시도한 작가들이 있다.[3] 류탄지 유의 경우에는 문체뿐 아니라 생활 전체에서 감각을 쇄신하는 작업이 지속된다. 이토 세이 역시 처녀작인 「비약의 형」에서 신감각파적인 문체를 보여준 일이 있고, 「생물제」 계통의 모든 소설의 매력도 묘사의 감각성에 있어, 감각의 쇄신 작업은 모더니즘의 세 파에 공통과제였음을 알 수 있다. 이토 세이가 자신의 신심리주의소설의 특징을 '관념성', '고백성'과 함께 '감각성'에도 두고 있음이 이를 증명한다.

감각의 쇄신 작업은 모더니즘의 세 파의 공통 과제였을 뿐 아니라 가장 많은 작가들이 참여한 항목이기도 하다. 감각만이 아니다. 도시풍속 묘사나 심리 묘사에도 세 파의 문인들이 고루 참여하고 있다. 요코미쓰

---

3 제2부 제1장 주 54 참조.

가 난센스소설과 심리주의계의 「기계」도 쓰고 있듯이 가와바타도 신감 각파 풍의 문체를 시도한 일이 있고, 「아사쿠사 구레나이단」에서는 도 시풍속을 재현하며, 「수정환상」은 심리주의계로 분류된다. 이토 세이도 마찬가지이다. 심리주의에 다다르기 전에 그도 문체는 신감각인데 내용 은 도시풍속을 그린 소설들을 썼다. 감각적 문체로 도시풍속을 그리고 심리주의에도 손을 댄 점에서 일본의 모더니즘은 공통성을 지닌다. 이 세 유파가 하나의 이름으로 통칭되는 이유가 거기에 있다.

5. 사소설과의 관계

　감각의 쇄신과 함께 일본문학의 주류를 이루는 장르는 자전적 고백소설이다. 감각의 경우와 마찬가지로 고백적 서사물은 일본문학의 저변을 흐르는 기본적인 장르다. 근대소설의 경우도 마찬가지다. 일본에서는 자연주의까지 사소설을 주류로 하고 있고, 대정시대는 1인칭 사소설이 지배했다. 고백소설은 유구한 역사를 가지고 모더니즘 앞에 버티고 서 있는 것이다. 그래서 신심리주의를 논하는 상기한 좌담회에서 아사하라 로쿠로가 "일본의 문학은 대체로 심리적인, 혹은 유심적唯心的인 전통을 가지고 있기 때문에, 객관주의 문학이 지배하던 유럽에서 생긴 심리주의를 신심리주의라고 받아들이는 것은 우습다."는 말을 하고 있다.[4]

　이 사실은 모더니즘과 사소설의 관계를 살펴보면 확인이 된다. 일본의 모더니즘은 탈사소설의 구호 아래 시작되지만, 사소설과의 관계가 뜻밖에도 긴밀하다. 괴뢰를 만든다고 떠들고 다닌 요코미쓰 자신이 「그

---

4 『伊藤整・武田泰淳』, 有精堂, 1975, p.15 참조.

대」 계열의 사소설을 여러 편 쓰고 있고, 류탄지 유는 사소설을 주로 썼다. 이토 세이의 심층의식 탐구기의 소설들이 '관념적'인 동시에 '고백적'이었던 것도 우연이 아니다. 거기에서 관념성만 배제하면 그대로 사소설이 된다. 이토는 다른 데서 "신변잡기소설이라는 것은 언제나 일본인에게 주어진 유일하게 확실한 방법"[5]이라는 말을 한다. 그리고 그것은 "모양소설을 말소하는 단 하나의 길처럼 생각"된다는 말도 한다. 그 말대로 남에게서 빌려온 실험적 방법(모양)을 버리면서, 이토 세이는 "일본인에게 주어진 유일하게 확실한 방법"으로 귀화한다. 종래의 심리주의를 가르는 모든 것은 '모양'이라는 수식어 하나밖에 없었고, 그것을 버린 그는 곧바로 사소설의 세계로 들어가는 것이다.

"일본인에게 주어진 유일하게 확실한" 서사문학은 오늘날까지도 사소설이다. 아직도 일본에서는 고백소설이 서사문학을 주도하고 있다. 비평 방법도 전기 연구가 주가 되지 않을 수 없는 이유가 거기에 있다. 일본의 모더니즘은 반전통의 깃발을 내세우고 과감한 실험에 돌입했지만, 감각과 심리 묘사라는, 전통적 흐름의 권역 안에서 모더니즘을 형성시킨 것이다. 반사소설을 주장하다가 혹은 신심리주의를 외치다가 요코미쓰와 이토가 똑같이 다다른 곳은 감각과 심리 묘사라는 전통과 이어지는 세계였다. 빌려온 실험적인 기법으로 버둥거리다가 본향에 돌아가게 되는 것이다.

반전통성, 프로문학의 공리주의 배격, 현실에서 이탈하려는 경향 등에서 일본의 모더니즘은 서구의 영향을 드러내지만, 감각 쇄신을 위한 노력, 사소설과의 애매한 관계 등은 일본의 전통적 흐름과 접맥되어 있다. 그것이 일본 모더니즘의 특성이다.

---

5 앞의 책, p.35.

부록

1. 참고문헌

1) 일본 논저

横光利一, 『横光利一全集』 12권, 河出書房, 1956.

横光利一, 『現代日本文學全集』 36, 新潮社, 1954.

横光利一, 『新潮日本文學』 14, 新潮社, 1974.

岩上順一, 『横光利一』, 日本圖書センタ, 1987.

玉村周, 『横光利一』, 明治書院, 1992.

神谷忠孝, 『横光利一』, 圖書刊行會, 1991.

阿部知二, 『横光利一』, 有精堂, 1991.

川端康成, 「文藝時代-片岡, 横光の立場」, 文藝春秋, 1928. 1.

河上徹太郎, 『横光利一と新感覺派』, 有精堂, 1991.

紅野敏郎編, 『新感覺派の文學世界』, 名著刊行會, 1987.

〈横光利一疾走するモダン」, 『國文學』 35권 13호, 1990. 11.

デニス キ-ン, 『モダニすと 横光利一』, 河出書房新社, 1982.

磯具英夫, 「横光利一の文體」, 『國文學』, 學燈社, 1959. 9.

磯具英夫, 「新感覺派の發生とその意味」, 『國文學』, 1965. 2.

磯具英夫, 「モダニズム文學の基盤」, 『日本近代文學』 7, 1967. 11.

谷田昌平, 「近代藝術派(モダニズム)の系譜」, 『國文學』, 1958. 1.

谷田昌平, 「新感覺派の文學の發想と表現世界」, 『國文學』, 1963. 9.

保昌正夫, 「戲曲作家としでの横光利一」, 『國文學』, 1990. 11.

保昌正夫, 「モダニズム」, 『國文學』, 1964. 2.

廣津和郎, 「新感覺派意識に就いで」, 『時事新報』, 1925. 12. 16.

野口富士雄, 「感觸的昭和文壇史」 2, 3, 『文學界』, 1962. 2~3.

野間廣, 「新感覺派文學と言葉」, 『文學』, 1958. 10.

由良君美, 「虛構と樣式言語-横光利一の場合」, 『文學』, 1971. 9.

井上謙, 神谷忠孝, 羽鳥徹哉 編, 『横光利一事典』, おふらふ社, 2002.

「**川端康成**集」, 『現代日本文學全集』 37, 筑摩書房, 1955.

『川端康成全集』, 新潮社, 1960.

川端康成, 『雪國』, 新潮文庫, 1968.

川端康成, 『川端康成全集 6, 掌の小說』, 新潮社, 1970.

川端康成, 『日本文學資料叢書』, 有精堂, 1973.

川端康成, 『新潮日本文學』 15, 新潮社, 1975.

福田淸人, 板垣信 編, 『川端康成』, 淸水書院, 1969.

金采洙, 『川端康成-文學作品における「死」の內在樣式』, 敎育出版判センタ, 1984.

龍膽寺雄, 『龍膽寺雄全集』 12, 昭和書院, 1984.

吉行エイスケ, 『吉行エイスケ作品集』 2, 冬樹社, 1976.

雅川滉, 「藝術派宣言」, 『現代文學論文大系』, 河出書房, 1954.

中村武羅夫, 「誰だ花園を荒す者は」, 『現代文學論文大系』, 河出書房, 1954.

佐藤春夫, 「농샬랑 記錄」, 『新潮 日本文學』 12.

久野十蘭, 「농샬랑 道中記」, 『昭和文學の爲に』, 思潮社, 1989.

谷田昌平, 「新興藝術派と新心理主義文學」, 『國文學』, 1975.

植草圭之介, 「大鷲の風韻」 월보 『龍膽寺雄全集』 10, 昭和書院, 1984.

馬渡憲三郎, 作品解說, 『全集』 7, 昭和書院, 1984.

荒川法騰, 作品解說, 『全集』 2, 昭和書院, 1984.

保昌正夫, 作品解說, 『全集』 12, 昭和書院, 1984.

竹內淸己, 「川端康成による龍膽寺評」, 『全集』 3 月報, 昭和書院, 1984.

助川德是, 作品解說, 『全集』 9, 昭和書院, 1984.

志村有弘, 作品解說, 『全集』 8, 昭和書院, 1984.

有山大五, 作品解說, 『全集』 6, 昭和書院, 1984.

川本三郎, 「都市への 視線」, 『全集』 5, 月報, 昭和書院, 1984.

森安理文, 作品解說 『全集 』 12, 昭和書院, 1984.

淸水達夫, 「龍膽寺家の おもいで」, 『全集』 2 月報, 昭和書院, 1984.

鈴木健次, 「父子がもでるになつた話」, 『全集』 12 月報, 昭和書院, 1984.

吉行淳之介, 「新興藝術派と僕」, 『全集』 8 月報, 昭和書院, 1984.

南博, 「私のモダニズム體驗」, 『全集』 4 月報, 昭和書院, 1984.

高橋昌夫, 「浪漫寺の雄」, 『全集』 6 月報, 昭和書院, 1984.

津田亮一, 「かげろうの建築士」, 『全集』 2 月報, 昭和書院, 1984.

久保田正文, 「生殘る條件」, 『全集』 9 月報, 昭和書院, 1984.

小玉武, 作品解說, 『全集』 12, 昭和書院, 1984.

神谷忠孝, 「龍膽寺とエイスケ」, 『全集』 7 月報, 昭和書院, 1984.

伊藤整, 『雪明りの路』(椎の木 대정15년판 영인본), 近代文學館, 1974.

伊藤整, 『イカルス失墜』, 新潮社, 1977.

伊藤整, 『小說の方法』, 河出書房, 1955.

伊藤整, 『變容』, 岩波書店, 1968.

伊藤整, 『發掘』, 新潮社, 1970.

伊藤整, 『火の鳥』, 1951.

伊藤整, 『若い詩人の肖像』, 1956.

伊藤整, 『新潮日本文學』 31, 新潮社, 1975.

伊藤整, 『新潮現代文學 13: 伊藤整』, 新潮社, 1981.

伊藤整, 『新潮日本文學』 31, 新潮社, 1975.

伊藤整, 『小說の方法』, 河出書房, 1955.

伊藤整, 『變容』, 岩波書店, 1968.

伊藤整, 『發掘』, 新潮社, 1970.

伊藤整, 「生活體驗險の表現」, 帝國大學新聞, 1938. 11.

『伊藤整・武田泰淳』, 有精堂, 1975.

千葉宣一, 『伊藤整-モダニズム文學』, 八木書店, 1978.

野坂幸弘, 『伊藤整論』, 双文社, 1995.

佐佐木冬流, 『伊藤整研究: 新心理主義文學の顚末』, 双文社, 1995.

臼井吉見, 「座談會: 「火の鳥の記錄」を中心とした伊藤整論」, 『伊藤整・武田泰淳』,
　　　　1975.

宮本百合子, 「觀念性と抒情性: 伊藤整氏の『街と村』について」, 『伊藤整・武田泰
　　　　淳』, 1975.

瀬沼茂樹, 「再び心理小說に就いて」, 『伊藤整・武田泰淳』, 有精堂, 1975.

十返一, 「伊藤整氏について」, 『伊藤整・武田泰淳』, 有精堂, 1975.

長谷川泉, 「藝術的近代派の胎動」, 『國語と國文學』 38, 1961.

長谷川泉, 「モダニズム文學の小說觀」, 『國文學-解釋と鑑賞』, 1965. 1.

中條百合子, 「文藝時評(5)」, 『伊藤整・武田泰淳』, 1975.

中條百合子, 「數言の補足」, 『伊藤整・武田泰淳』, 1975.

伊藤整, 「中条百合子氏に與ふ」, 『伊藤整・武田泰淳』, 有精堂, 1975.

小林多喜二,『蟹工船. 黨生活者』, 角川書店, 1954.

阿部知二,『文學の考察』, 紀伊國屋出版部, 1934.

井伏鱒二,『新潮日本文學』 17, 新潮社, 1975.

堀辰雄,『新潮日本文學』 16, 新潮社, 1975.

尾埼一雄,『新潮日本文學』 19, 新潮社, 1975.

佐藤春夫,『新潮日本文學』 12, 新潮社, 1973.

日本文學研究資料刊行會,『小說』, 有精堂, 1983.

前田愛,『文學の街』, 小學館, 1991.

前田愛,『都市空間のなかの文學』, 筑摩書院, 1992.

矢埼源九郎,『日本の外來語』, 岩波新書, 1971.

中島建藏 外 3人編,『昭和の作家達』 3, 英宝社, 1955.

臼井吉見,「現代日本文學史」,『現代日本文學全集』 1, 筑摩書房, 1958.

鈴木貞美,『昭和文學のために』, 思潮社, 1989.

瀬沼茂樹,『完本・昭和の文學』, 冬樹社, 1976.

尾形明子,『昭和の文學の女たち』, ドメス出版, 1986.

吉田精一,『自然主義の研究 上・下』, 小峯書店, 1976, 1979.

吉田精一,『日本文學研究の現狀』, 有精堂, 1992.

三好行雄, 淺井清 編,『近代日本文學小辭典』, 有斐閣, 1981.

永井荷風,『濹東綺譚』, 岩波書店, 1975.

中村光夫,『風俗小說論』, 河出書房, 1950.

中村光夫,『日本の近代小說』, 岩波新書, 1968.

中村光夫,『日本の現代小說』, 岩波新書, 1968.

中村眞一郎,『現代小說の世界』, 講談社, 1969.

紅野敏郎 外 3人編,『大正の文學』, 有斐閣, 1976.

Donald Keene, 德岡孝夫 譯,『日本文學史: 近代・現代篇』, 中央公論社, 1985.

2) 한국 논저

강인숙, 「한・일 모더니즘 소설의 비교연구 1」,『건대학술지』 39, 1995. 2.

강인숙, 「한・일 모더니즘 소설의 비교연구 1~8」,『문학사상』, 1998. 3~12월.

강인숙,『자연주의문학론』 1, 고려원, 1987.

강인숙, 『자연주의문학론』 2, 고려원, 1991.

구연식, 「신감각파와 정지용의 시 연구」, 『동아논총』, 1982. 12.

김광규 외, 『현대시사상: 모더니즘과 마르크시즘』, 고려원, 1988.

김금재, 「橫光利一의 문학: 신감각파 표현을 중심으로」, 『일본근대문학: 연구와 비평』, 2003. 5.

김용운, 『일본인과 한국인의 의식구조』, 한길사, 1985.

김용직 편, 『모더니즘연구』, 자유세계사, 1993.

김윤식, 『염상섭 연구』, 서울대학교 출판부, 1999.

김윤식, 『이상연구』, 문학사상사, 1987.

김윤식, 『한·일 근대문학의 관련양상 신론』, 서울대학교출판부, 2003.

김은전, 「구인회와 신감각파」, 『선청어문(서울사대)』 24, 1996.

김정훈, 「가와바타의 「아사쿠사 구레나이단」의 세계」, 『일본문학학보』 16, 2003. 2.

김정훈, 「自然主義の「嘘」, 新感覺派文學の「眞實」: 橫光文學の表現史的意義をめぐつて」, 『일어일문학』 27, 2004.

김정훈, 「橫光利一: 「頭ならびに腹」のゆくへ」, 『일어일문학연구』 48, 2004.

김태경, 「요코미쓰 리이치 「기계」론」, 고려대 석사학위논문, 2002.

모리스 나도, 민희식 역, 『초현실주의의 역사』, 고려원, 1985.

사나타 히로코, 『최초의 모더니스트 정지용: 일본 근대문학과의 비교고찰』, 열락출판사, 2002.

강상희, 『한국모더니즘소설연구』, 민예출판사, 1999.

서준섭, 『한국모더니즘문학연구』, 일지사, 1988.

A. 아이스테인손, 임옥희 역, 『모더니즘문학론』, 현대미학사, 1996.

이승훈, 『모더니즘의 비판적 수용』, 작가, 2002.

임종석, 「川端康成와 신감각파 및 『文藝時代』를 중심으로」, 『일본문화학보』 9, 2000. 8.

정귀영, 『초현실주의』, 나래원, 1983.

조용만, 『구인회 만들 무렵』, 정음사, 1984.

최인욱, 「신심리주의문학에 대하여」, 『문경』, 1955. 9.

최혜실, 『한국모더니즘소설연구』, 민지사, 1992.

현대시, 『모더니즘의 수용과 전개』, 한국문연, 1994.

현대시, 『상징주의 시학』, 한국문연, 1994.

3) 외국 논저

Arnold Hauser, *The Social History of Art* 4, Routeledge and Kegan Paul, 1962.

Damian Grant, *Realism*, Matheuen, 1970.

George Lukacs, *The theory of the Novel*, M.I.T. Press, 1971.

Majorie Boulton, *Anatomy of Prose*, Routledge & K. Paul, 1968.

Matei Calinescu, *Five Faces of Modernity*, Univ. of Duke Press, 1987.

M. Bradbury and J. McFarlaine ed, *Modernism*, Penguine Books, 1976.

Monroe Spears, *Dionysus and the City*, Oxford Univ. Press, 1970.

Paul de Mann, *Blindness and Insight*, Univ. of minnesota press, 1983.

Peter Nicholls, *Modernism*, Macmillan, 1995.

2. 영문요약

Study of Japanese Modernism in Fiction

Insook Kang(Honorary Professor of Konkuk Univ.)

In Japanese literary history, Modernism is normally divided into three groups: the 'New Sensitivity Group', the 'New Artists Group', and the 'New Psychology Group'. The central figure of the New Sensitivity Group was Yokomitsu Ri-ichi(1898-1947), and the period of its main literary activity was from October 1924 to May 1927, which was the life-span of their coterie magazine *Literary Era*. However, they usually claim that it lasted from 1923 to 1930 because for Yokomitsu the characteristic of the New Sensitivity Group first appeared in The *Aureole of the Sun*(1923) and disappeared right after the publication of *Shanghai*(1929) and *Machine*(1930).

The New Sensitivity Group existed for a short period then collapsed, being replaced by the New Artists Group, the first general convention of which was held in April 1930 under the auspices of 32 writers ; its representative was Ryutanji Yu(1901-1992). The New Artists Group began to decline from the year after its general convention took place and the New Psychology Group arose from that ; its leader was Ito Sei(1905-1969).

European Psychological realism began to influence Japanese literary circles around 1930. As a result, Yokomitsu's *Machine*, Hori Tatsuo's *Sacred Family*, Kawabata Yasunari's *Crystal Imagination*(1931), and Ito's *The Street of the*

Phantom(1938) were written, under the influence of James Joyce and Marcel Proust, so that the New Psychology Group can be said to have made the most outstanding artistic achievement among the 3 groups. However, it did not continue long ; the total period of the Japanese Modernist movement from the New Sensitivity Group to the New Psychology Group was not longer than 15 years.

I. The New Sensitivity Group and Yokomitsu Ri-ichi

From the time when Chiba Cameo, who had read Yokomitsu's work *The Head and the Belly* published in the first issue of *Literary Era*, wrote an article entitled "The Birth of a New Sensitivity Gruoup", they were called the New Sensitivity Group. There are two literary trends to be noted here ; one is private novels based on personal experience, the other is works which show an intention to create a 'puppet' such as *The Aureole of the Sun* which is the principal work of the New Sensitivity Group. Short stories such as *The Aureole of the Sun*, that was written before the birth of the New Sensitivity Group, and *The Quiet Parallell*, *Napoleon and Worm*, *Spring comes riding in the Chariot*, *Speculation of the Garden*, and *Shanghai* belong to this literary movement by Yokomitsu.

1) Anti-private Novel, Anti-realism

What the Sensitivity Group and Yokomitsu Ri-ichi were reacting against in traditional literature was embodied in the anti-private novel as well as in anti-realism.

(1) The 'anti-private novel' tends to create a 'puppet' in order to challenge the slogan of the traditional private novel Yokomitsu attempted to make his own work differ from the private novel. In addition, it adopted abstract expressions to avoid realism. Although there are detailed microscopic descriptions in *Napoleon and Worm*, the words describing the forms are excessively pedantic.

(2) Objective point of view ꞉ New Sensitivity employed a third person point of view, opposing the first person point of view which the 'Sirakaba group' of the previous generation preferred to use. However, Yokomitsu attempts to perceive the reality through his own intuition.

(3) *The Head and the Belly* is a good example of the escape from the reality of time and space.

(4) Dissolution of causality plot.

2) The Characteristics of the New Sensitivity Style

The salient characteristic feature of New Sensitivity is shown in its specific style. Many writers at that time attempted to use the style of New Sensitivity. The New Sensitive style extended not only to the Modernist group but to the anti-Modernist group. This is because the sensitive style is embedded in Japanese literary tradition. Kawabata participated in the formalist movement of the New Sensitivity Group employing his own new sensitive style in his work *The Decoration of Emotion*.

Yokomitsu's new sensitivity style is as followed:

(1) The revival of literary style: *The Aureole of the Sun* was a model for the novels written in this literary style. The work was written imitating the

archaic style of literal translation. Frequently the use of Chinese charac-
ters is preferred.

(2) The use of short sentences and repetitions : the distinctive rhetorical de-
vice shown in *The Aureole of the Sun* was the use of short sentences
and repetitions. Once there appeared long sentences as in *Machine*, the
New Sensitivity was at an end.

(3) Avoidance of Probability: dialect, personifications, jumping of con-
nections, exceptional figures of speech, visual imagery and physical met-
aphors were differently used in each of his works, therefore, there was
no consistency in his art. However, the new style was Yokomitsu's im-
portant artistic achievement.

II. The New Artistes Group and the Modernism of Ryutanji Yu

Ryutanji Yu, the leader of the New Artist Group, insisted on 'non-sense liter-
ature' . Like a hippie, he ignored all social norms, admiring anarchic freedom,
because the core of 'non-sense literature' is to be free from all kinds of desire
for money and fame ; even in his works he did not covet large dimensions
in size and depth. Since he considered art as something magic play, he turned
away from the dark side of man's life ; he believed that people seek for solace
from magic play. Therefore, he wrote light novels of manners which describe
the bright side of city life, and since he was also a scientist who was fascinated
with Americanism and urbanism, he dealt with the ultra modern love stories

of chic, nonchalant modern boys and girls. As a result, his writing appears to combine Americanism and non-sense literature.

He first came to the forefront of Japanese literary circles by writing *The Age of Wandering*(1928), and *The Girls of the Apartment and Me*(1928). After his debut, he wrote the 'Mako'魔子 novel series, such as *Mako*(1931), *Mako of the Mountainside*(1931), and *The Will Given to Mako*(1934). Mako, the heroine of the novels, was the first modern girl in Japanese fiction who began to live with a boy from 16 ; since she had her hair short cut and ran around eating between meals, she looked like an immature girl of neuter gender. Actually she ignored all kinds of moral standards and human duty. However, the creation of such a unrestrained and free spirited modern girl in the novel was his greatest literary achievement. The main male character in his novels acts as a scientist who has a born talent for art ; he has a high-tech job such as show window designer and researcher for cactus. In fact, Ryutanji Yu was a Modernist writer who embodied Modernism in terms of Americanism and urbanism. He was not interested in the renovation of form, he was not avant-garde ; he inherited the old realism and the private novel genre which Yokomitsu refused to use. As a result, as soon as his portrayals of urban atmosphere lost their freshness, he was forgotten.

III. Ito Sei and the New Psychological novel(1928–1938)

Ito Sei began his career as a lyrical poet. However, he belatedly discovered his main literary talent and changed his genre, becoming a novelist, insisting on the importance of the new psychological novel. For the establishment of the New Psychological novel, exploring human depth-psychology, he wrote such psychological stories as *A Phase of Emotional Cell*(1929), *A Festival for Life*(1930), *The Fall of Icarus*, *Ishicari*, *In the Song of the Waves*, *The Street of the Phantom* and *The Village of the Phantom*, using 'stream of consciousness' and interior monologue techniques. In addition, he not only wrote the critical essays, James Joyce's Method and A Study of the New Psychological Novel to provide its theoretical background, but translated the works of James Joyce, D. H. Lawrence and Virginia Woolf. However, his experimental works were not well accepted, whereas his less experimental works like The *Festival for Life* earned a good response from the readers.

The fascist trend which began to rise in Japan from 1935 soon began to oppress the Modernist movement. In the end, Ito gave up using the psychologist technique and turned back to the traditional private novel form. He did not win popularity from the readers until the end of World War II ; after the war Japanese readers' interest in depth psychology reached a more mature stage. The writer who initiated intensive efforts for a technical revolution in fiction among the three was Yokomitsu Ri-ichi of the New Sensitivity Group. He tried very hard to develop a new technique, so that he did not write the same kind of novel twice. Ito, who was at the opposite extreme, stuck to his pursuit of one thing. The main characteristic of Modernism in Japan was the combination of Yokomitsu's cultivation of sensitivity, Ito's exploration of psychology and Ryutanji's description of the urban life. Japanese literary tradition, which preferred to cultivate sense and internal confessions, permitted the Modernist movement to develop sensitivity as well as the interior world.

3. 연표 대조표

연도	한국	일본, 중국	유럽
1905		일로전쟁	상대성이론(아인슈타인) 가을살롱전: 〈야수들의 우리〉 프로이트: 성욕이론에 관한 논문
1909			마리네티의 첫 번째 미래파선언
1910	한일합방, 이상 탄생		
1911		신해혁명	뒤샹, 〈계단을 내려오는 누드〉
1912		대정시대 시작	
1913		전화, 롤러스케이트 등 출현	발칸전쟁시작, 프로이트, 『토템과 터부』 프루스트, 『잃어버린 시간을 찾아서』, 아폴리네르, 『알콜』
1914	관부연락선 개통 김동인 유학	엘리베이터 호경기 (15년간)	제1차대전, 『더블린사람들』
1916		「나생문」, 「명암」	카프카, 『변신』, 다다이즘
1917	『무정』, 『개척자』	직공전성시대	초현실주의, 러시아혁명
1918		쌀소동 「지옥변」	제1차대전 종료, 아폴리네르, 『칼리그람』
1919	3.1운동 『창조』, 「약한자의 슬픔」	가스욕탕, 4층건물 구어체쓰기운동 마르크스주의	브르통, 『자기장』(자동기술법)
1921	「표본실의 청개구리」 「배따라기」	魯迅, 「아큐정전」 중국공산당 창립	히틀러, 나치 지휘 브르통, 프로이트 방문
1922	「태형」, 「진달래꽃」 「제야」, 「민족개조론」	연애찬미 풍조	스탈린 무솔리니 권좌에 『황무지』, 『율리시즈』 프루스트 사망
1923		관동 대지진	
1924	「운수 좋은 날」 파스큘라	『문예전선』, 『문예시대』 「다다이스트 新吉의 시」(高橋新吉) 「日輪」, 「會葬의 名人」 '신감각파' 시작(24~27)	
1925	카프 결성	「조용한 나열」 「머리 그리고 배」 폴 모랑, 『밤 열리다』 번역 전철, 라디오 보급	카프카, 『심판』
1926	「빼앗긴 들」, 「님의 침묵」	「봄은 마차를~」, 「나폴레온~」 「이즈의 무희」, 「눈 밝은 길」	지드, 『사전꾼』

연도	한국	일본, 중국	유럽
1927	경성제대이학부	아쿠타가와 자살, 신감각파 끝남	
1928	「도시와 유령」, 전차	「아파트의 여자들」, 「상해」 「누구냐? 꽃밭을 짓밟는 자는」 공산당 검거, 이토 부친 사망	
1929	「우리 오빠와 화로」	「누에」, 蟹工船, '13인 구락부' 결성 이토, 「비약의 형」(신흥예술파적)	경제 공황 콕토, 「무서운 아이들」 달리, 에른스트 작품 발표
1930	「젊은 그들」	신흥예술파(5월), 「성가족」 「기계」, 「주지적 문학론」 「감정세포의 단면」 신심리주의 시작(30~32)	
1931	「삼대」 「이상한 가역반응」	만주사변, 율리시즈 번역 「마코」, 「산의 마코」 신흥예술파 끝	브르통, 자유로운 결합 「야간비행」 자코메티, 달리 엠파이어스테이트 완공
1932	「건축무한육면각체」 「흙」	「수정환상」, 「생물제」, 「이카루스 실추」, 「세르판」 창간 나프 해산	「멋진 신세계」
1933	「돈」, 「꽃나무」 구인회	가와바타, 「말기의 눈」	히틀러 득세 예술가들 미국으로
1934	「오감도」, 「구보」	「紋章」, 「시계」	
1935	「산촌여정」 「화랑의 후예」 「지용시집」	전통예술진흥풍조, 모더니즘 타격 「이시카리」, 「말 거간꾼의 말로」	
1936	「동백꽃」, 「봉별기」	아베, 「겨울의 숙소」 호리, 「바람 일거니」 이토, 「파도 소리 속에서」	스페인 내전, 로르카 암살 제2차 대전 아라공, 「고급주택가」
1937	이상 사망 「공포의 기록」 「종생기」, 「권태」	「여수」, 중일전쟁 「유귀의 도시」, 「동야」	바슐라르, 「물의 정신분석」 말로, 〈희망〉 피카소, 〈게르니카〉
1938	「환시기」	「유귀의 마을」, 「보리와 병대」	사르트르, 「구토」
1939	「실화」		프랑코 승리, 스타인백, 「분노의 포도」
1940	창씨개명	'得能五郎' 기원 2600년 축제	「누구를 위하여 종은 울리나」 멕시코에서 초현실주의전
1941	「문장」 폐간 「화사집」	진주만공격	텔레비전(미)
1942			원자로 건설 「이방인」, 「엘자의 눈」
1943	징병제		독일, 러시아에 패전

연도	한국	일본, 중국	유럽
			『존재와 무』, 『어린왕자』
1944	학병제		노르망디 상륙, 『자유의 길』
1945	종전	히로시마 핵 폭탄	스트렙토마이신
1946		『鳴海仙吉의 아침』 『채털리~』 번역, 기소됨	
1951		『火鳥』	
1956		『젊은 시인의 초상』, 이토 세이 붐	

4. 찾아보기

작가

작품

5. 강인숙 연보

1) 약력

원 적	함경남도 이원군 동면 관동리 112
본 적	서울시 용산구 한강로 2가 100
생년월일	1933년 10월 15일(음력 윤 5월 16일)
	강재호, 김연순의 1남 5녀 중 3녀로 함경남도 갑산에서 출생
	* 1945년 11월에 가족과 함께 월남하여 서울에 거주
	아호: 소정(小汀)

2) 학력

1946. 6~1952. 3 경기여자중·고등학교

1952. 4~1956. 3 서울대 문리대 국어국문학과(학사)

1961. 9~1964. 2 숙명여대 대학원 국문과 석사과정(문학석사)

1980. 3~1985. 8 숙명여대 대학원 박사과정(문학박사)

3) 경력

1958. 4~1965. 2 신광여자고등학교 교사

1967. 3~1977. 5 건국대학교 시간강사

1970. 9~1977. 2 숙명여대 국문과 시간강사

1971. 3~1972. 2 서울대 교양학부 시간강사

1975. 9~1977. 8 국민대학교 국문과 시간강사

1977. 3~1999. 2 건국대학교 교수

1992. 8~1992. 12 동경대학 비교문화과 객원연구원

현재   건국대 명예교수

재단법인 영인문학관 관장(2001년~)

4) 기타 경력

1964. 9	「자연주의의 한국적 양상-김동인을 중심으로」
1965. 2	「춘원과 동인의 거리-역사소설을 중심으로」로 『현대문학』의 추천을 받아 문학평론가로 데뷔
2018. 5	자랑스런 박물관인상 수상

5) 평론, 논문

(1) 평론

「자연주의의 한국적 양상-자연주의와 김동인」	『현대문학』	1964. 9
「춘원과 동인의 거리(1)-역사소설을 중심으로」(등단작)	『현대문학』	1965. 2
「에로티시즘의 저변-김동인의 여성관」	『현대문학』	1965. 12
「도그마에 대한 비판-김동인의 종교관」	『신상』(동인지)	1965. 겨울
「춘원과 동인의 거리(2)-〈무명〉과 〈태형〉의 비교연구」	『신상』	1968. 가을
「유미주의의 한계(김동인론)」	『신상』	1968. 겨울
「단편소설에 나타난 캐릭타라이제이션」(김동인)	『신상』	1969. 여름
「강신재론-'임진강의 민들레', '오늘과 내일'을 중심으로」	『신상』	1970. 여름
「박경리론-초기 장편을 중심으로」	발표지면 미상	
「한국여류시인론」	『시문학』	1971
「'순교자'(김은국)에 나타난 신과 인간의 문제」	『청파문학』 10	
	숙대국문과	1971
「이광수의 '할멈'」	『부녀서울』	1972. 8
「낭만과 사실에 대한 재비판(나도향론)」	『문학사상』	1973. 6
「노천명의 수필」	『수필문학』	1973. 7
「생의 수직성과 고도-게오르규의 전나무」	『문학사상』	1976. 6
「김동인과 단편소설」(『김동인전집』 5 해설)	삼성출판사	1976. 9
「동인문학 구조의 탐색」	『문학사상』	1976. 11
「물레방아(나도향)의 대응적 의미론」	『문학사상』	1977. 3
「신사복의 고교생 최인호」	『여성중앙』	1977. 9
「오딧세이(호머)의 방랑과 그 의미」	『문학사상』	1977. 11
「김동인의 '붉은산'」	『건대신문』	1977.11.16

「모리악의 '떼레즈 데께이루'」	『문학사상』	1978. 5
「게오르규의 어록」 번역	『문학사상』	1978. 7
「황순원의 '어둠 속에 찍힌 판화'」	『문학사상』	1978. 9
「문학 속의 건국영웅-비르길리우스의 '에네이드'」	『문학사상』	1979. 2
「언어와 창조」(외대여학생회간)	『엔담』	1979. 3
「하늘과 전장의 두 세계-톨스토이의 '전쟁과 평화'」	『문학사상』	1979. 6

(2) 논문

「에밀 졸라의 이론으로 조명해 본 김동인의 자연주의」,

건국대 『학술지』 28, 1982. 5, pp.57-82

「한·일 자연주의의 비교연구(1)-자연주의 일본적 양상 2」,

건국대 『인문과학논총』 15, 1983, pp.27-46

「박완서의 소설에 나타난 도시의 양상(1)-'엄마의 말뚝(1)'의 공간구조」,

숙대 『청파문학』 14, 1984. 2, pp.69-89

「박완서의 소설에 나타난 도시의 양상(2)-'목마른 계절', '나목'을 통해 본 동란기의 서

울」 건국대국문과 『文理』 7, 1984, pp.56-74

「박완서의 소설에 나타난 도시의 양상(3)-'도시의 흉년'에 나타난 70년대의 서울」,

건국대 『인문과학논총』 16, 1988. 8, pp.51-76

「박완서론(4)-'울음소리'와 '닮은 방들', '포말의 집'의 비교연구」,

건국대 『인문과학논총』 26, 1994.

「자연주의연구-불, 일, 한 삼국 대비론」, 숙대 박사학위논문, 1985. 8

「여성과 문학(1)-문학작품에 나타난 남성상」, 아산재단간행, 1986, pp.514-518

「고등교육을 받은 한국여성의 2000년대에서의 역할-문학계」,

여학사협회 『여학사』 3, 1986, pp.69-74

「한·일 자연주의 비교연구(2)-스타일 혼합의 양상-염상섭론」,

건국대 『인문과학논총』 17, 1985.10, pp. 7-34

「한·일 자연주의 비교연구(3-1)-염상섭의 자연주의론의 원천탐색」,

건국대 『국어국문학』 4, 1987, pp.1-15

「한·일 자연주의 비교연구(3-2)-염상섭과 전통문학」,

『건국어문학』 11, 12 통합호, 1987, pp.655-679

「자연주의에 대한 부정론과 긍정론(1)-졸라이즘의 경우」,

건국대 『인문과학논총』 20, 1988. 8, pp.39-64

「염상섭과 자연주의(2)-'토구·비판 삼제'에 나타난 또 하나의 자연주의」,
　　　　　　　건국대 『학술지』 33, 1989. 5, pp.59-88
「염상섭의 소설에 나타난 시공간(chronotopos)의 양상」,
　　　　　　　건국대 『인문과학논총』 21, 1989. 9, pp.7-30
「염상섭의 소설에 나타난 돈과 성의 양상」,
　　　　　　　건국대 『인문과학논총』 22, 1990, pp.31-54
「염상섭의 작중인물 연구」, 건국대 『학술지』 35, 1991, pp.61-80
「명치·대정기의 일본문인들의 한국관」, 『건대신문』, 1989. 6. 5
「한·일 모더니즘 소설의 비교연구(1)-신감각파와 요코미쓰 리이치」,
　　　　　　　건국대 『학술지』 39, 1995, pp.27-52
「한·일 모더니즘 소설의 비교연구」 연재, 『문학사상』, 1998. 3월~12월
「한·일 모더니즘 소설의 비교연구(2)-신흥예술파와 류단지 유의 소설」
　　　　　　　건국대 『인문과학논총』 29, 1997. 8, pp.5-33
「한·일 모더니즘 소설의 비교연구」 연재, 『문학사상』, 1998. 3월~12월
「한국 근대소설 정착과정 연구」, 『박이정』의 동명의 논문집에 실림. 1999
「신소설에 나타난 novel의 징후-'치악산'과 '장화홍련전'의 비교연구」,
　　　　　　　건국대 『학술지』 40, 1996, pp.9-29
「박연암의 소설에 나타난 novel의 징후-〈허생전〉을 중심으로」,
　　　　　　　건국대 『겨레어문학』 25, 2000, pp.309-337

(3) 단행본(연대순)

『한국현대작가론』	(평론집)	동화출판사	1971
『언어로 그린 연륜』	(에세이)	동화출판공사	1976
『생을 만나는 저녁과 아침』	(에세이)	갑인출판사	1986
『자연주의 문학론』 1	(논문집)	고려원	1987
『자연주의 문학론』 2	(논문집)	고려원	1991
『김동인-작가와 생애와 문학』(문고판)	(평론집)	건대출판부	1994
『박완서 소설에 나타난 도시와 모성』	(논문집)	둥지	1997
『네 자매의 스페인 여행』	(에세이)	삶과 꿈	2002
『아버지와의 만남』	(에세이)	생각의나무	2004
『일본 모더니즘 소설 연구』	(논문집)	생각의나무	2006
『어느 고양이의 꿈』	(에세이)	생각의나무	2008

『내 안의 이집트』	(에세이)	마음의 숲	2012
『셋째딸 이야기』	(에세이)	웅진문학임프린트곰	2014
『민아 이야기』	(에세이)	노아의 방주	2016
『서울 해방공간의 풍물지』	(에세이)	박하	2016
『어느 인문학자의 6 · 25』	(에세이)	에피파니	2017
『시칠리아에서 본 그리스』	(에세이)	에피파니	2018

(4) 편저

『한국근대소설 정착과정연구』	(논문집)	박이정	1999
『편지로 읽는 슬픔과 기쁨』(문인 편지+해설)		마음산책	2011
『머리말로 엮은 연대기』	(서문집)	홍성사	2020

(5) 번역

『25시』(V. 게오르규 원작, 세계문학전집23)	삼성출판사	1971
『키라레싸의 학살』(V. 게오르규 원작)	문학사상사	1975
『가면의 생』(E. 아자르 원작)	문학사상사	1979

(6) 일역판

『韓國の自然主義文學-韓日佛の比較研究から』	小山內園子譯	2017